Fiancés d'un jour, fiancés toujours

Virginia
HEATH

Fiancés d'un jour, fiancés toujours

Traduit de l'anglais (États-Unis)
par Agnès Girard

J'AI LU

Si vous souhaitez être informée en avant-première
de nos parutions et tout savoir sur vos auteures préférées,
retrouvez-nous ici :

www.jailu.com

Abonnez-vous à notre newsletter
et rejoignez-nous sur Facebook !

Titre original
NEVER FALL FOR YOUR FIANCÉE

Éditeur original
St. Martin's Griffin,
an imprint of St. Martin's Publishing Group, New York

La Régence anglaise, qu'est-ce que c'est ?

Pour la plupart d'entre nous, la Régence, période de l'histoire anglaise très prisée des auteures de romances historiques, est une notion très vague. La Régence au sens strict ne dure que de 1811 à 1820 et correspond à la fin du règne de George III. Mais le terme de « Régence anglaise » désigne parfois une période plus étendue, de 1795 jusqu'au règne de la reine Victoria.

Ah, la Régence ! Les bals de la saison londonienne, avec ses robes somptueuses et ses pierreries étincelantes ! Ainsi parées, les débutantes ne sont là que dans un seul but : décrocher un époux titré. Pourtant, sous certains corsets et coquets chapeaux, couvent d'autres envies que celles de devenir épouse et mère – ou, pire, gouvernante, pour qui a eu la malchance de naître au sein de la noblesse désargentée. Quant à étudier ou à avoir une carrière, quelle absurdité !

Mais la révolte gronde sous les crinolines. Jane Austen fait de ses héroïnes des femmes à l'intelligence vive et à la langue acérée. Des pionnières avides d'égalité et de connaissances s'emparent de la cause des femmes et finissent par obtenir la création de collèges d'enseignement réservés aux femmes, à Oxford même, en 1879. Et, en 1882, la loi sur la propriété des femmes mariées est amendée : celles-ci peuvent désormais conserver la propriété des biens qu'elles apportent dans le mariage.

À sa façon, la Régence arrime ainsi solidement la société britannique à la modernité.

1

Fin novembre 1825

Le problème avec le mensonge c'est que, mal maîtrisé, il a une fâcheuse tendance à rattraper son auteur.

Brossant le tableau d'une réalité embellie – pour ne pas dire d'une fiction totale –, celui de Hugh avait fini par devenir un chien enragé aux babines retroussées et écumantes qui menaçait de planter ses crocs dans la partie charnue de son anatomie. Et l'on ne pouvait rien y faire.

Il relut la lettre, avec le vague espoir d'avoir mal compris l'écriture inclinée et flamboyante de sa mère. Mais non. Il était fichu. Elle avait réservé au départ de Boston pour le 1er décembre et, si la marée, les courants et les alizés y consentaient, elle serait dans le Hampshire pour Noël. Il avait reçu cette fichue lettre trop tard pour empêcher ce voyage – et à coup sûr, c'était voulu. Sa mère, son beau-père, et un bon paquet de problèmes étaient donc en cet instant ballottés par les flots de l'océan Atlantique en direction des côtes anglaises. Pire – en admettant qu'il puisse y avoir pire –, ce voyage n'avait qu'un seul et unique objectif : rencontrer et faire plus ample connaissance avec sa fiancée, dont le deuil était enfin terminé.

Sa fiancée qui n'existait pas.

— Autant te rendre à l'évidence. Tu es fait comme un rat.

Son meilleur ami, Giles, futur héritier d'un titre de duc qui ne l'enthousiasmait pas plus que cela, était un éternel pessimiste. Il prit un huitième sablé et le mâcha d'un air songeur tout en fixant son plafond.

— Et si c'était le bon moment pour disparaître ? reprit-il. Pars faire un grand tour d'Europe et ne reviens qu'après leur départ. Ton beau-père est un homme d'affaires, non ? Pour autant que je sache, ces gens-là ne supportent pas de s'absenter très longtemps.

— Si je pars, autant tout dire à ma mère. Elle va fouiner partout jusqu'à ce qu'elle ait exhumé la vérité, et alors là, crois-moi, je n'ai pas fini d'en entendre parler. Je te rappelle que si j'ai inventé Minerva au départ, c'est parce qu'elle menaçait de venir et de me trouver une épouse. Tu n'as pas idée de l'acharnement dont elle est capable. À croire qu'elle est obsédée par mon bonheur depuis qu'elle s'est mariée *par amour,* soupira Hugh avec une grimace de dégoût. Elle s'est mis en tête que je ne serai jamais vraiment heureux tant que la femme de mes rêves ne m'aura pas passé la corde au cou. Si cette femme n'est pas *Minerva,* elle m'en trouvera une autre en un rien de temps.

— Au moins, le seul parent qui te reste te souhaite-t-il de faire un mariage heureux. Mon père est décidé à m'imposer une épouse, et malgré mes protestations me présente au moins une fois par semaine une prétendante raisonnablement quelconque. J'hésite désormais à me promener dans Hyde Park, de peur

qu'il ne débarque avec une nouvelle candidate. Quand on songe pourtant à ce que Rotten Row offrait en matière de jeunes femmes bien disposées...

Par « bien disposées », Giles entendait discrètes, ouvertes au badinage, libres et généreuses de leurs faveurs, sans désirer aucune complication. Si Hugh et lui étaient bons amis, et depuis si longtemps, c'est qu'ils avaient les mêmes goûts en matière de femmes et détestaient l'idée d'un attachement permanent.

— C'est bien beau, tout ça, mais pourrions-nous s'il te plaît nous concentrer sur le problème du jour ? *Mon* problème. Que vais-je faire ?

— Mon cher, si tu n'es pas prêt à fuir, tu vas devoir faire face. Je me suis laissé dire qu'avouer apaisait l'âme. À moins que tu ne puisses dénicher une fausse fiancée d'ici quelques semaines.

Giles ne l'aidait décidément pas beaucoup.

— Mais bien sûr ! C'est de notoriété publique : il y a à Mayfair au moins cent jeunes filles comme il faut qui seraient ravies d'être ma fiancée temporaire et de traverser le pays pour aller passer Noël au fin fond du Hampshire.

— Pourquoi faudrait-il qu'elle soit comme il faut ?

— Parce que Minerva est tout ce qu'il y a de plus comme il faut ! Je l'ai inventée ainsi. Quitte à servir ce gros mensonge, je n'allais pas faire moins que de la conformer en tout point à l'épouse que n'importe quelle mère voudrait pour son fils.

— « Oh, comme la vie vient à se compliquer dès lors que l'on commet une première fausseté... »

Hugh fusilla son ami du regard.

— Si tu pouvais éviter les citations de théâtre quand je suis en plein dilemme...

— J'adore le théâtre.

— Je suis venu te demander de l'aide, quelques conseils pleins de sagesse, parce que tu es censé être mon meilleur ami. Mais à part te bourrer de sablés et me dire que je suis fait comme un rat...

— Mais tu es fait comme un rat, insista Giles en agitant un nouveau sablé dans sa direction. Quand tu t'es lancé dans cette comédie ridicule, il y a deux ans, je t'ai fait part de mes doutes et t'ai prodigué moult conseils, tous empreints d'une grande sagesse. Des conseils que tu as allègrement ignorés.

— À l'époque, tu avais trouvé l'idée géniale. Je m'en souviens comme si c'était hier !

— En effet. Parce que c'était une idée géniale, et que j'en étais jaloux. Si seulement mon père avait pu habiter de l'autre côté de l'océan pour que je puisse m'inventer une fiancée... Et puis, tu as pour la prose enflammée un don que je n'ai pas. Ces lettres émouvantes que tu as écrites pendant son long combat contre la tuberculose, dans lesquelles tu relatais le temps passé à son chevet, fidèle, lui faisant la lecture tout en maudissant le doigt capricieux du destin, je n'ai pas honte de t'avouer qu'elles m'ont fait monter les larmes aux yeux...

Ce qui restait du neuvième sablé disparut avant que son ami puisse le réprimander d'un mouvement de l'index.

— Mais souviens-toi aussi, reprit Giles, que j'étais en faveur du décès tragique de Minerva. Elle l'avait bien mérité, la pauvrette, après un calvaire pareil. La tuberculose est une maladie tellement romantique... et tu aurais pu ensuite jouer le héros au cœur brisé qui n'a plus que ses yeux pour pleurer. Cela t'aurait valu au minimum quelques mois de répit.

— Je ne pouvais pas la faire mourir ! C'était retour à la case départ, ma mère se serait remise à me

chercher l'âme sœur. À la fin, elle était sur le point d'embarquer pour venir me consoler !

Mais Giles avait raison, Hugh en était conscient. Son ami avait beau offrir au monde l'image d'un être superficiel et désinvolte, il avait une désagréable tendance à voir juste, la plupart du temps. Hugh poussa un long soupir en signe de reddition. Il en avait trop fait et maintenant son château de cartes menaçait de s'effondrer.

— D'accord, je l'admets : cette guérison miraculeuse était un peu tirée par les cheveux.

— Pas autant que le décès prématuré de son père dans les Cairngorms l'an dernier ! Je t'avais pourtant mis en garde : écrire à ta mère en état d'ivresse n'était pas une bonne idée.

— C'est vrai. Et tu avais raison encore une fois. Mais en insistant pour faire le voyage et m'aider à organiser le mariage, ma mère m'a pris de court et j'ai paniqué. J'ai eu un mal de chien à lui faire croire à mon histoire. Mon séjour aux Amériques à Noël dernier en a été gâché. J'aurais *vraiment* dû t'écouter. Voilà. Content ?

— De toute évidence, ta mère n'a pas été complètement convaincue. Elle ne viendrait pas, autrement. En te laissant si peu de temps pour te retourner, qui plus est. À croire qu'elle ne vient que pour te piéger.

Giles souriait. Visiblement, il s'amusait comme un fou.

— Encore une fois, tu ne m'aides pas beaucoup, grommela Hugh en se levant. Si tu n'as rien d'autre à proposer que des critiques, je m'en vais prendre l'avis d'amis plus raisonnables.

— Nous n'avons pas d'amis raisonnables, répliqua Giles doctement. Mais si tu t'en vas, sonne avant de quitter la pièce, s'il te plaît, conclut-il en soulevant l'assiette vide posée sur son estomac. Il semblerait que quelqu'un ait mangé tous les sablés.

Hugh alla jusqu'au White's Club, et déprima un peu plus car, en fait d'amis, il n'y trouva que les sempiternels vieux garçons bourrus et tristes qui n'avaient rien de mieux à faire que de se caler dans de confortables fauteuils capitonnés et de grommeler leur mépris pour l'état du monde. Il poursuivit son chemin, marchant sans but le long de Piccadilly malgré un froid pénétrant. Il n'avait jamais été très doué pour l'introspection. Celle-ci le rendait sentimental ou honteux, deux émotions qui l'affligeaient bien assez comme ça depuis que Payne, son fidèle majordome, avait posé cette fichue lettre sur la table ce matin, à côté de ses deux œufs à la coque, et qu'il avait compris qu'il était sur le point de briser le cœur de sa mère.

Exactement comme son père.

La missive – et cette comparaison – lui avait coupé l'appétit. Il n'avait rien avalé de la journée : pas étonnant que son cerveau ait du mal à trouver une solution. Mesures importantes et projets d'avenir ne pouvaient être décidés l'estomac vide. Il résolut d'aller au Lion & Lamb, une auberge de Conduit Street où il était assuré de faire un bon repas tout en s'épargnant la présence de quiconque comptait dans la bonne société. Il pourrait ainsi tenter de résoudre son dilemme sans interférence. Empruntant les petites rues pour aller plus vite, il réfléchit à son problème.

Que faire ?

Il regrettait de ne pas avoir fait mourir Minerva, comme le lui avait conseillé Giles. Dès le départ, sa fausse fiancée ne devait exister que provisoirement, histoire de calmer sa mère, d'éviter de se brouiller avec elle et de se donner un peu de temps. Plus encore que l'introspection, il détestait les disputes, et détestait décevoir. Par-dessus tout, il détestait faire souffrir ceux qui l'entouraient, en particulier sa mère.

Il l'adorait, malgré cette fâcheuse habitude qu'elle avait de vouloir jouer les entremetteuses. Elle ne méritait pas ce qui arrivait. Elle n'avait jamais désiré qu'une chose : le bonheur de son fils, et s'était sacrifiée sans compter pour cela. Hugh avait pratiquement dû l'obliger à épouser l'amour de sa vie pour qu'au moins une fois, elle pense à elle. Raison pour laquelle, sans doute, elle le poussait aujourd'hui à faire de même. Elle se sentait coupable d'être heureuse et, pour atténuer ses remords, avait besoin de le voir heureux lui aussi.

Or pour elle, allez savoir pourquoi, cela passait par le mariage. Malgré l'apparente réussite de son second passage devant monsieur le curé, les conséquences du premier avaient laissé des traces dans l'esprit de Hugh. Comment aurait-il pu en être autrement ? Hugh et son père, c'était bonnet blanc et blanc bonnet.

Ou presque.

Il frissonna et secoua la tête. Un homme n'aurait dû se marier que s'il avait la ferme intention de respecter ses vœux. Un tel engagement nécessitait deux qualités dont Hugh était presque certain d'être dépourvu : des yeux qui ne regardaient pas ailleurs, et un cœur capable d'aimer vraiment.

Or, en trente-deux ans d'existence, il avait aimé… beaucoup de femmes, sans que l'une d'elles éveille en lui le désir d'être un bon mari. En dehors d'un penchant pour le mensonge assez courant chez les Standish de sexe masculin, le sang de son père, coureur de jupons invétéré rétif à toute autorité, coulait dans ses veines et y coulerait toujours. Non, vraiment : le mariage, ce n'était pas pour lui.

Finir comme les vieux garçons bourrus et tristes qui passaient leur temps au White's parce que personne ne les attendait à la maison ne le tentait guère, mais il faudrait bien qu'il se résigne à son sort. Les Standish de sexe masculin n'étaient pas faits pour le mariage : c'était, pour ainsi dire, gravé dans le marbre. Au moins Hugh avait-il suffisamment de grandeur d'âme pour oser y renoncer. Quand son temps viendrait, il prendrait place dans un fauteuil capitonné au White's, à côté de Giles, et tous deux grommelleraient ensemble leur mépris pour l'état du monde. Jusqu'à ce que l'un d'eux meure...

Et voilà qu'il se remettait à faire du sentimentalisme, à s'apitoyer sur son sort futur, alors qu'il n'était encore qu'un jeune chevreuil qui profitait de la vie et s'amusait beaucoup.

Du moins s'était-il beaucoup amusé. La rose avait perdu un peu de ses couleurs ces derniers mois, et de plus en plus souvent il devait se forcer à sortir dans le seul but de sauver les apparences auprès de ses amis. Cela l'inquiétait. Car c'était tout de même le signe que la vieillesse avançait, cahin-caha, dans sa direction. Les fauteuils capitonnés et déprimants du White's l'attendaient au tournant.

Hugh s'était promis de faire un effort pour continuer à profiter pleinement de son célibat, et pourtant, de plus en plus souvent, il trouvait des excuses et restait chez lui. Depuis qu'il avait inventé Minerva, il ne fréquentait plus aussi assidûment les lieux de perdition. La vérité, c'était qu'il n'était plus le célibataire insouciant qu'il avait été.

Au fond, dans les recoins de son âme où il était encore honnête avec lui-même, il savait qu'il s'était raccroché au mirage qu'était Minerva pour ne pas avoir à avouer à sa mère qu'il ressemblait trop à son père pour envisager un jour de se marier. Car il en était certain : cette vérité lui briserait le cœur.

Mais en repoussant aux calendes grecques la conversation honnête qu'il aurait dû avoir avec elle, il s'était mis dans un pétrin dont il ne savait plus comment se sortir. Et sincèrement, il espérait qu'une fois l'estomac plein, la solution idéale germerait dans son esprit. Sinon, il était vraiment fichu.

Il remontait Sackville Street lorsqu'une altercation attira son attention.

— Je vous paierai en temps utile, madame. Pas avant.

Un gentleman d'un certain âge se tenait sur la dernière marche d'un perron, devant une porte d'entrée. À en juger par sa tenue, soit il sortait, soit il arrivait. Quelques marches plus bas, sur le trottoir, se trouvait une femme dont Hugh ne voyait que le dos. Elle portait un épais manteau d'hiver qui avait connu des jours meilleurs. Sa tête disparaissait sous un bonnet de velours. Une grosse écharpe et des mitaines dépareillées, visiblement tricotées à la main, complétaient le tout.

— Monsieur Richards, cet argent, je l'ai gagné.

Elle avait une jolie voix, douce, assurée. Plutôt mûre. Et elle parlait très correctement, ce qui le surprit étant donné sa tenue. À en juger par sa coupe, son manteau devait avoir une bonne dizaine d'années. Hugh songea qu'elle devait être veuve, entre trente et quarante ans, peut-être mère de plusieurs enfants qu'elle devait élever seule. Le monde était cruel avec certains.

Elle se raidit, redressa les épaules. Il l'imagina adresser au vieil homme un regard de reproche, et se sentit plein d'empathie pour elle.

— J'attends depuis déjà quatre semaines, monsieur, et cette fois je ne partirai pas tant que vous ne m'aurez pas payée.

S'apercevant que Hugh le regardait, l'homme s'empourpra.

— Comment osez-vous m'aborder devant chez moi et provoquer un esclandre !

— Comment osez-vous m'employer pour un travail puis refuser de me payer ? Cela fait un mois, monsieur Pinkwell. Un mois d'hiver. J'ai attendu suffisamment longtemps.

Hugh sentit son sang s'échauffer. Le scélérat ! Cette pauvre femme avait visiblement un besoin impérieux de cet argent.

— Vous permettez, madame ? Je peux vous proposer mon aide.

Pour faire bonne mesure, il dévisagea l'homme d'un regard méprisant et hautain.

La femme se retourna. C'était en réalité une jeune fille. Une jolie jeune fille. Très jolie, même. Si jolie qu'il en eut le souffle coupé.

— Ma foi, je vous remercie, monsieur. Vous êtes un vrai gentleman.

Elle se tourna de nouveau vers le vieil avare.

— M. Pinkwell ici présent a eu recours à mes services pour une illustration destinée à accompagner une réclame. La réclame en question est parue dans le *Morning Advertiser*, le *Chronical* – deux fois – et dans le *Times* d'aujourd'hui, mais je n'ai toujours pas reçu la somme sur laquelle nous nous étions entendus pour ce travail. Il me doit neuf shillings et trois pence.

Hugh dut se faire violence pour quitter des yeux l'adorable visage.

— Qu'avez-vous à dire à ce propos, monsieur Pinkwell ?

— Je la paierai en temps utile.

— Estimez-vous que madame a mal fait son travail ?

Le vieil homme se raidit.

— Disons que j'ai vu mieux.

— Mais vous l'avez jugé suffisamment bon pour être publié dans le *Times*, le *Morning Advertiser* et le *Chronical* ?

— Deux fois, précisa la jeune femme d'un ton ferme. Et je ne crois pas trop m'avancer en disant que cette réclame a permis une augmentation conséquente de ses ventes. Parce que c'est une illustration particulièrement réussie.

De son aumônière, elle tira une coupure découpée dans un journal et la tendit à Hugh. Au centre de la réclame était dessiné avec quantité de détails un flacon médicinal dont l'étiquette colorée annonçait : *Sirop pour le foie du Dr Pinkwell.* À gauche de la petite bouteille se trouvait un homme à l'air hagard visiblement sur le point de s'effondrer d'épuisement. À droite, le même homme, tout guilleret après seulement une semaine de traitement avec la potion brevetée. Au-dessus de l'ensemble, un bandeau imprimé en caractères gras proclamait : *Plus jamais fatigué avec le sirop Pinkwell.*

— C'est une illustration remarquable. Au point que je serais tenté de me procurer un de ces flacons. Vous êtes une artiste talentueuse, mademoiselle… ?

— Merriwell. Et je vous remercie du compliment, monsieur.

— Monsieur Pinkwell, je ne suis pas expert en la matière, et je m'en excuse, mais il me semble que cette magnifique illustration vaut tout à fait ses neuf shillings et quelques.

Il regardait l'homme de haut, avec toute la morgue dont il était capable. Son appartenance à l'aristocratie ne faisait aucun doute.

— Ce ne sont pas vos affaires, monsieur.

Ah. Ce n'était peut-être pas si évident, alors…

— À vrai dire, c'est *milord,* pas monsieur.

Hugh n'avait jamais repris qui que ce soit à ce sujet parce qu'il détestait mettre les gens mal à l'aise, mais Pinkwell méritait d'être remis à sa place.

— Refusez-vous de payer parce que vous n'en avez pas les moyens, monsieur ? Êtes-vous en difficulté, financièrement parlant ? demanda-t-il, haussant délibérément le ton à l'intention des passants curieux qui ralentissaient au passage pour savoir de quoi il retournait. Si c'est le cas, peut-être Mlle Merriwell accepterait-elle de vous accorder un délai pour cette énorme dette ?

Le vieil homme était devenu cramoisi.

— Comment osez-vous !

Mais déjà, il sortait de sa poche une bourse replète et l'ouvrait, impatient de voir ces deux importuns libérer son perron. Hugh ne résista pas à la tentation et tendit sa main gantée, comptant à voix haute chaque pièce que Pinkwell posait au creux de sa paume.

— Voilà ! Neuf shillings, grommela le vieil homme en refermant sa bourse.

— Et trois pence, précisa Hugh avec un clin d'œil en direction de Mlle Merriwell. N'oubliez pas les trois pence, monsieur.

L'autre les lui jeta presque à la figure.

— Allez, bon vent ! Je me passerai désormais de vos services, mademoiselle Merriwell.

D'une main tremblante, il peina ensuite plusieurs secondes avant d'introduire sa clé dans la serrure, puis entra précipitamment et claqua la porte derrière lui.

— Tenez, dit Hugh avec un grand sourire, en transférant toutes les pièces au creux de la mitaine de la jeune femme. On a fini par y arriver.

Elle lui décocha un sourire radieux en retour, et il eut l'impression de plonger dans un bain de lumière. En un instant, le très joli visage était devenu absolument divin. Elle avait des yeux magnifiques, d'un vert profond, légèrement en amande et ourlés de cils épais et noirs.

— Je suis votre obligée, milord. Mille mercis pour votre intervention, venue à point nommé. C'était très gentil de votre part.

— Je vous en prie, ce n'était rien. J'ai un faible pour les demoiselles en détresse.

C'était un fait : la détresse, chez les demoiselles comme chez les chiens errants, les veuves et les orphelins, touchait en lui une corde sensible. Cependant, il voyait cela comme un point faible et refusait en général de l'admettre. Les célibataires à la vie dissolue ne perdaient pas de temps à s'inquiéter de ce genre de choses.

— J'ai toujours aimé m'imaginer en preux chevalier.

Si sa nature de philanthrope venait à être connue, Hugh serait la risée de son entourage.

— Une chose est sûre : vous avez été le mien, dit-elle. J'avais tout essayé, sans parvenir à le faire payer. L'accoster aujourd'hui devant chez lui était mon dernier recours. Et j'aurais échoué si vous n'étiez pas arrivé.

Sans savoir pourquoi, Hugh se sentit soudain grand et fort.

— Oh, permettez-moi d'en douter. Vous sembliez tout à fait déterminée.

— Neuf shillings, c'est neuf shillings.

Elle haussa les épaules, comme s'il s'agissait avant tout d'une question de principe, mais il savait que non. Ses vêtements étaient élimés, ses bottines étaient éculées, leurs talons râpés. Elle avait vraiment besoin de cette somme.

— Si j'acceptais de laisser une dette impayée, la rumeur se répandrait comme une traînée de poudre, et il ne me resterait plus qu'à travailler pour l'honneur, dit-elle en mettant les pièces dans son aumônière, avant de lui sourire de nouveau. Merci encore, mon preux chevalier. Je vous souhaite la meilleure des journées possible.

Sans savoir pourquoi, il voulut la retenir.

— Vous êtes une artiste, alors ?

— Je fais de la gravure sur bois.

— De la gravure sur bois ?

— Je grave des dessins sur de petits blocs de bois, dont les imprimeurs se servent ensuite pour insérer des images dans les journaux, dit-elle en mimant ce qu'il supposa être une presse. Je dessine à la demande – fleurs, drapeaux... potions pour le foie. C'est le client qui décide.

— C'est un métier très... peu répandu.

— Oui. Très peu répandu, dit-elle avec un sourire résigné.

— En tout cas, c'est la première fois que je rencontre une graveuse. Je m'appelle Hugh, mademoiselle Merriwell. Hugh Standish, comte de Fareham.

Il lui tendit la main, elle la serra. Il aurait voulu qu'elle ne retire jamais la sienne.

— C'est la première fois que je rencontre un comte, donc nous sommes à égalité. Et je m'appelle Minerva.

Ce fut comme si le monde s'arrêtait de tourner.

Non. C'était impossible...

— Minerva ?

— Je sais, c'est un peu prétentieux. Mon père aimait à se penser érudit. Il a donné des prénoms de déesses romaines à ses trois filles. Moi, c'est la déesse de la Sagesse et des Arts, donc finalement c'est assez bien tombé, vu que je suis une sorte d'artiste. Au service d'un sirop pour le foie, mais quand même.

Hugh se sentit sourire. Dans son esprit, des bourgeons d'espoir s'épanouissaient.

— Minerva. Voilà qui tombe indéniablement à pic.

2

— Qu'est-il arrivé à la vraie Minerva ?

Elle faisait de son mieux pour afficher une expression de méfiance – bien compréhensible – plutôt que d'inconfort, tentant d'ignorer la neige qui pénétrait dans ses bottines et imbibait ses épais bas de laine maintes fois reprisés. Ce n'était pas tous les jours qu'un pair du royaume proposait de vous faire passer pour sa fiancée toute une semaine, dans son domaine du Hampshire. À dire vrai, cette proposition était tellement bizarre que seule une simple d'esprit ne se serait pas méfiée, et Minerva était tout sauf une simple d'esprit. Mais en l'occurrence, les vingt livres proposées avaient nettement attiédi sa méfiance.

Vingt livres !

Une petite fortune.

C'était plus d'argent qu'elle n'en avait jamais eu entre les mains. Énormément plus que les neuf shillings et trois pence durement gagnés qui se trouvaient en cet instant dans son aumônière. Neuf shillings qui ne feraient pas long feu. Elle en devait cinq à son propriétaire en arriérés de loyers pour éviter l'expulsion, et un de plus pour le mois à venir. Le septième irait dans la caisse d'Ackerman, le marchand de couleurs du Strand, parce qu'une graveuse avait besoin d'encre, de crayons et de gouges fines et aiguisées. Restaient deux shillings et trois pence pour des produits de luxe comme la nourriture, qu'il faudrait faire durer jusqu'à l'obtention d'une nouvelle commande – ce qui pouvait prendre des semaines.

Ses tarifs avaient beau être inférieurs de moitié à ceux de ses concurrents, elle n'avait pas assez de commandes régulières. Elle ne pouvait s'en prendre qu'à elle-même. Pendant des années, elle avait travaillé pour le même imprimeur, près de la cathédrale St. Paul. Le vieux M. Morton lui confiait beaucoup de commandes parce que ses clients huppés, les dames en particulier, adoraient les petits dessins qu'elle créait pour orner les cartes de visite.

Les dessins sophistiqués des affiches publicitaires et des réclames rapportaient plus, mais ces commandes-là étaient rares. C'est grâce aux cartes de visite qu'elle avait pu gagner sa vie correctement. À l'époque, ayant largement de quoi faire, elle n'avait pas cherché à développer sa clientèle. Et puis, M. Morton s'était éteint et son imprimerie, pourtant prospère, avait fermé, il y avait de cela un an. Depuis, Minerva se démenait pour trouver du travail.

Si seulement elle avait eu les moyens de se faire connaître par de la publicité, elle aurait été certaine de tripler ses revenus en un clin d'œil. Les clients prenaient la réclame très au sérieux, surtout quand elle attirait l'œil – et celles que dessinait Minerva l'attiraient toujours.

— Il n'y a pas de *vraie* Minerva. Je l'ai inventée.

Son preux chevalier avouait ce méfait avec un air délicieusement penaud. Oui, penaud était le terme, il lui allait bien. Mais pour être honnête, tout devait lui aller, à ce jeune homme. Même vêtu d'un sac, il devait être séduisant.

— Pourquoi donc ?

Quelqu'un d'aussi beau que lui – un comte, qui plus est – ne devait pas avoir beaucoup de mal à trouver des candidates au rôle de vraie fiancée. Alors pourquoi en inventer une ? Ses semelles n'étaient assurément pas trouées, et avec sa taille, ses larges épaules, ses cheveux blonds et ses yeux bleus pleins d'étincelles, il correspondait en tout point à l'image qu'elle se faisait du preux chevalier. Si elle avait dû en dessiner un, lord Fareham aurait été son inspiration. Impressionnant en manteau de ville, il devait être renversant en cotte de mailles. Pour être honnête, c'était là une autre raison qui l'avait fait s'attarder. Son œil d'artiste était attiré par la perfection.

Il soupira, fit la grimace.

— Vous allez me trouver pathétique, mais c'est comme ça, je n'y peux rien. Je l'ai inventée pour mettre fin aux velléités d'entremetteuse de ma mère.

— C'est un peu extrême comme solution, non ?

Pourquoi diable aurait-il eu besoin d'une entremetteuse ? Les femmes devaient se jeter à son cou en permanence. Rien qu'en faisant quelques pas à son côté, elle avait senti son cœur s'emballer, et avait bien vu qu'elle n'était pas la seule à tomber sous le charme. En cinq minutes, Minerva avait repéré trois femmes qui l'avaient suivi d'un regard admirateur. Cela faisait une moyenne d'une femme enamourée toutes les quatre-vingt-dix secondes, et la rue n'était pas particulièrement passante.

— Extrême ?

Il s'arrêta net et lui fit face.

— Avez-vous une famille, mademoiselle Merriwell ?

— Oui. J'ai deux sœurs cadettes.

Et probablement un père en vadrouille quelque part, mais où ? Allez savoir. Il était possible qu'il ne soit plus de ce monde. Elle l'espérait, d'une certaine façon, parce que cela l'excusait de les avoir abandonnées à leur triste sort. Mais d'un autre côté, elle n'avait jamais rien attendu de sa part.

— Est-ce qu'elles vous dérangent, parfois ?

En permanence. Il ne se passait pas un jour ou presque sans qu'elle envisage joyeusement de les assassiner toutes les deux.

— De temps à autre. Comme souvent dans une famille, je suppose.

— Alors vous serez d'accord avec moi : les membres de votre famille peuvent parfois vous pousser à bout et provoquer chez vous une réaction excessive. Ma mère est experte en la matière. Oh, je l'adore. C'est une femme merveilleuse. Gentille, généreuse, pleine de bonnes intentions. Elle m'a élevé seule après le décès de mon père, et s'en est très bien sortie. Je lui dois tout… mais parfois, je pourrais la…

Il soupira, visiblement accablé.

— L'étrangler ?

Un sourire illumina son visage, révélant des dents blanches parfaitement alignées et deux adorables fossettes. Seigneur, qu'il était beau !

Dangereusement beau.

Elle allait devoir garder la tête froide avec ce loustic.

— Exactement. C'est une femme formidable, qui a l'habitude d'obtenir ce qu'elle veut et semble persuadée que je serais plus heureux avec une épouse à mes côtés.

— Et c'est une idée à laquelle vous êtes opposé ?

Minerva se remit à marcher, au cas où l'effet particulier que lord Fareham avait sur son rythme cardiaque se serait vu sur ses pommettes, et parce que rester immobile permettait à la neige fondue de pénétrer le morceau de toile enduite qu'elle avait glissée dans sa bottine gauche pour colmater la semelle trouée.

Sa question sembla le surprendre.

— Évidemment ! Ma vie est merveilleuse comme elle est. Pourquoi diable chercherais-je à me faire mettre la corde au cou par une femme qui passerait son temps à me tanner pour un oui ou pour un non ?

— Toutes les femmes ne tannent pas leur mari, monsieur.

— C'est vrai. Mais je suis le genre d'homme capable de faire perdre patience à la femme la plus calme du monde, alors je finirais de toute façon par faire d'elle une casse-pieds jamais contente. Aussi sûr que deux et deux font quatre.

Ce sourire espiègle avait l'effet le plus étrange sur Minerva, qui sentait son estomac faire des bonds dans tous les sens.

— Et je sais de quoi je parle, reprit-il. Ma mère n'avait rien d'une casse-pieds, je suis l'unique responsable de son attitude aujourd'hui. Je suis quelqu'un de très frivole, voyez-vous... Trop égoïste. Je ferais un très mauvais époux, et un père encore pire.

— Beaucoup d'hommes sont des époux et des pères décevants, vous savez. Cela ne les empêche pas de se lancer dans cette entreprise.

— Encore une fois, vous avez raison... Mais contrairement à ces hommes, je suis pleinement conscient de mes défauts, et je culpabilise à la moindre occasion. Jamais je ne me pardonnerais de faire vivre un enfer à ma femme, ni d'imposer un tel modèle à mes enfants. Mes fils deviendraient comme leur père et je ferais de mes filles des êtres désabusés avant l'âge.

C'était une façon pour le moins inhabituelle de voir les choses. Assez rafraîchissante, à vrai dire.

— Vous fuyez les responsabilités.

Elle aurait aimé pouvoir en faire autant.

— Chaque fois que c'est possible, oui.

Il se tut, comme si cet aveu le décevait lui-même. Puis, en un instant, il retrouva son sourire espiègle et lumineux.

— Mais ne dit-on pas qu'à force de travailler sans jamais s'amuser, on finit par s'étioler ? reprit-il. Et moi, je n'ai pas du tout envie de m'étioler, mademoiselle Merriwell. La tristesse, quel ennui ! Non, je ne suis pas fait pour le mariage, c'est aussi simple que ça. Le mariage exige un dévouement et une abnégation dont je ne suis pas capable. Je suis bien trop superficiel, et fier de l'être.

Il se tut une nouvelle fois, avant d'ajouter avec un regard presque gêné :

— Vous devez vous dire que je suis un sale gosse trop gâté qui ne pense qu'à lui.

— Loin de moi l'idée de vous juger.

Il sourit encore, et le cœur de Minerva s'emballa de plus belle.

— Vous êtes bien la première femme qui s'en abstient. C'est très gentil de votre part.

Elle lui sourit en retour. C'était plus fort qu'elle. Malgré tous les défauts qu'il venait d'avouer, lord Fareham lui avait prêté main-forte de façon tout à fait désintéressée, ce que personne n'avait fait depuis longtemps.

Quant à accepter sa proposition ridicule, c'était une autre affaire...

— D'une manière générale, lord Fareham, je pense que personne n'a le droit de juger qui que ce soit avant de s'être mis à sa place.

Et elle plaignait celui ou celle qui aurait été assez fou pour marcher avec ses bottines percées ou tirer le diable par la queue comme elle le faisait au quotidien. Se faire plaisir n'était jamais à l'ordre du jour. Cette vie n'avait rien de celle dont elle avait rêvé. Et malheureusement, il était peu probable que vingt livres suffisent à y changer quoi que ce soit.

— À vrai dire, je ne vous reproche pas de fuir les responsabilités. Ça peut épuiser, les responsabilités.

Elles l'avaient épuisée, elle. Mais élever et subvenir aux besoins de ses deux jeunes sœurs lui avait été imposé. Au lendemain de ses dix-neuf ans, elle avait dû assumer le rôle de leurs deux parents, sans autre choix que de courber le dos et faire ce qu'il fallait jusqu'à ce que les filles soient mariées. Avoir elle-même des enfants ne la tentait guère, et à moins d'un événement radical qui lui ferait changer d'avis, elle ne s'imaginait pas un jour en avoir envie. Être parent n'avait rien d'une sinécure.

Minerva aimait ses sœurs, mais il ne se passait pas une semaine sans qu'elle rêve de n'avoir à s'occuper que d'elle. Quel luxe ! De nouvelles bottines, quelques robes neuves, des crayons et des gouges de meilleure qualité pour ses gravures. Un endroit à elle. Quelques heures par jour pour s'y reposer et être tranquille, seule. Était-ce trop demander ?

Au lieu de quoi, elles s'entassaient dans trois pièces minuscules et chaque penny gagné aidait à joindre les deux bouts. Son estomac gargouilla fort à propos, lui rappelant le petit déjeuner qu'elle n'avait pas eu les moyens d'acheter ce matin – ni la veille, à cause de M. Pinkwell. Avec vingt livres, elle aurait de quoi les nourrir, elle et ses sœurs, trois fois par jour pendant un an...

Seigneur, à ce rythme et affamée comme elle l'était, elle allait mordre la main qu'il lui tendait. Séduite par cet homme et par la perspective de toasts beurrés... elle était prête à accepter sa proposition, sans même en connaître les tenants et les aboutissants.

Affichant une expression délibérément pondérée, elle le regarda.

— Vous disiez que l'insistance de votre mère pour vous trouver une épouse devenait insupportable ?

— Insupportable *et* étouffante. J'ai tenu aussi longtemps que j'ai pu, stoïque. Pendant des années, elle m'a mis entre les pattes jeune fille après jeune fille. Où que je sois, je tombais sur une paire de cils qui papillonnaient. C'était devenu une torture.

Des effluves de son eau de Cologne parvinrent jusqu'aux narines de Minerva, qui fut tentée de se pencher en avant pour mieux en profiter.

— Des thés qui n'en finissaient pas, des dîners interminables, des conversations sans intérêt avec de jeunes ladies toutes impatientes de me mettre le grappin dessus. Et je peux vous dire que certaines étaient tenaces, prêtes à tout, mademoiselle Merriwell. Vous n'imaginez pas les stratagèmes qu'elles mettaient en place – souvent avec la complicité de ma mère – pour me rendre la vie compliquée. Que j'aie réussi à rester célibataire tient du miracle, je vous assure. Et puis il y a deux ans, sur un coup de tête, alors que je ne savais plus comment freiner ma chère mère, j'ai inventé Minerva pour mettre un terme à tout ça.

— Je vois.

En fait, non, elle ne voyait rien. S'inventer une fiancée, même dans ces conditions, semblait un peu excessif. Réussir à jouer la comédie aussi longtemps paraissait hautement improbable, surtout avec une mère aussi impatiente de le voir marié. Elle avait sûrement cherché à se renseigner sur la fiancée de son fils.

— Votre mère habite dans le Hampshire, c'est ça ?

— Elle réside à Boston depuis quelque temps. Boston en Amérique, pas dans le Lincolnshire. Vous ai-je dit que mon beau-père était américain ?

— Elle a continué à vouloir intervenir depuis l'Amérique ?

— Ma mère est une femme déterminée, mademoiselle Merriwell. Mais outrageusement romantique, aussi. Elle s'est fixé comme objectif de me voir marié, et la distance ne l'a pas dissuadée une seconde de le poursuivre. Au moins, quand elle était ici, je pouvais garder un œil sur ses manigances, ou disparaître suffisamment à l'avance quand je découvrais ses projets. Depuis qu'elle est partie, tout est beaucoup plus imprévisible. Sa campagne matrimoniale se double d'une correspondance intense, et grâce à un cercle élargi de connaissances, elle a réussi à recruter une armée de larbins qui œuvrent à achever ce qu'elle a commencé. Dans les mois qui ont suivi son départ, j'ai été littéralement inondé d'invitations, et ai dû faire face à des dizaines de visites impromptues de toutes les mères de la bonne société et de tous les gentlemen souhaitant que leur fille fasse un beau mariage. J'ai été abordé à toutes les soirées, et hélé en public quand j'osais m'aventurer dehors.

— Pauvre de vous.

Les riches et les aristocrates avaient des soucis décidément bien différents des siens. Minerva aurait donné n'importe quoi pour échanger leur place. Le monde de lord Fareham semblait tellement plus agréable que le sien. Vêtements à la mode, sofas confortables, domestiques pour répondre à tous vos caprices…

— Voyant que ça ne marchait pas, ma mère a menacé de revenir seule, sacrifiant son propre bonheur, et de rester jusqu'à ce que *nous* trouvions la femme idéale. Elle savait que je finirais par culpabiliser et que j'en souffrirais terriblement – parce que je souffre terriblement quand je culpabilise, même si je n'ai pas vraiment de raison de culpabiliser. Elle savait aussi que sa présence me deviendrait insupportable. Un gentleman devrait forcément se rebeller contre ses parents, vous ne pensez pas ? Question de principe.

— Je suppose que ruer un peu dans les brancards donne le sentiment d'acquérir une certaine indépendance.

Le luxe de la rébellion… elle en rêvait.

— Exactement ! Sauf que… je reconnais que, dans mon cas, ce principe m'a un peu échappé, et devant l'imminence de son voyage, j'ai paniqué. J'ai inventé Minerva – jeune fille de bonne famille qui m'a tiré de mon existence superficielle et m'a montré combien la vie peut être belle à son bras.

D'un geste, il la montra, comme si elle correspondait parfaitement à la description. Puis il grimaça.

— Bon. Comme vous, mademoiselle Merriwell, j'ai un certain talent créatif. Mais moi, c'est la prose plutôt que le dessin. Connaissant le goût de ma mère pour la romance, je lui ai annoncé qu'elle n'avait plus besoin de rentrer précipitamment, car la flèche de Cupidon m'avait enfin touché et mon cœur était irrémédiablement pris. Avec moult détails, je lui ai décrit comment j'avais secouru une demoiselle en détresse, dans une voiture dont les chevaux s'étaient emballés, et comment j'étais tombé fou amoureux d'elle dès l'instant où j'avais plongé mon regard dans le sien. Une histoire particulièrement convaincante et, si je peux me permettre, très émouvante. Mais dont je ne suis pas particulièrement fier.

— Donc, la création de Minerva était un acte désespéré ?

Le désespoir, elle connaissait. Le désespoir pouvait pousser une jeune femme en manque de chance à envisager de se faire passer pour la fiancée d'un jeune homme charmant, élégant et superficiel, et ce pour vingt malheureuses livres.

— C'est ça. Une création qui était destinée à rester éphémère. Mais j'avoue que devant l'allégresse de ma mère et l'interruption immédiate de sa frénésie d'entremetteuse, puisqu'elle attendait désormais avec impatience de recevoir une invitation à mes noces, je me suis un peu laissé emporter. Et j'ai étoffé mon mensonge pour maintenir le *statu quo*.

— Pendant deux ans ?

— L'ivresse de la liberté, mademoiselle Merriwell. La liberté est une drogue puissante.

L'espace d'un instant, il resta songeur, offrant son magnifique profil à Minerva, dont le regard d'artiste se laissait facilement capter et qui le lorgna avec un tantinet plus de convoitise qu'elle n'aurait dû, jusqu'à ce qu'il soupire à fendre l'âme.

— Hélas, le tableau idyllique que je n'ai cessé de lui brosser a fini par lasser ma mère. Elle a pris un billet transatlantique pour revenir, avec l'intention de superviser les préparatifs du mariage. Je ne sais plus quoi faire. Si elle découvre que j'ai menti depuis le début, elle en aura le cœur brisé. Or jamais je n'ai voulu lui faire de mal…

Il avait l'air réellement attristé. Adorablement perdu.

— Voilà pourquoi j'ai besoin de vous. Si vous vous faites passer pour ma fiancée, elle ne saura pas que je lui ai menti.

— Mais, en prolongeant le mensonge, n'allez-vous pas simplement repousser l'échéance ?

— Je n'ai pas l'intention de le prolonger. J'ai juste besoin que vous soyez ma Minerva quelques jours. Une semaine tout au plus, de manière que ma mère vous rencontre, s'assure que tout est en place pour le mariage, et ensuite…

Il haussa les épaules.

— Ensuite, nous trouverons une raison suffisamment convaincante pour mettre un terme à nos fiançailles, et ma mère reviendra pour me consoler parce que j'aurai le cœur brisé.

La réalité de la situation refit surface pour rappeler à la jeune femme que ces vingt livres, elle les aurait gagnées en trompant quelqu'un.

— Vous voulez que je joue le mauvais rôle alors que nous lui mentirons tous les deux ?

— Je n'ai pas encore tout prévu en détail.

— C'est ce que je vois.

Malgré le côté tentant des vingt livres, cet homme était fou de croire une seule seconde que son plan avait des chances de réussir et qu'elle accepterait d'en faire partie. Un mensonge restait un mensonge, tout enjolivé fût-il. Les sœurs Merriwell étaient peut-être au bord de la misère, elles avaient encore des valeurs morales.

— Je ne peux pas faire quelque chose d'aussi méchant à quelqu'un que je ne connais pas, lord Fareham. Votre mère ne m'a rien fait, mais mes actes risquent de la blesser si elle découvre l'imposture. Je refuse de participer à cela.

Fière de sa décision, Minerva reprit son chemin, puis se souvint qu'il l'avait aidée auprès de M. Pinkwell.

— Je vous remercie de m'avoir prêté assistance, tout à l'heure. J'espère que vous trouverez comment vous sortir de cette situation délicate, et je vous souhaite une très belle journée.

Et adieu aux vingt livres. Le rêve avait été agréable, mais tout avait une fin.

La présence de lord Fareham avait été agréable, elle aussi. L'espace d'un instant, en marchant à son côté et se laissant aller à imaginer tout ce qu'elle pourrait s'acheter avec cet argent, elle avait retrouvé l'insouciance de ses vingt-quatre ans.

— Et si je monte à quarante livres ?

Elle trébucha. Quarante livres, c'était deux ans de loyer au moins, et de quoi se faire quelques petits plaisirs de temps en temps. Ou alors elles pourraient quitter l'appartement sinistre de Clerkenwell et s'installer dans un endroit plus agréable, plus grand, dans un quartier offrant de meilleures perspectives. Avec quarante livres, Minerva pourrait faire de la publicité dans les journaux, développer sa clientèle, et parvenir enfin à gagner décemment sa vie avec ses illustrations.

Quarante livres, c'était tout un éventail de possibilités qui s'offraient à elles. Des possibilités qui changeraient leur vie.

3

— Cela ne me plaît tout de même pas beaucoup.

Depuis qu'elles avaient quitté Londres, Diana avait répété cette phrase au moins vingt fois.

— C'est potentiellement dangereux et moralement répréhensible, si tu veux mon avis.

Minerva ne voulait pas de son avis. Elle voulait lire, ou regarder défiler par la fenêtre le paysage verdoyant. Penser à autre chose qu'au stratagème ridicule mais indéniablement lucratif dans lequel elle avait entraîné ses sœurs. Elle aurait tout le temps d'y songer une fois arrivée au domaine, ce qui n'allait pas tarder.

Elle allait se faire passer pour la fiancée d'un pair du royaume pour éviter à cet enfant gâté d'être pris au piège de son propre mensonge. Minerva n'avait pas besoin du regard mécontent de Diana, assise en face d'elle, pour se sentir mal à l'aise : en vérité, depuis qu'elle avait accepté la proposition de lord Fareham, la honte ne l'avait pas quittée. Même si, à sa décharge, elle avait accepté uniquement parce que sa situation était désespérée.

Plus désespérée que jamais, malheureusement. Alors elle se rassurait en imaginant ce qui serait arrivé si son preux chevalier n'était pas apparu au moment où elle bataillait pour obtenir de cet avare de Pinkwell les neuf shillings et trois pence qu'il lui devait. Sans lui, à l'heure qu'il était, elles seraient sans doute à la rue. Accepter de mentir pour lui, c'était s'assurer d'avoir un toit pour les années à venir. Et de vivre dans le luxe pendant quelques jours.

Diana croisa les bras et la fixa d'un regard noir.

— À quel moment exactement sommes-nous tombées si bas, ma chère sœur ?

Quand tu as été renvoyée de la bibliothèque pour avoir répondu sèchement à un usager, et que nous n'avons plus eu les moyens de payer le loyer !

Minerva le pensa, mais ne le dit pas. Il aurait été injuste de faire peser tout le poids de leur situation sur Diana. Si elle avait été à sa place quand l'usager en question l'avait traitée de pauvre idiote, elle aurait sans doute réagi de la même façon. Chez les sœurs Merriwell, on avait la réplique cinglante et l'orgueil à vif. Et si l'esclandre de Diana était le dernier événement en date dans la chronologie de leur dégringolade économique, ce n'était pas le seul, loin de là.

Vee se mordait nerveusement la lèvre, rappelant à Minerva que sa petite sœur, aussi mûre et réfléchie semblait-elle, n'avait que quinze ans.

— Sans parler de l'inconvenance de la situation. Trois jeunes filles sans chaperon séjournant au domaine d'un célibataire...

Malgré leur situation matérielle, Vee restait très à cheval sur les principes et la bienséance. Fixant ses mains gantées, elle ajouta, songeuse :

— Est-il seulement celui qu'il prétend être ? Après tout, en dehors de sa parole et de celle du domestique qu'il nous a envoyé, rien n'affirme qu'il soit vraiment le comte de Fareham.

— Il avait l'allure d'un comte.

Minerva n'en avait jamais rencontré, bien sûr. Les comtes ne fréquentaient pas les mêmes quartiers qu'elle. On trouvait à Clerkenwell un certain nombre d'horlogers et de commerçants respectables – de moins en moins –, quelques traîne-savates et autres voleurs à la tire, et beaucoup de miséreux. Mais les loyers étaient bas, et à cheval donné on ne regardait pas les dents.

— Comte ou pas, il est de toute évidence suffisamment fortuné pour nous envoyer cette voiture somptueuse – qui est sa seconde voiture, en plus !

Pour que les filles ne pensent pas que la fortune en question était peut-être en train de monter à la tête de leur sœur aînée, d'ordinaire posée et raisonnable en toute situation, Minerva les regarda bien en face et tenta de mettre les choses au point.

— J'ai bien compris que vous désapprouviez toutes les deux ma décision. Je la désapprouve moi-même. Mais étant donné notre situation financière, qui n'est pas loin d'être désespérée, seule une idiote aurait décliné cette proposition pour le moins lucrative.

— J'aurais juste apprécié que tu nous le présentes d'abord, Minerva. Nous nous serions fait notre propre opinion. Tu aurais peut-être dû l'inviter à la maison pour le thé…

Minerva grimaça à l'idée qu'il aurait pu la voir chez elle, au milieu de ces meubles miteux achetés d'occasion, dans cet environnement délabré où flottaient les remugles des taudis tout proches.

— Lord Fareham habite à Mayfair ! Comment aurais-je pu l'inviter chez nous ?

Recevoir son majordome avait été suffisamment humiliant comme cela. L'homme avait balayé leur intérieur du regard avant de poser sur elle un œil compatissant.

Oubliant d'avoir quinze ans, Vee la considéra avec sévérité à travers ses petites lunettes.

— Il n'y a pas de honte à être pauvre, Minerva.

Leur père leur avait souvent fait la même remarque lorsqu'elles étaient plus jeunes. Minerva l'aurait peut-être cru, s'il ne les avait pas allègrement abandonnées à cette pauvreté lorsqu'il ne l'avait plus supportée. Coïncidence, il avait disparu au moment où Minerva avait atteint l'âge de prendre le relais. Cette crapule l'avait élevée dans cette optique !

— Il n'y a pas de quoi s'en réjouir non plus, Vee. La misère reste la misère, nous le savons toutes les trois.

Chaque année avait été plus dure que la précédente, et comme ses sœurs, Minerva était devenue vieille avant l'âge.

Vieille, fatiguée et usée par les difficultés de la vie.

Triste constat, qui résumait pourtant les vingt-quatre années qu'elle avait passées sur terre.

— Nous travaillons avec acharnement, tous les jours, et nous arrivons à peine à joindre les deux bouts.

Bientôt, si les astres ne se décidaient pas à changer, même Vee devrait trouver du travail. Minerva avait fait ce qu'elle pouvait pour la protéger jusque-là, mais son enfance risquait d'arriver brusquement à son terme si elle devait intégrer la cohorte des ouvriers. Il lui faudrait grandir bien vite, ou cette vie-là ne ferait qu'une bouchée de la jeune fille sensible et studieuse qu'elle était.

— Je comprends votre appréhension face à la proposition de lord Fareham, vous savez. Car elle est en effet un peu spéciale et tout à fait inhabituelle. Ce que je m'apprête à faire est moralement discutable, j'en suis consciente. Mais je vous le dis tout net : je n'aurai aucun état d'âme à me faire passer pour sa fiancée jusqu'à Pâques s'il le faut. Au contraire, je le ferai avec plaisir. Parce que je doute que vivre chez un comte dans le Hampshire, en étant grassement payée pour être quelqu'un d'autre, soit pire que l'existence que nous avons menée ces derniers temps. Jusqu'à preuve du contraire, les grands principes moraux n'assurent ni le gîte ni le couvert.

— Si tu le dis...

Vee était toujours inquiète, et c'était compréhensible. Qui aurait pu lui en vouloir ?

Ces derniers jours avaient été un véritable tourbillon. Mercredi, sa sœur aînée était sortie pour tenter de récupérer auprès de M. Pinkwell de quoi garder leur appartement, et jeudi, cette même sœur l'avait pratiquement poussée de force dans la voiture d'un inconnu partant pour le Hampshire, avec pour toute promesse celle d'avoir un nouveau toit. En l'occurrence, celui d'un célibataire trop gâté et pas vraiment à cheval sur les principes. Si Vee ou Diana avait annoncé un jour à Minerva qu'elle pliait bagage pour endosser le rôle de la fiancée d'un inconnu, elle serait sortie de ses gonds. Si elles étaient là toutes les deux, c'était parce que Minerva n'avait pas eu le choix. En tant que chef de famille, elle devait prendre des décisions. Elles la respectaient pour cela, et la plaignaient tout autant.

— J'aurais juste aimé le connaître un peu mieux.

— C'est peut-être un assassin..., dit Diana, toujours la plus imaginative des trois. Si ça se trouve, tout ceci n'est qu'une ruse destinée à satisfaire une soif de sang inextinguible.

— Tu passes beaucoup trop de temps à ce journal… Tu vois toujours le mal partout.

Diana soumettait article sur article à un hebdomadaire, dans l'espoir d'être un jour publiée, mais le propriétaire de la feuille de chou en question préférait la payer une misère une fois par semaine, juste avant la parution de son torchon, pour corriger les fautes d'orthographe et de grammaire de ses journalistes – moins talentueux mais de sexe masculin.

— Je préfère juste voir la vie comme elle est, plutôt que de la regarder à travers les lentilles roses que tu utilises visiblement. Tu crois vraiment que l'herbe est plus verte quand on est la fausse fiancée d'un homme riche ? Franchement, je me demande à quoi tu pensais en acceptant de participer à une farce pareille.

Diana avait pris l'initiative d'une petite enquête juste avant leur départ, et ce qu'elle avait découvert concernant la réputation de lord Fareham était, Minerva ne pouvait le nier, des plus inquiétants. Son nom avait été mentionné à plusieurs reprises dans la rubrique à scandales du journal, à la fois pour son style de vie et le nombre de ses aventures sans lendemain. À tel point qu'elle doutait sincèrement qu'il soit submergé par les responsabilités incombant à un comte, comme il le lui avait expliqué avec tant de conviction. Son chevalier n'avait rien de preux, et sans doute pas grand-chose de chevaleresque non plus.

— Ton comte n'est ni plus ni moins qu'un fêtard. Un débauché qui sort avec d'autres débauchés pour s'adonner à la débauche, dit Diana en agitant un index. Il t'a attirée jusque dans son domaine du Hampshire pour te séduire. Il va ruiner ta réputation.

— C'est faire un bien long trajet et se donner beaucoup de mal pour quelque chose qu'il pouvait aisément obtenir à Londres.

Devant les yeux ronds de sa sœur, Minerva s'empressa de préciser :

— Pas avec moi, bien sûr ! Je n'ai aucun désir de me laisser séduire, et ne tolérerais pas qu'il essaie.

Avec une femme comme elle, un comte n'envisagerait jamais autre chose qu'une rapide partie de jambes en l'air. En admettant qu'elle soit tentée – ce qui n'était pas le cas –, Minerva avait trop d'amour-propre pour l'accepter.

— La seule relation que j'envisage avec lord Fareham, et qu'il envisage avec moi, est une relation *d'affaires*. Quant à ma réputation potentiellement ruinée, je pense que tout le monde s'en contrefiche, quoi que je fasse. Et quoi que vous fassiez toutes les deux, en l'occurrence. Nous nous considérons peut-être comme des filles de gentleman, et donc un cran au-dessus de nos malheureux voisins, mais père est finalement le seul à avoir dit qu'il était un gentleman, et nous savons toutes les trois que notre *cher* papa inventait des histoires comme personne.

Face à une situation désespérée, les gens réagissaient parfois de façon inconsidérée et optaient pour des solutions extrêmes. C'était exactement ce qu'elle faisait. Quant à lord Fareham, sa proposition, bien que sortant de l'ordinaire, n'avait rien de répréhensible. Et puis, à quoi servait une bonne réputation lorsque l'on était à la rue ?

Elle sourit à ses sœurs, pour adoucir ce qu'elle s'apprêtait à leur dire.

— En ce qui concerne le reste du monde, nous ne sommes rien. Zéro. Trois âmes en peine, sans visage, qui luttent pour leur survie dans une ville où leurs semblables sont innombrables. Personne ne s'intéresse à ce que nous faisons, et personne ne se souviendra de nos méfaits, pas plus que de nos bonnes actions.

— Tu fais un résumé cynique de la situation avec lequel je ne suis pas d'accord. La chance va tourner. Elle tourne toujours.

— Vee, ma chérie, crois-tu sérieusement qu'un vrai gentleman viendra un jour se promener à Clerkenwell et saura voir la jeune fille de bonne famille qui se cache derrière tes vêtements usés et rapiécés ? Si c'est ce que tu espères, alors je suis heureuse d'être celle qui fait voler en éclats ces notions romantiques, parce que cela n'arrivera jamais et que je ne tiens pas à te voir déçue en permanence. La vraie vie n'a rien à voir avec un conte de fées.

Minerva avait elle aussi été une enfant romantique, jusqu'à ce qu'elle comprenne, à un âge encore très jeune, que les rêves ne se réalisent jamais. Devenir responsable de ses sœurs du jour au lendemain – devenir parent en quelque sorte – l'avait poussée à voir le monde avec pragmatisme. Certains êtres étaient destinés à avoir une vie difficile, et la leur l'était tellement que leur père n'avait pas réussi à faire face. Le jeune homme dont elle était bêtement tombée amoureuse non plus. Devant trois sœurs Merriwell pour le prix d'une, il avait rapidement coupé les ponts. Elle s'en était remise, mais avait retenu la leçon.

Sa réponse avait été cruelle, et elle s'en voulait.

— Tout ce que nous avons, c'est nous, dit-elle en serrant la main de sa petite sœur entre les siennes. Et c'est pour cela que je fais cette chose horrible : pour *nous*. Parce que si nous ne nous prenons pas en main, personne ne le fera. Je ne pouvais pas refuser quarante livres ! Pense à tout ce que nous pourrons faire avec. Manger à notre faim. Avoir un logement moins délabré, des chaussures neuves. De jolies lunettes pour toi, Vee, et peut-être une robe ou deux pour chacune d'entre nous.

— Sauf si nous sommes assassinées.

L'éternel pessimisme de Diana raviva la honte de Minerva.

— Un homme capable de mentir à sa mère pendant presque deux ans est, à mon humble avis, capable de tout, enchaîna sa sœur. Et personne ne soupçonnerait jamais un comte de meurtre, surtout si loin de Londres. Comme tu l'as dit, Minerva, nous ne sommes rien. Des âmes en peine sans visage dont personne ne se souviendra. La cible idéale. Il doit aborder des jeunes filles en désarroi, joue le preux chevalier, les attire dans son univers immonde avec la promesse d'un argent facilement gagné, et puis...

Elle fit glisser son index sur son cou.

— ... il les assassine dans leur sommeil, les coupe en morceaux et enterre leurs restes dans son parc ou dans les bois de son domaine. Les grands domaines ont souvent des bois. Il faut bien que les faisans et les chevreuils tirés par ces messieurs de l'aristocratie viennent de quelque part. Je suis prête à parier que l'antre de l'injustice sociale vers lequel nous nous dirigeons est cerné par des bois. Et suffisamment à l'écart du reste de la civilisation. Tu verras.

Vee fronça les sourcils.

— En quoi le fait d'être dans un endroit reculé rendrait-il les choses plus faciles pour lui ?

— Personne n'entendra nos cris.

Minerva lança un regard noir à Diana et, sur la défensive, joua son rôle d'aînée dans l'espoir que ses deux sœurs cessent de la tarabuster. Elle avait déjà bien assez à faire avec sa propre conscience.

— Allons, allons, ça suffit. Je ne veux pas que vous pensiez que je prends toute cette histoire à la légère. Je ne veux pas non plus passer pour vénale ou insensible, mais les faits sont là, quoi que vous pensiez. *Nous* avons terriblement besoin d'argent, et *il* propose de nous en donner, en échange d'un petit moment de malhonnêteté. Je l'avoue, je n'ai pas vraiment pensé à autre chose qu'aux quarante livres quand j'ai accepté de l'aider. Aux quarante livres et à la promesse d'une vie meilleure. Je vous ai entraînées dans cette histoire parce que je savais que vous vous feriez du souci si je partais seule. Si vous préférez ne pas y être mêlées, je le comprendrai tout à fait. Vous n'avez qu'un mot à dire et je demanderai qu'on vous dépose au prochain relais de poste, d'où vous pourrez prendre la diligence et rentrer chez nous.

De son aumônière, elle tira les deux shillings et deux pence qui lui restaient et les montra à ses sœurs, pour leur rappeler que cette somme ridicule constituait la totalité de leur fortune actuelle. Elles fixèrent les pièces en silence.

— Mais peut-être avez-vous une meilleure idée, qui nous fera gagner autant d'argent en si peu de temps ? Parce que si les choses continuent ainsi, nous dormirons sous les ponts avant la fin de cet hiver.

Bien sûr, elles n'avaient pas d'autre idée.

— Alors s'il vous plaît, cessez de vous plaindre et de critiquer ma décision, et tâchons de tirer le meilleur parti possible de la situation. Une chose est sûre en tout cas : l'herbe est plus verte dans le Hampshire.

Bientôt, le conducteur toqua sur le toit de la voiture.

— Standish House !

La voiture tourna, et ses roues mordirent le gravier de l'allée. Cette fois, il n'était plus question de faire marche arrière. Le sort en était jeté. Minerva inspira longuement, espérant calmer les papillons qui voletaient au creux de son estomac. Sans succès. Elle jeta un regard par la fenêtre, mais ne vit rien d'autre que des arbres.

— Je t'avais bien dit qu'il y aurait des bois, ne put s'empêcher de faire remarquer Diana, plus obstinée qu'un chien avec son os. Personne ne sait où nous sommes, donc personne ne viendra à notre secours.

Et, une nouvelle fois, elle fit glisser son index sur son cou.

— Père viendra, si nous avons besoin d'être secourues.

L'affirmation de leur cadette coupa court aux commentaires des deux aînées. La plus jeune des Merriwell était toujours convaincue que leur bon à rien de père reviendrait un jour.

— Je lui ai laissé l'adresse à la maison, au cas où il reviendrait pour Noël, ajouta-t-elle.

Diana lança un regard en direction de Minerva. Le regard qu'elle lui lançait chaque fois que leur petite sœur se racontait des histoires à propos de leur père. Le regard qui disait : « Réponds, toi, parce que moi je vais mettre les pieds dans le plat. » Ce qui était vrai. On pouvait compter sur Diana pour dire les choses sans ménagement, et son franc-parler risquait de blesser Vee, dont la sensibilité était à fleur de peau.

— Ma chérie… Il ne reviendra pas pour Noël.

— Comment le sais-tu ? Il a écrit pour dire qu'il ne serait pas là ?

L'entendre parler ainsi était douloureux, mais au moment du départ de leur père, Vee était encore très jeune, et avait pris pour argent comptant le « à bientôt » qui concluait le mot laissé sur la table, annonçant qu'il s'en allait quelque temps. Ce n'était pas la première fois qu'il prenait le large, mais cette fois il n'était pas revenu. Si elles étaient restées à Clerkenwell, dans l'appartement exigu et humide où elles avaient vécu avec lui, c'était aussi parce que Vee ne voulait pas entendre parler de déménagement, au cas où leur père déciderait de revenir. Mais dès qu'elle aurait les quarante livres, quitter cet endroit était une des priorités de Minerva. Clerkenwell, c'était le lieu où se fracassaient tous les rêves. Diana et elle avaient protégé et choyé Vee parce que c'était la plus jeune, mais il était temps pour les trois sœurs de passer à autre chose.

— Cela fait cinq ans qu'il n'a pas écrit. Tu devrais peut-être accepter l'idée qu'il ne donnera plus jamais de nouvelles.

— Mais bien sûr que non ! Il le fera, dès qu'il pourra, répondit la plus jeune des Merriwell en secouant la tête d'un air têtu, tout en regardant défiler le paysage.

C'était sa façon de mettre un terme à cette désagréable conversation. Soudain, elle écarquilla les yeux.

— Mon Dieu ! Je vois la maison ! Elle est immense !

Le visage collé à la vitre, les trois sœurs Merriwell découvrirent l'endroit où elles passeraient les jours à venir.

— Elle est magnifique ! s'exclama malgré elle Diana, tout sourire. C'est pratiquement un palais.

En effet. La vaste demeure en pierre blanche, de style palladien à façade parfaitement symétrique, se détachait nettement dans la lumière solaire, avec ses fenêtres et ses colonnes montant vers le ciel. Minerva n'avait jamais rien vu de pareil. Et ne s'était jamais sentie aussi dépaysée. L'homme affable, accessible, qui l'avait convaincue de venir ici, ne pouvait pas vivre dans une telle demeure ! Lorsqu'il avait mentionné son domaine à la campagne, pas un instant elle ne s'était imaginé quelque chose d'aussi somptueux. C'était un autre monde. Un monde dont elle n'avait pas les codes, avec lequel elle n'avait rien en commun. Pourtant, très vite, elle allait devoir faire comme si tout cela ne l'intimidait aucunement, et jouer le rôle de la fiancée du propriétaire des lieux, beau, séduisant et noble, devant une assistance composée de tous ses proches.

Mon Dieu.

Instinctivement, elle baissa les yeux sur sa plus belle robe. Elle était usée et défraîchie malgré le nouveau ruban – une folie – qu'elle avait acheté et cousu pour tenter de lui redonner un peu d'éclat. Mais aucun ruban au monde ne pourrait faire de cette vieille chose une robe digne d'être portée à Standish House. Au creux de son estomac, les papillons s'affolèrent. Le moment était venu d'affronter la réalité qu'elle avait cherché à esquiver depuis qu'elle avait vendu son âme pour quarante livres. Un comte et une rien du tout. Un énorme mensonge.

Mais à quoi avait-elle bien pu penser en acceptant ce pacte diabolique ?

4

Hugh entendit arriver la voiture et tenta d'ignorer la nervosité qui l'animait.

— La voilà, dit-il en se levant et en ajustant sa veste. Nous devrions sortir pour les accueillir.

— Je ne vois pas pourquoi je bougerais. Ce sont tes invitées, après tout. Et cette mascarade est ton idée. Je te rappelle que j'ai clairement exprimé mon opinion à ce sujet.

Malgré tout, Giles s'extirpa lentement du fauteuil dans lequel il avait passé l'essentiel de la journée et sourit.

— Mais je l'avoue, je suis curieux de voir si elle est aussi jolie que tu le prétends. Parce que si c'est le cas, cette demoiselle m'intrigue. Quel genre de jeune femme accepte de se faire passer pour la fiancée d'un vaurien pour quarante misérables livres ?

— Quarante livres, cela n'a rien d'une somme misérable.

C'était sans doute plus que n'en gagnait Mlle Merriwell en un an, à en juger par le manteau élimé qu'il lui avait vu sur le dos. Il lui avait fait une proposition qu'elle ne pouvait refuser. Une proposition incontestablement scandaleuse, et ce dans le seul but de sauver sa peau. Fallait-il que la pauvre demoiselle Merriwell soit désespérée pour accepter une chose pareille !

Payne, son majordome, lui avait par ailleurs raconté qu'elle occupait avec ses deux sœurs un appartement minuscule dans un quartier défavorisé de la ville, et cela le préoccupait aussi. De toute évidence, Minerva Merriwell vivait chichement. Mais elle était cultivée, distinguée et sûre d'elle, intelligente à n'en pas douter, et très jolie. Comment la famille Merriwell s'était-elle retrouvée dans le besoin : c'était une question que le sens moral de Hugh entendait éclaircir au plus tôt. Déjà, il avait le pressentiment que Minerva repartirait en emportant avec elle beaucoup plus que quarante livres. Au moins cela allégerait-il un peu sa conscience.

— Permets-moi de te rappeler que tu t'es empressé de me proposer tes services, et que je ne te donnerai pas un sou en contrepartie.

— Mais bien sûr que je me suis proposé ! Cette histoire promet d'être tellement drôle. J'adore les farces, et le désastre qui s'annonce me réjouit. Je ne manquerais cela pour rien au monde !

— Tu ne me rassures pas beaucoup.

— En tant que meilleur ami, mon rôle est de te dire la vérité, toute la vérité, rien que la vérité. Je serai à tes côtés, fidèle, lorsqu'il te faudra affronter les conséquences de ta folie. Il restera bien un idiot parmi tes amis pour te rassurer, si c'est ce que tu souhaites. Mais tu as besoin de quelqu'un d'attentif, qui puisse te prévenir des écueils qui t'attendent. Et qui mieux que moi saura observer d'un œil critique le champ de bataille que sera ta vie lorsque toute cette absurdité sera arrivée à son terme ? « Je te l'avais bien dit » est ma remarque favorite, tu le sais.

Payne apparut à la porte.

— Les demoiselles Merriwell sont arrivées, monsieur. Dois-je les faire entrer ?

— Oui… oui, bien sûr.

Trois jeunes femmes aux yeux écarquillés pénétrèrent quelques instants plus tard dans le salon, mais il n'en fixa qu'une. Elle était vraiment aussi jolie que dans son souvenir. Plus encore aujourd'hui, parce qu'elle avait retiré son chapeau et qu'il voyait ses cheveux pour la première fois. Ils étaient d'un noir de jais et, à en croire l'épais chignon qui reposait sur sa nuque, très longs. Quelques mèches ondulées encadraient son visage, soulignant son teint d'albâtre et ses magnifiques yeux verts.

Des yeux dans lesquels brillait une intrépidité qu'il admirait déjà.

Sans son manteau informe, elle avait une adorable silhouette. Poitrine modeste mais aux rondeurs délicieuses, buste étroit mais pas trop et – pour autant qu'il puisse le deviner à la façon dont sa jupe tombait – des jambes d'une longueur réjouissante. Elle était plus grande que la moyenne, et cela plaisait à Hugh. Ce qui lui plaisait plus encore était qu'elle soit si brune, quand la bonne société ne jurait que par la blondeur. L'un dans l'autre, elle n'avait rien de commun avec les jeunes femmes qu'il connaissait, mais correspondait en tout point à la Minerva qu'il avait créée. Unique. Une femme que n'importe quel homme aurait été fier d'avoir à son bras.

Se ressaisissant, Hugh se tourna vers Giles, constata son regard appréciateur et se retint de lui donner un coup de coude pour qu'il se reprenne – ce qui n'aurait pas été très juste envers son ami.

— Mademoiselle Merriwell, je suis tellement content de vous voir ! Permettez-moi de vous présenter mon cher ami Giles Sinclair, lord Bellingham.

— Héritier du duc de Harpenden ? demanda l'une des sœurs en fronçant les sourcils. On ne parle que de vous dans les journaux. Rien que vendredi dernier, j'ai lu un article vous concernant.

Giles sembla ravi.

— Vraiment ? Et on me faisait passer pour une fripouille, je parie ?

— Une fripouille accomplie, oui.

— Merveilleux. Je crois beaucoup au pouvoir de la presse et des ragots, et j'aime faire de mon mieux pour distraire les foules.

— Vous devriez avoir honte.

Minerva grimaça et lança à Hugh un regard navré.

— Diana a une opinion très tranchée sur à peu près tout, et éprouve souvent le besoin de la faire connaître.

— J'applaudis pareille attitude, fit Giles. À quoi bon avoir une opinion et la garder pour soi ?

Venant de son ami, à quoi pouvait-il s'attendre d'autre ? songea Hugh. Et sa remarque sembla beaucoup plaire à la sœur susceptible.

— Je partage tout à fait votre sentiment, lord Bellingham.

Avant que la spontanéité de sa cadette l'entraîne trop loin, l'aînée des Merriwell intervint, gênée :

— Nous sommes ravies de faire votre connaissance. N'est-ce pas, Diana ? dit-elle avec un regard noir à l'intention de celle qui ne devait pas être beaucoup plus jeune qu'elle.

Très jolie également, et tout aussi brune, Diana était cependant moins lumineuse que sa sœur, et ne dégageait pas ce magnétisme qui captait l'œil de Hugh.

— Mademoiselle Diana – en référence à la déesse de la Chasse, je n'en doute pas, dit Hugh en s'inclinant, avant de se tourner vers Giles. M. Merriwell leur a donné des noms de divinités romaines. C'est drôle, n'est-ce pas ? Le portez-vous aussi bien que Mlle Minerva porte le sien ? demanda-t-il en s'adressant de nouveau à Diana.

— Je l'espère, lord Fareham. Car je suis une guerrière dans l'âme.

— Quelle est votre arme de prédilection ? s'enquit lord Bellingham.

Il avait pris la main de Diana et y déposa un baiser, mais ses lèvres s'attardèrent de façon éhontée.

Diana la retira d'un geste brusque et le fusilla du regard.

— Causticité et réflexions incisives pour commencer, monsieur. Et si la blessure n'est pas suffisante, tout objet contendant qui se trouve à portée de main.

Giles donna un coup de coude à Hugh.

— Elle me plaît. Elle sait ce qu'elle veut et n'a pas peur de le dire… Mademoiselle Diana, je pense que nous allons très bien nous entendre, si vous promettez de ne jamais mâcher vos mots avec moi.

— Soyez-en assuré, monsieur.

— Et voici ma plus jeune sœur, Mlle Vee Merriwell.

Hugh fit un pas en avant et serra la main de la plus jeune et visiblement la plus timide des sœurs Merriwell. Contrairement aux deux autres, ses cheveux étaient clairs, mais derrière des lunettes peu flatteuses elle avait les mêmes yeux verts en amande. Des yeux qui, en cet instant, trahissaient un malaise profond, proche de la panique.

— Je n'ai pas le souvenir d'une déesse romaine appelée Vee, dit Hugh en souriant pour la mettre à l'aise. Quel prénom original.

— Vee déteste son prénom, expliqua Diana avec un petit air espiègle. Elle le trouve indécent. Alors nous l'appelons Vee...

— Merci, Diana, fit Minerva.

— ... mais en réalité, c'est Vénus. La déesse de la Beauté et de l'Am...

— J'ai dit *merci,* Diana.

Une nouvelle fois, Minerva interrompit Diana, sa plus jeune sœur étant trop morte de honte pour pouvoir faire autre chose que rougir. La pauvre : en quelques instants, elle avait viré au cramoisi.

— Sachez que je compatis, mademoiselle Vee, dit Hugh. Être affublé d'un prénom que l'on n'aime pas, c'est terrible. Rendez-vous compte : mon second prénom est Fidèle. Mais j'en oublie mes manières. Je vous en prie, asseyez-vous.

Avec un sourire, Hugh lui proposa son bras. Vee sourit à son tour, timidement, et se laissa entraîner.

— Payne nous prépare du thé et des gâteaux. Vous devez être épuisées, après ce voyage. Londres est si loin du Hampshire, c'est vraiment peu pratique.

Chacun prit place, et un silence un peu lourd s'installa dans la pièce. Parler de tout et de rien semblait peu approprié, mais évoquer de but en blanc la mascarade à venir l'était tout autant. Comment exactement devait-on échanger avec sa fausse fiancée et sa famille lors d'une première entrevue ?

— Vous avez fait bon voyage ?

— Excellent, monsieur. Votre voiture est très confortable.

— Parfait. Excellente nouvelle.

D'un regard, il nota le tissu des robes, de mauvaise qualité, et les semelles usées des bottines. Encore un sujet qu'il faudrait aborder, et qui ne manquerait pas de provoquer un malaise. Pour la garde-robe, il avait anticipé et engagé une équipe de couturières. Celles-ci n'allaient pas tarder à arriver pour prendre leurs mesures et confectionner en toute hâte des vêtements présentables. Mais de nouveaux vêtements n'étaient pas la seule chose qu'il faudrait aux sœurs Merriwell. Ces deux derniers jours, il avait beaucoup réfléchi et planifié leur séjour. Il avait rédigé des listes, donné quantité d'instructions, et même préparé quelques fiches sur ce que sa fiancée éphémère devrait savoir. Ayant anticipé tout cela, pourquoi diable n'avait-il pas pensé à préparer quelques phrases pleines de tact afin d'aborder en douceur les sujets difficiles ?

— Et l'auberge où vous vous êtes arrêtées hier soir… ? Vous avez été satisfaites ?

L'aînée des Merriwell se força à sourire.

— C'était un endroit charmant, oui. Très confortable.

— Parfait.

Il chercha désespérément un autre sujet, n'importe lequel…

En vain.

C'était triste, mais il ne voyait rien d'autre à dire. Sur le manteau de la cheminée, la pendule dorée à l'or fin égrenait un tic-tac encore plus sonore que d'habitude.

— Parfait, parfait…

Voilà à quoi se résumait son vocabulaire aujourd'hui. De plus en plus mal à l'aise, il regarda Giles d'un air malheureux, dans l'espoir que celui-ci prenne pitié. Mais son ami lui renvoya un regard délibérément vide, et moqueur.

Parfait.

— C'est la première fois que vous venez dans le Hampshire ?

— Oui, c'est la première fois. Le paysage était charmant, depuis la voiture.

Bien, encore une question stupide à laquelle il avait été répondu avec le plus de précision possible. Hugh aurait voulu mourir. Mlle Merriwell n'avait pas l'air beaucoup plus à l'aise que lui, mais Dieu la bénisse, elle faisait des efforts. Sa sœur pète-sec faisait la tête, la timide avait les yeux baissés, et Giles retenait visiblement un fou rire. Quand Hugh entendit au loin le tintement des tasses sur un plateau, il faillit bondir de joie en s'écriant :

— Ah, voilà les rafraîchissements !

Un peu plus, et il embrassait son majordome.

— Pressons, pressons, Payne. Ces demoiselles doivent mourir de faim.

Le majordome leva les yeux au ciel et s'occupa de distribuer, à l'aide d'une pince, de délicats petits sandwichs de la taille d'un doigt, tandis que tous regardaient la bonne servir le thé avec beaucoup plus de précautions que nécessaire. Enfin, à la seconde où les domestiques se retirèrent, chacun se concentra sur ce qu'il avait dans son assiette. Seule l'étonnante Minerva résista à la tentation, préférant fixer la sienne d'un œil mélancolique.

— Sandwichs à l'œuf, dit Giles d'un air gourmand, avant de faire un clin d'œil à Diana. Cela ne pouvait pas tomber mieux. Pensez-vous qu'ils ont conservé les coquilles à la cuisine ? Parce que si c'est le cas, nous pourrions rappeler Payne et lui demander de les répandre sur le tapis pour que nous marchions dessus ?

— Puis-je parler franchement, lord Fareham ? demanda Minerva en se redressant un peu.

— Alléluia ! s'exclama Giles. Je m'impatientais. Il faut bien que quelqu'un se lance.

Elle l'ignora, fixant Hugh d'un regard intense. Il y avait dans ses magnifiques yeux verts une émotion qu'il ne parvint pas à décrypter, mais qui réussit néanmoins à le mettre mal à l'aise.

— Je me rends compte que nous tous assis ici sommes en quelque sorte paralysés par le non-dit, alors si vous le permettez, je vais aborder le sujet, afin que nous puissions enfin respirer normalement.

Elle redressa les épaules, et Hugh eut le sentiment qu'elle s'adressait directement à sa conscience :

— Vous êtes en cet instant mortifié de vous être laissé entraîner dans une situation absurde qui vous a poussé à m'embaucher, moi, une inconnue, pour jouer le rôle de votre fiancée. Et je suis mortifiée d'être dans une situation financière si désespérée qu'elle m'oblige à accepter votre proposition.

Elle poussa un long soupir, se détendit, et écarta les mains.

— Voilà, c'est dit ! Maintenant que l'existence d'un malaise a été admise, je suis sûre que nous allons tous nous sentir mieux.

Mais elle n'avait pas l'air de se sentir mieux du tout. Au contraire. Elle semblait nerveuse. Très nerveuse.

— Lord Fareham, puis-je vous parler quelques instants ? En privé ?

— Oui, bien sûr. Suivez-moi.

Il la fit passer du salon à son bureau, avec la sensation d'une catastrophe imminente. Pour tenter de détendre l'atmosphère, il s'installa dans l'un des fauteuils capitonnés qui faisaient face à la fenêtre, et lui fit signe de prendre l'autre. Mais elle ne s'assit pas. Ne resta pas immobile non plus. Non, elle se mit à aller et venir sur le tapis persan.

— Tout va bien ?

— Non, lord Fareham ! Rien ne va ! Rien ! Venir ici était une erreur.

Elle s'arrêta net et se mit à gesticuler avec fougue en direction des murs lambrissés.

— Je n'ai aucune expérience de ce genre de vie, monsieur. Aucune. Jamais je n'ai connu pareille grandeur, et encore moins feint de m'y sentir à l'aise. Je suis comme un poisson hors de son bocal, et vous avez fait une terrible erreur en me choisissant pour vous aider.

Hugh s'efforça de repousser la panique qui le tenaillait. Il ne pouvait pas la laisser changer d'avis maintenant. Il se remit debout.

— Permettez-moi de ne pas être d'accord. Ma mère s'attend à rencontrer une jeune femme distinguée, pas une véritable aristocrate, et vous avez la voix et le port d'une jeune fille distinguée. À vrai dire, je pense même qu'elle approuvera le fait que vous n'ayez pas de sang bleu. Depuis qu'elle s'est remariée avec un Américain, elle a fait siennes les idées libérales à propos des classes sociales, et déclare détester le snobisme. Les Américains sont en faveur d'un système égalitaire, voyez-vous. Non pas que ma mère ait été snob un jour… C'est quelqu'un de très pragmatique, elle a les pieds sur terre. Moi aussi, d'ailleurs.

Elle le regarda comme s'il avait perdu la tête.

— Lord Fareham, vous me semblez être quelqu'un de plutôt raisonnable, mais je peux vous assurer qu'il n'y a rien de pragmatique dans cette histoire. Je n'ai jamais rien vu de tel, dit-elle en continuant à faire les cent pas. Jamais je n'aurais accepté, si j'avais su que je devais jouer une femme destinée à vivre dans un *palais*.

— Je me rends bien compte qu'à première vue, Standish House est une propriété un peu impressionnante… Mais, au bout du compte, ce n'est qu'une maison. Faite de briques et de mortier, comme toutes les autres.

Minerva semblait peu convaincue.

— Allons, regardez-moi ! Pourrais-je vraiment me faire passer pour la fiancée d'un comte ?

Elle tenait ses jupes, en tendait le tissu défraîchi, et Hugh supposa qu'il aurait dû les regarder, mais il n'arrivait pas à quitter son visage des yeux. Un visage qu'il mourait d'envie de toucher, tout à coup. Pour ne pas céder à la tentation et risquer de la faire partir en hurlant, il noua les mains dans son dos, se dit qu'il devait ressembler à un amiral passant son équipage en revue, les dénoua et écarta les bras, paumes vers le ciel.

— Ma chère demoiselle Merriwell, je ne sais pas ce que vous voyez quand vous vous regardez dans le miroir, mais moi, ce que je vois, c'est une jeune femme très belle, intelligente et plutôt sûre d'elle. Je le sais parce que c'est la première impression que j'ai eue lorsque nous nous sommes rencontrés, avant même de vous avoir entendue parler. Vous avez de l'allure, mademoiselle Merriwell. Un petit quelque chose qui fait que vous sortez du lot.

— Vraiment ?

— Vraiment. En fait, vous êtes exactement le genre de femme que j'aimerais avoir comme fiancée, si je devais avoir une fiancée. Les fondamentaux sont là. Le reste n'est que façade. Et une façade, c'est facile à adapter. Des couturières viendront nous aider à améliorer ce qui est déjà très présentable, et j'ai soigneusement planifié les prochains jours pour faire en sorte que non seulement vous, mais aussi vos sœurs, vous sentiez prêtes pour le grand jour.

Elle hésitait. Il le voyait dans son expression. Elle hésitait, et avait désespérément besoin d'argent. Hugh avait honte.

— Mais il est déjà tard, et vous êtes fatiguée. Tout devient plus compliqué lorsqu'on est fatigué, dit-il, autant pour elle que pour lui. Après un bon repas et une nuit de repos, je suis certain que la situation ne vous paraîtra plus aussi insurmontable.

— Peut-être...

— Sûrement. Je vais demander à Payne de vous montrer vos chambres, puis il vous fera monter de quoi vous restaurer. Les bonnes vous feront couler de bons bains chauds et vous pourrez vous détendre entre vous, ce soir. Nous reparlerons de tout cela demain matin, quand vous vous sentirez mieux.

Elle se mordillait doucement la lèvre supérieure. Bien que distrait par cette petite moue, Hugh vit dans cette indécision un très bon signe – avant de s'en vouloir aussitôt.

— Que pensez-vous d'attendre de voir comment vous vous sentirez dans quelques jours, quand vous connaîtrez un peu mieux la maison et les gens qui y vivent ? reprit-il. D'après mes calculs, nous avons au moins deux semaines avant l'arrivée de ma mère. *Au moins*. Si les vents sont très favorables. En réalité, nous avons sans doute trois semaines. Ce qui nous laisse largement le temps de nous assurer que vous vous sentez bien dans votre rôle, et que vous êtes parfaitement habituée à la grandeur des lieux.

Il était prêt à la supplier, s'il le fallait.

— Je vous en prie, restez une semaine. Et si vous avez toujours le sentiment de ne pouvoir y arriver, vous repartirez avec ma bénédiction... *et* les quarante livres.

— Oh. Je ne pourrais pas accepter toute la somme, dit-elle en battant des cils. Si je n'honore pas notre accord...

— La moitié, alors. Une semaine. Vingt livres, et sans rancune.

— Il est vrai que nous avons fait toute cette route...

— Et si nous devons jouer les fiancés, vous devrez m'appeler Hugh... *Minerva*.

Il lui tendit la main pour qu'elle la serre et ne puisse plus changer d'avis, et regretta aussitôt son geste. Sans la barrière des gants ou des mitaines, la main de Minerva se lovait parfaitement dans la sienne. Il sentit sa chaleur remonter jusque dans son dos où quelque chose d'étrange, proche d'un chatouillis, se produisit. Pour l'empêcher de se propager, il retira sa main et s'empressa de la nouer à l'autre, sans se soucier cette fois d'avoir l'air d'un vieil amiral, serrant les poings dans l'espoir que cette étrange sensation se dissipe et que sa nervosité retombe.

— Parfait.

Rien ne se dissipa, rien ne retomba.

Et il commençait à détester ce mot.

5

— Vous allez sans doute avoir besoin de ça. Pour vous informer. Au cas où ma famille poserait des questions sur votre maladie.

Minerva prit le volume qu'il lui tendait, en lut le titre, puis regarda Hugh. *Traité des maladies pulmonaires*.

— Ma maladie ? Doux Jésus… De quoi ai-je souffert ?

La leçon numéro un de « Qui est Minerva ? » avait commencé depuis une heure à peine et déjà elle se sentait dépassée. Hugh n'avait pas fait que raconter quelques mensonges. Il avait bâti un univers tout entier.

— De tuberculose.

— De tuberculose ?!

Il hocha la tête, gêné.

— J'avais prévu de faire mourir Minerva, et une agonie prolongée me semblait appropriée.

— Vous voulez que je feigne d'être phtisique ? C'est votre plan infaillible pour mettre un terme à vos fiançailles ? Il me semble que vous accordez beaucoup de confiance à mes dons d'actrice en me demandant de mourir en présence de votre mère, juste pour vous sortir du pétrin.

— Non, bien sûr. Ce serait ridicule, répondit Hugh en retenant son sourire.

Il semblait tellement décontracté – et c'est ce qui l'avait mise à l'aise dès le début de leur conversation ce matin, lorsqu'ils avaient manqué se télescoper dans l'escalier, aux premières lueurs du jour. Cette décontraction lui avait fait oublier qu'elle parlait à un comte. Mais comme il l'avait souligné, ils étaient censés non seulement être fiancés, mais follement amoureux l'un de l'autre. L'attitude un peu guindée qu'avait adoptée Minerva au départ n'avait donc pas lieu d'être. De toute façon, elle soupçonnait Hugh d'être assez peu guindé quelles que soient les circonstances.

— Vous vous êtes miraculeusement remise, un peu avant Noël dernier.

Elle le fixa d'un regard incrédule.

— Je me suis remise. De la tuberculose. La maladie qui tue tous ceux qui l'attrapent.

— Pas tous…, dit Hugh en montrant le volume qu'elle avait entre les mains. Je me suis un peu renseigné. Pour mentir avec conviction – et tous les Standish de sexe masculin sont des menteurs, autant que vous le sachiez –, il est impératif que le mensonge soit fondé sur des faits. Il existe des cas où le patient déjoue les pronostics. Ils sont peu nombreux, je vous l'accorde, aussi ai-je laissé entendre que les premiers médecins consultés avaient peut-être fait un mauvais diagnostic. Celui que j'ai ensuite fait venir de Suisse a été un don du ciel. Je lui dois de vous avoir tirée des griffes de la mort. À vrai dire, avec le traitement qu'il vous a prescrit, le changement a été presque immédiat. Et j'ai une autre idée pour mettre fin à nos fiançailles. Vous serez soulagée d'apprendre qu'elle n'implique pas votre passage dans l'autre monde.

— Je suis tout ouïe.

— Vous allez vous enfuir avec Giles.

Minerva ouvrit la bouche, puis la referma quand aucun son n'en sortit. Devant son expression stupéfaite, Hugh sourit.

— Personne n'aura rien vu venir, donc ni lui ni vous n'aurez à vous prétendre amoureux. Quelques jours après l'arrivée de ma mère, Giles et vous quitterez la maison sans faire de bruit, en pleine nuit. À mon réveil, je trouverai une lettre écrite de votre main qui évoquera votre désarroi, vos sentiments puissants pour mon meilleur ami, la façon dont vous aurez tous les deux lutté pour résister à une attirance réciproque, mais… Et là, c'est grandiose… La perte de votre père et votre récent bras de fer avec la mort vous ont amenée à la conclusion que la vie est trop courte et trop précieuse pour ne pas la vivre à fond avec l'homme que votre cœur a choisi.

— Lord Bellingham s'enfuira-t-il aussi avec mes sœurs ?

— Ce serait idiot. Personne ne s'enfuit avec sa bien-aimée et la famille de celle-ci. Non, vous partie, Diana et Vee, sous le choc, seront rapidement renvoyées chez elles afin que je puisse me remettre de cette trahison.

— Le parfait exemple du héros foudroyé. À qui l'on pardonne toutes ses fautes.

— Exactement ! C'est génial, non ? Brutal. Triste. J'adore le pathos. Cela permet de tirer un trait définitif sur toute la relation.

— *Les* relations.

— Je vous demande pardon ?

— Après une telle trahison, votre amitié avec Giles ne pourra guère se poursuivre. Votre mère ne comprendrait pas.

D'un geste, il écarta ce point.

— Je trouverai bien quelque chose.

— C'est de la folie. Vous en êtes conscient, n'est-ce pas ?

Il hocha la tête, avec ce sourire désarmant qui devait le tirer de tous les mauvais pas de la terre.

— Je vous l'ai dit : je n'ai fait qu'embellir ce qui était déjà très présentable.

— Vous avez fait plus que l'embellir, Hugh.

Minerva baissa les yeux sur les nombreuses notes qu'elle avait prises, et soupira. À quoi bon se préoccuper du ridicule de son plan et de la complexité de ses mensonges ? La récompense financière la séduisait comme le chant des sirènes séduit le marin. Quarante livres si elle tenait bon, vingt si elle ne restait qu'une semaine. Inespéré.

S'il tenait à poursuivre sur la voie du mensonge plutôt que ravaler son orgueil et supplier sa mère de lui pardonner, qu'il en soit ainsi. Quand le plan échouerait, ce ne serait pas à cause d'elle.

— C'est une solution comme une autre, dit-elle en plongeant sa plume dans l'encrier. Dites-moi, à quelle date ai-je été malade ?

— Votre santé s'est détériorée au printemps 1824. À l'automne, j'ai craint le pire.

— Et puis, je me suis miraculeusement remise juste à temps pour Noël.

— C'était autour de début novembre, si je me souviens bien. Vous avez retrouvé quelques forces, suffisamment pour que je puisse quitter votre chevet et rendre visite à ma mère à Boston.

— Combien de temps avez-vous été absent ?

— Trois mois. Vous m'avez écrit toutes les semaines.

D'un tiroir de son bureau, il sortit une pile de lettres attachées par un ruban et la lui tendit.

— Au cas où vous vous poseriez la question, c'est Giles qui les a écrites. Une lettre d'amour par semaine – il a pris ma requête très au sérieux. Et s'est beaucoup amusé à mes dépens, mais c'était de bonne guerre.

Curieuse, Minerva fit glisser la première sous le ruban et l'ouvrit.

Mon Hugh adoré
Toi que j'aime à me damner !
Ta seule présence me met en émoi
Je voudrais que tu sois rentré
Je n'en peux plus d'être esseulée
Ton absence me donne mal au foie

— Je vous en prie, dites-moi que vous n'avez jamais montré ces lettres à votre mère.

— Pas directement, non. Mais j'avoue en avoir laissé traîner une ou deux dans ma chambre. Pour le cas où la curiosité de mère aurait été trop grande. Ce qui fut le cas, j'en suis presque sûr.

Hugh sourit et, d'un geste qu'il voulait rassurant, tapota la main de Minerva.

— Toutes les lettres ne sont pas en vers et tous les poèmes ne sont pas aussi ridicules. Jamais je n'aurais laissé traîner celui-ci. Mais parcourez tout de même les autres lettres, pour vous faire une idée.

Elle posa la pile de lettres sur le traité de médecine et se concentra sur les traits de Hugh. C'était beaucoup plus facile que de digérer son conte de fées. La beauté de ce visage était vraiment irrésistible.

Des proportions parfaites. Et ces yeux bleus si brillants... *Concentre-toi sur les quarante livres, pas sur son évidente séduction !* Depuis qu'elle l'avait accompagné jusqu'à son bureau, à l'aube, c'était pourtant cette séduction qui avait occupé son esprit. Trop nerveuse pour dormir, elle avait cédé à la curiosité et quitté sa chambre pour explorer les lieux, ignorant que son hôte était lui aussi un lève-tôt. Étant donné sa réputation, elle avait trouvé cela surprenant.

— Vous êtes revenu en janvier ?

— Oui, à la fin du mois. Bien sûr, pendant mon absence, vous étiez en convalescence.

— Bien sûr. Et ensuite, que s'est-il passé ?

— J'étais ici depuis quelques jours à peine quand ma mère m'a écrit pour suggérer que le mariage ait lieu en juin. Elle avait dû rédiger sa lettre dès l'instant où mon bateau a pris la mer. Elle m'annonçait être sur le point de réserver sa place.

— Seigneur. Pourquoi ai-je le sentiment que les ennuis ne font que commencer ?

Fallait-il être superficiel et égoïste pour inventer tous ces mensonges et fournir tant d'efforts à l'élaboration d'une histoire sans queue ni tête ! Hugh s'était mis lui-même dans une situation impossible, et elle ne le plaignait aucunement. Mais elle ne pouvait s'empêcher d'éprouver de l'affection pour lui.

Minerva avait passé une bonne partie de la nuit à réfléchir à la situation, et était arrivée à quelques conclusions qui, bizarrement, lui avaient fait accepter plus facilement ce qu'elle s'apprêtait à faire. Hugh n'avait aucune idée de ce à quoi ressemblait la vraie vie, aucune idée des problèmes auxquels les gens comme elle devaient faire face quotidiennement. Pour lui, tout se résolvait avec de l'argent – argent dont il n'avait visiblement pas la moindre notion.

Dans son monde à elle, il n'aurait pas tenu cinq minutes. Qu'elle ait tenu plusieurs heures dans le sien était la preuve de sa force de caractère.

Il sourit à nouveau, ses yeux pétillèrent avec trop de charme et elle se sentit sourire en retour. Malgré tous ses défauts, Hugh Fareham était éminemment aimable, avec un petit côté canaille qui n'était pas pour lui déplaire.

— Vous me connaissez déjà tellement bien...

— Qu'avez-vous inventé, Hugh ?

— Une tragédie, j'en ai peur. Votre père s'est éteint alors que j'étais encore sur le bateau, et toute possibilité de mariage dans l'été s'est éteinte avec lui. Il y avait la période de deuil à respecter, vous comprenez...

— Et celle-ci prendra fin peu après Noël. Votre mère n'est pas idiote.

Ce qui ne laissait rien présager de bon pour les plans de Hugh. Par conséquent, en jetant l'éponge après une semaine de cours intensifs et en mettant fin à cette comédie avant l'arrivée de sa mère, Minerva lui rendrait service.

Elle pouvait aussi rester jusqu'au bout, assister à la catastrophe qui ne manquerait pas d'arriver et se dire qu'il avait pris là une bonne leçon de vie. Auquel cas, elle aurait bien mérité ses quarante livres.

— Disons que la patience n'est pas son point fort.

— Il faut pourtant avoir la patience d'un saint pour vous supporter. Avez-vous toujours été aussi difficile ?

— Détrompez-vous ! La sainteté n'est pas du tout pour elle. Cette femme est un danger public, et elle m'a poussé dans mes derniers retranchements.

Il soupira pour donner de l'effet à son propos et feindre d'être une pauvre victime, mais un nouveau sourire vint gâcher son effet... et faire battre le cœur de Minerva. Il y avait quelque chose de désarmant chez cet homme conscient de ses défauts mais qui ne s'en excusait jamais.

— Et avant que vous le répétiez : oui, je sais, tout ceci est totalement absurde. Et non, je ne pense pas avoir beaucoup de chances de réussir mon coup.

— Vraiment ?

Il secoua la tête avec résignation.

— Giles parie à trois contre un. Mais que voulez-vous, je suis un éternel optimiste. Cela vaut le coup d'essayer. Et je trouve très encourageant de voir combien vous apprenez vite.

— J'ai toujours été douée pour digérer rapidement les informations. Mon problème serait plutôt du côté de la performance physique. Je manque totalement de coordination et suis d'une maladresse terrible.

— Comment pouvez-vous dire une chose pareille, alors que vous êtes une excellente artiste ?

Le compliment lui fit chaud au cœur.

— Je manie mes outils avec dextérité, mais c'est la seule chose que je sache faire, je vous assure. À ce propos, je dois vous prévenir que je ne sais pas danser, donc vous devrez faire en sorte que personne ne m'invite à le faire. J'ai deux pieds gauches et pas d'équilibre, je n'ai pas l'oreille musicale et pour la grâce, j'ai renoncé. C'est sans doute dû à ma taille. Mes membres sont si longs que lorsque je cherche à suivre un rythme, celui-ci arrive toujours trop tard aux extrémités.

Hugh éclata de rire.

— C'est noté. Mais honnêtement, je ne pense pas que vous ayez besoin de savoir danser ici.

Il prit sa tasse vide et fronça les sourcils.

— Encore un peu de thé avant le petit déjeuner ? Qu'en pensez-vous ?

Il jeta un rapide coup d'œil en direction de la pendule, sur la cheminée, et se leva pour aller sonner.

— Cette histoire m'a donné soif.

— Vous ne m'avez pas dit de quoi mon père était mort, remarqua Minerva en se carrant dans son fauteuil et en croisant les mains, certaine que la réponse ne manquerait pas d'être divertissante.

Hugh avait beaucoup de défauts, mais c'était un conteur-né.

— Il randonnait dans les Cairngorms.

— En janvier.

— Parfaitement. Et contre l'avis de ses chères enfants. Mais c'était un homme têtu, comme savent l'être les Écossais... Ai-je mentionné le fait que vous étiez à moitié écossaise ?

— Comme pour beaucoup de choses, vous avez omis de préciser ce détail. Est-il pertinent ?

Elle était ici depuis un jour à peine, et déjà elle prenait un réel plaisir à leurs joutes oratoires.

— Uniquement pour expliquer que s'il se trouvait dans ces montagnes en hiver, c'était pour rendre visite à sa famille. Les Écossais ont coutume de se réunir pour la Saint-Sylvestre, et il passait toujours le mois de janvier chez les Landridge.

Pour tous les domestiques, Payne excepté, les sœurs Merriwell étaient en réalité des Landridge – le nom de famille choisi par Hugh pour la fausse Minerva, le jour où il l'avait prétendument sauvée d'une mort certaine dans une voiture incontrôlable.

— Landridge n'est pas un nom typiquement écossais, dit Minerva en feuilletant ses notes pour trouver la précision qu'elle cherchait, pointant le doigt dessus lorsqu'elle la trouva. À vrai dire, vous avez déclaré que je venais de la branche des Landridge qui réside à Chipping Norton parce que – je vous cite – « personne ne s'est jamais rendu à Chipping Norton de son plein gré, donc personne ne pourra émettre des doutes sur vos origines ».

— Et croyez-moi, ce détail pertinent m'a coûté plusieurs nuits de sommeil, jusqu'à ce que je découvre dans la bibliothèque un petit livre fascinant sur l'histoire écossaise. Grâce à lui, j'ai fait de votre père le fils d'un Landridge anglais et d'une Écossaise du clan MacPherson, clan dont les fondateurs étaient originaires des Cairngorms.

Même Hugh riait de l'histoire pour le moins alambiquée qu'il avait concoctée.

— Ma mère adore ce genre de détails.

— Que s'est-il passé, dans les Cairngorms ?

— C'était un mois de janvier particulièrement rude. Il y avait beaucoup de neige, et le temps ne s'améliorait pas. Les prévisions étaient mauvaises, mais votre père est sorti comme tous les jours pour sa promenade, convaincu qu'il serait de retour avant la tempête de neige. Hélas…

Hugh secoua la tête, les yeux plus brillants que jamais, un petit sourire aux lèvres.

— … on a retrouvé son corps trois jours plus tard, une fois la tempête calmée. Il était enfoui sous plus d'un mètre de neige. Congelé. Une tragédie, vraiment.

— Je commence à me demander si vous n'êtes pas un peu dérangé.

Mais elle riait. Comment aurait-elle pu faire autrement ?

— C'est parce que vous découvrez toute l'histoire à la fois et que, mise bout à bout, mon intrigue a tout d'un roman de Mrs Radcliffe[1]…

---

1. Ann Radcliffe (1764-1823), romancière anglaise, pionnière du roman gothique. *(N.d.T.)*

— Les romans de Mrs Radcliffe sont plus crédibles que les rocambolesques aventures de Mlle Minerva Landridge.

— Mais imaginez ces chapitres révélés petit à petit au cours des dix-huit derniers mois. Croyez-moi, cela se tenait. Comme dans tous les bons ouvrages de fiction – et dans la vie en général –, les périodes courtes émaillées de tragédie alternaient avec les temps plus longs où il ne se passait pas grand-chose. Là, je n'ai fait que vous donner les temps forts.

— Qui sont pour le moins nombreux. C'est tout à fait irréaliste.

— Irréaliste ou pas, l'important est que les rocambolesques aventures de la pauvre Minerva, comme vous dites, ont plu à ma mère, qui est absolument convaincue de *ma* sincérité.

— Parce que les Standish de sexe masculin sont des menteurs très persuasifs ?

— La faute à l'hérédité, que voulez-vous que je vous dise…

Il hocha la tête et, brièvement, parut résigné, un peu perdu.

Quelques instants plus tard, il afficha un nouveau sourire satisfait.

— Elle me pose des questions sur vous dans toutes ses lettres.

— Doux Jésus.

— Seule une personne pessimiste dirait cela.

Une bonne entra et déposa le plateau du thé. Hugh se tut, puis regarda Minerva servir. Elle se sentit scrutée, et cela l'énerva et la gêna à la fois. Elle avait le sentiment de passer un examen, alors qu'il s'agissait d'une tâche on ne peut plus banale. Il ne regardait pas la théière, mais plutôt celle qui la tenait. Ses gestes n'étaient pas les bons ? Elle ne disait pas ce qu'il fallait ? Ne respectait pas l'étiquette ? Sa robe la plus présentable ne l'était pas du tout ? Seul son orgueil l'empêchait d'aller se cacher dans un trou de souris.

— Pauvre papa. Et pauvre de moi. Échapper aux griffes de la mort pour la voir emporter un être si cher... Le destin est parfois cruel.

— Je sais. Mais vous avez été magnifique. Courageuse. Stoïque.

— Je devrais peut-être demander à être canonisée ? Après tout ce que j'ai enduré, je dois encore vous supporter...

— Franchement, vous le mériteriez. Au cours de l'année qui vient de s'écouler, vous avez été un roc pour votre famille. Sans votre énergie et votre solidité, votre maman n'aurait pas réussi à surmonter son deuil.

— Ah, j'ai une maman ? Intéressant. À quoi ressemble-t-elle ?

— Je suis resté très vague sur tout ce qui concerne votre famille. Heureusement.

Elle souffla sur son thé avant de boire une gorgée.

— Vous m'étonnez.

— Je sais. Mais j'y ai tout de même réfléchi un peu. Pour l'instant cela suffira, et quand nous la rencontrerons, nous la prendrons telle qu'elle sera.

Minerva s'étrangla.

— Quand nous la rencontrerons ? Vous n'avez tout de même pas embauché quelqu'un pour jouer le rôle de ma mère !

Hugh semblait ravi de son effet, et fier de lui.

— Je vous ai dit que tout était soigneusement planifié. C'est une actrice professionnelle, figurez-vous ! Giles est un grand amateur de théâtre, il me l'a personnellement recommandée. Après tout, les convenances exigent que vous ayez un chaperon.

Convenances qui n'avaient pas beaucoup préoccupé les deux amis jusque-là. Les pauvresses de Clerkenwell ne pouvaient pas se permettre le luxe des convenances.

— Est-il bien raisonnable de suivre les recommandations d'un homme qui a écrit « Ton absence me donne mal au foie » et s'enorgueillit d'être une fripouille achevée ?

La remarque sembla le prendre de court.

— Giles est mon ami. Il ne chercherait pas délibérément à saboter mon entreprise... Enfin, je crois.

Il réfléchit quelques instants, puis écarta cette possibilité comme on chasse une mouche qui vous agace. C'était là encore une grande différence entre eux. Minerva s'attendait toujours au pire de la part des autres ; Hugh n'avait jamais eu à apprendre cette leçon.

— Bref, elle arrive après-demain. Donc si elle ne fait pas l'affaire, nous pourrons la renvoyer dans ses foyers bien avant l'arrivée de ma mère.

— Vous êtes vraiment d'un éternel optimisme.

— À vous entendre, ce n'est pas une bonne chose.

Minerva haussa les épaules.

— Un peu d'optimisme, pourquoi pas ? S'il vient à point nommé. Mais en ce qui me concerne, j'ai bien peur d'être plutôt réaliste.

— Pourquoi ?

Il la fixait avec intérêt, comme si son opinion comptait vraiment pour lui. Du coup, elle se sentit obligée de répondre avec plus de franchise qu'elle ne l'aurait voulu.

— Parce que l'expérience m'a prouvé que le destin, la vie en général, était presque toujours cruel.

Tout le monde n'a pas la chance de mener une existence aussi insouciante que la vôtre.

Sans prévoir la réaction de Hugh, elle était loin de s'attendre à celle qu'elle obtint. Il devint soudain très sérieux et scruta son regard, comme s'il cherchait à découvrir le monde dans lequel elle vivait, à l'extérieur de la cage dorée qui était la sienne. Bientôt, le trouble remplaça l'expression de sérieux.

— Oh, Minerva...

Il tendit la main, trouva la sienne. Il y avait quelque chose d'à la fois rassurant et déstabilisant dans ce contact. Malgré elle, Minerva plongea dans les profondeurs de ce regard attentionné, consciente que la main de Hugh réchauffait à la fois son corps et son cœur.

— Mais enfin, que se passe-t-il ?

En entendant la voix de Diana, elle retira prestement sa main et cacha son visage derrière sa tasse de thé, espérant, en buvant une gorgée, afficher une attitude aussi détachée que possible.

Que se passait-il, en effet ? D'ordinaire, elle ne se comportait pas comme une idiote en présence de messieurs. Et ne fixait pas l'un ou l'autre comme si le soleil brillait dans son regard. Ses sœurs se tenaient à quelques mètres de là, et elle ne les avait même pas entendues entrer. La pièce, les meubles et le bon sens s'étaient envolés dès l'instant où la main de Hugh avait touché la sienne.

— Hugh me faisait part de détails importants que je dois connaître.

— J'ai l'impression qu'il te faisait part d'un peu plus que cela, répondit Diana en le fixant d'un œil noir. J'ai lu beaucoup de choses sur *vous* aussi dans les journaux, lord Fareham, et vous ne m'impressionnez pas. Je ne tolérerai aucune attitude déplacée. Je croyais qu'il s'agissait uniquement d'une relation de travail, ajouta-t-elle à l'intention de sa sœur, d'un ton pour le moins accusateur.

Minerva se sentit rougir.

— Mais c'est une relation de travail ! Comme d'habitude, tu tires des conclusions hâtives en te fondant sur rien du tout. Exactement comme dans la voiture, quand tu as accusé Hugh d'être un assassin !

C'était un coup bas, mais étant donné les circonstances, elle préférait mettre sa sœur sur la défensive plutôt que de continuer à subir son regard.

— Vous avez cru que j'étais un *assassin* ? s'exclama Hugh.

Diana croisa les bras.

— Niez-vous être une canaille, monsieur ?

— De canaille à assassin, il y a un grand pas, tout de même.

— Diana a beaucoup d'imagination.

— J'ai même l'impression qu'elle pourrait me défier sur mon propre terrain !

Il éclata de rire, Dieu merci.

— Mademoiselle Diana, permettez-moi de vous tranquilliser sur ce point. Pour autant que je sache, je n'ai jamais tué personne, et remédier à cet état de fait n'est pas dans mes projets. Et pour que tout soit bien clair, il n'y avait là aucune attitude déplacée. Nous discutions *vraiment* du passé de ma fiancée fictive.

Si tenir sa main avait eu un quelconque effet sur lui, il le cachait bien, et Minerva se sentit d'autant plus idiote d'avoir, elle, éprouvé quelque chose. De continuer à éprouver quelque chose. Ce fut par sa seule volonté qu'elle empêcha ses pommettes de virer au cramoisi.

— Je vous assure qu'il ne s'est rien passé – et qu'il ne se passera rien de fâcheux, conclut-il.

— Et moi je vous assure, monsieur, que vous avez peut-être fait tourner la tête à ma sœur aînée, pourtant sensée d'ordinaire, mais que vous n'aurez pas le même effet sur moi !

— Alors je consacrerai désormais tous mes efforts à vous impressionner par mes actes, mademoiselle Diana. Et peut-être que, avec le temps, vous conviendrez du fait que je n'ai aucune intention de mettre fin à vos jours.

— Ne faites pas de promesses que vous ne pourrez pas tenir, Hugh, ne put s'empêcher d'intervenir Minerva. Attendez quelques jours, et vous regretterez d'avoir été aussi indulgent. Diana, présente tes excuses à lord Fareham, je te prie. Tu ne peux pas accuser les gens à tort et à travers comme tu le fais.

Surtout les comtes. Surtout les comtes aussi sympathiques – quand ils tenaient les cordons de la bourse.

— Je vous présente mes excuses, dit Diana sans la moindre expression de contrition.

— Et je les accepte.

— Viendras-tu au petit déjeuner, Minerva ? Payne nous a informées qu'il était presque prêt, monsieur.

Diplomate dans l'âme, Vee agitait une branche d'olivier dans l'espoir de mettre fin à cette scène tendue.

— Parfait, dit Hugh.

Il se leva, offrit sa main à Minerva pour l'aider à faire de même, puis sentit le regard assassin de Diana et se ravisa. Nouant les mains dans son dos, l'air mal à l'aise, il afficha un sourire poli et s'inclina devant les trois sœurs.

— Après vous, je vous en prie. Nous avons beaucoup de choses à mettre au point, tous les quatre.

Vee se dirigea d'un petit pas rapide vers la porte, mais Diana ne put résister au besoin de remettre leur hôte à sa place.

— Sachez, lord Fareham, que je me suis moi-même désignée chaperon de notre sœur durant son séjour ici. Rien de ce que vous pourrez faire ne m'échappera. Sous ma surveillance, flirts et tentatives de séduction seront proscrits.

— Diana !

Hugh sourit devant l'indignation de Minerva – et n'en fut que plus séduisant, avec un air terriblement coquin.

— C'est un défi, mademoiselle Diana ? Parce que, sachez-le, j'adore relever les défis.

6

— La cuillère ronde s'utilise exclusivement pour la soupe, dit Payne en tenant le couvert en argent comme s'il brandissait une épée. Et que vous souhaitiez la manger ou pas, vous devez toujours accepter qu'on vous serve de la soupe. Refuser n'est tout bonnement pas acceptable.

— Non mais franchement, ne pas connaître la différence entre la cuillère à soupe et la cuillère à dessert...

Le chuchotement de Giles tira Hugh de ses pensées. Assis devant la cheminée, il observait Minerva depuis déjà une bonne dizaine de minutes.

— Tu es sûr que leur père était un gentleman ? reprit Giles.

— Je trouve qu'elle ne s'en sort pas si mal.

Cela faisait maintenant quatre jours que, malgré ses craintes initiales, Minerva assimilait sans difficulté tout ce qu'on lui apprenait. Elle avait dit manquer de grâce et ne pas avoir l'esprit pratique, mais n'avait aucunement besoin de leçons sur la façon dont on dresse une table. Elle avait tout d'une vraie lady, bougeait avec une fluidité subtile qu'il aimait observer. Si elle avait insisté pour que Payne dispense ses connaissances aujourd'hui, c'était surtout pour ses sœurs.

— Sa mémoire est plus efficace qu'un piège à loup. Il n'y a jamais besoin de lui expliquer les choses deux fois.

Hugh aimait cela chez elle. Il aimait aussi le fait de ne jamais pouvoir prévoir ce qu'elle allait dire. Elle était vive d'esprit, et s'exprimait avec spontanéité. Il ne se souvenait pas qu'une femme l'ait fait autant rire, quand bien même tous leurs échanges se déroulaient sous l'œil vigilant de Diana, qui elle non plus n'avait pas sa langue dans sa poche. Il aurait eu des millions de choses à demander à Minerva s'ils avaient été seuls.

Giles regarda en direction des trois femmes assises au milieu de la longue table de réception.

— Je ne te parle pas de Minerva, idiot ! Je sais que tu ne la quittes pas des yeux – et comment t'en vouloir ? Elle est belle comme un cœur, et d'agréable compagnie. Elle sait se tenir. Cette diablesse de Diana aussi, d'ailleurs. Non, c'est la plus jeune qui m'inquiète. Depuis qu'elle est arrivée, elle me fait penser à une biche effarouchée, en permanence sur le qui-vive. Ta mère va la manger toute crue.

Giles n'avait pas tort. Vee avait beaucoup de mal à se faire à son nouvel environnement.

— Elle est jeune. C'est presque une enfant. Si elle est aussi futée que ses sœurs, elle s'en sortira.

Mais jusqu'ici, bien que très attentive lors des leçons, elle perdait tous ses moyens dès qu'il s'agissait de jouer son rôle. La pauvre gamine se figeait, et semblait tout oublier.

Les instructions de Payne résonnèrent dans la pièce, comme pour prouver ce dernier point.

— Inclinez le bol de cette façon, mademoiselle Vee, dit-il en guidant de ses mains gantées celle de la jeune fille sur l'anse délicate du bol, qu'il inclina légèrement vers le centre de la table. Ensuite, plongez dans le potage le bord extérieur de la cuillère uniquement, juste assez pour la remplir… Exactement, mademoiselle Diana ! Excellent travail, mademoiselle Minerva ! Un peu moins d'enthousiasme, mademoiselle Vee… Inutile de paniquer, ce n'est que de la soupe… Nous nettoierons la nappe. La perfection toujours, mesdemoiselles. Bien, maintenant, portez la cuillère à vos lèvres et aspirez la soupe. Attention, un bruit de succion, même discret, est absolument inacceptable.

Payne prenait son nouveau rôle très au sérieux et semblait jubiler de voir ses élèves imiter ses moindres gestes avec application.

— Pourquoi refuser le potage est-il impossible ? demanda Diana.

Elle maîtrisait déjà l'art mystique de la soupe et semblait s'ennuyer. La nervosité de sa jeune sœur l'agaçait visiblement, et l'attitude de Minerva, qui passait trop de temps à son goût à materner celle-ci, ajoutait à son impatience. À ce rythme, elles allaient passer encore une heure, peut-être plus, sur des futilités.

— Pour le plat de résistance, vous avez dit que nous pouvions choisir ce que nous voulions et que personne ne nous jugerait. Pourquoi est-ce différent avec le potage ?

— Allez savoir… Toujours est-il que le potage est sacro-saint. Mais s'il n'est pas à votre goût, vous pouvez remuer votre cuillère dans le bol, de cette manière…

Payne remua délicatement la cuillère dans le bol de Sèvres, affichant un air affecté.

— Monsieur le comte, par exemple, déteste la soupe au poulet, dit « potage blanc », et se contente de la remuer jusqu'à ce que l'on passe au plat suivant.

Trois paires d'yeux verts se tournèrent aussitôt vers Hugh, mais il n'eut envie de croiser qu'un seul regard. Pour quelle raison ? Il n'avait pas vraiment envie de le savoir. Il l'expliquait juste par un mot, le premier qui lui venait à l'esprit.

Attirance.

Tangible, viscérale, physique.

Il reconnaissait ces signes, mais ne les laisserait jamais lui dicter son comportement.

L'autre matin, Mlle Diana avait dressé de lui un portrait qui n'était pas loin de la vérité, et le gamin rebelle et espiègle en lui avait aimé prendre ses menaces pour un défi. Mais elle ignorait tout de la noblesse d'âme qui sous-tendait la personnalité de Hugh et le guidait dans ses principes. Giles aussi. Mlle Minerva Merriwell était peut-être une tentation délicieuse, dont la compagnie était vraiment agréable, mais elle était ici à sa demande, parce qu'il avait requis son aide. Quoi qu'il advienne de la comédie qu'ils s'apprêtaient à jouer, jamais il ne trahirait sa confiance. Ils avaient fait affaire tous les deux, et Hugh ne contribuerait pas à lui rendre la vie plus cruelle qu'elle ne l'était déjà.

Les paroles de Minerva le hantaient. Lui prendre la main avait été un réflexe, avant que Diana les interrompe, et depuis, il n'avait pas eu un moment seul avec elle pour lui poser la question qui lui brûlait les lèvres : pourquoi avait-elle dit cela ? Quelle qu'ait été son expérience passée, il tenait à ce qu'elle garde un bon souvenir de son court séjour à Standish House. Dans une existence qu'il soupçonnait largement privée de légèreté, elle méritait au moins cela.

Ses beaux yeux émeraude le fixaient d'un air amusé.

— Est-ce la soupe en général que vous détestez, Hugh, ou juste le potage blanc ?

— Juste le potage blanc, répondit-il avec un soupir, plissant le nez à la manière des dames patronnesses d'Almack's[1], ce qui fit pouffer la plus jeune des sœurs Merriwell. Ça n'a aucun goût. Mais il *faut* le proposer à ses convives.

— Pourquoi ?

— Parce que le potage blanc est *de rigueur*[2] en ce moment, et que l'on attend d'une bonne table qu'elle le serve.

— Et les expressions françaises comme *de rigueur* sont aussi *de rigueur,* ajouta Giles du ton compassé qui lui servait de carte de visite. Il faut en émailler généreusement les conversations, pour montrer que l'on est au fait des modes linguistiques du moment. Aujourd'hui, les causeurs les plus ennuyeux parlent le français couramment.

Devant les yeux écarquillés de Vee, Hugh eut un sourire attendri.

— Ne l'écoutez pas, mademoiselle Vee. Il vous taquine. Vous n'avez pas besoin de savoir parler français. Vous n'avez pas non plus besoin de passer pour quelqu'un d'ennuyeux. Soyez vous-même, charmante, et les autres convives seront enchantés.

---

1. Un des premiers clubs londoniens mixtes, présidé dès sa création par un comité composé de femmes parmi les plus riches et les plus influentes de la bonne société. *(N.d.T.)*
2. En français dans le texte.

— Servir un plat que vous n'aimez pas, c'est gâcher la nourriture, non ? Alors qu'un grand nombre de vos compatriotes sont rongés par la faim.

Une nouvelle fois, Diana et son ton acerbe étaient impatients d'en découdre. Pour une raison que Hugh ne s'expliquait pas, elle semblait déterminée à le détester. Tenter de la charmer ne servirait à rien. Mais en l'occurrence elle n'avait pas tort, il devait l'admettre. Le point qu'elle avait soulevé alertait sa conscience, accentuant son sentiment de culpabilité. Un phénomène de plus en plus fréquent chez lui.

— Les domestiques le savent, et me servent très peu. Par politesse.

Hugh s'appliqua à cacher sa gêne, tout en se promettant de faire disparaître du menu l'extravagance inutile qu'était le potage blanc.

— Mais en général, reprit-il, les invités apprécient le potage blanc. Quand au gâchis, c'est un point auquel nous sommes très attentifs, ici à Standish House. Les déchets de la cuisine sont donnés aux cochons. Dans les rares occasions où la cuisinière a trop fait à manger, pour un bal ou un banquet...

Seigneur, il aggravait son cas en mentionnant ces événements réservés à quelques privilégiés...

— ... les restes sont distribués aux métayers ou aux nécessiteux de la paroisse.

S'il avait su qu'une simple leçon sur les usages à table finirait par le faire culpabiliser de posséder ladite table...

— Bien, je crois que ces demoiselles maîtrisent la soupe, Payne. Passons à la suite, voulez-vous ?

Le majordome retira le bol de Minerva en premier.

— Merci, Payne.

— Merci de me remercier, mademoiselle Minerva. Mais remercier les domestiques pendant le repas ne se fait pas.

— Pourquoi donc ?

Payne eut un regard en direction de Hugh, puis répliqua à mi-voix, tout en s'assurant que tout le monde l'entendait :

— Parce que les patrons préfèrent croire que leurs domestiques sont invisibles, plutôt que d'accepter le fait que ne pas leur répondre est juste très impoli.

Hugh prit la critique comme il prenait toutes les remarques de son irascible majordome : avec légèreté. Derrière les fanfaronnades, il avait un faible pour le vieil homme et admirait son état d'esprit.

— Ce qui est impoli, c'est de faire la morale à vos employeurs devant leurs invités, Payne. Dans n'importe quelle autre maison, mesdemoiselles, il aurait été renvoyé sur-le-champ. Le fait qu'il soit encore ici et bien payé, malgré ses façons de faire, prouve que je suis un employeur généreux.

— Le fait qu'il ne m'ait pas renvoyé pendant les dix années où j'ai eu le *déplaisir* d'être à son service témoigne du nombre de bêtises que je garde pour moi – et des manigances qui tournent mal et qu'il me revient de rectifier en toute discrétion. De tout cela, je pourrais me servir pour le faire chanter. Je ne parle même pas de la comédie que nous sommes en train de jouer. C'est à devenir chèvre. Mentir à sa propre mère ! Pendant deux ans ! Monsieur m'exaspère. Nous savons tous les deux que s'il me paie bien, c'est uniquement pour m'empêcher d'aller proposer mes bons et loyaux services à un meilleur employeur.

Payne récupéra les autres bols, puis revint se placer en bout de table.

— Bien, venons-en à l'usage des différents couteaux et fourchettes. Mesdemoiselles, surtout, ne vous trompez jamais de couteau…

— Je ne vois pas comment ce stratagème idiot pourra fonctionner si tu ne te débarrasses pas de la cadette.

Giles possédait le talent enviable qui consiste à pouvoir parler très bas et sans bouger les lèvres. Il fallait être tout près pour l'entendre.

— Tu ne peux pas l'envoyer quelque part ? ajouta-t-il.

— Minerva ne voudra jamais, répondit Hugh.

Elle avait été tout à fait claire à ce sujet, dès le départ. C'était soit les trois sœurs, soit aucune. Mais force était de constater que la pauvre Vee ne s'en sortait pas, et cela posait problème. Vraiment. Si elle agissait de la sorte devant sa mère, à qui rien n'échappait, tous les plans de Hugh seraient renvoyés à l'écurie avant même le départ de la course.

— Quel âge a-t-elle ? Seize ans ?

— Quinze.

— Quinze ! Renvoie-la dans sa famille, Hugh. Tu lui rendras service.

— Je ne crois pas qu'il y ait quelqu'un qui l'attende. J'ai l'impression que ces trois filles sont seules au monde.

Ce qui compliquait les choses. Lors de sa courte visite dans leur modeste appartement, Payne n'avait vu personne d'autre, et elles n'avaient jamais évoqué d'autres membres de la famille…

— Tu as l'impression ? Mais c'est quoi, ce genre de réponse ? Pourquoi diable n'as-tu pas posé la question ? Je croyais que tu te faisais fort de ne rien laisser au hasard ? Ne me dis pas que tu as décidé d'embaucher Minerva uniquement parce qu'elle s'appelle ainsi ?

— Bien sûr que non !

Il n'y avait pas eu que son prénom. Pinkwell avait joué un rôle dans sa décision, aussi. Et puis, quelque chose chez elle l'avait convaincu. Sa façon de se tenir. De parler. Son physique…

— Ce n'est pas vrai ! souffla Giles en levant les yeux au ciel. Tu l'as choisie uniquement à cause de son nom ! Bon Dieu, tu es fou ! Es-tu seulement certain que leur père était un gentleman ?

— Elles ont l'allure de filles de bonne famille, non ?

Encore une question à laquelle il n'avait pas de réponse. Hugh devrait y remédier rapidement, parce qu'il voulait savoir. Il voulait tout connaître d'elle. Minerva l'intriguait.

— Tu es fichu.

— Tu te répètes.

— J'ai bien envie de me laver les mains de toute cette histoire immédiatement.

— Mais tu ne le feras pas. Tu t'amuses trop.

— Il est vrai que te dire « Je te l'avais bien dit » me fera un bien fou, soupira Giles en croisant les bras, avant d'indiquer la porte où un valet discret tentait d'attirer leur attention. Je crois qu'elle est arrivée.

— Tu vois ? Une nouvelle pièce de mon plan astucieux et méticuleusement organisé se met en place. Allez, viens, vieux frère. Il est temps de faire connaissance avec la mère de Minerva.

— Ce sera plus facile si vous m'appelez Mme Landridge et si les filles m'appellent maman, dans la mesure où je me suis déjà imprégnée de mon personnage.

L'actrice avait le bon âge, était suffisamment distinguée tout en étant maternelle. Parfaite, donc, pour le rôle de la mère. Elle agrippa soudain le bras de Hugh et se pencha vers lui.

— Je fais ça pour tous mes rôles, monsieur. Tous.

Elle roulait les R, aussi.

Hugh, qui n'y connaissait rien au théâtre, ne sut que répondre.

— Hem... C'est bon à savoir, merci.

— À mon humble avis, une immersion complète permet une meilleure interprétation du personnage. Les critiques, qui s'y connaissent, pensent la même chose et ne manquent jamais de me féliciter sur ce point.

La main qui agrippait sa manche la lâcha pour s'agiter dans l'air. Pour une raison que Hugh ne parvenait pas à s'expliquer, l'actrice parlait très fort, comme si elle projetait sa voix depuis une scène en direction de Dieu sait quoi, alors qu'elle était assise sur le petit sofa jaune à rayures de son salon, à moins d'un mètre de lui.

— Quand j'ai joué lady Macbeth à Drury Lane, par exemple, et que la pièce a été prolongée près de trois mois du fait de son immense succès, j'ai cru devenir folle. Je me suis même mise à faire du somnambulisme.

— Vraiment ? Quelle belle preuve d'engagement de votre part.

Un peu excessive tout de même, non ?

— Jouer la comédie est un art, monsieur, qui exige beaucoup de dévouement si l'on veut être portée aux nues comme je le suis...

Elle ponctua son propos d'un sourire nostalgique au souvenir de ce qu'elle considérait visiblement comme une merveilleuse expérience plutôt qu'un glissement vers la folie.

— Tous ceux qui ont vu la pièce étaient unanimes : jamais ils n'avaient assisté à une interprétation aussi tragique, aussi torturée et aussi résolument convaincante – et, pour autant que je sache, aucune actrice n'a fait mieux depuis. Mais personne ne comprend vraiment l'essence de mon jeu, soupira Lucretia DeVere en plaquant une main sur son ample poitrine. Voyez-vous, lord Fareham… j'étais *devenue* lady Macbeth. Jusqu'aux tréfonds de mon être, dans chaque cheveu, chaque fibre de mon corps, j'étais l'épouse incomprise de Macbeth. Il est *là,* mon secret !

— Je vois.

Hugh se tourna vers Giles et ferma les yeux, pas tout à fait sûr de l'attitude à adopter, se demandant si l'actrice recommandée par son ami en faisait délibérément des tonnes pour l'amuser, lui. Mais Giles hochait doctement la tête, sans le moindre signe de mépris, de toute évidence un peu sous le charme de l'étrange bonne femme assise à côté de lui.

— C'était un triomphe, confirma-t-il. J'ai vu la pièce quatre soirs de suite. Votre interprétation, mademoiselle DeVere, m'a tiré des larmes.

L'actrice serra le bras de Giles. Elle était aux anges.

— Oh, quel garçon plaisant vous faites ! Mais c'est Mme Landridge, mon cher. Veuve, mère de trois adorables filles, pas tout à fait remise du deuil de son mari adoré, et absolument ravie que M. le comte ait remarqué sa chère Minerva et que celle-ci ait le bonheur qu'elle mérite.

Elle avait vraiment les larmes aux yeux et fixait Hugh, la lèvre tremblotante.

— C'est une perle qu'elle a trouvée en vous, monsieur ! Tous ces mois que vous avez passés à son chevet, jour après jour... Tous ces mois durant lesquels vous avez refusé de baisser les bras ! Jamais deux âmes ne se sont méritées autant que ma Minerva chérie et l'homme que je serai bientôt fière d'appeler mon gendre. Je vous *adore* !

Elle posa une main potelée sur la joue de Hugh, qui ne put s'empêcher d'être un peu ému. L'imposante poitrine de l'actrice se soulevait à un rythme rapide qui exprimait à la fois la joie et la peine. C'était impressionnant.

— Eh bien...

— Je t'avais dit qu'elle était convaincante.

— En effet. Très. Je n'ai jamais rien vu de tel. Il se pourrait que cela marche, finalement, conclut Hugh avec un petit sourire.

— Oui, fit Giles, mais seulement si nous trouvons une solution au problème posé par Vee.

7

— Ces messieurs vous attendent dans le salon, mesdemoiselles. En compagnie de quelqu'un que monsieur le comte est impatient de vous présenter, ajouta Payne avec un regard appuyé à l'intention de Minerva.

Ce vieux renard de majordome lui avait plu tout de suite. Dès la seconde où elles avaient posé le pied devant Standish House, il avait été un véritable don du ciel, se mettant en quatre pour l'empêcher de se ridiculiser, compatissant apparemment de tout cœur avec sa situation pour le moins inhabituelle. Il était devenu à la fois son oracle et son confident, l'éclairant chaque fois que c'était nécessaire sur le monde étrange des nantis tout en se posant comme un pilier contre lequel elle pouvait s'appuyer. Pour une raison qu'elle ignorait, Payne souhaitait vraiment qu'elle réussisse.

Il était là pour la saluer chaque matin quand elle sortait de sa chambre, l'aidait à s'orienter dans cette immense demeure tout en évoquant le point de détail que Hugh et lord Bellingham avaient prévu d'aborder avec elle. Il avait le don pour toujours être dans les parages au moment où les subtilités de l'étiquette lui échappaient. Discrètement il venait à son secours, puis se fondait à nouveau dans le paysage. Grâce à lui, elle pouvait afficher une assurance de façade qui, à son tour, rassurait ses sœurs quant à l'aventure dans laquelle elle les avait entraînées.

Payne savait s'y prendre avec Diana, qu'il parvenait à calmer. Elle s'était comportée presque normalement pendant deux jours entiers, après son embarrassante sortie contre Hugh lorsqu'elle les avait surpris se tenant la main. Et si elle s'efforçait de ne jamais quitter Minerva d'une semelle, elle prenait aussi les leçons du majordome avec sérieux et assimilait les connaissances sans difficulté.

Vee, en revanche, inquiétait ses deux sœurs. Elle ne se faisait pas aux fastes de la demeure de Hugh, et n'arrivait pas à se plier aux exigences censées faire d'elle une Landridge. Mais elle n'avait que quinze ans. C'était un âge difficile. Plus tout à fait une enfant, pas encore une femme, mais brûlant de prendre son indépendance et d'avoir voix au chapitre.

— Avez-vous besoin d'un peu de temps, mademoiselle Minerva ? Pour préparer vos sœurs ?

Payne avait deviné qu'elle n'avait pas encore abordé avec elles le sujet de leur « mère ». Elle n'avait pas osé.

— Oui, s'il vous plaît, Payne. Dites à monsieur que nous n'en avons pas pour longtemps.

Payne se retira, laissant les trois sœurs seules dans l'immense salle à manger. Minerva inspira longuement, et sourit.

— Nous nous en sortons à merveille, je trouve, non ? Et c'est tellement amusant !

— C'est mieux qu'un vrai travail, il faut l'avouer.

Inconsciemment, Diana caressa du bout des doigts la dentelle qui ornait les poignets de sa nouvelle robe. Le matin même, la première partie de leur

« panoplie » était arrivée de chez la couturière, et cette robe bleue lui avait immédiatement plu. Elles étaient toutes trois vêtues de neuf – des robes en laine, parce que c'était de saison, mais d'un lainage fin et doux qui tombait si bien que l'on aurait dit du lin. Celles de Minerva et Diana, de couleur assez vive, affichaient un décolleté arrondi qui convenait à leur âge, et un bustier bien ajusté qui mettait parfaitement leur silhouette en valeur. Celle de Vee était identique mais de couleur pastel, et sans décolleté. Ses nouvelles lunettes étaient quant à elles bien plus jolies que celles que Minerva avait eu tant de mal à payer.

— L'herbe est apparemment plus verte, et la nourriture est à se damner, commenta Minerva.

— Je me fiche de l'herbe ! Notre place n'est pas ici. Je voudrais rentrer à la maison.

Vee répétait cela en boucle depuis le premier jour.

— Il n'y en a pas pour très longtemps, ma chérie. Quelques semaines tout au plus. Mais quand nous rentrerons, ce sera avec une bourse bien garnie. Pense à tous les livres que tu pourras t'acheter !

— Si tu le dis...

— Mais oui, je le dis ! En attendant, moi, je m'amuse beaucoup à être quelqu'un d'autre. Cela me change. Et me rappelle les petits spectacles que nous montions autrefois pour papa. Tu te souviens ?

Vee sourit. Toute évocation du passé la mettait de bonne humeur. Même si, en l'occurrence, leur égoïste de père n'était jamais resté plus de cinq minutes devant leurs spectacles, disparaissant rapidement pour retourner jouer, boire, ou passer la nuit avec la fille qu'il fréquentait à l'époque.

— Oui, c'est vrai, dit-elle, songeuse.

— Tu jouais tellement bien la comédie ! Je fabriquais des masques en papier, Diana nous enveloppait dans de vieux draps en guise de costumes, et nous répétions pendant des heures. Exactement comme aujourd'hui. À l'époque, tu te plaignais toujours que nous manquions d'accessoires et de décors, et nous n'étions pas assez nombreuses pour jouer tous les personnages dont je dessinais les masques.

— Je me souviens ! Ils étaient tellement drôles.

— Mais aujourd'hui, nous avons tous les accessoires et tous les décors que nous voulons, et devine quoi : il va y avoir d'autres personnages !

— Ah bon ? Qui ?

— La Minerva de Hugh a une mère, donc il a embauché une vraie comédienne pour jouer ce rôle. C'est drôle, non ?

Elle en avait déjà parlé à Diana, mais avait attendu pour annoncer la nouvelle à Vee, consciente que trop d'informations à la fois pouvaient la déstabiliser.

— Et je suppose que c'est elle que nous devons rencontrer maintenant ? dit Diana avec un grand sourire, faisant de son mieux pour aider Minerva. C'est tellement excitant ! Je me demande à quoi elle va ressembler.

Mais le visage de Vee s'était refermé.

— Je ne veux pas la rencontrer. Nous avions une mère, et elle est morte. Appeler quelqu'un d'autre « maman » serait manquer de respect à sa mémoire.

Âgée de seulement deux ans au moment de la mort de leur mère, Vee ne devait pourtant pas en avoir de souvenirs. Même Minerva, qui en avait onze, peinait à se rappeler certaines choses. Elle se souvenait de son visage, mais pas de sa voix. Et certains détails étaient gravés dans sa mémoire, quand d'autres s'effaçaient lentement, parce que désormais elle avait vécu plus longtemps sans elle qu'avec elle. Elle revoyait une femme de constitution fragile, usée par la vie, qui pleurait beaucoup et se disputait sans arrêt avec son mari. Une femme qui se disait fille de gentleman, également.

— Il s'agit de jouer la comédie, Vee. Ce n'est pas manquer de respect. Cette femme va jouer le rôle de la mère de Vénus Landridge, qui est elle aussi un personnage. Ton personnage. Je t'ai raconté l'histoire inventée par lord Hugh. Notre père *de fiction* est récemment décédé, et il ne reste plus que nous et notre mère *de fiction,* désormais veuve. Jamais la mère de lord Hugh n'accepterait notre présence ici sans chaperon. Toi qui es toujours à cheval sur les principes, Vee, tu le sais bien.

— Je ne veux pas la voir !

— Quand je t'ai expliqué que notre père de fiction était mort, tu n'as pas bronché.

— Parce que je savais que je n'aurais jamais à mentionner son nom. Je peux hocher la tête et prendre un air triste quand vous en parlez, mais je n'aurai pas à l'appeler « papa » !

— Alors nous pouvons peut-être faire en sorte que tu n'aies pas à appeler cette femme « maman ».

Ce ne serait pas l'idéal, mais il était de toute façon peu probable que Vee réussisse à faire mieux en présence de la mère de Hugh que rester assise et muette.

— C'est une excellente idée ! s'exclama Diana en passant un bras sur les épaules de Vee. Tu ne parleras que si l'on t'adresse la parole, et tu ne prononceras jamais le mot « maman » ! Allez, Vee, tu en es capable. Nous n'avons pas fait tout ce chemin pour rien, et Minerva a raison. Sans l'argent de lord Fareham, nous sombrerons dans la misère avant la fin de l'année.

— Je préfère être indigente plutôt que d'appeler une inconnue « maman » !

La patience n'était pas le point fort de Diana.

— Ça commence à bien faire, Vee ! Arrête de te comporter comme un bébé ! Il arrive que dans la vie on n'ait pas d'autre solution que de serrer les dents et de faire le dos rond !

Elle regarda Minerva, exaspérée. Le message était clair : « J'ai essayé. Cesse de la couver ! »

— Vee, j'ai promis à lord Fareham de rester au moins une semaine, pendant laquelle il doit pouvoir compter sur notre entière collaboration. S'il te plaît, fais ce qu'on te demande. J'ai *besoin* que tu le fasses.

— Pas question !

Du coin de l'œil, Minerva entrevit l'expression d'agacement de Diana et perdit son calme, à la fois furieuse de l'attitude de Vee et de sa propre incapacité à lui faire entendre raison. Elle n'avait jamais voulu jouer le rôle de parent avec sa sœur, encore moins de parent sévère, mais aujourd'hui il était évident que c'était ce dont Vee avait besoin.

— Eh bien, c'est ce qu'on va voir, jeune fille ! Tu préfères peut-être vivre dans la misère, mais je peux t'assurer que les deux seules parentes qui te restent n'en ont aucune envie ! Et tant que notre vaurien de père ne sera pas revenu – à supposer qu'il revienne –, c'est moi le chef de famille. Par conséquent, que cela te plaise ou non, c'est moi qui décide !

— Ce n'est pas un vaurien !

— Alors où est-il, Vee ?

Minerva n'attendit pas de voir si ses paroles avaient l'effet escompté. Elle quitta la salle à manger d'un pas décidé, et ne s'arrêta qu'une fois devant la porte du salon. Quand elle se retourna, cependant, sa colère avait déjà cédé le pas au remords.

Derrière Diana, la plus jeune des sœurs Merriwell était au bord des larmes, et Minerva en eut le cœur brisé. Mais que pouvait-elle faire d'autre ? Vee devait comprendre que le monde ne tournait pas autour d'elle. Après le départ de leur père, Minerva n'avait pas eu le choix et s'était retrouvée en charge de ses sœurs. Elle ignorait tout du rôle de parent, avait dû apprendre vite. Au prix de nombreux sacrifices, et en renonçant à sa propre existence, elle y était parvenue. Alors Vee pouvait sans doute faire le petit effort qu'on lui demandait aujourd'hui.

Sans dire un mot, elle toqua à la porte et entra. Hugh se leva d'un bond. Il se levait toujours d'un bond lorsqu'elle entrait dans une pièce. Elle aimait bien cela : c'était attentionné de sa part.

— Mesdames ! Permettez-moi de vous présenter Mme Agatha Landridge, votre maman encore endeuillée, qui arrive tout droit de Chipping Norton.

Une femme d'un certain âge, tout sourire, les cheveux blonds grisonnants et les joues rebondies, fondit sur Minerva.

— Mes chéries ! Quel plaisir de faire votre connaissance. J'ai des filles magnifiques ! Vous avez omis de me dire qu'elles étaient charmantes, monsieur le comte ! Je suppose qu'elles doivent leurs yeux verts et leur allure élancée à leur défunt père. Mon Dieu, comme il me manque…

Déjà, sa lèvre tremblait, ses yeux brillaient de larmes.

— Votre mère aime s'imprégner totalement de son personnage, expliqua Hugh en regardant Minerva. Elle a donc décidé que pendant tout son séjour ici, elle serait Mme Agatha Landridge en permanence. Veuve éplorée et toujours en deuil.

L'étrange femme referma sur elle des bras énergiques et parfumés. Minerva ne put que battre des cils en direction de Hugh, un peu surprise d'un tel accueil.

— Mais je croyais qu'il était mort depuis un an ?

— Qu'est-ce qu'une année, lorsqu'on a perdu l'amour de sa vie, Minerva ? répliqua la nouvelle Mme Landridge. La disparition de mon époux m'a anéantie. Je ne pense pas réussir à m'en remettre un jour.

Elle lâcha Minerva pour étreindre Diana avec la même énergie. Puis elle recula d'un pas, la tint à bout de bras.

— Ma chérie... tu es magnifique ! Aussi belle que ma Minerva adorée !

Son regard mouillé de larmes chemina jusqu'à Vee, qui se tenait près de la porte et semblait prête à détaler à la moindre occasion.

— Et tu dois être ma Vénus...

— Je ne suis pas votre quoi que ce soit !

Vee ponctua son propos en tapant du pied, avant de s'enfuir en courant.

Sous le choc, leur nouvelle mère ouvrit des yeux ronds et s'éventa de la main.

— Eh bien, dites-moi... Je savais qu'elle était un peu sensible à propos de son prénom, mais...

— Il ne s'agit pas de son prénom, intervint Diana avec un soupir d'agacement. C'est la situation. Elle pense que feindre d'avoir une mère, c'est manquer de respect à la mémoire de notre vraie mère.

— Je suis désolée, dit Minerva. J'aurais dû lui parler de tout cela plus tôt. Mais je l'ai prise de court, et Vee a toujours besoin d'un peu de temps pour digérer les choses... Je vais aller la voir. Tout ira mieux lorsqu'elle se sera calmée.

Et si elle continuait sur le chemin de cette obstination puérile, elle lui tordrait le cou.

Hugh et lord Bellingham échangèrent un regard… qui semblait dire le peu d'espoir qu'ils avaient sur ce point.

— Non… Laissez-la digérer les choses de son côté pendant un moment. Diana et vous la retrouverez pour la leçon de l'après-midi. De toute façon, nous avancerons plus vite sans elle… Sa maison lui manque peut-être. Sa famille, aussi ?

— Mais nous n'avons pas de famille. Il n'y a que nous.

Une expression de commisération sincère assombrit le beau visage de Hugh.

— Votre père est parti ?

— Depuis longtemps.

Mais elle n'avait pas envie de parler de cela devant tout le monde. Pour changer de sujet, elle se tourna vers le drôle de personnage qu'était sa nouvelle mère.

— Sans doute est-il temps de faire plus ample connaissance…

Qui avait dit un jour que l'habit faisait le moine ? Elle ressemblait à une princesse, se reconnaissait à peine dans le miroir, mais avait toujours autant le sentiment d'être une usurpatrice. Une usurpatrice sur le point d'affronter son pire cauchemar.

— Tu es prête, Minerva ?

Vee, en revanche, peinait à dissimuler son excitation. Après son attitude irrespectueuse de la veille, et la discussion qui avait suivi avec ses sœurs, la plus jeune des sœurs Merriwell avait campé sur ses positions… jusqu'à l'arrivée de trois tenues de cavalière dernier cri, accompagnées d'un message de Payne les informant que monsieur le comte, estimant qu'ils n'avaient pas pris l'air depuis longtemps, suggérait qu'ils se rendent tous ensemble au village à cheval en fin de matinée. Soudain, Vee avait cessé de bouder et promis de faire un effort. Tout cela parce qu'elle avait toujours voulu apprendre à monter.

Minerva en revanche n'avait jamais, mais alors jamais été tentée par l'expérience.

À dire vrai, elle avait même toujours évité les chevaux, et avait réussi à faire en sorte jusque-là qu'une voiture et un chauffeur digne de ce nom se trouvent toujours entre elle et la monture. On n'était jamais trop prudent.

Les chevaux étaient des créatures imposantes, imprévisibles et rapides. En un mot : terrifiantes. En monter un s'apparenterait pour elle à vivre un enfer. Peut-être que si elle avait possédé les compétences nécessaires à toute cavalière – à savoir l'équilibre et la dextérité nécessaires pour rester sur sa monture – l'épreuve qui l'attendait n'en aurait pas été une. Mais avec son physique dégingandé, son manque de coordination et sa peur panique de tomber et de se casser le cou, elle aurait préféré comparaître devant un tribunal de l'Inquisition.

— Dépêche-toi, Minerva ! Ces messieurs attendent !

Voilà que même Diana la pressait.

— Lord Bellingham dit qu'une fois les rudiments assimilés, nous ferons à cheval les quelques kilomètres qui nous séparent du bourg. Un vrai village anglais, pittoresque comme tout ! J'ai hâte de voir ça. Moi qui ai toujours rêvé d'habiter dans un village, loin des odeurs de Londres. Il paraît que certaines maisons remontent à l'époque médiévale.

Minerva était visiblement la seule à redouter cette expédition, mais pour une fois Vee avait le sourire, et Diana n'avait rien trouvé à dire d'acerbe ou de pessimiste depuis le dîner de la veille. Alors elle ne voulait pas gâcher leur plaisir.

— Allez-y, je vous rejoins en bas.

Elle avait besoin d'un petit moment pour calmer son angoisse. Avec un peu de chance, Hugh lui aurait choisi une monture docile et pas trop haute, ou une jument si vieille et lente qu'une tortue les doublerait, et suffisamment basse pour que sa chute – inévitable – ne soit pas douloureuse.

Pas trop.

La mort dans l'âme, elle planta une autre épingle dans l'étrange coiffe emplumée qui lui servait de chapeau. Ce n'était pas tant un couvre-chef qu'une décoration, mais une décoration particulièrement jolie et assortie à sa magnifique tenue de cavalière. Au moins appréciait-elle un aspect de cette expédition. La lourde jupe de velours était plus longue à l'arrière que ce dont elle avait l'habitude, mais le tissu était magnifique, et la coupe sublime. Le spencer parfaitement ajusté était orné de brandebourgs et de boutons en laiton brillant. Et surtout, cette tenue n'avait jamais servi. Mais Hugh n'était pas censé savoir que depuis son arrivée à Standish House, pour la première fois de sa vie, elle portait des vêtements qui n'étaient pas de seconde main.

Elle se regarda dans le miroir et inspira profondément. De tous les défis qu'elle allait devoir relever en tant que fiancée fictive du comte, celui-ci était loin d'être le plus ardu. La veille au soir, Hugh l'avait rassurée : toute activité susceptible de les occuper pendant le séjour de sa mère ferait passer le temps plus vite, et divertirait lady Fareham. Si cette dernière s'amusait, ces quelques jours avec elle avaient toutes les chances de bien se passer. Une fois à cheval,

Minerva n'aurait plus à mentir, ni à feindre d'être quelqu'un d'autre, et encore moins à se remémorer les détails d'une histoire inventée de toutes pièces.

Mais toute demoiselle de bonne famille savait monter, et Hugh avait évoqué à plusieurs reprises avec sa mère le plaisir qu'ils avaient tous deux à galoper à travers champs. Au moins lui avait-il promis que ni le galop ni le trot ne seraient de mise lors de leurs sorties. Tout ce qu'elle avait à faire, c'était poser son postérieur sur la selle et faire en sorte qu'il y reste.

Ce ne devait pas être si difficile, tout de même !

8

Vee et Diana n'avaient visiblement pas besoin de son aide pour maîtriser leur monture, constata Hugh, Giles ayant accompli sa mission avec brio. Mme Landridge, très investie dans son rôle, s'était glissée entre leurs deux chevaux et tâchait de leur enseigner comment une jeune fille de bonne famille devait se comporter à cheval. Minerva n'était pas encore arrivée. Il allait envoyer un valet lorsqu'elle apparut à la clôture de l'écurie, tellement belle qu'il en eut le souffle coupé.

Seigneur, quelle silhouette !

Une silhouette que l'élégante tenue de velours mettait magnifiquement en valeur. Il se dirigea vers elle avec un enthousiasme un tantinet exagéré, s'en rendit compte et ralentit le pas, au cas où Giles l'observerait. Son ami avait déjà largement de quoi se payer sa tête : inutile qu'il découvre que Hugh trouvait Minerva très séduisante et, depuis quelque temps, fantasmait sur elle de façon pour le moins débridée, en particulier la nuit.

— Vous voilà enfin ! J'étais sur le point de lancer des recherches.

Elle semblait nerveuse. Il ne l'avait jamais vue dans cet état. La panique assombrit son regard émeraude lorsqu'elle avisa les chevaux.

— Je prends lequel ?

Il lui montra la jolie pouliche qui attendait patiemment sur les pavés de la cour.

— La jument marron, là-bas. Elle s'appelle Bouton-d'or, et avant que vous posiez la question : non, ce n'est pas moi qui ai choisi ce nom, c'est ma mère. Toutes nos juments portent des noms de fleurs. J'ai dû intervenir et l'empêcher de nommer les mâles. En conséquence de quoi, le bel étalon que vous voyez là-bas s'appelle Galilée et pas Saule pleureur, ce qui aurait été franchement ridicule. Allons faire la connaissance de votre monture, voulez-vous ?

Il prit Minerva par le bras, s'attendant à ce qu'elle le suive, mais elle résista.

— Elle est un peu… hum… grosse, non ? bredouilla la jeune femme.

Son regard s'égara en direction du joli poney gris que Hugh avait assigné à Vee, puis revint sur Bouton-d'or.

— Vous êtes grande, Minerva. Si je vous en donne une plus petite, vos pieds toucheront le sol.

— À vous entendre, ce n'est pas une bonne chose.

— Non, ce n'est pas une bonne chose. Pauvre cheval.

Pour la première fois, elle le regarda enfin.

— Seriez-vous en train de sous-entendre qu'un cheval plus petit céderait sous mon poids ?

— Jamais je n'oserais.

Sourire aux lèvres, Hugh lui prit une nouvelle fois le bras, le posa sur le sien et l'entraîna malgré elle, essayant de ne pas penser à la sensation agréable que ce contact anodin provoquait en lui.

— Ma chère Minerva, il est tout à fait naturel d'avoir un peu peur lorsqu'on n'est jamais monté à cheval. Mais vous avez ma parole : Bouton-d'or, malgré sa taille *gigantesque,* est la plus docile des juments. J'irais même jusqu'à dire que si l'envie vous en prenait, vous pourriez faire un petit somme en selle sans courir le moindre danger.

— *Si* j'arrive à rester en selle ! Je n'ai pas le sens de l'équilibre et...

— Et vous vous faites une montagne de cette histoire, alors que c'est inutile. Monter à cheval n'a rien à voir avec exécuter des pas de danse. L'essentiel consiste à vous asseoir, et je ne pense pas trop m'avancer en disant que c'est là une activité que vous pratiquez depuis toujours sans vous poser de question. Donc, nous allons vous *asseoir* sur la selle, et vous verrez une fois en place que j'ai raison.

La veille, après le dîner, ils avaient déjà eu une longue conversation à ce propos. Mais à la façon dont elle avait pris son bras pour lui exposer qu'il était inutile de lui apprendre à monter, avançant une multitude de raisons, il en avait déduit qu'elle n'aimait pas cette idée, et non qu'elle avait peur. Or devant son visage crispé et ses yeux écarquillés, là, il était clair que son intrépide fiancée avait non seulement peur, mais qu'elle était pétrifiée à l'idée de monter à cheval. C'était la première fois qu'il la voyait en difficulté, et cela lui fit un drôle d'effet.

— Vous verrez, vous vous y ferez en un rien de temps. Cela vous étonnera vous-même. L'essentiel est de rester assise avec le dos bien droit. Regardez vos sœurs.

Au même instant, comme répondant à un signal, Diana donna un petit coup de talons dans les flancs de sa jument qui se mit à trotter, et un sourire illumina son joli visage tandis qu'elle manœuvrait sans difficulté sa monture. Vee la suivit quelques secondes plus tard, avec la même aisance.

— Elles sont à cheval depuis moins de cinq minutes, et regardez-les ! Vraiment Minerva, je vous assure, ce n'est pas difficile. Imaginez que Bouton-d'or est un tabouret un peu haut, et très robuste, si cela peut vous aider. Ensuite, une fois en selle, vous n'avez plus qu'à tenir les rênes et vous en servir pour diriger le cheval. Tous mes chevaux parlent couramment la langue des rênes et en maîtrisent les subtilités.

Hugh tendit le bras et caressa le museau de Bouton-d'or.

— Caressez-la, vous aussi. Elle ne vous mordra pas.

D'une main tremblotante, elle caressa l'animal, sans conviction. Bouton-d'or ne bougea pas un cil.

— Là, vous voyez ? La docilité même.

Un garçon d'étable s'avança avec le marchepied et le plaça à côté de la jument. D'un mouvement décidé, Minerva posa un pied dessus, puis l'autre… et se figea.

— N'est-il pas beaucoup plus difficile de tenir sur une selle d'amazone ? Après tout, la cavalière balance sur le côté plus que sur le dos du cheval.

— Pas du tout. Vous ne vous balancerez pas, car votre… hum… votre postérieur, lui, sera bien posé sur le dos du cheval.

Hugh attrapa le pommeau et le secoua vigoureusement pour lui montrer que la selle était solide, et ne céderait pas sous son poids.

— Vous ne courez aucun danger. Croyez-moi.

— Dit l'homme qui n'est sans doute jamais monté en amazone.

Il préféra ne pas relever.

— Une fois en selle, les rênes vous aideront aussi à garder l'équilibre. Mais pour que je vous montre, il vaut mieux que vous montiez. Alors, vous allez ramener vos jupes vers l'avant avec la main droite et… hop !

Elle fit ce qu'il lui demandait avec ses jupes – ce n'était pas facile, vu le poids du velours – puis leva maladroitement une jambe, manquant tomber, et se tourna vers Hugh, l'air perplexe et franchement paniquée.

— Mais je monte *comment*, exactement ?

— Je crois que le mieux, aujourd'hui, c'est de laisser cette étape de côté. Je vais vous installer sur la selle, ce sera plus simple.

Sans attendre une réponse, Hugh joignit le geste à la parole, et plaça les mains sur la taille de Minerva. Ce contact avec des formes pour le moins féminines le coupa dans son élan. Les bras de Minerva se refermant autour de son cou le figèrent complètement. Ils étaient pratiquement dans les bras l'un de l'autre ! Elle s'accrochait à lui avec une telle force qu'il ne put faire autrement que sentir contre son cou le soulèvement saccadé de sa poitrine. Il avait les yeux à hauteur de ses lèvres, et ne pouvait regarder ailleurs, la joue coincée contre une épaisseur de velours bordeaux. De toute façon, il ne pensait qu'à ses mains qui faisaient presque le tour de sa taille, et au parfum sensuel dont elle avait sans doute déposé une goutte à la naissance de son cou.

Ce fut instantané : il s'embrasa. Malgré le froid pinçant, il eut le feu aux joues.

— Si vous voulez que je vous hisse sur la selle, il va sans doute falloir que vous me lâchiez.

Elle desserra son étreinte. À peine.

— Et si vous posiez les mains sur mes épaules ? suggéra-t-il d'une voix étranglée.

Non pas qu'elle le serrât trop, mais cette position lui donnait décidément des idées… peu convenables. Il sentait ses longues jambes contre lui, et s'il n'y remédiait pas rapidement, une partie de son anatomie se plaquerait bientôt sur ses cuisses. Il n'y pourrait rien, et serait mortifié.

— Je suis désolée. C'est la première fois qu'on me soulève de la sorte. Comme vous l'avez souligné, je ne suis pas des plus menues. Vous promettez de ne pas me laisser tomber ?

— Ma chère demoiselle Merriwell, sachez que si les représentants mâles de la lignée Standish sont pratiquement tous indignes de confiance dans tous les domaines, jamais au grand jamais ils ne laisseraient tomber une femme. Menue ou pas. Vous avez ma parole.

Enfin, elle s'écarta un peu de lui, plaça les mains sur ses épaules et le regarda droit dans les yeux.

— Tout ceci est tellement nouveau pour moi, dit-elle avec une expression angoissée qu'il brûla d'effacer par un baiser.

À vrai dire, c'était aussi très nouveau pour lui, et il ne trouvait pas cela amusant. Son cœur battait dans sa poitrine avec l'énergie d'un défilé militaire, et ses mains n'avaient qu'une envie : partir à la découverte de ce nouveau territoire… velouté. Pour garder la tête froide, Hugh la lança presque dans les airs, pressé de mettre un terme à cette étreinte.

Elle poussa un petit cri en atterrissant sur la selle, puis faillit basculer en avant dans sa précipitation à attraper les rênes. Il n'eut d'autre recours que de se plaquer contre elle pour la redresser et attendre qu'elle retrouve son équilibre. Comme elle l'avait dit, elle n'était pas menue. Mais à la tenir ainsi, il trouva surtout que ses formes étaient la tentation incarnée.

Renonçant à lui expliquer comment passer la jambe par-dessus le pommeau, il l'installa lui-même, avec autant de détachement que possible mais beaucoup de maladresse, essayant – sans succès aucun – de se dire qu'il s'agissait de n'importe quelle jambe, et pas de celle, longue et galbée, de Minerva. Depuis quand les jambes le mettaient-elles dans cet état ? Et le parfum ?

— Maintenant, glissez l'autre pied dans l'étrier.

Ledit pied chercha l'étrier, battant l'air sans succès mais découvrant ce faisant la naissance d'un mollet paré de soie. Sans réfléchir, Hugh attrapa le pied rebelle par la cheville et le fourra sans cérémonie à l'endroit où il devait être, avant de reculer, plus troublé qu'il ne l'aurait voulu. Mais que lui arrivait-il, à la fin ?

Ce n'étaient que des jambes, bon sang. Il en voyait tous les jours, et cela ne le mettait pas dans un tel état. La plupart des gens en avaient deux, après tout. Et lui n'avait rien d'un perdreau de l'année ! Des femmes, il en avait connu des dizaines, il avait caressé des cuisses nues et dodues plus souvent qu'à son tour, sans jamais céder à pareil trouble.

Et s'il était malade ?

Oui, c'était forcément ça. Il était malade.

Toute l'angoisse provoquée par l'arrivée imminente de sa mère et la mise en place de cette fichue comédie avait fini par laisser des traces. Ou alors la situation, inédite, l'avait déstabilisé. Pour de multiples raisons, Minerva était un fruit défendu. Il était donc logique que cela réveille en lui le penchant rebelle et coureur de jupons des Standish. La faute à l'hérédité ! Il n'y avait pas d'autre explication, si même les mollets de cette fille le mettaient en émoi !

Le mieux était d'accepter cet état de fait et de poursuivre sans trop se poser de questions. Dans l'immédiat, il devait trouver à s'occuper pour ne plus y penser.

— Allez me chercher mon cheval !

Le valet d'écurie approcha avec Galilée, et Hugh monta en selle d'un bond. Minerva était toujours aussi raide sur Bouton-d'or, les yeux écarquillés.

— Je vais vous montrer comment manier les rênes...

Elle n'avait pas menti en disant qu'elle n'était pas très douée pour l'exercice physique. Hugh n'avait jamais vu quelqu'un d'aussi gauche sur un cheval. Il en aurait ri, si cela n'avait pas été aussi important. Sa mère adorait monter, et il lui avait raconté que Minerva était une cavalière accomplie. Les chances que sa mère renonce à sa promenade quotidienne étaient nulles.

Que Minerva ne soit pas encore tombée relevait du miracle – au moins se tenait-elle droite.

Enfin, presque.

Et son attitude générale était passée de terrifiée à simplement inquiète. Elle progressait. Comparée à la femme qui, d'ordinaire, se déplaçait avec une impressionnante économie de mouvements, et donnait vie aux vertus régénératrices du sirop pour le foie du Dr Pinkwell avec rien d'autre qu'un stylet, la Minerva qui se tenait en ce moment devant lui avait tout du portemanteau. Tandis qu'ils avançaient péniblement sur le chemin du village, elle affichait une raideur telle que ses quatre membres semblaient bloqués. Pire, il était évident qu'elle ne comprenait pas le concept d'accompagnement de l'allure du cheval, et rebondissait par intermittence, toujours avec raideur.

Giles et les autres étaient partis devant – sur l'insistance de Hugh. Son ami s'était un peu trop amusé du spectacle de Minerva à cheval alors que Hugh la faisait patiemment tourner dans la cour, espérant sans oser y croire qu'elle finirait par comprendre comment manier son cheval. Hélas, le rôle du portemanteau raide comme la justice et légèrement paniqué était apparemment le seul qu'elle était capable de tenir.

Ils étaient donc seuls, et avançaient précautionneusement sur le chemin qui menait au village. Avec un peu de chance, ils arriveraient avant la fermeture des échoppes – mais Hugh n'en aurait pas mis sa main à couper.

— Je vous avais bien dit que je n'étais bonne à rien pour les choses de ce genre, s'excusa-t-elle d'un ton abattu. Nous devrions faire demi-tour et rentrer.

— C'est absurde. Vous vous en sortez admirablement, dit-il avec un sourire d'encouragement. Peut-être qu'en vous concentrant un peu moins, vous vous détendriez un peu plus.

— Si je me détends, je vais tomber.

Bouton-d'or eut un battement de queue impatient, et Minerva oscilla dangereusement, puis sembla si malheureuse qu'il en eut des remords. Qui aurait cru qu'une chose aussi simple que monter à cheval la mettrait dans cet état ?

— Ce cheval me déteste, en plus. C'est évident.

— Bouton-d'or ne vous déteste pas. C'est juste que…

Devant la raideur de Minerva, Hugh soupira.

— … les chevaux sont des créatures sensibles, qui calent leur comportement sur le nôtre. Vous devez vous détendre si vous voulez que Bouton-d'or fasse de même.

— Et comment fait-on pour se détendre sur le dos d'une bourrique aussi nerveuse, j'aimerais le savoir !

Le ton vif de la remarque déplut à Bouton-d'or, qui s'ébroua et serra le mors.

— Pour commencer, vous pourriez envisager de relâcher vos bras. Regardez-moi.

Hugh s'affala sur sa selle.

— Vous voyez ? Je tiens fermement les rênes, pour le cas où j'aurais besoin de prendre rapidement les commandes. Mais mes bras et mes poignets sont détendus. Galilée n'a pas besoin de sentir le mors au fond de sa gueule pour savoir que c'est moi qui décide, parce que nous nous faisons confiance.

Pour illustrer ce propos, il tira délicatement de la main gauche, et son cheval réagit aussitôt en s'écartant un peu.

— Détendez vos bras, Minerva.

Elle inspira profondément.

— Comme ça ? C'est mieux ?

On était loin du compte.

— Un peu. Mais vous donnez encore l'impression d'avoir un bâton à la place des bras.

Elle baissa les yeux sur ses bras, qu'elle tenait avec raideur à l'horizontale devant elle, et fit un effort pour les plier.

— Vous pensez que la peur finira par s'atténuer ?

Peut-être, s'il arrivait à lui faire penser à autre chose...

— Je me rends compte que j'ai fait preuve de désinvolture, admit-il. J'étais tellement concentré sur *ma* Minerva et sur ce que je devais vous enseigner pour pouvoir l'incarner, que j'ai à peine pris le temps de faire connaissance avec la vraie Minerva. Tout ce que je sais de vous, c'est que vos parents ne sont plus de ce monde et que votre père était assez cultivé.

Elle fronça les sourcils, sans quitter un instant le chemin des yeux, concentrée qu'elle était sur la nécessité de se détendre.

— J'ai dit qu'il était parti, pas mort. Et rien ne m'a jamais prouvé qu'il était cultivé, même s'il se vantait souvent de l'être. Mais, après tout, mon père se vantait de beaucoup de choses.

— Il est vivant ?

Elle haussa les épaules, et vacilla une nouvelle fois.

— Qui sait ? Il nous a laissé un mot, un jour, disant qu'il partait pour un certain temps. Et nous n'avons plus entendu parler de lui.

Hugh était ulcéré.

— Il n'est jamais revenu ? Même après la mort de votre mère ?

— Ma mère est morte quand j'avais onze ans. Mon père nous a abandonnées peu après mon dix-neuvième anniversaire. Sans laisser d'adresse, précisa-t-elle d'un ton détaché. Je ne peux pas dire qu'il m'ait beaucoup manqué. C'était plus un boulet, surtout les dernières années.

— Mais c'est scandaleux ! Quel genre de gentleman se comporte de la sorte ?

Il avait envie de retrouver ce salopard pour lui mettre une bonne raclée.

— Je n'ai jamais dit non plus que c'était un gentleman, fit Minerva, visiblement troublée. C'est ce qu'il disait être, encore une fois. Il était graveur sur bois, comme moi. Mon Dieu... C'est pour cela que vous m'avez demandé de jouer le rôle de votre fiancée ? Vous pensiez avoir affaire à la fille d'un vrai gentleman ?

— C'était une hypothèse facile à envisager. Vous êtes cultivée, vous parlez posément. Vous avez tout de la jeune fille de bonne famille.

— C'est à ma mère que je dois cela. Elle aussi se disait fille de gentleman. Mais je n'ai rien pour le prouver. Mes deux parents avaient rompu avec leur famille respective.

— Pour moi, en tout cas, cela n'a pas d'importance. Du moment que vous parvenez à convaincre ma mère que vous êtes d'origine un tant soit peu distinguée.

Elle sembla songeuse l'espace d'un instant, puis secoua la tête.

— Il est possible que j'aie quelques liens ténus avec la bonne société, quelque part – mais je doute que ce soit du côté de mon père, qui était un menteur invétéré, très convaincant et tout à fait capable de s'être inventé des origines distinguées. Pour ce genre de choses, il était très doué.

Elle risqua un rapide regard en direction de Hugh et lui adressa un sourire navré.

— Mais pour les notions d'obligation morale et de devoir envers sa famille, il avait plus de mal, on dirait..., compléta-t-il.

Aux yeux de Hugh, une telle attitude était inimaginable. Un homme ne fuyait pas ses responsabilités !

— C'était un bon à rien qui préférait la vie facile à une vie de labeur. Tant que nous avons été petites, il a fait un minimum d'efforts – c'est du moins ce que je suppose, puisque nous avons toujours eu un toit. Il gravait des tampons de bois lui aussi. C'est lui qui m'a appris mon métier, d'ailleurs. Paradoxalement, cela lui a donné plus de temps libre à passer au pub ou dans les bras de ses nombreuses amies. Jusqu'à ce qu'il tourne le dos à ses responsabilités familiales en disparaissant de notre vie.

— Et en vous laissant seule responsable de vos sœurs. C'est inadmissible.

— C'est vrai. Mais ainsi était papa. Sur la fin, il voyait des gens peu fréquentables, et après son départ, pendant plusieurs semaines, nous avons eu la visite de sombres crapules, ainsi que celle de la police. De toute évidence, il fuyait autre chose que ses responsabilités familiales. Les mâles de la lignée Standish n'ont pas le monopole du manque de fiabilité, Hugh, j'en ai peur, dit-elle en haussant les épaules – mais sans vaciller. Pour autant que j'ai pu le constater, la plupart des hommes sont indignes de confiance. C'est dans leur nature, mais mon père battait des records dans ce domaine.

Hugh soupira.

— Les Standish ont beaucoup de défauts, mais jamais ils n'abandonneraient leur famille.

Ils mentaient, brisaient des cœurs au passage sans le moindre remords, n'en faisaient qu'à leur tête, trahissaient la confiance de tous et décevaient tous les espoirs, mais jamais, jamais ils ne fuyaient leurs responsabilités.

9

— Mais assez parlé de moi. Dites-moi quelque chose sur vous qu'une fiancée dévouée devrait absolument savoir.

Ils approchaient du village, et Minerva n'en pouvait plus de faire remonter son passé déprimant à la surface.

— Ma couleur préférée est le rouge, répondit-il. Parce que c'est provocant, audacieux, et un tout petit peu coquin. Comme moi.

— Nous sommes loin de la révélation édifiante que j'espérais.

Depuis plusieurs jours déjà, elle avait tenté d'en apprendre un peu plus sur lui, sans succès. À chaque question, il répliquait avec désinvolture ou humour, au point qu'elle commençait à croire qu'il le faisait exprès. Mais il y avait autre chose.

Comme ce regard étrange, le premier matin, quand il lui avait pris la main après qu'elle lui avait confié que sa vie n'était pas aussi insouciante que la sienne. Elle y avait décelé de l'empathie. À croire qu'il avait immédiatement compris sa situation, et s'en sentait presque responsable. La plupart du temps, il se dominait pour ne pas laisser ce Hugh-là s'exprimer, mais c'était à propos de cet homme qu'elle se posait des questions. Au point qu'elle avait dû se tourner vers Payne pour obtenir des informations.

— Je suppose que vous m'avez percé à jour depuis longtemps et que vous savez tout ce que vous avez besoin de savoir. Je suis exactement ce que j'ai l'air d'être. Un gentleman désœuvré. Enfant gâté, charmant, égoïste, incapable de me fixer un objectif d'importance autre que ceux auxquels le devoir et ma naissance me contraignent.

Elle osa quitter le chemin des yeux pour le regarder, et quelque chose dans l'expression de Hugh l'intrigua. Confirmant ses soupçons.

— Je ne vous crois pas.

— C'est pourtant vrai. Au vu de tout ce que vous m'avez raconté, j'ai honte d'avouer que je suis d'une superficialité achevée. Aucune profondeur cachée chez moi. Aucune tromperie sur la marchandise.

— Je persiste à croire que vous êtes moins léger que vous ne le prétendez. Quelque chose, chez le célibataire fêtard et égoïste que vous décrivez, ne sonne pas tout à fait juste.

Parce qu'il était gentil et attentionné. Avait la patience d'un saint. Or, un homme doué de ces qualités ne pouvait être complètement égoïste. De plus, Minerva l'appréciait beaucoup, ce qui aurait été impossible s'il avait été aussi superficiel qu'il le prétendait.

— J'aimerais entendre quelles preuves vous apportez à une accusation aussi grave, dit-il très sérieusement.

— Vous êtes un lève-tôt. Comme moi. En général, les gens ne se lèvent pas le matin à moins d'avoir une bonne raison de le faire.

— J'aime arriver en premier au petit déjeuner.

— Menteur. Vous allez travailler dans votre bureau. Vous y êtes à six heures tous les matins. C'est Payne qui me l'a dit.

— Payne *pense* que je travaille, et je n'ai jamais cherché à le détromper. Mais en vérité, je vais dans mon bureau à six heures parce que c'est l'heure à laquelle je rentre de mes nuits de débauche. J'y fais ensuite un petit somme, pour avoir la tête de quelqu'un qui se réveille tout juste lorsque je vais déjeuner.

— Si vous passiez la nuit dehors, je pense que votre vieux renard de majordome le saurait.

Hugh sourit, tout en manœuvrant sa monture autour d'un profond nid-de-poule, avec une aisance que Minerva lui envia.

— Un renard moins rusé que vous ne le pensez. Cela fait des années que je feins d'aller me coucher, que je défais le lit et que je sors par la fenêtre de ma chambre pour aller faire des choses inavouables en compagnie de comparses peu recommandables.

Minerva ne put s'empêcher de sourire à son tour.

— Des choses inavouables ? Vraiment ? Dans ce coin reculé du Hampshire, je me demande ce que cela peut être...

Hugh feignit de compter sur ses doigts.

— Alors... il y a le jeu, essentiellement. L'alcool, la fête, et bien sûr la gaudriole. Je suis esclave de l'hédonisme sous toutes ses formes. Et j'ai beaucoup de chance : dès la nuit tombée, le village se transforme en lieu de perdition.

Il ponctua son propos d'un clin d'œil coquin. Minerva se sentit parcourue d'un frisson, et éprouva la même chose que lorsque ses bras puissants l'avaient hissée sur Bouton-d'or. Son cœur se mit à battre plus rapidement.

— D'après Payne, ici, vous voyez votre intendant tous les jours. Quand vous êtes à Londres, vous exigez qu'il vous écrive chaque semaine pour vous tenir au courant de vos affaires, et vous venez au moins deux fois par mois pour voir de quoi il retourne. Il semblerait donc que, malgré les apparences, vous supervisiez scrupuleusement les affaires de votre domaine. J'en conclus que vous êtes en réalité un gentleman tout à fait responsable – même si vous affirmez le contraire.

Il ne nia pas.

— Payne et vous avez l'air de bien vous entendre.

— Vous n'êtes pas le seul à être curieux et à poser des questions. Au moins Payne répond-il aux miennes, et en toute honnêteté.

— Honnêteté ? Seigneur, comme ce mot me déplaît... Que vous a-t-elle raconté d'autre, cette pipelette ?

— Que vous n'avez augmenté aucun loyer ces cinq dernières années parce que les récoltes n'étaient pas bonnes, et vos fermiers vous adorent. Tous.

— S'ils m'adorent, c'est à cause de mon absence totale de sens des affaires, dont ils peuvent facilement profiter. Ah, regardez, dit-il en indiquant une église au loin. C'est St. Mary. Bâtie par Guillaume le Conquérant. Il s'était installé dans le Hampshire pendant quelques années, à l'époque où Winchester était la capitale de l'Angleterre.

Il n'avait pas envie de parler de lui, c'était évident. Mais il en fallait plus pour dissuader Minerva de poursuivre son enquête. Plus elle passait de temps avec lui, plus il l'intriguait. Oui, il était beau, charmant, plein d'esprit et très, très attachant, mais ce regard bleu scintillant cachait plus de choses qu'il n'en révélait, et elle commençait à soupçonner que derrière le vaurien malicieux qu'il jouait à la perfection se cachait un autre homme, très différent. Un homme qui secourait les demoiselles en détresse et savait exactement quoi dire pour dédramatiser une situation.

— Payne dit que vous êtes un propriétaire terrien accompli, qui protège ses fermiers et les traite avec respect. Il dit que vous prenez toujours le temps de les écouter, et que vous leur demandez souvent leur avis.

— Je fais *semblant* de les écouter. C'est un de mes rares talents. Je suis capable d'avoir l'air absorbé par une conversation alors qu'en réalité je n'écoute pas un mot. Mes fermiers *pensent* que je les écoute. Payne *pense* que je l'écoute, et là, vous-même, vous *pensez* que je vous écoute, alors qu'en réalité je pense au déjeuner. Vous voyez ? Superficiel, je vous dis. Vous essayez d'avoir avec moi une conversation digne de ce nom, et moi, la seule chose à laquelle je pense, c'est à mon estomac.

— Pourtant, votre domaine est prospère – en grande partie grâce aux techniques de culture modernes que vous avez introduites. J'ai vu tous les livres récents à ce sujet sur les rayons de votre bibliothèque. Des livres qui ont été lus.

— Pas par moi.

— D'après Payne, vous êtes même plus apprécié que ne l'était votre père, qui pourtant était aimé de tous. Il dit aussi que même si vous faites des efforts pour qu'on croie le contraire, vous lui ressemblez beaucoup. Comme deux gouttes d'eau. Est-ce vrai ? Vous ne m'avez jamais parlé de lui.

— Que voulez-vous que je vous dise ? Comme vous, j'étais très jeune lorsqu'il est mort. Parler de lui me rend sentimental, ce que je n'ai pas du tout envie d'être.

D'un petit coup de talon, il mit son cheval au trot et dépassa celui de Minerva.

— Ah, regardez ! dit-il en montrant devant eux la place du marché, qui semblait très animée. Je vois le cheval de Giles attaché là-bas. Les autres ne devraient pas être bien loin. Elles ont intérêt, en tout cas. Je meurs de faim.

Pour la première fois depuis leur départ, il ne l'attendit pas, et laissa Minerva se débrouiller seule sur les pavés et cheminer entre les rares passants, ce qui demandait plus de concentration que de faire avancer sa monture en ligne droite. Lorsqu'elle atteignit l'auberge, Hugh avait mis pied à terre et tendait les rênes de son cheval à un valet d'écurie. Il secoua la tête et poussa un long soupir en attrapant Bouton-d'or par son licol.

— Il vous restait une dizaine de mètres à peine. Qu'est-ce qui vous a pris tout ce temps ?

Un autre valet accourut avec un tabouret, mais Hugh le renvoya.

— Évitons la catastrophe, voulez-vous ? Je vais aider mademoiselle à descendre. Minerva, dit-il en lui tendant une main. Desserrez ces doigts avant qu'ils soient complètement blancs, et lâchez les rênes.

Elle obtempéra à contrecœur, et posa les mains sur ses épaules. Le sentiment de solidité qu'elle éprouva la rassura instantanément, et la laissa perplexe. Il fallait qu'elle cesse de réagir de la sorte face à un homme pour qui elle travaillait.

Pour masquer l'étrange effet qu'il avait sur elle, et parce que cela lui semblait être le moyen le plus rapide de descendre de cette fichue bête, elle se laissa tomber en avant... et se rendit compte trop tard qu'elle avait oublié un détail : il fallait d'abord retirer son pied de l'étrier. Sous l'effet de torsion, Bouton-d'or fit un pas de côté, et Minerva plongea dans le vide.

— C'est bon, je vous tiens !

Il disait vrai, à sa plus grande honte. Il l'avait attrapée à bras-le-corps et la tenait suspendue au-dessus du sol, le pied toujours dans l'étrier, le visage contre son torse, la poitrine scandaleusement écrasée contre son ventre. Minerva ne pouvait rien faire d'autre que s'agripper à lui, et sentir son odeur virile mêlant fraîcheur et propreté, en attendant que le valet libère son pied. L'humiliation fut à son comble lorsque, son pied enfin libre, Hugh la remit d'aplomb sans ouvrir les bras, de peur qu'elle ne perde l'équilibre.

Pendant un interminable instant, ils restèrent ainsi l'un contre l'autre, et Minerva sentit son corps réagir bien trop positivement à cette étreinte. Jusqu'à ce que Hugh s'écarte brusquement et fasse un pas en arrière, sans pour autant la lâcher.

— Bonté divine ! Quand je vous ai tendu les bras, je n'imaginais pas que vous alliez vous y jeter ! Il fallait me dire que vous comptiez prendre ainsi votre envol. Un homme moins costaud que moi aurait fini aplati comme une crêpe.

— Je suis tellement désolée... Je vous avais prévenu, je suis très maladroite.

Le col et les revers de sa veste étaient de travers. Cela lui donna une excuse pour le toucher de nouveau. Sans hésiter, elle les remit en place. Leurs regards se trouvèrent.

Et ne se quittèrent pas...

— Hugh ?

Sous sa main, Minerva le sentit se raidir en entendant cette voix.

— C'est bien vous ! Je me disais, aussi...

Il tourna brusquement la tête en direction d'une femme blonde magnifique, au bras d'un très bel homme, et sourit. Un sourire bizarre. Un peu contraint. Qui n'atteignait pas ses yeux.

— Sarah... capitaine Peters... Bonjour. Vous êtes donc de retour ?

Si la jeune femme perçut la gêne de Hugh, elle n'en montra rien. Son sourire était radieux.

— Temporairement. Teddy est en permission et ne rejoindra son régiment qu'en janvier. Mais l'excellente nouvelle, c'est que le régiment doit revenir à Aldershot, et sera donc stationné de façon permanente dans le Hampshire. Ce sera bien plus près de la maison. Mère est ravie. Gâter ses petits-enfants lui manquait tant.

Hugh, lui, semblait tout sauf ravi. Son sourire était de plus en plus figé. Il ne semblait pas savoir quoi faire de ses mains, et finit par les nouer dans son dos.

— Excellente nouvelle, en effet. Parfait. Et votre mère va bien ?

Jamais Minerva ne l'avait vu aussi mal à l'aise.

— Très bien. Nous sommes tous en grande forme.

— Parfait.

Ce mot était un véritable tic. Qu'y avait-il chez cette femme qui faisait perdre à Hugh tout son naturel et son aisance ?

— Et *vous* ? Comment allez-vous ? Cela fait combien... deux ans, depuis notre dernière rencontre ? Toujours célibataire et heureux de l'être ?

Elle avait posé la question en jetant un petit regard curieux en direction de Minerva.

Enfin, les yeux de Hugh quittèrent la blonde pour trouver ceux de Minerva, et cela secoua l'étrange torpeur dans laquelle il s'était embourbé.

— Seigneur, j'oublie mes manières, dit-il en prenant la main de Minerva pour la poser sur son bras. Permettez-moi de vous présenter ma fiancée. Minerva, je te présente Mme Sarah Peters et son époux le capitaine Peters. Mlle Minerva...

Il se figea, la regarda, comme s'il avait complètement oublié le patronyme qu'il lui avait pourtant choisi.

— Landridge, dit-elle en inclinant poliment la tête, comme le lui avait enseigné Payne.

Ainsi saluait-on les personnes de rang identique, la révérence étant réservée à l'aristocratie. Plus grande est la noblesse, plus basse est la révérence. *Regarde-les dans les yeux. Souris. Comporte-toi comme s'ils ne t'impressionnaient pas.*

— Capitaine et madame Peters. Ravie de faire votre connaissance.

Cette fois, la jeune femme blonde qui avait coupé le sifflet de son faux fiancé l'examinait des pieds à la tête avec grand intérêt, et sans que Minerva sache pourquoi, tout chez elle, à commencer par l'effet qu'elle avait sur Hugh, l'agaça. Du coup, elle se pressa un peu plus contre lui, comme si elle était follement éprise.

— Nous sommes fiancés depuis dix-huit mois.

Et peu importe si elle se comportait comme si Hugh lui appartenait. Les fiancés étaient censés être possessifs l'un envers l'autre, non ? Elle jouait son rôle, donc.

— J'ai dû rater l'annonce du *Times*.

Enfin, Hugh sembla retrouver sa voix.

— Il n'y a pas eu d'annonce. Nous sommes restés très discrets. Minerva ne tenait pas à faire les choses en grand, les fastes de la bonne société londonienne ne la tentent guère. Nous nous sommes rencontrés à la campagne quand... quand...

Et voilà qu'il bafouillait de nouveau. C'était vraiment bizarre.

— Il m'a sauvé la vie, intervint-elle. L'attelage de ma voiture était hors de contrôle.

Elle leva vers lui un regard qu'elle espéra adorateur plutôt que jaloux, sentiment qu'elle sentait naître en elle avec une certaine inquiétude.

— Et plus récemment, il m'a sauvée d'une selle d'amazone particulièrement récalcitrante.

Bien sûr, cette incarnation de la beauté éthérée avait dû la voir en posture délicate.

— Hugh est mon preux chevalier, conclut-elle. Sans lui, je serais perdue.

Le silence gêné qui suivit fut très étrange, en partie parce que Minerva avait la nette impression d'être la seule à ne pas savoir pourquoi il était gêné.

La main de Hugh serrait la sienne comme un naufragé agrippe un morceau de bois en pleine mer. Le capitaine Peters n'avait pas dit un mot, et sa trop jolie femme affichait un sourire factice.

— Comment va votre mère, Hugh ? La vie en Amérique lui plaît toujours ?

— Oui, beaucoup.

— C'est si courageux à elle d'être partie comme ça à l'autre bout du monde.

— Vous connaissez ma mère. Elle est robuste.

Il s'était raidi en évoquant ce fait, et Minerva sentit qu'il n'avait plus qu'une envie : fuir. Elle devinait avec la même acuité que Hugh et la jolie Mme Peters avaient été un peu plus que de simples connaissances. Elle l'interrogerait à ce propos dès qu'ils seraient seuls tous les deux.

— Bien, lança-t-elle, ce fut un plaisir de vous rencontrer, mais j'ai peur qu'il ne nous faille poursuivre. Ma mère, mes sœurs et lord Bellingham sont quelque part dans les parages, et je crains pour sa santé mentale si nous le laissons trop longtemps seul avec elles.

Elle serra le bras de Hugh, sentit qu'il se détendait un peu.

— Oui, pauvre Giles, dit-il en s'inclinant poliment. Mes hommages à votre mère.

— Et les miens à la vôtre. Mademoiselle Landridge, j'ai été ravie de faire votre connaissance, ajouta Mme Peters, effleurant le bras de Minerva d'une main gracieuse, légère et gantée. Je suis tellement heureuse que Hugh s'installe enfin ! Si vous n'aimez pas beaucoup Londres, peut-être parviendrez-vous à le convaincre de passer plus de temps ici, dans le Hampshire ? Je pourrais vous rendre visite...

Ses charmants yeux bleus plongèrent dans ceux de Hugh. Minerva ne put décoder le message qu'ils envoyaient.

— Avec grand plaisir.

10

Hugh détestait voir le passé ressurgir sans prévenir. Il détestait encore plus le fait que cela se soit produit devant Minerva. Alors qu'ils déambulaient sur le marché en compagnie des autres, et que tous ces mauvais souvenirs remontaient à la surface, il avait senti le regard de la jeune femme sur lui.

Il le sentait encore dans l'auberge où ils déjeunaient. Il avait pourtant installé Vee entre eux, et l'avait ignorée pendant tout cet interminable repas, parce qu'il n'avait pas envie de s'expliquer, sans pour autant être prêt à faire comme si rien ne s'était passé.

Mais Minerva n'était pas idiote. Elle savait que quelque chose ne tournait pas rond. Il avait donc décidé d'éviter ses questions, au moins jusqu'à ce qu'il ait décidé quoi répondre exactement. C'était plus facile à dire qu'à faire, coincés qu'ils étaient dans le salon privé de cette auberge. Sans clients bruyants alentour, il ne pouvait feindre d'être distrait pour expliquer son mutisme pour le moins inhabituel.

Durant le repas, il avait été sur des charbons ardents, craignant qu'elle ne pose la question devant le reste des convives. Comment allait-il pouvoir expliquer qui était Sarah, sans admettre que l'existence de cette femme était une souffrance pour lui ?

Une chose était certaine, et il ne pouvait le cacher : cette rencontre fortuite l'avait totalement pris de court et avait anéanti sa bonne humeur, déjà largement entamée quand Minerva l'avait comparé à son père. Cette remarque avait réveillé en lui des pensées noires qu'il évitait d'ordinaire comme la peste. Tout cela juste avant qu'elle se jette dans ses bras et réveille d'autres sensations, très différentes, dans un tout autre domaine. Son père, Sarah et une bouffée de désir non maîtrisée avaient proprement fichu sa journée en l'air.

— Êtes-vous sûres de ne pas vouloir un peu de vin, mesdames ? demanda Giles en brandissant la bouteille, prêt à servir. Il est excellent.

— Ni moi ni mes filles ne touchons jamais à la boisson du démon, lord Bellingham.

Lucretia fronça les sourcils en voyant Diana tendre son verre avec un air de défi, mais sembla comprendre que toute remarque serait inutile. Elle se tourna vers Vee pour ne pas perdre contenance.

— Tes coudes, ma chérie. Pas sur la table. On pose les assiettes sur la table, pas les coudes.

Elle avait fait des remarques de ce genre toute la matinée à la plus jeune des Merriwell, et ne semblait pas avoir remarqué l'hostilité croissante de cette dernière à son égard. Force était de le reconnaître : jusque-là, Vee s'était gardée de lui répondre. En serrant les dents, elle avait ignoré la mièvrerie de sa prétendue mère, et continué de se tromper de couverts avec application.

— Les assiettes ont été *débarrassées*.

Si un regard avait pu tuer, Vee aurait été sur le point de poignarder l'actrice.

Du coin de l'œil, Hugh vit Minerva poser doucement la main sur la cuisse de sa sœur. Les coudes quittèrent la table.

— Alors, Vee, impatiente de remonter à cheval pour le chemin du retour ? fit Giles. Vous sembliez très à l'aise sur votre monture. Une cavalière-née.

— Mais c'est exactement ça ! s'écria Lucretia, mains sur la poitrine, théâtrale. Un véritable poème en mouvement, n'est-ce pas ? Elle tient de moi dans ce domaine. J'ai toujours su m'y prendre avec les chevaux.

Le compliment fit d'abord rougir Vee, mais la fin de la tirade assombrit dangereusement son regard.

— Eh bien… heureusement qu'elle ne tient pas de moi, intervint Minerva, tel un diplomate tentant de sauver un traité en péril. Je pense que nous serons tous d'accord pour dire que mes talents de cavalière sont inexistants. Hugh pourra en témoigner : même monter ou descendre de cheval me pose problème.

Elle chercha un soutien dans son regard.

Devinant qu'elle souhaitait un peu plus qu'un simple hochement de tête, il se lança dans la plus longue phrase qu'il ait réussi à articuler depuis une bonne heure.

— C'est vrai. Elle m'a quasiment écrasé en voulant mettre pied à terre.

Il se revit, le nez dans ses cheveux. Son parfum de rose. Sa poitrine aplatie contre son torse. La courbe sensuelle de ses hanches entre ses mains. Pas étonnant, finalement, qu'il n'ait pas vu arriver Sarah – ou qu'il l'ait vue trop tard pour pouvoir prendre la tangente. Ensuite, même la plus simple des conversations avait été difficile parce qu'il était redevenu ce jeune homme vert, en colère, aveuglé par des souvenirs qu'il aurait voulu oublier.

— Je vous avais prévenue. Je suis très maladroite.

— Si cela peut vous consoler, votre maladresse a largement été compensée par le numéro que vous nous avez offert. Vous regarder évoluer dans la cour a déclenché mon premier fou rire de la journée, dit Giles en levant sa chope en direction de Minerva. Et je regrette d'avoir raté votre descente de cheval. Le clou du spectacle, si j'en crois la description de Hugh.

Hugh s'en félicitait, au contraire. Déjà, Minerva avait été témoin de la gêne entre Sarah et lui. Si Giles avait été là, il n'aurait pas manqué de fourrer son nez dans cette histoire, et futé comme il était…

— Je tâcherai de faire mieux la prochaine fois. D'éviter le désastre, en tout cas. Croisons les doigts. Je sais maintenant qu'il faut retirer le pied de l'étrier avant de quitter la selle. Et tout de même, il me semble que sur la fin du trajet j'étais plus à l'aise, non ?

Une nouvelle fois, elle chercha le regard de Hugh pour qu'il confirme, et celui-ci hocha la tête, se forçant à sourire. Au diable Sarah et les mauvais souvenirs qu'elle ravivait, à un moment où il avait bien d'autres préoccupations.

— C'était beaucoup mieux. La coordination des mouvements commençait à se mettre en place.

— Commençait seulement ? Flûte alors ! Moi qui pensais m'en sortir brillamment…

Son désespoir feint fit sourire sa jeune sœur.

— Ce manque de coordination reste un mystère pour moi, Minerva.

Lucretia était à fond dans son personnage. Cela se voyait dans son regard. Comme on pouvait s'y attendre, celui-ci était légèrement brouillé, signalant l'arrivée d'un souvenir ému inventé de toutes pièces par son imagination débordante et, en fait, légèrement effrayante.

— Son père, Dieu ait son âme, montait merveilleusement bien. Nous sortions ensemble chaque jour au début de notre mariage... avant l'arrivée des enfants, bien sûr...

Elle se pencha par-dessus la table, attrapa la main de Vee et la serra. Fort.

— Ton cher papa... Il me manque tant. Pourquoi est-il mort si tôt ?

C'était plus que n'en pouvait supporter Vee, qui se leva d'un bond, renversant sa chaise dans un fracas prodigieux. Ses deux mains claquèrent sur la table, faisant tomber deux chopes par terre – vides, Dieu merci.

— Il n'est pas mort ! hurla-t-elle, les larmes aux yeux. Et arrêtez de faire comme si vous le connaissiez !

Sur quoi, elle quitta la pièce en trombe.

Minerva se leva aussitôt et disparut derrière elle, afin de la calmer.

— J'en ai trop fait ? demanda Lucretia, sincèrement étonnée par la réaction de Vee.

Diana se leva et jeta sa serviette sur la table.

— Je crois que le « trop » a été dépassé il y a un bon moment déjà. Je ferais mieux d'aller prêter main-forte à Minerva. Elle a tendance à chouchouter Vee et à tout lui pardonner.

Elle s'en alla, laissant Hugh, son diable de meilleur ami et l'actrice qui battait des cils, la mine contrite.

— Eh bien... tout va pour le mieux, on dirait, s'amusa Giles en cognant sa chope contre celle de Hugh. J'avais prédit un désastre absolu, et il s'avère que j'avais vu juste.

— Ça suffit.

— Mais au moins, j'avais raison. Et j'adore avoir raison.

— Qu'allons-nous faire ?

— Tu peux peut-être envisager de laisser Lucretia présenter des excuses, puis autoriser Mme Landridge à se retirer pour le reste de la journée.

Celle-ci hocha la tête.

— Si vous pensez que c'est mieux...

— Je le pense. Et en sortant, pourriez-vous demander à la serveuse de nous apporter un peu de gâteau ? J'ai encore une petite faim.

Giles attendit qu'elle ait quitté la salle, puis changea de chaise pour s'asseoir en face de son ami.

— Excuse-moi de retourner le couteau dans la plaie, mais tu dois absolument renvoyer Vee chez elle. Elle va tout ficher en l'air avant même que la représentation ait commencé.

— Je ne peux pas. Elle n'a personne auprès de qui aller.

— Alors envoie une bonne avec elle, ou embauche une gouvernante pour l'emmener faire un petit séjour au bord de la mer. Je suis sûre qu'elle sera ravie. Elle ne va pas s'en sortir, là.

— J'en parlerai à Minerva.

— C'est ça. Voilà la solution. Demande son avis à Minerva, et débrouille-toi avec les conséquences de son refus – parce qu'elle refusera, c'est sûr. Même Diana reconnaît qu'elle couve trop cette gamine.

Giles se tut et ravala son agacement, le temps que la serveuse fasse une rapide révérence, dépose une énorme part de gâteau devant lui, puis s'en retourne. Il reprit dès qu'elle eut disparu :

— Mais ouvre les yeux, enfin ! Ça me coûte de te le dire, mais entre Minerva, Diana et cette folle de Lucretia, tu as une infime chance de faire avaler cette histoire ridicule à ta mère. En ce moment même, Minerva s'épuise à faire entendre raison à sa sœur. Vee passe avant tout le reste, en ce qui la concerne.

— C'est pratiquement sa mère, surtout depuis que leur salaud de père les a abandonnées à leur sort, il y a cinq ans !

Hugh était en colère rien que d'en parler.

— Leur situation est tragique, assurément, mais en quoi cela te concerne-t-il exactement ?

— En rien, mais…

— Puis-je me permettre de te rappeler que tu as embauché Minerva pour une tâche bien particulière, pas pour leur venir en aide, à elle et sa famille ?

— Je ne viens en aide à personne.

— Vraiment ? D'où je me trouve, pourtant, on dirait bien que Minerva a une sorte d'emprise sur toi, qui t'a détourné de ton objectif.

— Tu racontes n'importe quoi ! Je ne vole pas au secours de Minerva, et je ne suis pas amoureux d'elle !

Même si, juste avant que Sarah arrive et lui gâche sa journée, quelque chose s'était passé entre eux. Quelque chose d'étrange, chargé d'émotion, un instant merveilleux où elle avait plongé son regard dans le sien et où il avait fait de même, avec délectation. Par curiosité ? Sûrement. Et peut-être aussi mû par une bonne dose de désir.

— Ai-je parlé d'être amoureux ? rétorqua Giles.

Mince !

Avant que son ami insiste sur ce malencontreux choix de vocabulaire, Hugh coupa court.

— C'est toi qui l'as insinué. Ne nie pas. Je lis en toi comme dans un livre.

— D'accord. Tomber amoureux de ta fausse fiancée serait une catastrophe, aux conséquences désastreuses. N'oublie jamais qu'il s'agit d'un contrat sur lequel vous vous êtes mis d'accord. Tu es en danger, mon vieux, si tu commences à t'inquiéter de ce qu'elle ressent.

D'un geste, Hugh balaya la remarque de Giles.

— Balivernes ! J'essaie juste de faire en sorte que tout le monde soit content, pour mieux atteindre mon objectif. Et de toute évidence, je n'y arrive pas.

Hugh sentait son cœur cogner dans sa poitrine, la panique s'ajoutant aux émotions désagréables que Sarah avait ravivées en lui. Car les sentiments de Minerva ne lui étaient pas indifférents, loin de là.

— Pour être honnête, je n'en peux plus, soupira-t-il.

— Alors ne te laisse pas faire, dit Giles avant d'enfourner une énorme bouchée de gâteau, puis d'agiter sa fourchette dans sa direction. Tu es trop bon, cela te perdra.

— *Bon ?*

C'était presque aussi ridicule que le terme « amoureux ».

— Oui. Bon. Mais là, tu as atteint tes limites.

La fourchette virevoltait dans les airs. Hugh hésita à l'attraper et à la planter entre les deux yeux de Giles. Celui-ci poursuivit :

— Tu passes beaucoup trop de temps à essayer de satisfaire tout le monde, alors que tu devrais remettre ces gens à leur place. L'ironie, c'est que c'est à cause de cela que tu te retrouves dans cette situation. Tu aurais pu dire à ta mère d'arrêter de se mêler de ta vie, mais non ! À la place, pour éviter la confrontation, tu as élaboré un plan complètement loufoque. Mais cette fois, il te faut accepter la confrontation. Minerva ne doit plus céder aux caprices de Vee. Tu dois en avoir pour ton argent !

Je suis sûr que tu es capable d'y arriver en douceur. Tu es un type charmant, et riche. Engage un chaperon pour la gamine et envoie-les dans ta maison de Mayfair. Vee sera entre de bonnes mains, dans l'une des plus belles maisons de Berkeley Square, Minerva sera rassurée et pourra se concentrer sur son rôle de fiancée. Et si les dieux sont en votre faveur, un miracle se produira et ta mère reprendra le bateau pour Boston en n'y ayant vu que du feu.

Ce plan était, ma foi, plein de bon sens. Mlle Vénus Merriwell était le maillon faible. Hugh eut envie de mettre son poing dans la figure de Giles, tant celui-ci semblait content de lui.

— Comment peux-tu encore avaler du gâteau ?

— Je meurs de faim.

— Tu meurs *toujours* de faim. Je n'ai jamais rencontré quelqu'un d'aussi goinfre que toi.

— Arrête de changer de sujet, s'il te plaît. Vee est trop émotive, elle a les nerfs à fleur de peau. Et jusqu'à présent, tous ses efforts pour avoir l'air d'une demoiselle de bonne famille ont lamentablement échoué.

— Je sais.

— Alors il est temps que tu cesses d'éviter le sujet. Tu es le maître chez toi : comporte-toi comme tel ! Tu sais que j'ai raison.

— Oui !

Et c'était terriblement irritant.

Le dernier morceau de gâteau disparut dans la bouche de Giles, qui conclut :

— Bon ! Je rentre devant avec les deux sœurs et cette folle de Lucretia, et toi, tu trouves un moyen de rester en arrière avec Minerva.

— Cela ne devrait pas poser de problème. À cheval, Minerva est un cas désespéré.

Lorsqu'ils rejoignirent ces dames dans l'écurie de l'auberge, une trêve semblait avoir été déclarée. Lucretia se tenait un peu à l'écart avec Diana. Minerva et Vee, boudeuse, étaient assises sur un banc. Les yeux rougis de la plus jeune des Merriwell indiquaient qu'elle avait pleuré, mais sa sœur avait réussi à la consoler, et elle accueillit Giles et Hugh avec un large sourire. D'un discret coup de coude, elle signifia à Vee qu'il était temps de s'excuser. Celle-ci fixa Hugh d'un air malheureux.

— Je vous présente mes excuses, lord Fareham. Je me suis laissé emporter.

— Vous êtes tout excusée.

Malgré sa mauvaise humeur, il avait pitié de Vee. À son âge, il se souvenait d'avoir été très mal dans sa peau, le visage criblé de boutons. Il se sentait perdu, bouleversé par la perte de son père. Vee avait perdu ses deux parents, elle.

— Un bon galop à travers champs devrait vous faire du bien, dit-il.

Dieu sait que cela lui ferait du bien, à lui ! Mais il allait devoir y renoncer pour l'instant, à cause de son exaspérante sœur aînée, et de la difficile conversation qu'il ne pouvait plus repousser.

Il attendit, un peu à l'écart, qu'on amène leurs chevaux.

Hugh détestait donner raison à Giles, mais reprendre les choses en main était indéniablement nécessaire. Il devait être ferme sur ce qu'il voulait parce que ce plan un peu fou était *le sien,* et qu'il ne pouvait risquer d'échouer à cause d'une enfant trop sensible. Il s'agissait d'une transaction pure et simple, et il payait Minerva pour qu'elle en respecte les termes. Il sévirait, s'il le fallait. Cesserait d'être plaisant et effacerait de son esprit toutes les pensées lubriques qui le troublaient et compliquaient singulièrement la situation. Enfin, il devait repousser les émotions complexes réveillées par Sarah dans le coin poussiéreux de son esprit d'où elles n'auraient jamais dû sortir, pour pouvoir se concentrer sur les événements à venir.

Avoir un plan et le mettre à exécution étaient deux choses différentes. Sur le chemin du retour, Minerva resta naturellement en arrière. Hugh avançait à quelques mètres devant elle, parce qu'il se savait au bord de l'explosion et ne voulait pas lui infliger cela – tout n'était pas de sa faute, après tout. Mais chaque fois qu'il se retournait et ralentissait son cheval pour qu'elle vienne à sa hauteur, il se sentait bouillir un peu plus. Même Galilée commençait à piaffer, impatient lui aussi de se lancer au galop. Après un virage, il regarda par-dessus son épaule et, ne la voyant pas, dut s'arrêter. Les secondes passèrent. Minerva n'apparaissait toujours pas. En soupirant, il rebroussa chemin.

— Mais enfin, que faites-vous ?

Elle s'était arrêtée. Penchée sur le côté, elle tirait sur ses jupes, coincées sous ses jambes.

Elle lui lança un regard noir.

— Je descends ! J'en ai assez ! Je déteste monter à cheval. Je vous avais dit que je n'y arriverais pas, mais vous m'avez quand même forcée à le faire ! Et vous êtes parti au galop !

— Au galop ? Si seulement…

— Au trot, alors ! Au petit galop, que sais-je ! Tout ce que je sais, c'est que c'était une allure bien plus rapide que celle que vous m'aviez promise !

La lourde jupe de velours bordeaux se libéra d'un coup, découvrant jusqu'au genou ses jambes gainées de soie. Minerva se laissa maladroitement glisser à terre, et le fusilla d'un nouveau regard.

— Je vais rentrer à pied, et jamais plus je ne remonterai sur un cheval !

D'un air supérieur un peu trop théâtral, elle prit les rênes de Bouton-d'or et fit signe à Hugh de s'en aller.

— Allez ! Filez ! Et pendant le trajet du retour, tâchez de mettre à contribution votre imagination débordante et de trouver une explication crédible au fait que *Mlle Landridge* ne pourra pas monter à cheval quand votre mère le lui demandera !

Qu'elle lui ordonne ainsi de déguerpir fut la goutte d'eau qui fit déborder le vase. Toutes les frustrations accumulées pendant la matinée se résumèrent en un flot de sarcasmes, qui sortit de sa bouche sans qu'il puisse le retenir.

— *Mlle Landridge* n'arrive pas à monter parce qu'elle n'écoute pas un mot de ce que je lui dis ! Vous êtes raide comme la justice sur votre selle, vous tirez tellement sur les rênes que la pauvre bête s'étrangle avec son mors, et vous voudriez qu'elle avance gentiment à la vitesse d'un escargot ! *Pauvre* Bouton-d'or, qui n'en peut plus tellement elle s'ennuie !

— Ne déversez pas votre mauvaise humeur sur moi !

— Et pourquoi pas ? C'est à cause de vous, si je suis dans cet état !

Elle le toisa avec dédain, ce qui n'était pas rien dans la mesure où il était à cheval et elle à terre.

— Comment osez-vous ! Quand je n'ai fait qu'essayer de vous satisfaire depuis ce matin, malgré votre mine de six pieds de long pendant tout le repas !

Et elle s'éloigna sur le chemin, visiblement outrée, d'un pas chaloupé qui retint malgré lui le regard de Hugh. Ce dernier sauta à terre.

— Je maintiens que c'était de votre faute ! dit-il en la rejoignant.

Elle fit volte-face, agita un doigt devant son visage.

— Mais bien sûr ! Cela n'avait absolument aucun rapport avec Mme Sarah Peters, n'est-ce pas ? Reconnaissez-le, enfin ! Depuis que nous sommes tombés sur elle au village, vous faites la tête. Et pendant le repas, vous n'avez été d'aucune aide face aux provocations de cette actrice. Cette femme est un danger public !

— Au moins cette actrice fait-elle exactement ce pour quoi je la paie !

— Suggérez-vous que ce n'est pas mon cas ? Sur quoi vous fondez-vous, je vous prie, pour avancer pareille ineptie ?

Pour quelqu'un qui ignorait si du sang bleu coulait dans ses veines, elle jouait les indignées comme la plus prétentieuse des duchesses.

— J'ai fait absolument tout ce que vous m'avez demandé, reprit-elle. *Absolument tout*. Je suis même montée sur ce stupide canasson, alors que je vous avais clairement dit n'avoir aucun talent dans ce domaine. Non, vraiment, comment osez-vous !

Une nouvelle fois, elle lui fit signe de prendre le large, relevant le menton d'un air supérieur.

— Mais j'ose, Minerva, j'ose ! Vous et votre fichue famille m'avez poussé à bout, et j'ai décidé de ne plus me laisser faire.

— Ne mêlez pas mes sœurs à ça...

— Pourquoi donc ? C'est vous qui avez insisté pour qu'elles viennent, non ? Et j'ai été très patient. Avec les deux. Diana est impertinente, convaincue que je suis un débauché, et incapable de garder sa langue. Vee est une enfant irascible, qui panique dès que je lui demande de faire quelque chose !

— La crise de ce midi n'avait aucun rapport avec ce que vous lui demandez, mais avec l'attitude de Lucretia. Cette femme est folle à lier ! Cette façon de se prendre la poitrine et de toujours vouloir être au centre de l'attention. « Oh, mon cher mari… »

Elle posa une main sur sa poitrine, attirant le regard de Hugh à l'endroit qu'il aurait précisément voulu éviter, avant de porter l'autre à son front.

— « … pourquoi, Seigneur, pourquoi fallait-il qu'il meure ? » Débarrassez-vous d'elle, Hugh. Elle gâche tout.

— À vrai dire… c'est de Vee que je vais me débarrasser. C'est elle qui gâche tout, et cela ne peut pas continuer.

Minerva en resta bouche bée.

— Je vous demande pardon ?

— Je vais lui assigner une bonne en guise de chaperon, et elles s'installeront dans ma maison de Mayfair pendant la durée du séjour de ma mère. Ainsi, elle ne pourra pas commettre d'impair. Et elle part ce soir.

Il avait failli taper du pied, pour que ce soit bien clair.

— C'est hors de question ! Plutôt mourir !

— Enfin, soyez raisonnable ! C'est une enfant, et tout le monde lui consacre beaucoup trop de temps. Vous, en particulier. En acceptant que vous veniez dans le Hampshire avec vos sœurs, j'ignorais qu'elle était si jeune, et si…

Capricieuse ? Agaçante ? C'était peut-être un peu fort.

— … en mal d'affection.

— Elle a quinze ans !

— Même avec les couverts, elle ne s'en sort pas ! Elle va et vient, l'air complètement ébahie et accablée en permanence, et puis elle nous joue sa grande scène dramatique dès que quelqu'un ose évoquer un parent – que celui-ci ait existé ou non ! Et vous...

Il agita un doigt devant le visage de Minerva.

— ... vous lui passez le moindre caprice. La débâcle des couverts, l'autre fois, illustre mon propos à la perfection. Pour en maîtriser les subtilités, il vous a fallu moins de cinq minutes. Pareil pour ce garçon manqué de Diana. Mais parce que la pauvre petite Vee, si sensible, n'arrivait pas à faire la différence entre la cuillère à soupe et le couteau à viande, *vous* avez obligé Payne, qui a d'autres chats à fouetter, à tout lui expliquer de nouveau. Et tout ce qu'elle a réussi à faire, c'est une énorme tache de soupe sur la nappe !

L'indignation sur le visage de Minerva céda le pas à une expression blessée.

— Elle va y arriver... Je l'aiderai.

— Je ne vous paie pas pour l'aider, Minerva. Je vous paie, et très largement, pour m'aider, *moi*. C'est moi qui ai besoin de vous. Pas Vee !

— Quelle attitude vénale !

— Je vais vous en ficher, moi, du vénal ! Vous semblez oublier que je vous ai confié un travail, et que vous vous êtes engagée à le faire, contre rétribution. À partir de maintenant, j'exige que vous vous consacriez exclusivement à votre mission, jusqu'à ce que ma mère reparte. Parce que c'est sur cela que nous nous sommes mis d'accord au départ.

— Si Vee s'en va, je pars aussi. Samedi. Nous nous étions mis d'accord sur cela *aussi*.

— Si vous croyez gagner vingt livres parce que vous aurez daigné rester jusqu'à samedi en souffrant le martyre, vous êtes loin du compte. Nous sommes jeudi, et en menaçant *puérilement* de partir deux jours plus tôt que prévu, vous mettez un terme à notre accord, qui devient nul et non avenu. Je ne vous donnerai pas un penny. C'est assez vénal pour vous, ça ?

Ce fut au tour de Hugh de tourner les talons et de s'éloigner à grands pas. Il avait dit ce qu'il avait à dire. Peut-être pas de la façon dont il l'aurait voulu, mais c'était dit, voilà, n'en parlons plus.

Vénal ! Non mais... Il attrapa les rênes de Galilée et allait remonter en selle lorsqu'il comprit que, furieux ou pas, il ne pouvait s'en aller et la laisser rentrer seule à pied. Encore ces fichues bonnes manières dont il n'arrivait pas à se défaire... Il n'était pas question non plus qu'il aide cette diablesse à remonter à cheval. Le souvenir de son parfum, le moelleux de ses hanches... il préférait éviter. Quant aux réactions de son propre corps face aux sensations susmentionnées : non merci, il n'en pouvait plus de l'emprise qu'elle avait sur lui. Il ne lui restait qu'à rentrer à pied aussi. Les rênes en main, il se mit en route.

Il marchait à grands pas, mais Minerva avait elle aussi de longues jambes – qu'il ne parvenait pas à oublier. Et peu avant d'arriver aux écuries, elle le rattrapa, tira sur sa manche et le força à lui faire face avec une énergie qui le surprit. Pour couronner le tout, elle n'avait pas du tout l'air de s'en vouloir.

Elle serrait la mâchoire, et plus que la couleur de l'émeraude, ses yeux en avait la dureté. La plume du ridicule petit chapeau perché sur le sommet de sa tête s'agitait avec indignation.

— Vous pouvez le garder, votre argent ! Et je vous souhaite bonne chance avec votre mère ! Mais franchement, si vous trouvez que Vee est capricieuse, je vous conseille de vous regarder d'un peu plus près dans le miroir. Quel genre d'homme s'invente une fiancée pour fuir ses responsabilités, et parce qu'il a peur de sa propre mère ?

11

Quel homme insupportable ! D'une superficialité achevée, il ne s'en était d'ailleurs jamais caché. Minerva s'était convaincue qu'il noircissait le trait, sans doute parce que, dans ces conditions, accepter sa proposition ridicule était plus facile. Justifier l'effet qu'il avait sur elle, aussi. Mais il était égoïste, inconsistant et cruel. Un gredin vénal comme jamais elle n'en avait rencontré !

Comment avait-il pu croire une seule seconde qu'elle le laisserait envoyer sa petite sœur à Londres en compagnie d'une inconnue ? Alors que Vee avait juste les nerfs un peu à vif, comme souvent les jeunes filles de quinze ans. Des nerfs qu'elle parviendrait à maîtriser, malgré la piètre opinion que Hugh avait d'elle, parce que Vee avait le même courage, la même force d'âme et la même détermination que les autres sœurs Merriwell. Comment aurait-il pu en être autrement ? La vie ne leur avait pas laissé le choix. Hugh était incapable de comprendre cela. Pour les hommes comme lui, au portefeuille bien garni, la vie était un long fleuve tranquille. Mais seul dans les rues de Clerkenwell, il n'aurait pas tenu cinq minutes !

Elle claqua de toutes ses forces la porte de service en se fichant royalement de ce qu'il pourrait en penser. Dieu sait qu'elle avait besoin de son argent, mais elle était trop furieuse pour regretter de l'avoir envoyé au diable. Le remords viendrait bien assez vite, elle n'en doutait pas, mais il gèlerait en enfer avant qu'elle lui avoue à quel point ces vingt malheureuses livres étaient importantes pour elle.

— Dieu merci, vous voilà !

Payne avait surgi devant elle, et lui bloquait le passage. Son regard inquiet dépassa Minerva en direction de son maître, qui arrivait sur ses talons.

— Votre mère est ici.

— Mais c'est impossible ! s'exclama Hugh. Elle ne devait pas arriver avant au moins une semaine !

— Je vous assure pourtant qu'elle est ici, monsieur. Elle prend le thé en ce moment même dans le salon en compagnie de lord Bellingham, de l'actrice et des deux jeunes sœurs de Mlle Minerva.

À côté d'elle, la jeune femme sentit Hugh se décomposer, tandis que son propre estomac ne formait plus qu'un énorme nœud.

— Nom de Dieu.

— Je ne vous le fais pas dire, monsieur. Pendant que j'accueillais votre mère par la grande porte, les autres sont rentrés par la porte de service, et tout le monde est tombé nez à nez dans le couloir. C'était... horrible. Je n'ai absolument rien pu faire pour empêcher cela.

Du coin de l'œil, Minerva vit Hugh se passer une main dans les cheveux en la regardant, paniqué, et freina l'élan charitable qui la poussait à le plaindre. Il l'avait bien cherché, et elle assisterait avec plaisir à l'échec de son plan.

— Je suis fichu.

— Pas nécessairement, monsieur. Madame a eu l'air surprise de voir tout ce monde, certes, mais une fois les présentations faites par lord Bellingham, elle a semblé ravie. Et d'après ce que j'ai pu constater pendant la trentaine de minutes écoulées depuis, tout le monde passe un moment agréable. La *mère* de Minerva est en train de raconter ce qui est arrivé à M. Landridge dans les Cairngorms, et votre mère est assise au bord de son fauteuil, littéralement captivée. Mais, si je peux me permettre, il vaudrait mieux que vous vous dépêchiez. Mlle DeVere pourrait se laisser emporter par son récit…

Payne prit Hugh par le bras et l'entraîna vers le salon.

— Plus vite elle vous verra, plus vite nous pourrons envoyer tout le monde se reposer un peu.

Minerva les suivit, abasourdie, le cœur battant. Elle avait la nausée, sentait poindre la panique. Elle était toujours furieuse contre ce lourdaud imbécile égoïste, vénal et superficiel qu'était Hugh, mais ne parvenait pas pour autant à ignorer la lueur d'espoir que la situation laissait entrevoir. Gagner quarante livres était encore possible, sans nécessairement renvoyer Vee à Londres.

Quand Hugh s'arrêta net, elle faillit lui rentrer dedans.

— Je ne peux pas. Pas tout de suite. Il faut que je réfléchisse…

Trop tard. Une femme venait d'apparaître au bout du couloir. Elle afficha une mine réjouie en le voyant.

— Hugh ? Mon chéri !

Les bras ouverts, elle courut vers lui et le serra contre elle. Ce que Minerva avait pu imaginer jusque-là ne correspondait en rien à la femme petite, très jolie et étonnamment jeune qui étreignait son fils. Elle lui arrivait tout juste à l'épaule.

— Tu es surpris de me voir ?

Il était blême.

— Plutôt, oui. Je… je ne t'attendais pas avant une quinzaine de jours.

— Nous avons pu embarquer plus tôt que prévu.

Du même regard bleu profond que son fils, elle jeta un coup d'œil au-delà du rempart que formait celui-ci, et dévisagea Minerva avec une curiosité à peine déguisée.

Cette dernière comprit alors une chose qui allait lui être très utile. La mère de Hugh était aussi surprise de la voir que lui l'avait été de la trouver ici. Ce qui laissait entendre qu'elle n'avait pas cru à l'histoire de son fils, et avait fait le voyage pour mettre un terme à ces absurdités.

— Et vous devez être Minerva ?

Hugh se retourna, hésitant, attendant visiblement de la jeune femme qu'elle décide de son sort. Il savait qu'elle pouvait le détruire d'un mot. Il savait aussi qu'elle seule pouvait lui sauver la mise. La balle était clairement dans son camp.

Comme le pouvoir était grisant… Ce sentiment de triomphe devait vous monter à la tête en un rien de temps. C'était la première fois qu'elle l'éprouvait.

— En effet, madame. C'est moi, dit Minerva en avançant d'un pas pour faire une révérence étonnamment gracieuse. Quelle joie de faire votre connaissance !

Elle était étrangement fière de sa réponse à la fois ambiguë et évasive. Une espèce de petit diable semblait avoir pris le contrôle de son esprit, et la perspective de donner quelques sueurs froides à Hugh était soudain extrêmement séduisante.

La mère de Hugh sourit, lui prit les mains, les tint entre les siennes tout en l'examinant de la tête aux pieds.

— Je dois dire que vous n'êtes pas du tout comme je me l'étais imaginé. Hugh avait omis de me dire que vous étiez grande, et brune. Mais il est une chose qu'il avait décrite tout à fait correctement : vous êtes d'une beauté peu ordinaire. Et, si j'en crois ses lettres, très cultivée. D'où ma question, évidente : que pouvez-vous bien lui trouver ?

— C'est une excellente question.

Minerva voyait bien qu'il retenait son souffle.

— Quand je l'ai rencontré, expliqua-t-elle, je me suis dit que derrière une apparente superficialité, ce devait être un homme très intelligent.

— Et maintenant ?

Minerva posa les yeux sur Hugh, attendit plusieurs secondes qu'elle savait douloureuses, tout en lui souriant.

— Maintenant... je sais avec une absolue certitude que ma première impression était...

Elle glissa son bras sous celui de Hugh et le fixa avec adoration, certaine désormais que les quarante livres finiraient dans sa poche.

— ... la bonne.

Il couvrit la main de Minerva posée au creux de son coude, et la pressa pour la remercier. Elle se retint de la retirer et de lui écraser le pied.

— Vous avez déjà fait connaissance avec ma famille, je crois, madame ? Je suis navrée de ne pas avoir été là pour faire les présentations.

— Nous nous en sommes très bien sorties, ne vous inquiétez pas, ma chère. Quelle joyeuse troupe ! Et vos sœurs vous ressemblent tellement. Vous devez tenir toutes les trois de votre père pour la taille et la couleur des cheveux.

Minerva s'écarta de lord Égoïste et prit le bras de sa mère à la place. Ensemble, elles cheminèrent vers le salon.

— En effet. Il était très grand. Comme Hugh. (Ce qui était vrai.) Et nous avons toutes les trois ses yeux.

Tout le monde se retrouva autour d'une tasse de thé. Bien qu'un peu raide, Vee se comporta admirablement. Et lorsque l'être excentrique présenté comme leur mère s'attarda longuement sur la disparition de leur père, elle garda le silence, stoïque, pour la plus grande fierté de Minerva. À sa décharge, force était de constater qu'avec ses monologues interminables et passionnés, Lucretia monopolisait la conversation et, de ce fait, épargnait au reste de l'assistance la nécessité d'intervenir. Même Diana se comporta normalement, ou presque. Heureusement, l'essentiel de ses piques étaient réservées à lord Bellingham, qui savait se défendre. Leurs échanges étaient plus distrayants que dérangeants, et la mère de Hugh et M. Peabody, son adorable époux, rirent de bon cœur tout en donnant l'impression d'être soulagés d'un grand poids.

À de nombreuses reprises, Minerva sentit les yeux de Hugh sur elle, mais refusa de croiser son regard. Le sien aurait renvoyé des éclairs et alarmé sa mère. D'autres occasions se présenteraient où elle pourrait le foudroyer sans retenue. Il le méritait. Mais pour le moment, elle était la Minerva qu'il payait pour être parfaite. Il ne fallait pas qu'il puisse critiquer sa performance ou sous-entendre qu'il n'en avait pas pour son argent. Cela lui aurait fait trop plaisir.

Il n'y avait pas que le regard de Hugh qu'elle trouvait pesant. Celui de sa mère l'était tout autant. C'était compréhensible, sans doute. Pendant dix-huit mois, Mlle Minerva Landridge avait été une véritable énigme et, à la place de Mme Peabody, elle aussi aurait eu mille questions à poser.

— Alors, êtes-vous impatiente de devenir la maîtresse de Standish House, Minerva ? demanda-t-elle en la regardant par-dessus sa tasse.

Le mieux était de rester au plus près de la vérité.

— Plus impressionnée qu'impatiente pour le moment, madame. La maison est si vaste, et grandiose. En l'absence d'un plan, je vais devoir me fier aux domestiques pour m'orienter.

— J'étais pareille quand je suis arrivée ici comme jeune mariée. Si je me souviens bien, il m'a fallu environ un an pour me sentir suffisamment à l'aise dans la maison et sur le domaine, et ne plus me perdre. Même si me perdre dans les jardins n'avait rien de tragique. Je les ai toujours trouvés merveilleux.

— Ils le sont, en effet.

Quand on habitait un appartement minable dans un quartier sordide de Londres, tout le Hampshire semblait merveilleux.

— J'ai commencé à explorer le domaine pendant mes promenades, l'après-midi, ajouta-t-elle.

Le seul moment qu'elle pouvait prendre pour elle dans l'emploi du temps chargé mis en place par son seigneur et maître.

— Hier, j'ai découvert la folie.

Une petite tour étonnante et pleine de charme, aux murs mangés par le lierre, qu'elle avait d'abord prise pour une maison abandonnée et qui, Hugh le lui avait expliqué ensuite, avait été en réalité bâtie par son grand-père, les folies étant très à la mode à l'époque. Encore un aristocrate qui possédait plus d'argent que de bon sens.

— Je l'ai découverte tout à fait par hasard, parce que je m'étais trompée de chemin.

— Et la grotte, vous l'avez vue ?

— Il y a une grotte ?

— Mais oui ! Malheureusement, l'ermite qui l'occupait nous a quittés. Godfrey l'Ours... Tu te souviens de lui, Hugh ?

— Ah, ça oui ! Il avait un chapeau pointu, et la plus longue barbe de la Terre.

Il la fixait toujours, comme par provocation, pour qu'elle le regarde en retour. Mais elle ne lui ferait pas ce plaisir. Il était temps que Hugh se rende compte d'une chose : le monde ne tournait pas autour de lui.

— Je n'ai jamais compris pourquoi on l'appelait l'Ours, reprit sa mère. Je l'aimais bien, il était toujours gentil avec moi. Et quand nous avions des invités, quel succès ! Il sortait la tête de sa grotte et faisait un signe de la main chaque fois que quelqu'un passait. Hélas...

La mère de Hugh secoua la tête, et poussa un long soupir.

— ... lord Tiverton, ce misérable, nous l'a chapardé pendant l'été 1796.

— Il a été *volé* ?

Quel genre de monstre volait un être humain ?

— Ce qu'elle veut dire, c'est qu'il a été attiré par une meilleure offre, Minerva, expliqua Hugh. Lord Tiverton a doublé ses gages.

Cette fois, elle ne put faire autrement que le regarder. Hugh lui sourit. Elle n'en éprouva pas pour autant le besoin d'être agréable avec lui.

— À l'époque, avoir un ermite dans son jardin était aussi très à la mode, précisa-t-il.

Elle ne comprendrait décidément jamais l'aristocratie. Depuis quand être ermite était-il un travail ?

Mais après tout, une semaine plus tôt, elle n'aurait pas cru que jouer les fausses fiancées pouvait en être un. Elle se garda donc de juger l'ermite en question. Beaucoup de gens s'abaissaient à bien pire pour gagner de quoi se nourrir.

— Pas seulement à l'époque, mon chéri. Certaines de mes amies ont encore des ermites aujourd'hui. Mais le père de Hugh n'a pas voulu remplacer Godfrey. Pour lui, abriter un ermite était une extravagance inutile. Et son fils pense la même chose : voilà pourquoi, aujourd'hui, la grotte est juste une grotte – mais reste un but de promenade très agréable quand on a besoin d'un peu de fraîcheur. Vous marchez *tous* les après-midi, Minerva ?

— J'avoue ne pas avoir de penchant pour la sieste, et préférer prendre l'air.

— Une sieste ! Quelle bonne idée, n'est-ce pas, maman ? Jeremiah et toi devez être épuisés après ce long voyage. Un bon petit somme, et peut-être un bain, voilà ce qu'il vous faut ! Je suis sûr que Payne a dû faire préparer vos appartements à l'heure qu'il est. Nous dînerons un peu plus tard.

— Je trouve que c'est une très bonne idée.

L'accent américain de M. Peabody ne ressemblait à rien de ce que Minerva connaissait, mais elle le trouva formidable. Cette façon d'accentuer les voyelles et d'adoucir les consonnes…

— Trois heures ou presque dans cette voiture… Mes vieux os n'en peuvent plus !

Il ne devait pas avoir plus de cinquante ans, et c'était encore un très bel homme, dans la force de l'âge.

— Alors je vais demander à Payne de vous faire couler un bain.

D'un geste, Hugh fit signe au majordome.

— Si je ne te connaissais pas, je dirais que tu essaies de te débarrasser de nous, mon chéri, fit sa mère en se penchant vers la table basse pour se resservir du thé, avant de se caler de nouveau dans son fauteuil. Et si vous me racontiez comment vous avez rencontré mon fils, Minerva ? Hugh m'a dit que pour lui, cela avait été le coup de foudre.

— Eh bien… j'ai honte de l'avouer, mais il n'en a pas été de même pour moi.

Autant s'amuser un peu à ses dépens, cela l'aiderait à supporter cette comédie. Et elle prouverait ainsi que Hugh n'était pas le seul à avoir de l'imagination. Minerva était une artiste – toutes proportions gardées, bien sûr – et un artiste ne manquait jamais d'imagination.

— Il a fallu un peu de temps avant que Hugh me plaise réellement.

— Vraiment ?

— Vraiment, acquiesça Minerva en faisant de son mieux pour paraître troublée. Je lis les journaux, voyez-vous, et cela ne vous aura pas échappé, madame, qu'ils sous-entendent à son endroit une réputation pour le moins… sulfureuse.

— Sulfureuse ? L'euphémisme est tout à votre honneur, Minerva. Mais ne cherchez pas à arrondir les angles pour moi, ma chère. Soyons honnêtes l'une envers l'autre, et appelons un chat un chat quand c'est nécessaire.

La mère de Hugh leva les yeux au ciel avant de fusiller son fils du regard.

— Je suis au courant de ce que les journaux ont écrit, et soulagée qu'ils n'en aient pas imprimé la moitié. Ce garçon était un scandale ambulant, Minerva. Vraiment. Mais pas autant que Giles, bien sûr.

— Encore heureux ! s'écria lord Bellingham en feignant d'être outré. Personne n'est plus scandaleux que moi. Je suis le modèle même du scandale. L'incarnation de la dépravation. Il n'y a qu'à demander à mon père...

Il fit un clin d'œil à la mère de Hugh, qui eut du mal à garder son sérieux.

— Passez-moi les biscuits, voulez-vous ? reprit-il. Si Minerva doit se lancer dans le récit captivant de sa rencontre avec Hugh, je vais avoir besoin de me sustenter, pour tenir le coup. Alors, où en étions-nous ?

— Au coup de foudre qu'a ressenti lord Fareham, mais pas ma sœur.

Tout comme lord Bellingham, Diana s'amusait beaucoup. Elle sourit à son complice et se servit dans l'assiette de biscuits qu'il avait maintenant entre les mains.

— J'aime tellement cette histoire ! Elle est si romantique.

Minerva se promit d'étrangler Judas dès qu'elles seraient en tête à tête.

— Et puis un jour, dit-elle, il est passé me voir...

— Oh non, vous commencez par la fin ! protesta la mère de Hugh d'un air déçu. Je veux entendre toute l'histoire, et de votre point de vue. Car je me rends compte maintenant que mon fils n'a pas toujours une version des faits très conforme à la réalité. Il m'a raconté que vous étiez tombée amoureuse dès l'instant où vous aviez posé les yeux sur lui, sachez-le. S'il s'est trompé sur ce détail essentiel, je n'ose imaginer sur quoi d'autre il a pu se fourvoyer. Commençons par la voiture, voulez-vous ? Quand vous avez failli mourir.

— Hem... oui, bien sûr.

Hugh vint à son secours.

— C'était un phaéton. Celui de votre père... à Chipping Norton.

Sa mère lui adressa un regard mécontent.

— C'est à Minerva que j'ai demandé de me raconter l'histoire, Hugh. Ou bien, dois-je en déduire qu'elle ne la connaît pas ?

Minerva se lança :

— J'avais pris le phaéton de mon père sans le lui dire, et sans savoir le conduire, comme l'a prouvé la suite. Je remontais une allée un tout petit peu trop vite, et quelque chose a effrayé les chevaux...

— Quoi, exactement ?

Hugh n'avait pas précisé ce détail.

— Je l'ignore. Cela pouvait être n'importe quoi. Les chevaux ont souvent des réactions imprévisibles. Ce dont je suis sûre, c'est qu'ils sont partis au grand galop et que je n'arrivais plus à les arrêter. J'ai lâché les... euh...

Diable, comment s'appelaient donc ces choses en cuir...

— ... les *rubans*, et alors que j'essayais de les récupérer, la voiture a pris de la vitesse, s'est mise à tanguer de façon alarmante. Les chevaux filaient en direction d'un bosquet assez dense et j'ai cru que tout était fini... quand soudain est apparu Hugh, sur Galilée...

Un joli détail plutôt crédible, dont elle était assez fière, ma foi.

— Il s'est mis à la hauteur de la voiture et a vaillamment essayé d'attraper les... rubans. Et comme il n'y arrivait pas, il a sauté de son cheval sur la voiture.

— Tout cela au galop ? Et le bosquet dense, alors : vous êtes rentrés dedans ?

— Ce fut un véritable exploit. Un morceau de bravoure… Il a été héroïque.

Attention, elle se laissait emporter, là, et risquait de perdre son public.

— Mais heureusement, il a fait stopper les chevaux *in extremis*. Mon preux chevalier…

Elle but une gorgée de thé, pour se calmer un peu.

— Ensuite, il m'a raccompagnée à la maison et, avant de partir, a demandé à mon père la permission de revenir me voir.

La mère de Hugh se tourna vers son fils.

— Tu ne m'as jamais dit ce qui t'avait amené à Chipping Norton ce jour-là, mon chéri.

— Mais si, je te l'ai dit. Tu cherches juste à savoir si Minerva est au courant des détails, disons… moins reluisants.

À son tour, il but son thé, sans quitter sa mère des yeux.

— Mais elle les connaît, reprit-il. Tous. Nous n'avons pas de secrets l'un pour l'autre. Elle sait que je m'étais rendu à une soirée de débauche à Long Hanborough, chez lord Ashby.

Sa mère prit un air pincé.

— Il ne m'a jamais plu, ce lord Ashby à la moralité discutable. Quant à ses soirées… elles n'ont jamais été de mon goût non plus.

— Et c'est justement pour cela que je n'en ratais pas une. Ce qui est finalement une bonne chose, puisque sinon, jamais je n'aurais rencontré Minerva, jamais je n'aurais eu le coup de foudre pour elle, et à l'heure qu'il est, je fréquenterais probablement encore ces soirées de débauche.

— Combien de temps a-t-il fallu avant que la flèche de Cupidon vous transperce le cœur, Minerva ?

Hugh avait raconté que tout était allé très vite, et qu'ils étaient rapidement devenus inséparables. Mais l'idée qu'il n'ait rien eu à faire pour la séduire lui déplaisait soudain. La vie était décidément trop facile pour les hommes comme lui, qui ne le méritaient pas.

— Plusieurs visites de sa part, pendant de nombreuses, très nombreuses semaines, dit-elle avant de boire une gorgée de thé avec un petit sourire, comme si elle se remémorait cette époque avec une pointe de nostalgie. Il m'a demandée en mariage avant que je l'aie autorisé à me faire la cour.

— Vraiment ?

— Oui. Deux fois. Et j'ai refusé deux fois. Je ne voulais pas précipiter les choses et risquer de le regretter plus tard. J'avais besoin d'être sûre que l'homme dont je lisais les exploits dans les journaux à scandales n'était pas le même que celui qui me poursuivait de ses assiduités.

Les yeux de Hugh, d'ordinaire brillants de vie et d'enthousiasme, devinrent plus sombres, et Minerva en tira une pure satisfaction.

— Vous voulez parler de l'homme qui s'adonnait à la débauche en compagnie d'individus à la moralité discutable ?

— Exactement. Je savais que je ne pourrais pas aimer, ou ne serait-ce qu'apprécier, un goujat aussi… *vénal*.

— Quelle jeune femme pleine de bon sens vous faites, Minerva ! déclara la mère de Hugh, visiblement impressionnée. La plupart des jeunes femmes auraient sauté sur l'occasion de devenir comtesse.

— Peut-être. Mais fortune et statut social ne m'ont jamais impressionnée.

— J'ai élevé mes trois filles dans le respect absolu de la morale, intervint Lucretia d'un ton docte, s'attribuant sans vergogne tout le mérite de la retenue de Minerva. Je leur ai toujours dit de ne jamais se contenter d'un amour qui ne serait pas le plus profond, le plus respectueux et le plus attentif. Le genre d'amour que moi et leur père - paix à son âme - avions l'un pour l'autre...

Sa voix se brisa, son regard se voila - l'ensemble était très convaincant, il fallait le reconnaître. Mais si personne n'intervenait, il leur faudrait subir un de ces monologues à fendre le cœur dont l'actrice avait le secret, et ils en étaient déjà à trois au moins pour cette seule journée. Vee n'y survivrait pas. Après ce qui s'était passé à l'auberge, mieux valait ne pas tester ses limites.

— Bref, reprit Minerva. Après avoir volé à mon secours sans penser au risque qu'il prenait, après m'avoir fait une cour assidue malgré mon indifférence, Hugh est venu à bout de l'attitude réservée que j'avais à son égard, et j'ai peu à peu découvert son vrai visage.

Flûte ! À l'entendre, il était d'une noblesse d'âme sans égal.

— Le pauvre, il commençait à désespérer lorsqu'il a fait sa troisième demande, enchaîna-t-elle. Son insistance et l'espoir qui l'animait m'ont fait comprendre qu'il m'aimait vraiment, puisqu'il était prêt à se soumettre à d'infinies tortures pour me conquérir. Alors j'ai enfin été convaincue qu'il était prêt à renoncer au comportement égoïste qui était le sien.

— Et grâce à vous, il a tourné la page, soupira la mère de Hugh avant de regarder son fils avec un sourire radieux. Tout ceci est tellement romantique.

Minerva ne put résister à la tentation, et donna l'estocade finale.

— Et puis, je ne pouvais décemment pas lui dire non une troisième fois, comprenez-vous ? Il était tellement épris. Je pense réellement que cela l'aurait anéanti.

— Ah ça, c'est certain ! s'exclama lord Bellingham, en qui Minerva fut surprise de trouver un allié. Il ne mangeait plus, ne dormait plus. Il n'était plus lui-même, après le deuxième refus de Minerva. C'était terrible à voir ! Mais je lui ai dit : « Hugh, vieux frère, on n'a rien sans rien. Tu dois te prosterner devant l'autel du remords et supplier cette jeune fille de bien vouloir prendre le risque d'une relation avec toi. »

— Hugh vous a suppliée ? s'étonna sa mère.

— À genoux, dit Minerva en tournant vers lui un large sourire. La voix vibrante d'émotion…

Payne reparut et toussota, lui gâchant un peu son plaisir.

— Les bains sont prêts, monsieur. J'ai pris la liberté de dire aux bonnes d'en faire couler pour *tous* nos invités.

Hugh bondit littéralement de son siège et leur fit signe de se mettre en route, de toute évidence soulagé que le supplice prenne fin.

— Parfait ! C'est parfait.

Tout le monde se leva, excepté sa mère.

— Allez-y, dit-elle avec un geste du poignet. Ma bonne m'en fera couler un autre tout à l'heure. Pour l'instant, je crois que j'ai besoin de prendre l'air, alors je vais aller faire un petit tour dans le parc. Et puisque Minerva n'aime guère se reposer l'après-midi, peut-être voudra-t-elle m'accompagner ? Rien que nous deux, ajouta-t-elle à l'intention de son fils, comme pour voir sa réaction. Je pourrai vous montrer la grotte dont nous parlions tout à l'heure, si vous voulez. Et nous aurons une vraie conversation. J'aimerais connaître un peu mieux ma future belle-fille.

Un regard bleu d'une grande intelligence, tellement semblable à celui de Hugh, la fixait avec un air de défi. Minerva comprit qu'elle ne pourrait pas refuser sans éveiller les soupçons.

— Excellente idée, dit-elle en pensant exactement le contraire.

— Olivia, allons, tu as suffisamment posé de questions à cette jeune femme pour aujourd'hui, intervint M. Peabody. Tu auras tout le temps de te promener demain, et il me semble que mademoiselle a besoin de se reposer pour se remettre du feu roulant de tes questions, ajouta-t-il avec un clin d'œil en direction de Minerva. Elle a l'air fatiguée.

— Je le suis un peu, c'est vrai.

— Alors c'est réglé ! Repos aujourd'hui, promenade demain. Quant à moi, je vais aller faire un petit somme. Après une semaine sur ce bateau, je suis impatient de prendre mes aises dans un vrai lit. Ces couchettes ne sont pas faites pour les hommes comme moi.

Comme Hugh, il était grand, mais la comparaison s'arrêtait là. Jeremiah Peabody avait des cheveux noir corbeau, les tempes grisonnantes, et des yeux marron rieurs. À croire qu'il trouvait tout dans la vie, ou peut-être dans la situation présente, très amusant. Il prit sa femme par le bras et l'entraîna vers la porte.

— Nous vous souhaitons donc un bel après-midi à tous, et nous vous disons à ce soir, au dîner.

— D'ici là, j'aurai sans doute mille questions à vous poser, conclut sa femme avant de quitter la pièce.

Tout le monde fit de même peu après, laissant Hugh et Minerva seuls. Il attendit qu'on ne puisse plus l'entendre pour oser parler.

— Merci beaucoup. Vous avez...

— Cela fera soixante livres, finalement.

Les mots étaient sortis de sa bouche sans qu'elle parvienne à les retenir. Le pouvoir lui montait à la tête, de toute évidence.

— Je vous demande pardon ?

— Vous avez très bien entendu. Ce sera soixante livres, et je souhaite en toucher la moitié d'ici demain matin. Naturellement, il ne sera plus question d'envoyer Vee où que ce soit. Sinon, nous partirons comme prévu à la fin de cette semaine.

Et, le laissant bouche bée, elle quitta le salon à son tour, encore surprise de son audace, mais bizarrement satisfaite d'avoir osé. Cela faisait-il d'elle une femme vénale ? Probablement. Et un brin rancunière, aussi. Mais étant donné la superficialité de Hugh, elle décida qu'il s'agissait là de détails sur lesquels elle ne s'arrêterait pas.

12

Hugh n'en pouvait plus d'aller et venir dans son bureau. Il y avait passé tout l'après-midi, la garce n'étant sortie de sa chambre que pour le dîner, évidemment flanquée de ses insupportables sœurs et refusant ensuite de s'en éloigner ou de s'éloigner de sa mère, ce qui aurait permis à Hugh de lui parler seul à seule. En conséquence de quoi, ils n'avaient communiqué que par les regards appuyés qu'elle lui décochait lorsqu'elle était certaine que personne d'autre ne la voyait, des regards si froids qu'ils ne laissaient aucun doute quant à son humeur.

Minerva fulminait.

La colère de Hugh, en revanche, était retombée dès l'instant où il avait appris l'arrivée prématurée de sa mère, pour être remplacée par un sentiment de panique qui lui nouait le ventre. Une panique que sa prétendue fiancée, visiblement décidée à se rebeller, alimentait avec jubilation, de la même manière qu'elle avait pris un malin plaisir à déformer l'histoire soigneusement élaborée pendant presque deux ans, faisant de lui la risée de tous, dans sa propre maison ! À l'entendre, Hugh avait été un soupirant pathétique et enflammé. Un soupirant qu'elle travaillait à rendre meilleur. Hugh l'idiot. Hugh à qui l'on ne peut pas faire confiance. Égoïste et imbu de sa personne...

Sa mère, bien sûr, avait bu les paroles de Minerva parce qu'elles reflétaient très fidèlement tout ce qu'elle lui répétait depuis des années.

Ensuite, nul doute qu'en se retirant bras dessus bras dessous avec sa future belle-mère, les deux femmes papotant comme des amies, Minerva avait une fois de plus cherché à le faire enrager. Dieu seul sait ce qu'elles s'étaient raconté, mais comme le lui avait fait remarquer cet imbécile de Giles, il y avait de fortes probabilités que la conversation ait tourné essentiellement autour de lui.

En attendant, Hugh se retrouvait maintenu à l'écart, spectateur forcé de cette comédie méticuleusement orchestrée, lui qui d'ordinaire tenait le premier rôle. Autant dire que cela ne lui plaisait pas du tout. Il était très possible que la Nouvelle Minerva, la Guerrière, soit en train de lui planter un couteau dans le dos, mais tant qu'elle était protégée par sa garde rapprochée, il n'avait aucun moyen de le savoir.

C'était un désastre. Une source d'angoisse telle qu'il ne parvenait plus à se concentrer sur quoi que ce soit.

Payne toqua discrètement à la porte et entra. Il tenait le mot que Hugh avait fait porter à Minerva dans l'espoir d'une trêve.

— Elle a refusé de le prendre, monsieur. Et par là même, de le lire. Elle m'a dit de vous dire qu'elle refusait de vous parler, et par conséquent de lire tout ce que vous écrirez.

— Quel diable de femme ! Mais pour qui se prend-elle ?

Impassible, Payne se contenta d'un haussement d'épaules.

— Vous pensez que j'ai tort ? s'enquit Hugh.

— Je pense que la version des faits que vous m'avez exposée est un peu différente de celle que Mlle Minerva vient de m'exposer. Dans votre version, vous avez omis de préciser que vous étiez de mauvaise humeur bien avant votre altercation.

Bien sûr, elle lui avait raconté la rencontre avec Sarah. Mais Payne avait le bon goût de ne jamais mentionner ce nom en sa présence.

— Je l'avoue, j'étais furieux. Sa sœur venait de nous faire une nouvelle crise d'hystérie. Vee ferait perdre patience à un saint.

— Et vous, monsieur, n'aviez rien à vous reprocher.

— J'ai perdu mon sang-froid, Payne. Face à la déraison, cela arriverait à n'importe qui.

— D'après Mlle Minerva, vous êtes parti au galop et avez failli la faire tomber de cheval, alors que vous saviez pertinemment que, cavalière novice, elle n'avait pas l'assurance nécessaire pour aller à cette vitesse.

— C'était un vulgaire petit trot.

— Elle vous a aussi traité de grossier personnage superficiel et égoïste.

— Grossier personnage ?

— Ce sont ses mots, monsieur, et vous serez heureux d'apprendre que je me suis permis de mettre son jugement en doute.

— Merci, Payne... Je suis beaucoup de choses, mais ça, non.

— En effet, monsieur. Je lui ai dit : « Égoïste et superficiel, autant que vous voudrez, mais jamais je n'ai vu monsieur se comporter grossièrement. Cela lui demanderait beaucoup trop d'efforts. »

Devant le regard perplexe de Hugh, Payne sourit, et jeta le mot sur le bureau.

— Si je peux me permettre de donner mon avis à monsieur le comte...

— Comme si je pouvais vous en empêcher.

— Vous vous êtes chamaillés et vous êtes tous les deux trop en colère pour vous montrer raisonnables. Je suggère que vous dormiez là-dessus et que vous en reparliez demain matin. Reposée, je suis sûr qu'elle sera dans de meilleures dispositions à votre égard, et plus réceptive à vos excuses.

— Mais je ne m'excuserai pas !

— Pour quelqu'un qui a autant de succès auprès des femmes, je suis toujours étonné de voir comme vous les connaissez mal.

Payne tourna les talons et se dirigea vers la porte.

— « Toi aussi, Brutus ! » grommela Hugh. En fait, vous pensez *vraiment* que c'est moi qui ai tort.

— Honnêtement, monsieur, je pense que c'est bonnet blanc et blanc bonnet. Vous êtes tous les deux têtus à un point que c'en devient insupportable. Franchement, si vous y réfléchissez, c'est un miracle que vous ne vous soyez pas fâchés avant. Entre la cohabitation forcée, ce rapprochement que je qualifierais presque de contre nature, sa loyauté envers ses sœurs et le défi énorme que représente une telle entreprise, toutes les circonstances étaient réunies pour que la situation explose. Mais vous avez tous les deux fait preuve d'une retenue impressionnante et d'une capacité admirable à faire des compromis. Je suis fier de vous. Seulement vous êtes l'homme, c'est donc à vous de vous excuser. C'est la loi.

— Quelle loi ?

— La loi des femmes, monsieur. Croyez-moi, tous les hommes mariés en témoigneront sans hésiter : votre vie sera bien plus simple si vous avalez quelques couleuvres. À moins que vous ne teniez à ce que Mlle Minerva vous ignore encore pendant toute la journée de demain. En l'état actuel des choses, j'ai peur que vous n'ayez plus besoin d'elle qu'elle n'a besoin de vous. Le mieux est donc qu'elle reste votre alliée, vous ne croyez pas ? Ou peut-être préférez-vous prolonger votre séjour au purgatoire ?

Payne prit congé avec un sourire entendu, laissant Hugh réfléchir à la situation. Il avait raison : cette mégère le tenait à la gorge. Il digérait mal qu'elle ait demandé plus d'argent. Ce n'était pas une question de montant – il en avait largement les moyens. Mais il ne supportait pas la façon dont elle avait présenté cet ultimatum. Elle avait cherché à le pousser dans ses retranchements, et y était parvenue, indéniablement. Puis elle l'avait jeté au purgatoire et semblait ravie de l'y laisser croupir tant qu'il ne céderait pas. C'était douloureux, mais Payne avait raison, au moins sur un point. Il ne pouvait rien y faire ce soir. Le mieux était d'attendre le lendemain, pour étudier la situation d'un regard neuf. Avec un peu de chance, l'humeur serait à la conciliation.

Abattu, il décida de se préparer pour la nuit sans son valet, qu'il renvoya. Il n'en pouvait plus de la politesse affectée, et n'avait qu'une envie : donner des coups de pied dans tous les meubles. Mais plutôt que de se fracasser les orteils sur le chêne de son sommier, il se contenta de rouler son gilet et sa cravate en boule et de les jeter contre le mur. Puis il inspira longuement, retira ses bottes et s'allongea sur le lit.

Il n'avait pas voulu que les choses se passent ainsi entre Minerva et lui. Du fait de l'arrivée inopinée de sa mère, Giles et lui avaient décidé d'avancer l'épisode de la fuite. Minerva et son meilleur ami disparaîtraient ensemble dès le lendemain soir. Cela semblait plus prudent. Ironiquement, le malaise palpable pendant la journée entre Hugh et sa bien-aimée ainsi que la description tiède et terne qu'avait faite Minerva de leurs premiers moments ensemble jouaient en leur faveur. S'il devenait évident pour sa mère et Jeremiah que les sentiments du couple étaient moins solides que ce qu'on leur avait laissés croire, découvrir que le cœur de Minerva battait pour un autre ne les surprendrait pas outre mesure. Il ne leur restait donc plus qu'à se supporter une journée. Une pauvre petite journée, et cette comédie serait terminée.

Mais Minerva n'en savait rien, parce que cette bourrique n'avait pas daigné lire le mot dans lequel il lui expliquait tout !

Et si elle se réveillait de mauvaise humeur demain, il faudrait qu'il demande à Payne ou à Giles de lui expliquer la situation, et de lui transmettre ses adieux.

Il ne se l'expliquait pas, mais cette perspective le rendait aussi triste que furieux. Triste parce que, malgré la trahison de Minerva, malgré son chantage, il l'aimait bien. Dès le départ elle lui avait plu, et aujourd'hui l'idée qu'elle sorte de sa vie le chagrinait. Il savait qu'il se demanderait toujours comment elle arrivait à s'en sortir seule. Furieux parce qu'elle partirait convaincue qu'il était un grossier personnage, sans supposer un instant qu'elle était pour quelque chose dans son comportement.

Franchement, ce n'était pas juste.

Il sauta de son lit et se remit à faire les cent pas, énervé d'être encore énervé, et énervé de s'imaginer Minerva dormant sur ses deux oreilles quand il était inutile pour lui d'espérer fermer l'œil cette nuit. Maître de céans, tu parles. Quel genre de maître devait se résoudre à user ses tapis persans pour envisager un peu de repos ?

Pas lui, en tout cas.

Un déclic se fit en lui, et avant qu'il s'en rende vraiment compte, Hugh remontait le long couloir menant à l'aile est.

Puisqu'elle ne voulait pas lire son mot, elle allait l'écouter !

Un rai de lumière filtrait sous la porte de Minerva.

Parfait.

Elle ne dormait pas. Sincèrement, il espérait qu'elle éprouvait autant de remords et de frustration que lui, après la façon malheureuse dont les événements s'étaient enchaînés aujourd'hui. Il s'apprêtait à toquer énergiquement, mais retint son poing au dernier moment. Faire du bruit, c'était risquer d'attirer les insupportables sœurs. Aussi donna-t-il deux petits coups légers sur le battant, avant d'entrer sans attendre qu'elle lui dise d'aller au diable.

— Minerva, nous devons absolument...

Le reste de sa phrase mourut sur ses lèvres. Elle se tenait devant le lit, avec pour tout vêtement une chemise de nuit vaporeuse que la lueur du feu rendait transparente. Ses cheveux bruns étaient défaits, et tombaient en cascade jusqu'au creux de ses reins, magnifique rideau soyeux qui scintillait à la faible lumière.

— Mais qu'est-ce... !

Le cri épouvanté lui vrilla les oreilles. Il leva les mains pour la supplier de ne pas hurler tandis qu'elle se ruait sur le châle qui pendait au miroir pour le plaquer contre elle, privant Hugh d'un spectacle splendide.

— Pardon. Pardon de faire irruption de la sorte, mais cela ne pouvait pas attendre ! J'ai vraiment besoin de vous parler.

— Ici ? Comment osez-vous ? Vous n'êtes même pas habillé !

D'un regard, elle l'avait parcouru des pieds à la tête, notant sa chemise sortie du pantalon, ses pieds et ses mollets nus.

— Je me suis décidé brusquement, et dans la précipitation j'ai oublié que je n'étais guère présentable. Je suis désolé.

Mais il ne se découragerait pas.

— Cela aiderait-il si je m'excusais pour une partie de ce qui s'est passé aujourd'hui ?

— Pour une partie seulement ?

Au lieu de la calmer, les mots de Hugh semblèrent l'énerver un peu plus. Il soupira, se souvenant du conseil de son majordome.

— Je regrette d'avoir été de mauvaise humeur, et de vous avoir infligé cela. Et je regrette d'être parti au galop et de vous avoir laissée vous débrouiller seule avec votre cheval. Ce n'était pas très courtois de ma part.

Serrant toujours le châle sur sa poitrine, à la manière d'un bouclier, elle le toisa d'un regard méprisant.

— En effet. Pas courtois du tout, même.

— À la lumière de ce qui s'est passé ensuite, je regrette également de vous avoir contrariée à propos de Vee.

— Vous n'avez pas l'air de regretter quoi que ce soit.

— Disons que je le regrette en partie. Je suis responsable aux trois quarts de ce qui s'est passé ce matin.

— Et je suppose que vous attendez de moi que j'endosse la responsabilité du quart restant ?

Elle ne lui avait pas hurlé au visage. Il décida de prendre cela pour un signe positif, et renonça à la tentation de se plaindre de Vee. Ses deux sœurs étaient à la fois le sujet qui fâche et le talon d'Achille de Minerva : en parler ne le sortirait pas du purgatoire.

— Pas tout, non. Juste la partie où vous avez été méchante avec moi et où vous avez tenté de me faire du chantage pour me punir de mon comportement grossier.

— Grossier, c'est le mot.

— Vous parlez de mon comportement, ou de votre tentative de chantage ?

En guise de branche d'olivier, il tenta un sourire timide. Sur le visage de Minerva, l'indignation céda le pas à la contrition.

— Je parle des deux. Je n'aurais pas dû m'abaisser au même niveau que vous. Vous n'avez pas à me payer soixante livres.

— Mais je vous les donnerai, et avec plaisir. Vous m'avez sauvé la mise aujourd'hui, et je vous en suis vraiment reconnaissant. Acceptez-vous mes excuses, ou dois-je me mettre à genoux et supplier, comme je l'ai fait pour vous demander de m'épouser ?

— Aussi tentante la seconde option soit-elle, je les accepte.

— Merci.

Sans réfléchir, il lui prit la main et la porta à ses lèvres. Au même instant, il se rendit compte que la main de Minerva n'était pas la seule chose qu'il désirait embrasser.

Il la voulait tout entière.

Une nouvelle fois décontenancé par sa propre réaction, Hugh se redressa et fit un pas en arrière, avec une expression aussi neutre que possible. Minerva le fixait en battant des cils. Dieu qu'elle était belle ! Trop belle. Ces cheveux, cette chemise de nuit. Le galbe des longues jambes, qu'il distinguait en transparence. Il détourna le regard… pour le poser sur le grand lit qui occupait l'essentiel de la chambre, et dont les draps ouverts étaient comme une invitation.

— Hum… Je déclare donc une trêve. Pouvons-nous entamer les pourparlers ?

Il avait le cœur battant et sentit des gouttes de sueur perler le long de sa colonne vertébrale tandis que des images de Minerva et lui dans ce lit se succédaient dans son esprit.

— Vous n'êtes donc pas venu que pour vous excuser ?

Comme il était sur le point de se dandiner, mal à l'aise, Hugh préféra s'asseoir, et prit place sur la chaise de la coiffeuse – un siège si féminin qu'il devait avoir l'air ridicule, dessus. Après un regard affolé autour de lui, il comprit que Minerva n'avait d'autre choix que de s'asseoir sur le lit ou de rester debout devant lui, telle Ève tentant Adam. Il lui indiqua le lit.

— Nous avons beaucoup de choses à régler, et je n'ai pas eu un instant seul avec vous depuis que vous m'avez dit d'aller au diable, devant les écuries.

Elle prit place à son tour, s'enveloppant dans le châle, le forçant au passage à remarquer un mouvement de courbes délicieusement féminines sous la chemise de nuit. Mouvement qui lui rappela que ce vêtement diaphane était le seul rempart entre ses yeux et la nudité de Minerva. De nouvelles images prirent forme dans son imagination, évoquant d'autres mouvements, plus érotiques encore, mettant son sang-froid à rude épreuve.

Il croisa les jambes et tenta d'oublier qu'il était seul dans une chambre avec une femme ignorant tout du désir qu'il avait pour elle. Rassemblant son courage, il tenta d'imaginer Lucretia dans cette chemise de nuit affriolante, petites jambes épaisses et cheveux grisonnants dénoués sur les épaules. Il s'accrocha à cette image comme une moule à son rocher.

— De quoi avez-vous parlé avec ma mère, ce soir après le dîner ?

— On dirait que votre maman a décidé de passer votre histoire au crible, jusque dans les moindres détails. Comment nous nous sommes rencontrés, comment vous m'avez fait la cour, ma maladie, le décès de mon père. J'ai fait de mon mieux pour répondre à ses questions et je suis certaine d'avoir été fidèle à votre récit, mais je ne suis pas sûre qu'elle soit convaincue par le couple que nous formons, Hugh. Elle me demande les mêmes choses, encore et encore, chaque fois avec une formulation différente. Tout cela très cordialement, bien sûr, mais j'ai eu la nette impression qu'elle cherchait à me piéger.

— Elle est très forte pour ça.

— J'ai tout de même réussi à la distraire plusieurs fois de son objectif, en lui posant des questions sur Boston et M. Peabody.

— Jeremiah a toujours eu le don de lui faire penser à autre chose.

— Elle l'adore, c'est évident.

L'expression de Minerva s'adoucit, son regard émeraude se perdit au loin, et Hugh mourut d'envie de partir loin aussi. Avec elle.

— Son visage s'éclaire dès qu'elle parle de lui, dit-elle.

— Ils ont fait un vrai mariage d'amour.

— Comme c'est beau…

— Oui. Après avoir été enchaînée à mon père, elle méritait d'être heureuse.

Qu'est-ce qui lui avait pris de dire une chose pareille ? Futée et intuitive comme elle l'était, Minerva rebondit aussitôt sur le sujet :

— Ce n'était pas un homme bien ? Cela me surprend. Depuis que je suis ici, je n'ai pas entendu un seul mot négatif le concernant. Même Payne semble l'admirer – et il vous est dévoué corps et âme.

— Payne ? Dévoué ? Si vous appelez ça du dévouement, j'ose à peine imaginer ce que serait du mépris, venant de sa part.

Chemise de nuit transparente ou pas, Hugh ne parlerait pas de son père. Minerva ne lui avait pas retourné la tête à ce point.

— Ironie du sort, c'est mon père qui a présenté ma mère à Jeremiah.

Mais peut-être la lui avait-elle retournée un peu, puisqu'il en parlait quand même.

— Jeremiah était un ami de la famille, et faisait partie du paysage bien avant qu'elle devienne veuve. Il a beaucoup soutenu ma mère pendant la maladie de mon père, et quand il est mort, il n'a pas fallu longtemps avant que leur amitié prenne un tour plus romantique. J'étais témoin à leur mariage. J'ai beaucoup de respect pour Jeremiah. C'est la seule personne capable de raisonner ma diablesse de mère.

— Votre mère n'est pas une diablesse.

— Vous avez pris le thé et dîné une fois avec elle. Vous ne la connaissez pas.

— Peut-être, mais il est évident qu'elle vous adore et veut votre bonheur.

— Vous avez appris cela à l'issue de deux interrogatoires au cours desquels elle a cherché à vous piéger à plusieurs reprises ?

— Nous avons aussi longuement évoqué la vie dissolue qui était la vôtre avant que j'arrive et vous sauve de cette débauche, dit Minerva sans parvenir à cacher son amusement. Des danseuses, des femmes mariées… D'après votre mère, c'était là un comportement prévisible de votre part, étant donné votre peur irrationnelle de tomber amoureux.

— Je n'ai absolument pas peur de tomber amoureux.

Mais rien que d'en parler, il sentait son estomac se nouer. Ce n'était pas une peur irrationnelle : c'était une vraie peur. L'amour n'était pas pour les frileux, et encore moins pour ceux qui se laissaient facilement distraire. Donc, mieux valait l'éviter.

— J'en déduis que c'est pour cette raison que vous… comment votre mère l'a-t-elle formulé, déjà ?

Elle se tut, et pouffa. Il aurait voulu attraper ce petit rire dans sa main et le garder pour toujours.

— Non, je ne peux pas le répéter. C'est trop scandaleux.

— Mais visiblement très amusant, grommela-t-il. Allez-y, dites-le. Me rire au nez et refuser de dire pourquoi, c'est cruel. Je mérite un droit de réponse, au moins.

— Très bien. Si vous insistez...

Malgré un effort visible pour afficher sa hardiesse, ses pommettes rosirent, ce qui lui allait très bien.

— Votre mère prétend que vous avez toujours soigneusement évité de tomber amoureux en... Seigneur ! Je n'arrive pas à croire que je vais dire ça... En sautant de lit en lit sans prendre le temps de réchauffer les draps.

Elle se força à trouver son regard, et croisa les bras.

— Qu'avez-vous à dire pour votre défense, Hugh ? Votre mère a-t-elle raison ? Organisez-vous délibérément vos liaisons en fonction de leur nature passagère ?

Oui.

Plus c'est passager, mieux c'est.

Hugh croisa les bras à son tour et afficha un sourire amusé pour ne pas penser à la flèche qu'elle venait de planter en plein dans le mille. Son comportement avec les femmes n'avait rien de provocateur : c'était juste un choix délibéré, réfléchi. Il connaissait ses limites et ne se sentait pas prêt à affronter l'inévitable remords qui suivrait chaque inévitable erreur.

— Concernant mes conquêtes, ma mère a noirci le trait dans le seul but d'illustrer son propos, mais elle se trompe complètement. La triste vérité – et j'aimerais que cela ne sorte pas de cette pièce – c'est que j'ai eu beau chercher, jamais je n'ai trouvé une femme prête à passer plus de quelques nuits avec moi.

— Vous avez eu beau chercher ? Donc vous avez essayé, et échoué. Mais comment une femme mariée pourrait-elle passer du temps avec vous ? Vous vous engagez dès le départ dans une impasse. Peut-être devriez-vous tenter votre chance auprès d'une célibataire – et elles sont légion, vous savez. Une jeune femme agréable qui a gardé ses draps immaculés et attend qu'un garçon beau et séduisant comme vous surgisse pour lui faire tourner la tête. Vous n'avez jamais fait la cour à une femme célibataire ?

Voilà que Minerva parlait comme sa mère, qui lui avait servi ce discours éculé pendant des années. Alors qu'elle était bien placée pour savoir que les Standish de sexe masculin n'étaient pas dignes de confiance.

Évidemment qu'il n'avait jamais fait la cour à une célibataire. Il n'avait jamais fait la cour, point. Il flirtait de façon éhontée avec certaines femmes, qui flirtaient de façon éhontée avec lui. Ce n'était pas faire la cour, ça : c'était danser la valse. Une valse dont les deux protagonistes savaient qu'elle finirait au lit.

— Quand je vous ai dit que je ne suis pas de ceux que l'on épouse, j'étais sincère. Je suis quasiment certain de ne pas être capable de tomber amoureux – pas complètement, en tout cas.

Et soudain, ce « défaut » l'accabla. Il vit l'expression de Minerva changer et préféra préciser sa pensée :

— Ce sentiment insaisissable, dévorant et désintéressé dont se gargarisent les poètes et les romantiques que ma mère aime tant, ne fait tout simplement pas partie de la panoplie d'émotions dont je dispose. C'est une tare qui se transmet de père en fils.

Elle le regarda, et il comprit qu'une nouvelle fois, il en avait trop dit.

— Mais enfin, Hugh... n'avez-vous donc jamais imaginé que peut-être vous n'aviez pas rencontré la femme qu'il vous fallait ? Vous êtes bien trop attentionné et plaisant pour être incapable d'aimer.

— *Plaisant ?*

Il fronça les sourcils.

— C'est un mot que je n'aime guère et qui, franchement, me met hors de moi. Plaisant est un adjectif insignifiant et banal. Un papier peint est plaisant. Un chapeau neuf qui ressemble comme deux gouttes d'eau à celui qu'il remplace. Vous êtes sûre de ne pas vouloir dire charmant, séduisant, irrésistible ? Le dictionnaire est plein d'adjectifs qui me conviennent mieux que « plaisant ».

— Mais vous êtes plaisant, que vous le vouliez ou non. Vous êtes aussi agaçant, et beaucoup trop sûr de vous. Et secret. J'ai toujours pensé que vous cachiez bien votre jeu, mais chaque fois que j'essaie de gratter un peu la surface, vous baissez le rideau et balayez mes questions d'un tour de charme.

— Vous voyez ! Je suis *charmant*. Je prendrai cela comme un compliment, en remplacement de l'insipide « plaisant » que vous cherchez à me coller dessus.

— Et c'est reparti ! Vous esquivez, et une fois de plus je me demande ce qui vous pousse à le faire. Que cachez-vous ?

— Absolument rien, dit-il en écartant les bras. Je suis moi, et c'est tout.

— Vous êtes une énigme, Hugh Standish.

— Ah, ce mot-là me plaît, en revanche ! Énigme, cela suggère un homme mystérieux. Et je me suis laissé dire que les femmes adoraient les hommes mystérieux.

— Vous esquivez de plus belle.

— Toujours.

Il haussa les épaules, tentant d'ignorer le sentiment de vide que cette conversation venait de révéler. À moins qu'il ne soit dû à la perspective de devoir lui dire adieu. Il n'avait pas envie qu'elle parte, et savait déjà qu'elle lui manquerait, mais il était inutile de s'appesantir sur la question. Car il savait qu'au bout du compte, il n'y penserait plus. Dès qu'une femme consentante croiserait son chemin, il se laisserait distraire. Ainsi allaient les choses chez les Standish.

— Si ma mère a des doutes quant à notre histoire d'amour, ce n'est pas plus mal que nous mettions un terme à cette histoire demain.

— Demain ?

Était-ce une pointe de déception qu'il distinguait dans son regard ?

— Je pense que cela vaut mieux pour tout le monde, non ? Plus nous ferons traîner les choses, plus elle trouvera des incohérences dans notre histoire.

— Effectivement...

— En fait, c'est surtout pour cela que je suis venu vous voir ce soir.

Il avait besoin de faire ses adieux aussi proprement et rapidement que possible.

— Demain, ajouta-t-il, nous ferons comme si de rien n'était, et puis aux environs de minuit, Payne viendra vous chercher et vous partirez avec Giles, dans sa voiture.

Le dire à voix haute lui laissa comme un goût amer dans la bouche. Il se sentit vide. Presque abandonné.

— Vos sœurs, vos bagages et Lucretia suivront dans ma voiture le lendemain matin, et vous vous retrouverez à un relais de poste, à mi-chemin entre ici et Londres.

Elle resta silencieuse un long moment, digérant l'information en fixant ses mains posées sur ses genoux, puis hocha la tête.

— Oui... C'est assez logique. Plus nous chercherons à tromper votre mère, plus elle aura de soupçons.

Quand elle leva enfin les yeux vers lui, il vit dans son regard quelque chose qui ressemblait beaucoup à de la tristesse.

— Tout est allé si vite, murmura-t-il. C'est assez soudain comme décision, j'en suis conscient. Je ne pensais pas devoir mettre un terme à cette histoire si brusquement.

— Mais c'est mieux comme ça.

Hugh se leva d'un air décidé, craignant, s'il ne s'en allait pas très vite, de faire une chose qu'il regretterait. Une chose idiote et dangereuse, comme repousser le départ de Minerva pour passer plus de temps avec elle, ainsi que le lui soufflait une petite voix.

— Je vous exposerai les détails demain. En attendant, je pense que votre absence de loyauté à mon égard, au regard de l'amour inconditionnel que je vous porte, donne un peu plus de crédit à notre histoire d'amour tragique, vous ne trouvez pas ? Après tout, qui voudrait d'un comte, même très distingué, quand l'héritier d'un duc, plus distingué encore, se présente ? Je pense qu'il serait bon que vous ayez pour Giles quelques regards langoureux, demain.

— Oui... Cela semble logique. J'essaierai d'avoir l'air intéressée par lui, mais discrètement.

— N'essayez pas trop fort non plus.

Cette dernière remarque était-elle bien nécessaire ?

— Giles a déjà assez la grosse tête comme ça, conclut-il.

Et comme il n'y avait plus rien à ajouter, même si bien des non-dits flottaient encore entre eux, il mit un terme à leur discussion en se dirigeant vers la porte.

— Merci de m'avoir écouté.

Elle se leva, le raccompagna. Mais avant qu'il ouvre la porte, elle posa la main sur son bras. C'était un geste innocent et délicat, mais Hugh en sentit la brûlure jusqu'au tréfonds de son âme.

— Merci à vous, Hugh. Pour tout. Ces derniers jours ont été... plutôt agréables. Irréels, mais amusants. Mon séjour ici restera un bon souvenir.

Il hocha la tête, bizarrement ému, puis saisit la poignée de la porte. Il était temps de mettre un terme à cette relation.

— Bonsoir, Minerva.

— Bonsoir, Hugh.

Elle avait l'air triste. Tellement triste. Il l'était tout autant. Aussi ridicule que cela puisse être, alors qu'ils se connaissaient à peine, il avait la certitude qu'elle allait lui manquer. Cette émotion-là serait bien réelle lorsque sa mère la lirait sur son visage.

— Et merci d'être venu me parler ce soir. Trouver le sommeil après une dispute n'est pas mon point fort. Je suis heureuse que nous nous séparions bons amis.

Bons amis. Quelle expression détestable...

— Moi aussi. Et parce que nous sommes amis, je tiens à ce que vous sachiez que si vous avez un jour besoin d'aide pour quoi que ce soit, je serai là. Vous savez où me trouver.

— Preuve s'il en était que vous êtes quelqu'un d'excessivement gentil. À vrai dire, c'est indiscutable : vous êtes l'homme le plus gentil que j'aie jamais rencontré.

Hugh afficha la grimace de dégoût qu'on attendait de lui et franchit le seuil de la chambre, avant de se retourner et de faire une énorme bêtise. Peut-être la plus énorme qu'il ait commise en trente et un ans d'existence. Il écouta la petite voix qui hurlait dans sa tête, céda à la tentation, et l'embrassa.

13

Minerva fixait sa tasse de thé, perplexe. Avait-elle déjà mis du sucre ? Si c'était le cas, elle n'en avait aucun souvenir, aussi en versa-t-elle une cuillerée, pour plus de sûreté, avant de mélanger distraitement, à nouveau occupée par ce qui lui avait tourné dans la tête toute la nuit.

Ce baiser.

Dieu merci, elle était seule à la table du petit déjeuner. Même si une nuit était passée, elle était encore sous le choc, et ne se sentait pas prête à faire la conversation.

Bien sûr, cela avait été un au revoir. Un merci. Une façon aussi de reconnaître que l'attirance avait été réciproque. Façon un peu aigre-douce, peut-être, teintée de regrets à l'idée que cet interlude prenne fin, mais confirmant le fait que ni l'un ni l'autre n'avaient jamais espéré autre chose. En temps normal, un puissant comte et une fille de Clerkenwell ne se seraient jamais rencontrés, et n'auraient pas passé une semaine ensemble. La situation avait été pour le moins hors du commun, mais étrangement tout s'était plutôt bien passé et Minerva, elle en était certaine, regretterait cette agréable parenthèse. Chacun allait reprendre sa vie où il l'avait laissée, mais Dieu que ce baiser avait été merveilleux !

Elle avait déjà été embrassée par un homme, plus d'une fois. À l'époque où elle nourrissait encore l'espoir un peu fou de tomber amoureuse et de se marier, avant que son vaurien de père l'abandonne à la tâche de chef de famille, elle avait rencontré un jeune homme dont elle s'était éprise. Il lui avait volé quelques baisers, et elle avait aimé cela. Mais dans son souvenir, le contact innocent et chaste de leurs lèvres n'était qu'un pendant terriblement fade au baiser de Hugh.

Ce qu'elle avait éprouvé la veille était complètement différent, bien plus puissant, et lui avait ouvert les yeux sur un grand nombre de choses qu'elle n'avait jusque-là jamais vraiment comprises.

Qui aurait cru, par exemple, qu'un baiser pouvait dire ce que les mots ne parvenaient pas à exprimer, mêlant désir, tristesse, regret, joie, compréhension et reconnaissance ? Il lui semblait qu'après ce baiser, plus rien ne serait pareil. Le monde avait changé d'axe, irrémédiablement. Sa bouche avait effleuré la sienne, sa main avait caressé sa joue. Cet instant était gravé à jamais dans sa mémoire. Sur le palier, dans la pénombre. Elle se souvenait d'avoir poussé un léger soupir lorsque les lèvres de Hugh s'étaient attardées sur les siennes. Un moment délicieux et chargé d'émotion – ils s'étaient disputés, réconciliés, et ils se disaient adieu.

Ce qui s'était passé ensuite, dans une sorte d'éther surnaturel, l'obsédait. Minerva n'avait absolument aucun souvenir d'avoir regagné sa chambre ou refermé sa porte. En revanche, elle avait un souvenir très précis des mains de Hugh sur elle, glissant le long de sa chemise de nuit pour se plaquer sur ses fesses et la serrer contre lui, poussant son corps à réagir comme jamais il n'avait réagi. Son corps avait désiré Hugh. Lovée contre lui, elle avait senti son désir aussi, l'avait accueilli et savouré. Elle avait gémi dans sa bouche parce que c'était merveilleusement bon, et puis à son tour, elle avait laissé ses mains parcourir le torse de Hugh, regrettant que la chemise l'empêche de caresser sa peau. Du bout des doigts, elle avait suivi le tracé de ses muscles, et ses mains impatientes avaient glissé dans ses cheveux. Elle avait découvert que l'on n'embrassait pas qu'avec les lèvres, que le corps tout entier participait à cette délicieuse étreinte.

Elle s'était offerte librement, sans rien attendre en retour. Qu'aurait-elle pu attendre, de toute façon ? Il vivait dans son monde, elle dans le sien, ils n'étaient pas destinés à se rencontrer. Il n'y avait pas d'avenir, pas de passé : seul comptait le moment. Un moment qu'elle avait vécu pleinement.

À vrai dire, s'il ne s'était pas écarté le premier, elle lui aurait donné beaucoup plus. L'aurait autorisé à prendre certaines libertés – Dieu sait lesquelles – parce que son corps en avait le désir et qu'en cet instant, l'interdit n'avait pas sa place entre eux...

Sans s'en rendre compte, elle sourit, et ajouta une cuillerée de sucre à son thé. Car Hugh avait été aussi surpris qu'elle par la passion spontanée qui avait jailli entre eux, tel un volcan entrant en éruption. Il avait fait un pas en arrière, à la fois étonné et perplexe, et ils s'étaient regardés, le souffle court. Sous le choc. Hésitant entre s'embrasser de nouveau à pleine bouche et se souhaiter sagement bonne nuit.

Pour finir, personne n'avait dit quoi que ce soit. Les mots étaient inutiles. Ce moment avait été ce qu'il avait été. Merveilleux, poignant, parfait, mais impossible. Hugh avait cligné des yeux, hoché la tête et regagné la porte d'un pas hésitant, ses cheveux blonds ébouriffés, sa chemise fripée par leur étreinte. Dès qu'il avait refermé derrière lui, elle s'était approchée de la coiffeuse, était restée là dix bonnes minutes avant d'enfin oser poser les yeux sur son reflet dans le miroir, reconnaissant à peine la créature dévergondée qui la regardait.

Elle était échevelée, les baisers avaient teinté ses lèvres de pourpre, et sa chemise de nuit pourtant très convenable s'était ouverte et avait glissé, dénudant une épaule, révélant une surface indécente de peau entre le haut de son cou et la naissance de sa poitrine. Comme si cela ne suffisait pas, la pointe de ses seins se dressait effrontément sous le fin linon, leur aréole sombre en soulignant la fermeté, ce que Hugh avait certainement remarqué lorsque, juste avant de partir, il l'avait parcourue d'un regard ardent.

Les heures avaient passé, mais le souvenir de cet instant, de son besoin de sentir les mains de Hugh sur elles, les faisait se dresser de nouveau, au point qu'elle s'était enveloppée ce matin dans son châle le plus épais.

— Vous êtes matinale.

Minerva sursauta, puis se sentit rougir au son de la voix de Mme Peabody.

— C'est dans ma nature, madame.

Étant donné les circonstances, la mère de Hugh n'était pas précisément la personne qu'elle avait envie de voir. Pas alors qu'elle se sentait encore vibrer de désir pour son fils. Sans réfléchir, elle serra un peu plus son châle autour de ses épaules.

— Je n'ai jamais vraiment su faire la grasse matinée.

— Moi non plus. Et, je vous en prie, appelez-moi Olivia...

— Très bien... Olivia.

Il était très difficile de faire comme si de rien n'était, quand sa poitrine était si lourde et qu'elle se remémorait, non sans éprouver de la culpabilité, chaque instant de cette étreinte.

— Tout va bien, Minerva ?

Doux Jésus ! Était-il si évident qu'elle avait connu un véritable ravissement, et en avait aimé chaque seconde ? Elle n'eut d'autre solution que de forcer le trait.

— Mais oui, bien sûr ! Pourquoi en irait-il autrement ?

Pour le prouver, elle but une gorgée de thé, et manqua tout recracher tant il était sucré. Combien de cuillerées avait-elle mis, tout en rêvassant et en pensant à Hugh ? On aurait dit du sirop. Malgré tout, pour faire bonne figure, elle le but sans broncher.

— Je me fais sûrement des idées mais hier soir, au dîner, j'ai eu l'impression que les choses étaient tendues entre mon fils et vous. Vous êtes-vous querellés ?

Minerva faillit pousser un soupir de soulagement : la pointe de ses seins ne l'avait pas trahie.

— J'avoue qu'un peu avant votre arrivée, nous avons eu une petite prise de bec. Mais rien de bien sérieux.

— Suffisamment sérieux tout de même pour que vous lui lanciez des regards noirs toute la soirée, pensant que personne ne s'en apercevrait.

— Ah... Vous m'avez donc vue ?

Allez, lance-toi, rajoutes-en ! Hugh veut que tu aies l'air moins amoureuse pour justifier ta fuite avec Giles, ce soir.

— Et moi qui pensais réussir à masquer mon agacement...

— Mais il était parfaitement masqué, ma chère. Seulement, pas grand-chose ne m'échappe, je dois l'avouer, dit Olivia en se servant du thé. Hugh faisait de gros efforts pour tenter de vous parler, et de votre côté vous assumiez à la perfection votre rôle d'hôtesse, avec un mot pour chacun, mais pas un regard pour lui.

— Ce n'était qu'une petite dispute. Je suis très têtue, et il est parfois...

— Insupportable ? Buté ? D'un égoïsme excessif ?

Olivia l'observait ouvertement par-dessus sa tasse, et sourit.

— Pour être honnête, ma chère, cette petite scène m'a rassurée. Cela prouve qu'il tient à vous. Je n'ai jamais cru à ces couples qui prétendent ne jamais se disputer. Pour moi, c'est la preuve d'un manque de profondeur dans la relation, et d'un déséquilibre grave. Les gens qui s'aiment se disputent. Ceux qui sont indifférents l'un à l'autre, non.

Elle sourit de nouveau, révélant les mêmes fossettes espiègles que son fils.

— Jeremiah et moi avons eu notre lot de querelles, avec les années. Une fois, je lui ai même jeté ma brosse à cheveux à la figure.

— Et je l'ai reçue ici, exactement.

M. Peabody arrivait à pic. Il s'approcha de la table en tapotant sa tempe de l'index.

— Cette fichue brosse était en argent massif, en plus, ce qui m'a valu une énorme bosse violette pendant près d'une semaine.

— Elle n'était pas si énorme, dit son épouse avec un geste de la main. Il exagère toujours. Un œuf de caille, tout au plus.

— Tu dis « caille », moi je dirais plutôt « cane ». Une chose est sûre : tout le monde s'est bien fichu de moi. Bonjour, ma chère future belle-fille, ajouta-t-il avec un clin d'œil à l'intention de Minerva. Vous avez l'air en forme, ce matin.

— Je le suis.

Pour autant qu'un étrange élancement au creux du ventre et des pointes de seins durcies et hypersensibles signifiaient être en forme.

— Je constate que vous êtes matinal vous aussi, monsieur Peabody.

Mais où étaient les autres ?

— Pas vraiment, mais comme ma femme a décidé de tout savoir sur vous le plus vite possible, je me suis dit qu'il fallait que je vienne à la rescousse. Sept heures du matin, c'est tout de même tôt pour un interrogatoire.

— C'est très gentil à vous, monsieur Peabody, mais je n'avais pas besoin d'être sauvée. Nous bavardions juste.

— Ne vous méprenez jamais, jeune fille. Bavarder, ce n'est que la phase d'approche. Il faut voir Olivia comme une araignée. Elle commence par tisser une toile très fine, presque invisible, puis elle vous met en confiance, et hop : vous n'avez rien vu venir mais elle vous a attirée dans son piège et vous dévore froidement, vivante.

— Jeremiah ! Serais-tu en train d'essayer de lui faire peur ?

Mais la mère de Hugh affichait une expression amusée, et ne semblait pas vexée le moins du monde.

— Je défends simplement cette pauvre demoiselle en attendant l'arrivée de Hugh.

Il s'installa en face de sa femme et lui tendit sa tasse en souriant.

— Ma chérie, je ne peux m'empêcher de remarquer qu'elle est vide.

— Ce qui n'est pas plus mal, mon adoré, parce que si elle avait été pleine, ton gilet ne s'en serait pas remis… Vous voyez, Minerva, les couples qui s'aiment vraiment se disputent tout le temps.

Son regard bleu, identique à celui de Hugh, pétillait de bonne humeur.

M. Peabody leva les yeux au ciel tandis qu'elle se levait pour aller lui servir du café, sur la desserte.

— Je savais qu'elle ne pourrait pas s'empêcher d'aborder le sujet. Je lui ai pourtant répété que cela ne la regardait pas, mais depuis hier soir, elle n'arrête pas de spéculer sur cette étrange atmosphère qui aurait régné au dîner entre Hugh et vous.

— Et j'avais raison. Ils se sont querellés. Mais tout est rentré dans l'ordre, dit Olivia en posant la tasse devant son mari.

Celui-ci la prit et huma le café, avant d'en boire une gorgée.

— Mmm… La première tasse de café du matin… C'est vraiment la meilleure chose qui soit, vous ne trouvez pas ?

— Comment le saurais-je ? Je ne bois que du thé…

Une tasse pleine apparut devant Minerva, qui retint un soupir de soulagement. Elle repoussa celle de sirop tiédi et sucra la nouvelle, avec plus de précision que nécessaire.

— Je trouve le café tellement amer, monsieur Peabody.

— Ma belle, nous allons bientôt faire partie de la même famille, alors je vous en prie, appelez-moi Jeremiah. Et le café, c'est certain, n'est pas un breuvage pour les faibles. C'est puissant. Une boisson d'homme…

— Ce qu'il veut dire, c'est que c'est une boisson américaine. Mon mari est radicalement contre le thé. Par principe.

— Mais bien sûr que je le suis ! Mon grand-père était révolutionnaire. Il était à la Boston Tea Party[1], et a risqué sa vie pour défendre la justice et le patriotisme ! Il se retournerait dans sa tombe s'il savait que cet écœurant jus anglais a coulé dans ma gorge.

— En espérant qu'il ne soit pas déjà occupé à tourner comme un moulin dans la tempête parce que vous avez jeté aux orties votre fier héritage révolutionnaire en épousant une Anglaise, intervint Hugh en s'approchant de la table avec l'élégance qui était la sienne. Je me trompe peut-être, mais je crois qu'il trouverait une tasse de thé occasionnelle plus acceptable qu'une fille de l'aristocratie anglaise. Bonjour tout le monde.

Minerva frémit. Le regard de Hugh croisa le sien, puis il embrassa la joue de sa mère. L'espace d'un instant, ses yeux s'étaient arrêtés sur ses lèvres, et la jeune femme avait compris qu'il repensait lui aussi à leur baiser.

— Tout le monde va bien, ce matin ?

Comme son regard ne cessait de revenir sur elle, Minerva décida de répondre.

— En ce qui me concerne, je vais bien, merci.

Elle n'allait pas bien du tout. Elle était complètement perdue et manquait cruellement de sommeil. Et depuis l'arrivée de Hugh, en plus de ce frémissement

---

1. En 1773, à Boston, pour protester contre la loi britannique exonérant de taxes le thé de la Compagnie anglaise des Indes orientales, des révolutionnaires montèrent à bord de trois navires anglais et jetèrent à l'eau toute leur cargaison de thé. Il s'agit d'un événement marquant de la révolution américaine qui déboucha sur la guerre d'indépendance des États-Unis. *(N.d.T.)*

qui l'agitait, son cœur battait la chamade. Provoquer le chaos sans vraiment s'en donner la peine, c'était tout à fait lui !

— Et vous, comment allez-vous ? demanda-t-elle.

— Très bien. Très, très bien, à vrai dire, répliqua-t-il en effleurant ses lèvres du regard, avant de se tourner vers son beau-père avec un large sourire. Et vous, cher Jeremiah ? Remis de votre voyage, j'espère ?

— Ta mère pose des questions indiscrètes, ta fiancée le tolère poliment, et moi je regrette de m'être levé.

— Quelles questions indiscrètes, si je peux me permettre ?

Il prit place en face de Minerva. Elle perçut son odeur, un mélange de frais et d'eau de toilette épicée. Quelque chose dans ce parfum lui donna envie de se lover contre son cou.

— À propos de notre petite dispute, hier.

Pourquoi était-il si difficile de croiser son regard ? Sans doute parce que, quelques heures plus tôt, elle avait laissé ses mains parcourir son corps, sans chercher à cacher qu'elle y prenait grand plaisir.

— Elle n'était pas *petite,* ma chérie, si elle a duré tout le dîner, remarqua Olivia. À propos de quoi étiez-vous en désaccord, exactement ? Ta fiancée n'a pas été très généreuse en détails, Hugh.

— Ce n'était rien, maman. Comme l'a dit Minerva, une petite querelle d'amoureux. Tout ce qui compte, c'est que ce soit réglé.

— Mais justement, si c'est réglé, pourquoi ne pas nous dire de quoi il s'agissait ? Les disputes idiotes, une fois terminées, finissent toujours par faire de merveilleux sujets de conversation. Minerva, que vous a fait mon gredin de fils ?

Un chien avec un os. C'était la seule image qui lui venait. Olivia ne le lâcherait pas tant qu'on ne lui aurait pas donné quelques friandises pour la distraire.

— Puisque vous insistez... Nous nous disputions à propos de l'endroit où aura lieu le mariage.

La tasse de Hugh s'immobilisa à mi-chemin entre la table et ses lèvres, et Minerva regretta d'être allée un peu vite en besogne. Mais c'était trop tard. Faire marche arrière n'était plus possible.

— Hugh m'a laissée entendre qu'il voulait que ce soit Londres, et je pensais avoir été très claire sur le fait que je préférais célébrer mes noces ici, dans le Hampshire. L'église St. Mary est si belle...

Les yeux d'Olivia s'illuminèrent. Visiblement, Minerva avait mis dans le mille : ce sujet la réjouissait au plus haut point, même s'il mettait le pauvre Hugh à l'agonie. Son mariage était le rêve de sa mère, et son pire cauchemar.

— Je me disais que tous ceux qui travaillent pour lui sur le domaine, et lui sont si dévoués, avaient aussi le droit de fêter cette journée.

Ne sachant qu'ajouter, elle avala une gorgée de thé... et se brûla. Les larmes lui montèrent aux yeux.

— Mais bien sûr que vous devez vous marier ici ! s'exclama Olivia en regardant son fils comme s'il était le dernier des idiots. Que tu aies pu envisager Londres est affligeant, Hugh. J'espère que tu as fini par admettre que Minerva avait raison.

— Évidemment. Londres n'était qu'une idée en l'air.

— Une idée stupide, qui compliquerait inutilement les choses. Je suis tout à fait de votre côté sur ce point, dit-elle en tapotant le bras de Minerva. Et je comprends mieux les regards noirs que vous lui lanciez hier soir au dîner. Si j'avais été à votre place, je lui aurais jeté mes couverts à la figure.

Elle rapprocha sa chaise de celle de Minerva.

— Alors, avez-vous décidé d'une date ?

— Non…

— Ce n'est pas plus mal. Il y a tellement à faire. Et tant que nous n'aurons pas les disponibilités de Mme Devy, arrêter une date serait stupide.

— Mme Devy ?

— La couturière, ma chérie. La meilleure couturière d'Angleterre. Tout le monde se l'arrache, elle fait des merveilles avec la soie. C'est chez elle que vous devez aller pour votre robe de mariée ! Je lui écris dès aujourd'hui, en précisant que c'est urgent. Elle me doit bien ça : je lui ai souvent envoyé des clientes. Je suis sûre que votre robe pourra être prête d'ici Noël.

— Noël ?

— Cela semble logique. Un mariage en juin était impossible, un mariage à Noël s'impose. Qu'en penses-tu, Hugh ? Un mariage à Noël, ce serait l'idéal, non ? dit Olivia en tapant dans ses mains.

— Oui. Ce serait… parfait.

— Avez-vous réfléchi aux couleurs, Minerva ?

Celle-ci s'apprêtait à répondre quand Olivia l'interrompit :

— Oh, mais que je suis bête ! Nous ne pouvons pas parler de cela devant Hugh. Évoquer la robe devant le futur marié porte malheur. Nous en parlerons plus tard. En revanche, nous pouvons parler des invités. Et des demoiselles d'honneur. Je suppose que vous voudrez que ce soit vos deux jeunes sœurs. Et de ton côté, Hugh, ce vaurien de Giles sera ton témoin ?

Minerva avait l'impression d'avoir malencontreusement ouvert une barrière et laissé la voie libre à un troupeau de moutons en folie. La mère de Hugh était dans son élément, lançait idée sur idée, posait question après question sans attendre de réponse. Son mari semblait avoir renoncé à intervenir et s'absorbait dans la contemplation de son café, pendant que le pauvre Hugh serrait si fort l'anse de sa tasse que Minerva n'aurait pas été étonnée qu'elle cède brusquement.

Elle lui lança un regard affligé, espérant qu'il saurait y lire des excuses. Puis lord Bellingham entra, et elle le vit pousser un long soupir de soulagement.

— Giles ! Dieu merci, te voilà ! Tu ne pouvais pas tomber mieux. Tire-moi de cet enfer. Ma mère ne parle que de robes de mariée. Viens t'asseoir, tu dois mourir de faim.

— Non, pas vraiment.

— Quoi ? Que se passe-t-il ? Cela ne te ressemble pas.

— Je peux te voir un instant, vieux frère ? dit Giles avant de sourire aux autres convives puis de préciser : En privé.

— Bien sûr.

Trop content de pouvoir s'éclipser, Hugh disparut, laissant Minerva aux prises avec le monstre enragé qui lui servait de mère.

— Nous organiserons le petit déjeuner ici, à Standish House, puis le soir nous donnerons une grande fête, à laquelle tout le village sera convié...

14

— Comment ça, tu dois y aller ? Tu ne peux pas ! J'ai besoin de toi ici !

Hugh avait saisi les revers de Giles et envisageait sérieusement de le secouer comme un prunier. Giles ne pouvait pas s'en aller parce qu'il avait embrassé Minerva, et la seule chance qu'il avait de ne plus jamais l'embrasser était qu'elle s'enfuie avec Giles ce soir, comme prévu.

— C'est une urgence, vieux frère, dit Giles en montrant le mot qu'il tenait, esquivant lorsque Hugh tenta de l'attraper. Demande à Payne : c'est arrivé par express il y a un quart d'heure à peine. Je dois y aller.

— Mais enfin, Giles…

— Je ne devrais pas en avoir pour longtemps.

— Tu n'as pas plus précis, comme explication ? Quand seras-tu de retour, bon sang ?

— Dans quelques jours. Une semaine tout au plus.

Nom de Dieu !

La panique s'empara de Hugh.

— Une semaine ! Tu te fiches de moi ? Qu'est-ce que je vais faire, moi, avec tout le monde sur le dos ?

Il avait beaucoup d'idées sur quoi faire avec Minerva, toutes plus inconvenantes les unes que les autres. Il n'en avait pas dormi de la nuit. Une douche froide et un long galop à travers champs avant même le lever du jour n'avaient pas non plus réussi à calmer ses ardeurs.

— Tu dois partir avec elle aujourd'hui ! décréta-t-il.

— Je ne peux pas faire ça maintenant. Elle est en train de prendre le petit déjeuner avec ta mère.

— Elles préparent mon mariage ! Sais-tu seulement ce dont ma mère est capable dans ce domaine en une seule semaine ?

Hugh lâcha Giles et se mit à aller et venir, essayant de se concentrer sur son propre problème et d'ignorer la pâleur et l'expression de détresse de son ami. Mais, une fois de plus, cette satanée bonne éducation l'en empêcha. Quelque chose ne tournait pas rond.

— Que se passe-t-il, Giles ? Je peux t'aider ?

— Rien de grave. Des squelettes qui toquent un peu fort à la porte du placard, et dont je dois m'occuper au plus vite. Mais merci de proposer.

À l'expression fermée de son ami, Hugh comprit qu'il n'en saurait pas plus. Dire que Minerva lui reprochait d'être trop secret... Il connaissait Giles depuis plus de dix ans et se demandait parfois s'il le connaissait tout court. Ce dernier disparaissait souvent sans donner d'explication.

— Je reviens dès que je peux. Tu as ma parole. Cela ne devrait pas prendre trop longtemps, je te l'ai dit... Enfin, je l'espère en tout cas, ajouta-t-il avec un soupir. En attendant, évite de te marier, d'accord ?

— Facile à dire. Telle que je la connais, ma mère est en train de dresser la liste des invités en ce moment même. Les bans seront publiés dimanche...

Une nouvelle bouffée d'angoisse le saisit.

— Bon sang, Giles ! Comment empêcher que les bans soient publiés ?

— Ils doivent paraître trois dimanches de suite pour être officiels, et je serai de retour avant, c'est certain.

— Si tu crois que ça me rassure…

Retenir sa mère une semaine serait difficile, résister à Minerva encore plus. Alors trois semaines… Elle avait été si passionnée. Si… réactive. Après l'effet qu'avaient produit ses baisers, il osait à peine imaginer ce que lui ferait le reste. Mais il y pensait sans cesse. Ses jambes longues et galbées, la chemise de nuit transparente, l'ombre de ses aréoles à travers l'étoffe, qu'il rêvait désormais de contempler… de toucher… de goûter…

— Essaie de voir le bon côté des choses, Hugh. Pendant que ta mère sera occupée à préparer ton mariage, elle n'aura ni le temps ni l'envie d'avoir des doutes. Tu n'auras qu'à maintenir le *statu quo,* avoir l'air fou d'amour, la laisser s'amuser avec ses préparatifs, et en moins de temps qu'il n'en faut pour le dire, je serai de retour pour conquérir ta fiancée – dont la tiédeur des sentiments aura fini par se voir – et l'enlever au nez et à la barbe de tout le monde.

Giles tenta de sourire, puis secoua la tête.

— Je suis désolé, vieux frère. Il faut vraiment que j'y aille.

— Alors vas-y, bon Dieu ! Plus vite tu seras parti, plus vite tu seras revenu, et plus vite cette comédie ridicule sera terminée.

S'il en sortait vivant, ce qui n'allait pas être facile. Car si sa mère ne le tuait pas en découvrant la supercherie, son insatiable désir pour Minerva le ferait. Mais dans ce dernier cas, la mort serait douce. C'était la première fois qu'il se consumait à ce point pour une femme. La première fois qu'il était tenté d'oublier les règles qu'il s'imposait concernant le type de femmes qu'il fréquentait. Ce matin, dès qu'il l'avait vue, il avait eu envie de flirter avec elle. De lui offrir des fleurs. De passer la journée à lui parler, l'embrasser. De mieux la connaître, en tout point. Ce qu'elle pensait, ce qu'elle aimait. À quoi elle rêvait... Cette regrettable erreur de jugement, il la mettait sur le compte de la chemise de nuit transparente, du feu crépitant dans la cheminée et de sa chevelure de rêve. Malheureusement, le sang indocile des Standish qui coulait dans ses veines avait enflammé son bas-ventre à tel point que la partie raisonnable de son cerveau avait cessé de fonctionner, et effacé de sa mémoire tous ses principes.

Pour ce qui était de garder les mains dans ses poches, il repasserait. Elles s'en étaient donné à cœur joie pour faire connaissance avec les courbes de Minerva. Il n'arrivait plus à regarder ses paumes sans repenser à la manière dont son délicieux derrière en avait épousé le creux.

Giles se retira, le laissant aller et venir comme un lion en cage dans son bureau. Une semaine... Déjà, au départ, il avait pris un grand risque en montant un vaudeville qui avait peu de chances de convaincre. Mais maintenant, il avait embrassé Minerva ! Il l'avait embrassée à pleine bouche et sa propre réaction – incompréhensible – le stupéfiait. Résultat, une seule journée de plus en sa compagnie promettait d'être de la torture pure et simple.

Ce qu'il ne comprenait pas, et qui lui tournait dans la tête sans arrêt, c'était pourquoi les baisers de Minerva avaient été si différents de tous ceux des autres femmes qu'il avait croisées dans sa vie.

Il s'était littéralement perdu dans ces baisers. Leur puissance, leur pouvoir, leur dangerosité : tout lui soufflait que dorénavant il devrait les éviter. Et aujourd'hui, il pouvait à peine la regarder sans qu'un désir nouveau, étrange et effrayant, le submerge.

— La voiture de lord Bellingham vient de partir, monsieur.

Payne n'avait pas pris la peine de toquer – ou peut-être l'avait-il fait mais Hugh, ensorcelé par cette diablesse, était devenu stupide et sourd à la fois.

— Aussi serait-il plus sûr que vous me mettiez rapidement au courant de la nouvelle marche à suivre.

— Il n'y a pas de nouvelle marche à suivre, répliqua Hugh. Et à moins que vous ne me proposiez un plan de secours génial, nous allons devoir improviser, Payne. Au moins jusqu'au retour de Giles.

— Mince alors…

— Je ne vous le fais pas dire. Ma mère est ici depuis une journée à peine, et elle est déjà dans les préparatifs du mariage.

— Cela risque de ne pas l'occuper très longtemps.

— Au moins cela l'occupe-t-il pour le moment. En l'absence de meilleure solution, je n'ai d'autre possibilité que de la laisser planifier jusqu'à plus soif.

— Mais elle a enrôlé Mlle Minerva. Est-il bien juste – ou sage – de lui laisser assumer seule ce fardeau ?

— Sans doute pas.

Pauvre Minerva. Tout l'argent du monde ne compenserait pas les heures passées au contact de sa mère, sous le feu nourri des questions auxquelles leur histoire inventée de toutes pièces ne résisterait pas.

— Bon sang de bonsoir, Payne ! Qu'est-ce que je vais faire ?

— En attendant que l'on trouve une solution, monsieur, je suggère que vous tentiez de vous comporter en fils modèle et fiancé parfait.

— À quoi voulez-vous en venir ?

— Passez le plus de temps possible avec votre mère. Emmenez-la faire du cheval, accompagnez-la chez ses amis – bref, occupez-la. Il me semble que la façon la plus efficace et la plus convaincante de faire un bon fiancé, c'est d'être aux côtés de Minerva quand elle est avec votre mère, le plus souvent possible mais sans éveiller les soupçons. Ainsi, vous saurez exactement ce qui se trame, et vous éviterez les mauvaises surprises. Et plus j'y pense, monsieur, plus je me dis que le meilleur moyen de distraire votre mère, c'est de la laisser prendre en main l'organisation de ce mariage. De toute façon, elle voudra s'en mêler, alors...

— C'est exactement ce que m'a dit Giles.

— Le voilà, notre plan de secours, donc. Dois-je prévenir Mlle Minerva ?

— Non, Payne, je m'en charge.

Une petite conversation était indispensable. En dehors de ce plan de secours, il devait absolument établir entre eux des lignes infranchissables, s'il voulait tenir bon.

— Mais vous pouvez peut-être trouver comment occuper ma mère et ses sœurs afin que je puisse lui parler en privé, après le petit déjeuner.

S'il n'avait pas besoin d'une chose, c'était bien que Diana comprenne que sa prophétie s'était réalisée et que Hugh avait réellement entraîné sa chère sœur sur le chemin de la débauche. En moins d'une semaine, qui plus est. Ce qui laissait mal augurer de la semaine à venir, s'il perdait encore une fois ses esprits.

— C'est un fait nouveau, totalement imprévu, certes, mais pas insurmontable.

Hugh allait et venait dans la galerie des portraits, tel un futur papa dans l'attente de la délivrance, les mains serrées dans le dos pour le cas où le besoin irrépressible de la toucher se ferait sentir. Pourquoi avait-il choisi ce lieu pour leur rendez-vous clandestin ? Il sentait le regard de tous ses ancêtres peser sur ses épaules.

— Ce qu'il faut faire, c'est occuper ma mère.

Minerva, de toute évidence, était aussi mal à l'aise que lui. Elle se tenait bien droite, les mains nouées devant elle, telle une maîtresse d'école guindée, et ne ressemblait en rien à la femme qu'il avait serrée dans ses bras. Échevelée. Fébrile. Haletante. Il avait goûté chaque seconde de cette étreinte avec délectation…

— Elle est déjà occupée, Hugh. Grâce à ma remarque idiote, dit-elle, les yeux baissés. Je suis vraiment désolée d'avoir évoqué le mariage. Je cherchais juste à nous sortir d'une situation délicate, et tout ce que je suis arrivée à faire, c'est la rendre plus délicate encore.

— Ne vous en faites pas. D'une certaine façon, c'est la diversion parfaite. Tant qu'elle organise nos noces, elle ne nous observe plus de trop près. Tout ce qu'il nous reste à faire, c'est jouer le jeu.

— Elle tient tout de même à voir le révérend dès demain…

— Ne vous inquiétez pas pour ça. Le révérend Cranham est un homme très bien. Et puis, je serai avec vous. Car jusqu'au retour de Giles, j'ai bien peur que nous ne soyons obligés de devenir inséparables. C'est plus sûr, si nous voulons que notre histoire tienne debout.

Elle hocha la tête, l'air toujours contrariée.

— Ce n'est pas le révérend qui me dérange. C'est le mensonge. Dans une *église,* Hugh. Mentir à votre mère m'est déjà difficile, je ne veux pas mentir dans une église.

Elle pointa un doigt vers le ciel et frissonna.

— La damnation éternelle, cela ne me dit rien du tout... même pour quarante livres.

— Je croyais qu'on s'était mis d'accord sur soixante ? Cela dit, je comprends. Je ne suis guère tenté par la damnation éternelle, moi non plus. Et si j'invitais le révérend pour le thé, plutôt ? Nous n'aurions pas à mentir dans la maison de Dieu. Ce n'est pas l'idéal, mais...

Cette histoire n'avait rien d'idéal, de toute façon.

— Le thé ici : oui, ce serait mieux...

Elle fronçait toujours les sourcils, et une petite ligne verticale creusait le milieu de son front. Il aurait voulu l'effacer d'un baiser.

— Mais, pour tout vous dire, c'est l'idée générale qui me contrarie, enchaîna-t-elle. Je regarde votre mère organiser ce mariage, et je m'en veux de la laisser s'enthousiasmer pour quelque chose qui n'aura jamais lieu. Elle s'est montrée tellement gentille jusqu'à présent.

Bon Dieu. Dans quel pétrin s'était-il fourré !

— Nous n'y pouvons rien, je le crains. À part modérer son enthousiasme, l'empêcher de se lancer là-dedans à corps perdu...

— J'ai peur qu'elle ne soit difficile à arrêter, maintenant. Quand je suis partie, elle discutait de la musique avec Lucretia et Diana. Et elle insiste pour que l'on joue du Pleyel, et non du Mozart, que Lucretia trouve plus approprié.

— Ça, c'est parce que ma mère déteste Mozart. Elle dit que c'est surfait, galvaudé, et que ça la fait grincer des dents.

— Pas étonnant que la discussion ait été si animée. Lucretia ne jure que par Mozart.

— Et vous, que préférez-vous ?

Elle le regarda comme s'il était devenu fou.

— Quelle importance ? Ce que je veux dire, c'est que les choses sont en train de prendre des proportions démesurées.

— Je pense que la première chose à faire, c'est ralentir ma mère et lui dire que nous ne voulons pas d'un mariage à Noël, parce que...

Il agita les mains, à la recherche d'inspiration.

— Parce que... je voudrais que la famille de mon père puisse venir, et que voyager en hiver est toujours un problème dans les Cairngorms ? proposa-t-elle.

— Excellente idée ! Nous pourrions opter pour février.

— Le jour de la Saint-Valentin ?

Elle sourit, et lui aussi, heureux de constater qu'ils étaient sur la même longueur d'onde.

— Oui ! Le symbole romantique plaira beaucoup à ma mère, et c'est dans trois mois, donc elle ne pourra pas aller trop loin dans les préparatifs. Avec un peu de chance, Giles sera de retour avant la fin de la semaine, donc rien de définitif n'aura été engagé. Ma mère est efficace, mais pas au point de pouvoir organiser tout un mariage en une seule semaine.

— Et pour la couturière ? Elle a dit qu'elle lui écrirait ce matin, en lui expliquant qu'il s'agit d'une urgence.

— Je serais tenté de ne rien faire. Il faut rester crédible, après tout.

— Mais cette pauvre femme va perdre son temps.

— Cela m'étonnerait. Mme Devy est une femme d'affaires qui ne s'en laisse pas conter, et saura se faire payer, que vous portiez cette robe ou pas. Sans parler du fait que ma mère aura vraiment plaisir à gérer cette commande de A à Z. Laissons-lui les coudées franches sur ce point. Cette robe va beaucoup l'occuper. Tout le reste peut facilement être annulé. Et c'est moi qui m'occuperai des comptes, de toute façon : je pourrai suivre de près l'avancée des préparatifs sans qu'elle s'en aperçoive. Ma mère aime acheter, pas payer. Du moment qu'elle est persuadée de dépenser de l'argent, elle ne prendra pas la peine de vérifier les factures. Et puis je serai avec vous, je vous le rappelle. Nous avancerons ensemble dans cette histoire.

Il lui sourit, espérant la rassurer.

— Vous ne pourrez pas être avec moi tout le temps, Hugh. Ce serait idiot. Votre mère ne vous laissera pas vous mêler de quoi que ce soit concernant la robe de mariée, je peux vous l'assurer. Et je devrais pouvoir me débrouiller seule sur ce point. Mais pour le cas où elle nous poserait des questions inattendues, comme ce matin, nous devons absolument faire en sorte de lui chanter la même chanson. Pour être sûrs de raconter les mêmes choses, nous devons trouver un moyen de nous prévenir l'un l'autre. Quelque chose d'un peu plus subtil que Payne, qui m'a sauté dessus dès que j'ai franchi la porte de la salle à manger pour aller chercher mon châle. D'ailleurs, je suis partie depuis déjà trop longtemps. Dieu sait ce que les autres vont penser.

J'espère qu'elles ne croient pas que je les évite délibérément...

Elle fit la grimace.

— Mais non. Elles penseront que vous êtes allée aux toilettes, parce que personne ne dit jamais qu'il y va. Les dames disent qu'elles vont chercher leur châle, un livre, ou un mouchoir.

— Ce qui est encore plus gênant.

Hugh ne put s'empêcher de rire devant l'expression mortifiée de Minerva.

— Je vous l'accorde. À vrai dire, c'est si gênant que tout le monde fait l'effort de ne pas le dire, parce que personne ne dit jamais ces choses-là.

— À part vous. Et maintenant que vous en avez parlé, je vais être deux fois plus mal à l'aise en retournant dans la salle à manger.

— Connaissant Lucretia, elle doit être en pleine envolée lyrique à propos de Mozart, et tout le monde sera tellement soulagé de vous voir revenir que personne ne cherchera d'explication à votre absence prolongée.

— Espérons. Mais à l'avenir, trouvons une autre excuse pour avoir une conversation secrète. Je ne peux pas passer mon temps à rougir.

C'était pourtant une image très tentante. Elle était ravissante quand elle rougissait.

— Peut-être pourrions-nous nous mettre d'accord sur un mot, que l'on glisserait dans la conversation pour signifier qu'une mise au point est nécessaire ? proposa-t-elle. Quelque chose qui passerait inaperçu, quel que soit le contexte ?

— Que pensez-vous du mot « affection » ? Deux êtres amoureux fous et fiancés parlent forcément d'affection quand ils sont ensemble, non ?

— Il faudrait quelque chose de plus précis. Quelque chose que l'on semblerait dire sans y penser, dans le flot normal de la conversation.

— « Ma chérie » ?

Elle secoua la tête, et il ne put s'empêcher de remarquer que la timide lumière hivernale faisait briller une boucle légère près de son oreille.

— Non. J'appelle Vee « ma chérie » sans arrêt. « Mon amour », ce serait mieux. Je ne dis jamais ça à personne.

Sans qu'il se l'explique, cette dernière remarque plut à Hugh.

— Mon amour, oui, c'est bien. Je n'ai jamais eu à le dire non plus.

Et personne ne le lui avait jamais dit. Cette idée le déprima soudain.

— Très bien. *Mon amour,* donc.

Elle se mit à aller et venir, peut-être parce que lui-même s'était arrêté. Ses longues jambes faisaient chalouper ses hanches à chaque pas.

— « Mon amour » sera notre signal, à ne prononcer que si converser entre nous est urgent. Nous nous éclipserons alors discrètement à la première opportunité, sans éveiller les soupçons. Pour nous retrouver où ?

Elle s'arrêta soudain pour se tourner vers lui, et Hugh se rendit compte qu'il regardait fixement ses jambes.

— Euh…

Mais qu'est-ce qu'il lui avait pris de l'embrasser, bon sang ? Il ne pensait plus qu'à ce baiser, alors que tant d'autres choses auraient dû occuper ses pensées. Comme la poursuite de cette mascarade.

— Ici. C'est sans doute l'endroit le plus sûr. Un peu à l'écart, peu fréquenté, et on entend arriver les gens de loin. Et nous n'aurons pas besoin de nous inquiéter du temps qu'il fait.

— Très bien. Ici, donc.

— Il y a un escalier de service assez pratique, qui nous évitera d'emprunter l'itinéraire habituel. C'est la porte juste à côté de l'armure, dans le couloir. Que pensez-vous de nous retrouver ici le soir, une fois que tout le monde sera couché ? Pour faire le point de la journée et programmer le lendemain, par exemple ?

Mais pourquoi avait-il posé cette question ? La retrouver dans l'obscurité, quand la maison dormait, c'était la voie royale pour commettre une énorme bêtise.

— C'est effectivement plus... prudent que dans ma chambre.

À peine avait-elle prononcé ces mots qu'elle se mit à rougir. Et bizarrement, Hugh se sentit rougir aussi.

— Mais tôt le matin, ce serait peut-être mieux, reprit-elle. Plutôt que le soir, quand il fait nuit. Parce que... comment dire...

— Parce que... ce qui s'est passé hier... ne doit pas se reproduire ?

— Exactement. C'était une erreur.

— Due aux circonstances exceptionnelles. Je tenais d'ailleurs à vous présenter mes excuses...

Elle leva une main pour l'interrompre, les joues cramoisies.

— C'est inutile. Nous sommes tous deux responsables de ce qui s'est passé. Nous nous étions disputés, réconciliés, et j'ai pris cela comme un... comment dire... un adieu inoffensif.

— Pareil pour moi.

Hugh soupira et, ne sachant quoi faire de son corps, se balança d'avant en arrière, tout en se demandant pourquoi la sagesse de Minerva à propos de ce baiser le contrariait à ce point.

— Le problème avec les adieux, c'est que l'on pense rarement à ce qu'ils veulent vraiment dire... ni au malaise qu'ils peuvent engendrer quand... ils dérapent.

Elle eut un regard timide, par en dessous, et battit des paupières tout en mordillant sa lèvre inférieure, sur laquelle il mourait d'envie de poser les siennes.

— Ça, pour créer un malaise, nous en avons créé un beau, n'est-ce pas ? Mais je suis contente que nous en ayons discuté. L'ignorer et prétendre qu'il ne s'est rien passé n'aurait fait qu'aggraver les choses. Je crois que le mieux est de mettre cela sur le compte d'un moment d'égarement, et de ne plus en parler. Après tout, ce baiser ne voulait rien dire, n'est-ce pas ?

— Oui... je veux dire, non. Bien sûr qu'il ne voulait rien dire.

D'un commun accord, ils se dirigèrent vers la porte, tous deux impatients de quitter l'autre, maintenant que cette conversation difficile avait eu lieu.

Fichu Giles ! Fichus adieux ! Fichu baiser !

Elle se dirigea avec grâce vers l'escalier, avant de se retourner. Le cœur de Hugh fit un bond. En cet instant, il souhaita ardemment lire sur son visage qu'elle n'avait pas pensé un mot de ce qu'elle venait de dire.

— Vous n'imaginez pas à quel point je suis soulagée, Hugh. Il aurait été tellement stupide de notre part de laisser un malheureux pas de côté abîmer une relation par ailleurs tout à fait agréable et cordiale.

Son pauvre petit cœur d'artichaut tomba dans le vide. Agréable. Cordiale. Des mots aussi insipides et ternes que le redouté « gentil ». Quant au moment d'égarement... Un résumé approprié mais tellement déprimant... Minerva avait visiblement retrouvé son chemin depuis, quand Hugh, lui, continuait d'errer.

— N'oubliez pas d'inviter le révérend pour le thé.

— Ne craignez rien. Éviter la damnation éternelle est primordial. Je n'ose imaginer ce que serait l'enfer à vos côtés. Avec son sens de l'humour décalé, le diable me condamnerait sans doute à vous apprendre à monter à cheval pour l'éternité.

Elle pouffa, et ce petit rire de gourgandine le mit dans tous ses états.

— Quel horrible destin. Pour vous comme pour moi, je vous assure. Bouton-d'or sera de la partie, vous pensez ?

— Bien sûr que non. Après l'autre matin, la pauvre bête a mérité la béatification d'office, et son heure venue, sainte Bouton-d'or sera accueillie à bras ouverts au paradis.

Hugh aurait pu rester ici avec elle et raconter des bêtises toute la journée.

— Vous devriez y aller, dit-il. Avant qu'elles envoient une patrouille à votre recherche.

Elle sourit, puis soupira, et Hugh se demanda si elle n'aurait pas elle aussi aimé passer le reste de la journée à plaisanter avec lui.

— Ou qu'elles fassent venir le médecin. À plus tard dans le salon, alors ?

— Oui. Dans le salon. Plus tard. Avec ma mère.

— Et Mozart.

Et ce désir qui n'en finissait pas de l'assaillir.

15

— Quel dommage, vraiment, cette blessure à l'épaule ! Je me faisais un plaisir de monter en votre compagnie, Minerva. Mon fils m'a tellement vanté vos talents de cavalière.

Sur le chemin sinueux les menant à la grotte, Olivia s'employait à les séparer de ces messieurs, et y parvenait sans beaucoup d'efforts.

— Comme en toute chose, je crains que votre fils n'ait quelque peu embelli la réalité.

— Oh, je n'en doute pas ! Jusqu'à présent, sa version des faits laisse beaucoup à désirer, mais je suis heureuse que vous ayez eu le bon sens de faire attendre ce vaurien et d'exiger qu'il fasse sa cour correctement. Tout lui est toujours tombé tout cuit dans la bouche.

Sur ce point, Minerva était bien d'accord.

— Saviez-vous qu'il avait omis de me dire que vous aviez des sœurs ? Pas une fois il n'a évoqué Diana ou Vee. En revanche, je savais qu'au bal de Chipping Norton, le quartet a tellement massacré la première valse que, pris de fou rire, vous avez eu du mal à danser.

Une image pour le moins charmante, qui fit sourire Minerva. Olivia enchaîna :

— C'est une anecdote tout à fait digne d'être mentionnée, et qui m'a beaucoup amusée, mais il me semble qu'il aurait pu écrire ne serait-ce qu'un paragraphe à propos de vos sœurs. C'est un détail qui a son importance tout de même, non ? Surtout dans la mesure où vous semblez être très proches toutes les trois.

— Quelle négligence de sa part de ne pas avoir parlé d'elles...

Que dire d'autre ? Dieu merci, il n'avait pas décrit ses sœurs dans ses lettres : cela aurait fait deux histoires compliquées de plus à apprendre.

— Négligence ? Je dirais plutôt indélicatesse. J'ai été stupéfaite lorsque je les ai vues. Je ne connaissais même pas leur nom ! Imaginez mon embarras.

Olivia ralentit le pas, et scruta le visage de Minerva.

— Mais maintenant que je vous ai vue, je comprends pourquoi il ne songe qu'à vous. Il a souvent évoqué votre beauté dans ses lettres. Sans jamais vous décrire, malgré son goût du détail. Alors je m'étais imaginé une blonde éthérée, comme la bonne société en raffole aujourd'hui. Fragile, évaporée, et si délicate qu'un souffle pourrait l'emporter. Du coup, je me demandais comment vous aviez pu vous remettre de votre maladie. Mais à présent...

— Vous comprenez mieux ? Comme vous le constatez, je ne suis pas de constitution fragile, même si je regrette parfois de ne pas être un peu plus délicate. Même Hugh a du mal à me soulever, mais il est poli et ne le montre pas.

Elle avait senti les muscles de ses épaules se tendre, la veille, lorsqu'il l'avait aidée à monter en selle, puis avait vu la crispation sur son visage lorsqu'il s'était écarté en toute hâte.

— Quand ils sont amoureux, les hommes ne voient plus aucun défaut chez la femme à qui ils ont donné leur cœur. En revanche, les femmes sont toujours plus pragmatiques. Elles voient les défauts, mais apprennent à les supporter, vous ne trouvez pas ? Toutes ne sont pas dans ce cas, bien sûr. Certaines n'ont guère autre chose que de l'air entre les oreilles. Mais je suis réellement soulagée de constater que ce n'est pas votre cas. J'aurais détesté avoir une belle-fille bête à manger du foin, et je pense qu'avec le temps, Hugh aurait fini par la détester aussi. Après tout, l'éternité c'est long ! Et même s'il cache bien son jeu, Hugh est un homme réfléchi. Or, quand on réfléchit, on a besoin d'un conjoint intelligent avec qui partager ses pensées. S'il daigne quitter le masque du vaurien rebelle assez longtemps pour s'engager dans un échange ayant un peu d'épaisseur, bien sûr. La plupart du temps, il faut bien reconnaître qu'il semble terriblement superficiel.

— À quoi cela tient-il, à votre avis ?

Beaucoup de choses l'intriguaient chez Hugh, mais ce trait-là était celui qui l'intéressait le plus. Passer pour un égoïste paresseux et superficiel lui plaisait, et il restait circonspect dès que quelque chose venait contredire cette image.

— C'est difficile à dire... Il a toujours eu un côté espiègle, avec une capacité à voir l'humour partout où il se cache. Mais enfant, il était aussi très studieux, avec une vraie soif de savoir qui le poussait à en apprendre le plus possible, d'abord de son père, puis de ses précepteurs. C'était un excellent élève. Il est indéniable que mon fils est d'une grande intelligence, même si aujourd'hui, seuls ceux qui le côtoient de près s'en rendent compte. Autrefois, il ne cachait pas son intelligence.

— Alors pourquoi le fait-il désormais ?

— La première fois que je me suis fait cette réflexion, c'était après la mort de son père. Il a été très éprouvé. C'était une mort tellement tragique. Trente-cinq ans, ce n'est pas un âge pour tomber malade et décliner si vite. C'est cruel. Un jour, il parcourait le domaine comme Hugh le fait aujourd'hui, et le lendemain, il dépérissait.

Olivia se tut un instant, visiblement attristée par cette évocation. Puis elle porta la main à son cou, sous l'oreille.

— C'était une tumeur. Une toute petite boule, dans le cou. Si petite que personne ne s'est inquiété. Et puis, elle a grossi. Le médecin a tenté de la retirer, mais la maladie s'était étendue à d'autres organes et il n'y avait plus rien à faire. Nous étions sidérés qu'une si petite chose chez un homme si robuste puisse causer tant de dégâts, et si vite… Nous avons tous été sous le choc, bien sûr, mais Hugh, lui, a été anéanti. Il vénérait son père, et à quinze ans à peine, il a vu l'homme qu'il croyait invincible mourir devant lui. Cette expérience l'a changé, c'est certain. Le deuil l'a fait grandir, et le jeune homme qu'il est devenu n'avait plus rien à voir avec l'enfant qu'il avait été.

— Quinze ans, c'est un âge tellement difficile, quelles que soient les circonstances…

— C'est vrai, et vous êtes bien placée pour le savoir, dit Olivia en lui jetant un regard en coin. Votre jeune sœur semble traverser cette tempête en ce moment, je me trompe ?

Décidément, cette petite femme était quelqu'un d'impressionnant, plus futée que Minerva ne l'aurait imaginé.

— Il m'a semblé remarquer qu'entre elle et votre mère, il y a de l'orage dans l'air, ajouta Olivia. Et que vous êtes toujours celle qui tente d'arbitrer les conflits.

— Ma sœur est timide, et mal dans sa peau. Plus encore depuis qu'elle doit porter des lunettes. Ma mère, en revanche, ignore le sens du mot « introverti ».

Minerva pria pour que son sourire ne paraisse pas trop cassant. Si Lucretia continuait à jouer les mères poules en se mêlant de tout, elle craignait le pire. Vee faisait beaucoup d'efforts pour bien se tenir, mais elle était à fleur de peau, et ne pourrait pas supporter encore longtemps les remarques incessantes de Lucretia qui, elle, ne faisait aucun effort pour se contenir et agaçait prodigieusement les trois sœurs Merriwell.

— Ce sont deux caractères tellement différents, ajouta-t-elle. Je crois qu'elles sont dans l'impossibilité de se comprendre.

— Tous les enfants s'opposent à leurs parents un jour ou l'autre. C'est comme ça. Elles ne se comprendront jamais complètement, et pourtant un lien indéfectible les unit. Hugh me désespère sans arrêt, et je suis bien certaine de le désespérer en retour. Je parie qu'il m'a décrite comme une mégère, dit Olivia avec un sourire en coin.

— Non ! Non, pas du tout. Et il est beaucoup plus affectueux avec vous que ma sœur ne l'est en ce moment avec notre mère. Le fait qu'elle déteste le prénom que lui ont donné nos parents n'aide pas beaucoup. Comment lui en vouloir ? Vénus est un prénom lourd à porter. J'espère qu'elle finira par s'y faire.

— Ne vous tracassez pas pour ça ! fit Olivia en lui tapotant le bras. Sa maladresse, sa timidité, tout cela disparaîtra bientôt, et elle s'épanouira comme vous et Diana. Même le plus beau des papillons commence sous les traits d'une chenille. C'est ainsi que l'on forge sa personnalité. Oserais-je dire qu'il n'y a pas si longtemps, vous étiez encore une chenille, Minerva ? À quoi ressembliez-vous quand vous aviez quinze ans ?

— J'étais très mal à l'aise, et d'humeur versatile. Et je crois me souvenir qu'avec mes parents, les conflits étaient légion.

À quinze ans, elle et son vaurien de père avaient eu de violentes disputes. À seize et dix-sept aussi, d'ailleurs.

— Les filles sont plus provocatrices que les garçons, à cet âge, conclut-elle.

— Oh, mon fils l'était beaucoup lui aussi. Il ne faut pas croire que cet âge est plus facile pour les garçons. Hugh était provocateur et têtu. Il l'est toujours – têtu comme une mule – mais aujourd'hui il affiche un sourire canaille plutôt qu'une moue boudeuse. Et puis, il n'avait pas beaucoup d'allure, il faut le reconnaître. Son corps était complètement disproportionné. Nez trop large, yeux trop grands, il était dégingandé, avait les épaules voûtées, les pieds et les mains immenses par rapport au reste. Pendant longtemps, j'ai craint qu'il ne s'étoffe pas assez et reste un peu… difforme.

Minerva regarda l'homme en question, qui marchait à quelques mètres devant elles. Il n'y avait rien de voûté dans ses épaules, et si ses mains étaient effectivement très grandes – suffisamment pour empoigner son derrière –, elles n'étaient pas disproportionnées du tout. Non, à vrai dire, il était parfaitement proportionné de partout.

— Il est beau, ce gredin, n'est-ce pas ? Un peu trop, peut-être.

Olivia avait surpris le regard de Minerva et souriait.

— Peut-être, oui.

Mais, à sa décharge, il n'affichait aucune des tendances narcissiques qui affectaient ses congénères dits « parfaits ».

— Je ne suis pas étonnée qu'il ait eu tant de succès auprès de ces dames, reprit-elle.

Mais c'était sa relation avec son père qui l'intriguait le plus. Et avec Mme Peters. Néanmoins, bien que très curieuse de savoir pourquoi cette femme avait laissé Hugh sans voix, secoué et en colère, Minerva n'était pas sûre qu'interroger sa mère à ce propos soit une bonne idée.

— En tout cas, il a trouvé quelqu'un à sa mesure, dit Olivia. À vous deux, je suis certaine d'avoir les plus beaux petits-enfants du pays. Tous bien plus grands que moi, à coup sûr. Vous envisagez de fonder une famille tout de suite ?

Malgré sa gêne devant ce brusque changement de sujet et le clin d'œil malicieux d'Olivia, Minerva réussit à sourire.

— Hem... euh...

Envisager la chose, même dans le seul but de formuler une réponse, lui rappela que faire des enfants avec Hugh nécessiterait bien plus d'intimité qu'elle n'en avait concédée la veille. Une intimité à laquelle son corps avait été scandaleusement enclin, et dont il rêvait encore en cet instant...

— Pourquoi ai-je soudain les oreilles qui sonnent ?

Hugh ne pouvait avoir entendu la question de sa mère, pourtant il s'était tourné vers elles.

— Je demandais à ta fiancée si vous envisagez de fonder une famille tout de suite après le mariage. Si vous vous y mettez rapidement, je pourrais avoir un petit-fils d'ici l'automne.

À côté de Hugh, Jeremiah leva les yeux au ciel.

— Olivia, enfin ! Ce ne sont pas tes affaires !

— Et pourquoi donc ? Hugh est mon seul enfant, donc ma seule chance d'avoir un jour des petits-enfants. Je ne rajeunis pas, et j'aimerais pouvoir en profiter avant d'être gaga.

Elle fixa son fils, le regard plein d'espoir, pas du tout navrée, et ajouta :

— Minerva n'a pas toute la vie devant elle pour faire des enfants, et il est grand temps pour Hugh de faire son devoir.

— Enfin, maman ! Tu n'as donc pas regardé ma fiancée ? Cette grâce, cette beauté ! Je n'appellerais pas cela « faire mon devoir ».

Le regard de Hugh avait soudain plongé dans celui de Minerva, le séducteur ayant visiblement décidé de faire une apparition impromptue. Les yeux bleus descendirent lentement sur elle, plus pétillants que jamais. Possessifs, aussi. Malgré l'épaisseur de ses vêtements d'hiver, elle sentit la chaleur de ce regard sur sa peau.

— Inutile d'être vulgaire, Hugh. Tu mets ta fiancée mal à l'aise.

— C'est toi qui as abordé le sujet.

— De façon appropriée. Toi, tu as fait une remarque de mauvais goût.

— C'est parce que je suis vulgaire. Je l'ai toujours été.

Jeremiah fusilla sa femme et son beau-fils du regard, puis offrit son bras à Minerva.

— Maintenant, vous la mettez mal à l'aise tous les deux ! Venez, ma chère, marchons ensemble. Et laissons-les faire la liste des raisons pour lesquelles seule une folle pourrait souhaiter entrer dans cette famille.

Il l'entraîna sur le chemin d'un bon pas, mettant rapidement de la distance avec la mère et le fils.

— Je suis vraiment désolé, dit-il. Tout ceci part d'une bonne intention... mais c'est plus fort qu'elle : il faut qu'elle se mêle de ce qui ne la regarde pas. Quant à Hugh, il adore la contrarier lorsqu'elle se comporte ainsi. Vous vous y ferez, conclut-il en lui tapotant la main.

— Elle tient à lui. Et je sais que le sentiment est réciproque. C'est drôle : il y a un instant, nous discutions des relations entre parents et enfants, et de combien elles peuvent être conflictuelles.

— Et ils ont parfaitement illustré ce propos par leur comportement. C'est toujours la même chose. Ils s'affrontent, chacun cherchant à paraître plus outrancier que l'autre. J'essaie d'intervenir, mais Olivia n'est pas facile à raisonner. J'espère qu'elle ne s'est pas montrée trop indiscrète en cherchant à tout savoir de vous. Cela fait presque deux ans qu'elle attend de faire votre connaissance.

— C'est la faute de Hugh. S'il lui avait parlé un peu plus de ma famille et moi, et s'il ne l'avait pas découragée chaque fois qu'elle a tenté de faire le voyage pour nous rencontrer, elle n'aurait pas autant de questions à nous poser aujourd'hui.

— C'est une explication, en effet.

Jeremiah jeta un coup d'œil par-dessus son épaule en direction de Hugh et sa mère, qui continuaient à se chamailler.

— Puis-je vous confier un secret, Minerva ?

— Bien sûr.

— Ma femme était persuadée que son fils avait inventé toute cette histoire, et vous avec. Il faut dire que c'est une affaire compliquée...

Il eut un petit rire, mais cela confirma les soupçons que Minerva avait eus dès le départ. Olivia savait ce dont son fils était capable, et ils allaient devoir manœuvrer avec précaution.

— Ne dit-on pas que la réalité dépasse la fiction ? répliqua-t-elle avec un sourire un peu figé. Et n'oublions pas que lorsqu'il s'agit d'embellir une histoire, Hugh dépasse Ésope. La vérité lui importe peu.

— C'est vrai. Il a un vrai don pour faire dire ce qu'il veut aux mots.

— Et s'en sert pour détourner égoïstement l'attention de ceux qui l'entourent, quel que soit le sujet qui les préoccupe.

— Je ne vous le fais pas dire, souffla Jeremiah avec un regard affectueux en direction de son beau-fils, qui pointait le doigt vers quelque chose tandis que sa mère souriait. Mais il n'agit pas toujours égoïstement. Il sait trouver les mots justes, aussi, ceux qui calment une tempête. Regardez. Il y a quelques secondes, ils se disputaient, et maintenant sa mère rit. Encore une situation potentiellement tendue, désamorcée grâce à lui. Il a toujours détesté la confrontation, même enfant, et se donnait un mal fou pour éviter d'en être la cause.

— Vous l'avez connu enfant ?

— À partir de l'âge de dix ans, environ. Son père et moi étions amis. Très bons amis. Nous nous sommes connus à l'époque où les Anglais détestaient les Américains, et vice versa, et nous ne nous sommes plus jamais perdus de vue.

— Comment l'avez-vous rencontré ?

— La diplomatie, ma chère. La guerre de 1812 avait réduit à néant les relations entre nos deux pays. J'ai fait partie de la légation américaine envoyée à Londres pour tenter de faire renaître ces liens de leurs cendres. Nous ne voulions pas d'une autre guerre, et de votre côté, vous étiez embourbés dans le conflit contre Napoléon – un conflit dont vous n'aviez pas les moyens, même si vous clamiez le contraire. Personne ne voulait céder, la situation était tendue. Hugh était un des pairs du royaume travaillant au Foreign Office, et il a brandi un rameau d'olivier.

— *Hugh ?* Il a travaillé pour le Foreign Office ?

— Pas le vôtre. Son père. Vous ne saviez pas qu'ils portaient le même prénom ?

— Non.

— Maintenant qu'il est plus âgé, chaque fois que je le vois, j'ai l'impression de voir son père. Deux gouttes d'eau, dit Jeremiah avec un sourire nostalgique. Le même don avec les mots. Le même charme absolu. Et tous deux, diplomates-nés.

— Il ne m'en a jamais parlé...

De nouvelles pièces du puzzle qu'était Hugh se mettaient en place...

Jeremiah hocha la tête, et soupira.

— Cela ne m'étonne pas. Il n'aime pas tellement parler de son père. Je pense que c'est encore un peu difficile pour lui.

Voilà en tout cas qui expliquait pourquoi il avait été si réticent à lui en parler la veille, lorsqu'elle avait abordé le sujet.

— C'est dur, de perdre un parent.

— Oui... oui, bien sûr. Vous-même avez perdu votre père assez récemment. Mes plus sincères condoléances. J'aurais dû vous les présenter avant.

— Nous n'étions pas aussi proches que Hugh l'était de son père.

Quelque chose, dans l'attitude compatissante de Jeremiah, la poussa à s'épancher sans réfléchir.

— En réalité, mon père était un homme égoïste qui ne pensait qu'à lui et n'accordait pas vraiment d'importance aux sentiments des autres.

Elle vit que Jeremiah l'observait avec attention, et comprit qu'en parlant de son vrai père, elle s'éloignait du plan d'origine et se mettait en danger.

— Cette promenade en solitaire dans les Cairngorms illustre son égoïsme à la perfection, enchaîna-t-elle. Sa famille, là-bas, l'avait supplié de ne pas sortir, mais persuadé qu'il était de toujours avoir raison, il ne les a pas écoutés, et l'a amèrement regretté…

Quelle idiote d'avoir dit cela…

— Enfin… il n'a pas pu le regretter, plutôt, se reprit-elle en baissant les yeux, persuadée que le mensonge se lisait sur son visage. C'est vraiment une histoire compliquée, n'est-ce pas ? La tuberculose, les Cairngorms… Pas étonnant qu'Olivia se soit posé des questions.

Le rire profond de Jeremiah lui fit relever les yeux. Il approuvait d'un mouvement de tête.

— Elle est venue ici, fermement décidée à prendre Hugh en défaut… et elle est tombée sur toute votre famille ! Vous auriez vu sa tête…

— J'imagine sa surprise. Comparable à celle de Hugh lorsqu'il est tombé nez à nez avec elle dans le salon, deux bonnes semaines avant la date prévue. Je suppose qu'elle a délibérément pris le bateau plus tôt.

— Vous connaissez bien ma femme, déjà. Et je pense que toutes les deux, vous allez vous entendre à merveille. Une fois qu'elle sera assurée de la noblesse de vos intentions, bien sûr.

Il ponctua cette dernière remarque d'un clin d'œil qui mit Minerva très mal à l'aise, soudain. Car ses intentions n'étaient pas nobles. Elle était en train de mentir à deux personnes adorables, et tout ça pour de l'argent.

Ils contournèrent un bosquet et elle aperçut au loin quelques toits de chaume dont les petites cheminées ventrues crachaient un joyeux nuage de fumée. Rongée par le remords et craignant que Jeremiah ne finisse par se douter de quelque chose, elle vit là l'occasion idéale de changer de sujet.

— Un autre village ? Je ne savais pas qu'il y en avait un par ici.

— Non, non, ce n'est pas un village. C'est beaucoup trop petit. Il s'agit du hameau de Hugh. Enfin, c'est le nom que les gens du coin lui donnent, en tout cas.

— Le hameau de Hugh ?

— La solution révolutionnaire imaginée par votre fiancé pour les veuves et les anciens du domaine.

Devant l'expression interloquée de Minerva, il secoua la tête.

— La plupart des propriétaires terriens mettent dehors ceux qui ne peuvent plus travailler sur leurs domaines. Les plus humains leur versent une petite pension pour qu'ils aient de quoi vivre ailleurs. Hugh a décidé de leur faire construire de petites chaumières, où ils peuvent passer le restant de leurs jours sans payer de loyer *et* en touchant une pension.

— Comme c'est généreux…

Quelque chose d'étrange se produisit dans la poitrine de Minerva. Un petit choc sourd, comme un loquet qui se met en place, et elle eut l'impression que son cœur commençait à grossir, à enfler. Hugh était réellement quelqu'un de bien. Un homme formidable. Peut-être le plus formidable qu'elle ait jamais connu.

— Si j'en juge par votre expression, il ne vous en a jamais parlé ?

— Non, jamais. Et si je l'avais interrogé à propos de ces maisons, je pense qu'il ne m'aurait pas tout dit. Alors je vous remercie de l'avoir fait pour lui.

— Il voulait les récompenser d'avoir été loyaux pendant toutes ces années. Hugh est un humaniste comme son père, même si ce n'est pas très à la mode. Et toujours comme son père, il n'aime pas s'en vanter. À vrai dire, il parle très peu de ses activités philanthropiques, moins encore que de son travail au quotidien. C'est dire s'il l'évoque peu, puisque tout Londres est persuadé qu'il ne fait rien de son temps, sinon s'amuser.

— Je sais qu'il suit de très près tout ce qui se passe au domaine, même si, comme vous dites, il fait de son mieux pour le cacher… mais j'ignorais tout de son humanisme.

— Alors, ma chère, c'est un plaisir pour moi de vous éclairer sur ce point. Mais n'en dites rien à Hugh : il ne me pardonnerait pas de vous avoir révélé son petit secret, d'avoir dévoilé la *scandaleuse* vérité.

16

— L'une d'entre vous sait-elle jouer du piano ?

La question d'Olivia s'adressait aux trois sœurs, et Hugh s'en voulut de ne pas connaître la réponse. Parmi les activités considérées comme acceptables pour les jeunes filles de bonne famille, la musique figurait toujours en bonne place. Cette deuxième journée s'achevait, on avait fait plus ample connaissance ; restait à savoir comment occuper la soirée.

— Malheureusement non, répondit Diana. Nous ne sommes guère douées dans ce domaine. Mais Minerva dessine et peint avec beaucoup de talent, et Vee coud et brode à la perfection. Quant à moi, je m'adonne à l'écriture de nouvelles. La poésie m'a attirée un moment, mais mes pensées devaient être trop sombres, et les quelques vers de ma composition donnaient des cauchemars à Vee. Nous aimons beaucoup lire, toutes les trois, mais des choses très différentes.

— Vraiment ? Quel est votre genre préféré, mademoiselle Diana ?

— Étant d'un naturel cynique, avec un penchant pour le macabre, je tendrais à préférer un bon roman gothique à tout autre genre. Plus c'est horrible, mieux c'est. J'ai récemment découvert un roman très dérangeant, intitulé *Frankenstein ou le Prométhée moderne*. C'est l'histoire d'un médecin fou qui fabrique un monstre à partir de morceaux de cadavres qu'il vole dans les cimetières. L'avez-vous lu ?

Olivia fit la grimace.

— À vrai dire, non. Et j'avoue qu'après vous avoir entendue, je n'ai pas trop envie de m'y mettre. Les monstres et les cadavres déterrés… brrr… Vraiment, cela ne me dit rien.

— À moi non plus.

Il avait fallu du temps, mais Vee avait enfin retrouvé l'usage de la parole.

— Je préfère les classiques, continua-t-elle. Milton, Shakespeare, Homère, Chaucer… Je pourrais relire dix fois les *Contes de Canterbury* et l'*Iliade*. En ce moment, je dévore *Le Paradis perdu*. Je trouve fascinant de penser qu'un homme qui a vécu il y a tant d'années ait une vision aussi pertinente du monde.

Diana leva les yeux au ciel.

— Vee est le bas-bleu de la famille. Elle n'aime la littérature que si elle est ancienne et poussiéreuse.

À la surprise de Hugh, Vee prit la critique plutôt bien.

— Diana est jalouse parce que, contrairement à elle, je comprends la complexité de ces textes. Savoir que sa jeune sœur est d'une intelligence *supérieure* doit beaucoup l'agacer.

— Et vous, Minerva, qu'aimez-vous lire ? demanda Jeremiah en servant le sherry sur une petite console avant de distribuer les verres à la ronde.

— Minerva aime les romans d'amour, dit Diana en portant les mains à son cœur et en battant outrageusement des cils. Les poèmes à l'eau de rose de Byron, les demoiselles en détresse. Les preux chevaliers.

Le regard de Hugh croisa brièvement celui de Minerva, qui baissa les yeux sur son verre de sherry, feignant de ne pas rougir à cette évocation. Il était évident que tous deux pensaient à la même chose. Plus d'une fois, elle avait parlé de lui en utilisant l'expression « preux chevalier », et si elle était ici ce soir, c'était parce que Hugh avait vu en elle une demoiselle en détresse.

— Mais elle est devenue moins romantique, tout de même. Depuis que son premier amour lui a brisé le cœur.

Entre ses doigts, Hugh sentit le fragile pied de cristal se briser.

— Son premier amour ?

À en juger par la tête que faisaient les trois sœurs, Diana venait de commettre une énorme gaffe.

— C'était plus un doux ami qu'un amour, à vrai dire. Ils échangeaient des regards pendant l'office, à l'église, dit-elle, cherchant à minimiser la chose d'un geste nonchalant. Ça n'a pas duré très longtemps, mais nous aimons bien la taquiner à propos de cette histoire. Comme le font les sœurs entre elles.

Cette explication, hélas, ne suffit pas à Olivia.

— Qu'a fait ce vaurien pour vous briser le cœur ?

— Il n'a rien brisé du tout, répondit Minerva sur le ton de la nonchalance, elle aussi. Je découvrais ce qu'était le flirt. Nous avons échangé quelques regards appuyés. Cela a duré plusieurs mois, puis il a quitté Chipping Norton avant que cette histoire puisse vraiment prendre forme. Ce qui est aussi bien, car sinon, je ne serais jamais tombée amoureuse de Hugh.

Une nouvelle fois, elle croisa son regard, et il comprit qu'elle le suppliait de changer de sujet.

— On a toutes eu un regard à la dérobée pour un preux chevalier, commenta Olivia en prenant la main de Minerva.

Changer de sujet, vite !

— Comment s'appelait-il ? s'entendit demander Hugh.

La jalousie s'était apparemment emparée de ses cordes vocales.

— Je ne m'en souviens plus, mentit Minerva. C'était il y a si longtemps. J'avais quoi... dix-huit ? Dix-neuf ans ? Ce n'était vraiment rien. Je me demande même si je le reconnaîtrais, aujourd'hui.

Mensonges, encore. Cet homme avait compté pour elle, et Hugh le détesta, quoi qu'il ait fait.

— Doux Jésus..., souffla sa mère en pointant un doigt sur lui, à la fois surprise et émerveillée. Regardez sa tête ! Hugh est jaloux !

— Curieux, tout au plus, maman.

— Je ne crois pas, mon chéri. La curiosité ne tord pas les traits à ce point, ne fait pas grincer des dents et n'assombrit pas le regard. Enfin, pas à ma connaissance.

Elle donna un petit coup de coude à Minerva.

— C'est la première fois que mon fils est jaloux de quoi que ce soit. Et j'avoue que ça fait plaisir à voir !

Il allait étrangler sa mère, dès qu'il aurait réussi à cesser de grincer des dents. Elle enfonça le clou :

— C'est très romantique, non ? Et très drôle aussi, tu ne trouves pas, mon chéri ? Minerva s'étant accommodée de ta réputation sulfureuse, je vois mal comment tu pourrais être jaloux de quelques regards furtifs. Même les jeunes filles les plus sensées ne sont pas à l'abri d'un petit coup de cœur, et Minerva est une très belle jeune femme.

Merci, il avait remarqué.

— Par conséquent, il est assez logique qu'un *très* grand nombre d'hommes aient cherché à occuper la place privilégiée qui est la tienne aujourd'hui.

Qu'était-il censé répondre à cela ?

— Honneur aux perdants, alors...

— Je ne te le fais pas dire. Et garde bien cela à l'esprit. Tu ne dois pas te laisser consumer par les amours passées de Minerva. Et si une pointe de jalousie est assez flatteuse pour nous autres dames, point trop n'en faut.

— Mais je ne suis pas jaloux du tout !

— Alors cesse de froncer les sourcils, mon chéri. Une expression pareille ne te vaudra que des rides prématurées.

— Un verre de sherry, madame Landridge ? proposa Jeremiah en se glissant délibérément entre Hugh et la vile créature qui lui avait donné la vie.

— Non, merci. Je bois rarement autre chose que du thé.

Le ton théâtral de Lucretia résonna dans toute la pièce, donnant à Hugh une idée qui allait peut-être pouvoir le tirer de là.

— Et vous, jouez-vous du piano, madame Landridge ? Où d'un autre instrument ?

Je vous en supplie, dites oui. Il était prêt à envoyer deux valets chercher la harpe dans le salon de musique, s'il le fallait.

Lucretia sembla s'épanouir.

— Mon instrument, c'est ma voix !

Bien sûr. Où avait-il la tête...

— Si quelqu'un se met au piano, je serai ravie de vous chanter un petit quelque chose !

— Ma mère joue du piano. C'est même une virtuose, dit-il en se penchant pour franchir la barricade que formait son beau-père et adresser à sa mère un sourire mièvre. Je suis sûre qu'elle serait *ravie* de vous accompagner.

Olivia répondit d'un sourire tout aussi mièvre.

— Oh, mais avec plaisir. Avez-vous quelque chose en tête, madame Landridge ?

— Vous connaissez du Mozart ?

Hugh aurait voulu la serrer dans ses bras. Il se retint de sourire.

— Ma mère *adore* Mozart, madame Landridge. Et je ne crois pas m'avancer en disant qu'elle peut presque tout jouer de mémoire.

Elle détestait tout en bloc. Mais les opéras, surtout. Sa maman chérie détestait les opéras de Mozart à un point…

— Cela fait tellement longtemps que je n'ai pas joué, Hugh. Je ne me souviens de rien.

— Ce n'est pas un problème, ma chère maman. Nous avons encore *toutes* les partitions.

— Je suis pratiquement sûre du contraire, mon chéri.

— Mais non, maman. Rappelle-toi. Il y a quelques années, je t'ai offert l'ensemble de son œuvre…

Elle en avait presque fait une jaunisse. Un mois avant son départ pour Boston, elle avait invité tous les beaux partis du pays à séjourner dix jours durant à Standish House, et avait omis de le prévenir. Il était arrivé au domaine avec l'intention d'y passer une semaine au calme, à faire les comptes de la propriété, et avait vécu les dix jours les plus interminables de son existence, harcelé par des péronnelles toutes plus enragées les unes que les autres, déterminées à trouver un mari. Elles avaient minaudé, avaient flirté, certaines avaient même tenté de l'embrasser, et l'une d'entre elles, plus déterminée que les autres, avait eu l'insolence de se présenter à la porte de sa chambre en chemise de nuit, offrant un échantillon gratuit de ce qu'elle avait à proposer. Après cela, il avait dû se barricader chaque soir !

Alors pour se venger, il avait envoyé un coursier à Londres, le chargeant d'acheter tout ce que Mozart avait pu écrire, et avait offert l'ensemble à sa mère en grande pompe, un soir, déclarant qu'il adorait cette musique et la contraignant à jouer tandis que la kyrielle de belles-filles potentielles défilait à ses côtés pour massacrer tous les airs composés par l'Autrichien. Quelle magnifique vengeance ! Ce soir-là, sa mère s'était retirée avec une migraine d'anthologie. Le lendemain, elle avait ordonné que toutes les partitions soient brûlées. Hugh les avait discrètement sauvées des flammes et mises de côté, pour le jour où une autre mise à l'épreuve s'avérerait nécessaire. De toute évidence, ce jour était arrivé.

Il fit signe au majordome qui s'affairait à l'autre bout de la pièce.

— Payne, vous voulez bien aller chercher les partitions de Mozart dans mon bureau ? Les œuvres complètes. Elles sont dans le tiroir du bas. Merci, mon brave.

Et il leva son verre en direction de sa mère et de l'actrice, soutenant le pied en cristal avec son petit doigt afin que personne ne s'aperçoive qu'il était cassé.

— J'aime beaucoup Mozart. Surtout les opéras. Et si j'osais, madame Landridge... nous feriez-vous l'honneur de plusieurs mélodies ?

— Eh bien... je pourrais effectivement chanter quelques arias...

— Oui, les arias ! C'est ce que préfère maman ! Chantez-les-nous tous ! Ce serait tellement formidable !

— Vraiment ?

Lucretia était aux anges à l'idée de se produire en solo devant un public attentif.

— Alors dans ce cas… je prendrai peut-être une goutte de sherry, monsieur Peabody. Pour me chauffer la voix.

Vingt minutes plus tard, Lucretia massacrait un nouvel air, de *La Flûte enchantée* cette fois. Sa prestation donnait un nouveau sens au terme « soprano ». Elle atteignait des notes que Hugh n'avait jamais entendues de sa vie et était certain de ne plus jamais vouloir entendre. Certaines faisaient même monter les larmes aux yeux, mais des larmes qui n'avaient rien à voir avec la beauté de la musique ou la joie qu'elle engendrait. C'était si mauvais que Diana, Vee et Jeremiah avaient renoncé à retenir leurs fous rires.

Lucretia ne se rendait compte de rien. Elle était tout à son chant, et vivait ses airs comme la chanteuse d'opéra frustrée qu'elle était à coup sûr. Au piano, la mère de Hugh sautait régulièrement des mesures, dans l'espoir d'accélérer les choses, et fronçait un peu plus les sourcils à chaque nouveau couplet.

Non, vraiment, c'était tellement atroce que Hugh faillit cesser de penser au mystérieux amoureux qui avait brisé le cœur de Minerva. Mais pas assez atroce, tout de même, pour qu'il y parvienne.

Pour la vingtième fois au moins, il la regarda à la dérobée. Elle écoutait l'horrible vacarme sans grimacer ni sourire en coin, et cela en disait long sur sa force de caractère. Elle était tellement concentrée qu'elle semblait ailleurs – à moins que l'évocation du Roméo de son passé ne lui fasse repenser à cette aventure, et oublier jusqu'aux prouesses vocales de Lucretia.

Lui manquait-il ?

L'avait-elle aimé ?

Avaient-ils flirté en toute innocence, été juste doux amis, ou... amants ? Cette dernière possibilité était particulièrement difficile à envisager pour Hugh.

Lors de leur mémorable étreinte, pas un instant il n'avait trouvé les baisers de Minerva maladroits ou inexpérimentés – ce qu'ils auraient été à coup sûr, si elle n'avait pas fait ses armes avec Roméo au préalable. Parallèlement à l'irrépressible bouffée de jalousie qui le saisit, se posait désormais pour Hugh la question de savoir s'il avait été à la hauteur. Car si les baisers de Minerva avaient dépassé tous ceux qu'il avait reçus au cours de sa riche expérience en la matière, le fait que ceux de Hugh puissent ne pas avoir eu le même effet sur elle apparaissait comme une véritable tragédie. Quelque chose de primaire, viscéral, purement viril, exigeait de ses baisers qu'ils effacent à jamais le souvenir de ceux de Roméo.

— Irons-nous au secours de ta mère, ou souhaites-tu la tourmenter encore un peu ? demanda Jeremiah, qui passait pour resservir du sherry à qui en voulait. Sachant qu'en l'occurrence, elle n'est pas la seule à souffrir.

— Je serais assez partant pour qu'elle souffre toute la soirée, répondit Hugh sans le moindre remords. Elle le mérite.

— Très bien. Dans ce cas, je te laisse le soin de porter la mère de Minerva jusqu'à sa chambre quand elle s'écroulera sur le tapis, dit Jeremiah en agitant la bouteille de sherry presque vide devant ses yeux. Il semblerait que sa voix ait besoin de s'échauffer à chaque morceau, et il y a de grandes chances pour qu'elle finisse ivre morte.

— Vraiment ?

Il observa l'actrice. Elle était écarlate, avait le regard un peu fou. Elle serrait son énorme poitrine avec plus de ferveur encore que d'ordinaire, et s'appuyait tellement contre le piano que l'on était en droit de se demander si tenir debout ne lui réclamait pas trop d'efforts.

À jeun, Lucretia DeVere n'avait déjà pas beaucoup de manières. Ivre, on pouvait redouter le pire…

— Mon Dieu, vous avez raison, Jeremiah. Peut-être devrions-nous intervenir.

17

Ils attendirent la fin du morceau et applaudirent de concert, avec tout l'enthousiasme dont ils étaient capables.

— Madame Landridge, c'était tout bonnement splendide !

En tant qu'hôte et employeur, Hugh savait qu'il lui revenait de tirer Lucretia de là. Il traversa la pièce, lui prit les mains, l'arrachant quasiment de l'endroit où elle semblait avoir pris racine. Derrière elle, sa mère se leva et ramassa l'ensemble des partitions en moins de temps qu'il n'en faut pour le dire, tout en fusillant son fils du regard. Puis elle se tourna vers Minerva.

— Ma chérie, je vous en prie, chantez-nous un air. N'importe quoi sauf du Mozart.

— Oh non ! Je ne sais vraiment pas chanter.

— C'est vrai, elle ne sait pas chanter.

Diana s'était précipitée au secours de sa sœur.

— Allons, allons, ne dites pas de bêtise. À Noël dernier, lors de son voyage à Boston, Hugh n'a pas arrêté de vanter votre voix. Il nous a dit que vous chantez comme un rossignol.

Cette fois, c'était au tour de Minerva de le fusiller du regard.

— Je crois que les faits l'ont prouvé à maintes reprises, Olivia : votre fils est très doué pour embellir les faits. Croyez-moi, personne n'a envie de m'entendre chanter.

— Ça ne peut pas être pire que votre mère, marmonna Jeremiah.

— Je peux peut-être en chanter encore un..., fit Lucretia en se dégageant de Hugh, qui la tenait toujours.

— Non ! s'exclama Olivia, avant de se rappeler ses manières. *Non*... ce serait abuser. Vous nous avez fait passer un excellent moment, madame Landridge. Je m'en voudrais que vous forciez sur cette merveilleuse voix. Minerva va nous chanter quelque chose. J'insiste.

— Au théâtre de Drury Lane, je fais toujours un rappel et...

Hugh interrompit brusquement Lucretia.

— Je vous en prie, Minerva. Pour moi ? supplia-t-il tout en reprenant le bras de Lucretia. Votre chère maman mérite un peu de repos, après ce remarquable récital.

Prise au piège, Minerva se leva, tandis que Vee et Diana retenaient un gloussement.

— Vraiment, je vous assure, je chante très mal... Et si nous jouions aux cartes, plutôt ? Au whist, par exemple ?

Olivia ne voulait pas en démordre.

— Qu'aimeriez-vous chanter, ma chérie ?

— Je ne connais pas beaucoup d'airs.

— Un chant de Noël ? Nous sommes en décembre, après tout. Vous devez forcément connaître un chant de Noël.

Minerva se dirigeait vers le piano avec l'enthousiasme d'un condamné marchant vers la potence.

— Que pensez-vous de *Écoutez le chant des anges* ? proposa Olivia. Tout le monde le connaît, celui-ci. Vous avez une tonalité de préférence ? demanda-t-elle en plaquant quelques accords d'encouragement.

— En faux majeur, c'est bien, murmura Diana, ce qui lui valut un coup de coude dans les côtes de la part de Vee, avant qu'elles gloussent toutes les deux.

— Peu importe, dit Minerva.

La musique commença, et la pauvre sembla se recroqueviller sur elle-même, se ratatiner littéralement.

— « Écoutez le chant des anges... »

C'était plat. Désespérément plat. Sa voix, d'ordinaire pleine de vie et de charme, était soudain nasale et désagréable à l'oreille.

— « Gloire à Dieu, paix sur la Terre... »

Énorme couac sur « Dieu »...

— « Aujourd'hui, le Christ est né... »

Jeremiah se laissa tomber lourdement sur le sofa, à côté de Hugh.

— Je ne comprendrai jamais le sens de l'humour anglais. Mais le tien est encore plus tordu que celui de ta mère, et ce n'est pas peu dire.

Ils grimacèrent ensemble quand Minerva tenta – et rata – un aigu.

— Tu savais que ta fiancée n'avait pas l'oreille musicale, je suppose ?

— Évidemment !

Seigneur, c'était horrible. On frisait le surnaturel. Hugh se sentit gagné par le fou rire.

— Mais dans le seul but de tourmenter ta mère, tu sacrifies la femme de ta vie sur l'autel de l'humiliation absolue, reprit Jeremiah. Ses sœurs ne cachent même pas leur hilarité.

Vee et Diana étaient au bord de l'hystérie.

— Elle va te crucifier.

— Mais non.

Du moins Hugh l'espérait-il.

Le regard émeraude de Minerva croisa le sien. L'expression était tendue, mais sur ses lèvres, un sourire indiquait qu'elle savait. Elle chantait mal, mais elle le faisait pour lui, pour lui sauver la mise. Rien n'effrayait Minerva. Et cela le fascinait.

— Quelqu'un veut du sherry ? lança Lucretia.

Elle s'était extirpée du profond fauteuil dans lequel Hugh l'avait installée pour aller se resservir. Elle but une copieuse gorgée, vacilla, manqua tomber.

— Houlà ! Quelle maladroite je fais !

Mais elle n'avait pas renversé une goutte. Jeremiah sourit à Hugh.

— Elle est ivre, c'est certain. Je te laisse te débrouiller avec.

— « Gloire à Dieu, paix sur la Terre... »

Hugh se précipita, et rattrapa Lucretia avant qu'elle tombe vraiment. Mais au moment où il voulut prendre son verre, elle écarta brusquement la main, et le contenu fut projeté vers Jeremiah.

Minerva s'arrêta en plein milieu du refrain.

— Bravo, Minerva ! s'écria la mère de Hugh en rabattant brusquement le couvercle sur le clavier. Vous avez décidément un don pour la musique, dans la famille.

— Oh, merci madame ! Mer-ci !

Lucretia avait pris le compliment pour elle. Elle plaqua une main sur sa poitrine et, devant Hugh horrifié, salua comme au théâtre.

— La musique a toujours été ma passion. Mon cher lord Fareham, dit-elle à Hugh, qui tentait de l'entraîner vers la porte. Vous ai-je déjà dit que j'avais chanté l'air de la reine de la Nuit au théâtre de Drury Lane ?

— *Nooon*... vraiment ?

Il se retourna. Un silence de mort était tombé sur le salon. Levant les yeux au ciel, il porta un verre imaginaire à ses lèvres et articula « trop de sherry », pour le cas où quelqu'un ne s'en serait pas rendu compte.

— Mais ouiiii ! Ce fut un *triomphe* !

Il y avait dans cette scène quelque chose du tissu qui se détricote sans que l'on puisse rien y faire.

Appuyée sur lui, Lucretia était un véritable poids mort, et rendait la progression difficile.

— Ne le prenez pas mal, madame Landridge, mais vous n'avez pas l'air dans votre assiette. Le sherry était peut-être un peu tourné ?

Minerva vint à la rescousse. Mais, malgré son aide, Lucretia restait difficile à mouvoir.

— Viens, maman, il se fait tard. Nous allons te raccompagner jusqu'à ta chambre.

— Les critiques ont parlé d'une performance envoûtante, qui a complètement éclipsé le reste du spectacle... Le théâtre de Drury Lane n'avait jamais rien vu de tel..., lâcha Lucretia d'une voix épaissie par l'alcool.

— Vous vous êtes produite à Drury Lane ?

Les œuvres de Mozart glissées sous le bras, la mère de Hugh s'approcha.

— Vous parlez bien du célèbre théâtre de Drury Lane ?

— Mais oui ! De très, très, *très* nombreuses fois.

— Ma mère a été actrice dans sa jeunesse, expliqua Minerva, l'air confuse. Avant son mariage, bien sûr. Ensuite, elle a adopté une existence tout ce qu'il y a de respectable. Mais je suis sûre que Hugh vous en avait parlé, non ?

Diana prit le relais.

— En fait, nous en parlons le moins possible, pour des raisons évidentes. Malheureusement, maman n'a pas l'habitude de boire, et le sherry de ce soir semble l'avoir un peu... désinhibée. Mais quand papa l'a demandée en mariage, cela a fait scandale, vous imaginez bien. Les actrices sont rares à Chipping Norton, et les gentlemen ne sont certainement pas censés les épouser.

— Tu lui en avais parlé, n'est-ce pas, Hugh ? insista Minerva.

— Bien sûr que non, dit Olivia. Encore un détail intéressant que mon fils avait omis de mentionner dans ses lettres.

Minerva secoua la tête en lançant à Hugh un regard exaspéré. Mais elle tenait sa vengeance. Il allait regretter de l'avoir forcée à chanter. Elle fut magistrale.

— Je t'avais pourtant demandé *explicitement* de le lui dire, Hugh... Tu m'avais promis que tu lui en parlerais ! Je tenais à ce qu'il n'y ait pas de secret entre nos familles. Ta mère méritait d'être prévenue, pour le cas où le passé de maman provoquerait un nouveau scandale !

Puis elle se tourna vers Olivia, jouant la comédie mieux que toutes les actrices qu'il avait vues à Drury Lane.

— Je suis tellement désolée que vous l'appreniez de cette manière, Olivia. Qu'allez-vous penser de nous ?

— Ne vous en faites pas, ma chérie. Notre famille a eu sa part de scandales, elle aussi. Mon diable de fils s'y est longtemps employé.

Et, sans prévenir, elle lui donna un bon coup à l'arrière de la tête avec les partitions de Mozart.

— Mais comme je l'ai déjà dit lors de l'évidente crise de jalousie de Hugh à propos de votre bon ami d'autrefois : le passé est le passé, et il n'a rien à faire dans le présent. Ce qu'a fait Mme Landridge avant son mariage ne regarde qu'elle et son mari. Et dans la mesure où ce dernier n'est plus de ce monde, le sujet est clos.

— Plus de ce monde... mon mari *adoré* !

Lucretia oscilla brusquement sur le côté, se souvenant enfin du rôle qu'elle était censée jouer. Son index pointé s'agitait dans tous les sens.

— Mon cher époux M. Landridge m'a pardonné mon passé sulfureux parce qu'il m'aimait par-dessus tout. C'était mon âme sœur... l'amour de ma vie, le seul, l'unique... Oh, Seigneur, pourquoi fallait-il qu'il trépassât ?

Le visage tordu par une grimace, elle avait attrapé la robe de Minerva et la secouait comme un prunier. La scène tournait à la farce.

Le genre de farce qu'avait prédite Giles, et contre laquelle Hugh ne pouvait rien.

— Maman, tu devrais aller te coucher. Il est tard.

Sans qu'il s'en rende compte, Vee et Diana l'avaient soulagé de son fardeau et entraînaient leur mère vers la sortie.

— Ce sherry, c'est pas de la gnognote, bredouilla Lucretia en titubant. Il m'est monté à la tête en un rien de temps...

Jeremiah leur tenait la porte et les salua au passage.

— Bonsoir, mesdames. Et merci pour cette soirée... pleine de surprises et ô combien distrayante.

— Je suis vraiment désolée. Tout ceci est horriblement gênant, soupira Minerva à l'intention de Hugh, d'Olivia et de son mari, tandis qu'avec ses sœurs elle accompagnait la sortie de scène de Lucretia.

Avec une rapidité impressionnante, elles lui firent traverser le couloir et s'engagèrent dans le grand escalier.

À peine avaient-elles disparu que Hugh sentit sur sa nuque la pleine force de Mozart lorsqu'il est roulé bien serré.

— Honte à toi, Hugh Standish !

Agitant le rouleau de partitions comme si elle maniait une épée, Olivia le frappa une nouvelle fois pour faire bonne mesure.

— Comment as-tu pu faire une chose pareille à ta fiancée ?

18

— Quel dommage, vraiment, que votre mère ne puisse se joindre à nous, dit Olivia en étalant délicatement de la marmelade sur son toast triangulaire. J'espère qu'elle se sentira mieux ce soir.

Par politesse, elle n'avait pas mentionné la raison qui empêchait ce matin Lucretia de s'asseoir avec eux à la table du petit déjeuner. Celle-ci avait avalé la quasi-totalité d'un carafon de sherry en un temps record. Entre chaque air, à chaque pause, elle avait vidé son verre, obligeant Jeremiah à le remplir. Il avait fallu trois personnes pour lui faire monter l'escalier, et en arrivant dans sa chambre, elle s'était remise à chanter. Payne et une bonne n'avaient pas été de trop pour la hisser dans son lit.

Ce matin, ses filles l'avaient trouvée à peu près comme elles l'avaient laissée. Habillée, et ronflant comme un sonneur.

— Je me demande où se trouve mon imbécile de fils…

Olivia s'était également montrée très polie concernant la prestation calamiteuse de Minerva. Dès son arrivée au petit déjeuner, elle avait pris fait et cause pour elle – son fils avait un sens de l'humour pour le moins tordu – et s'était excusée avec effusion : elle l'avait ridiculisée sans s'en rendre compte en insistant pour qu'elle chante.

— S'il ne se dépêche pas, il devra partir pour la messe sans prendre son petit déjeuner, ajouta-t-elle. Ce sera bien fait pour lui. Et cela me fait penser que je dois parler à la cuisinière avant de partir. Je tiens à ce qu'une soupe blanche soit servie à tous les repas, y compris au petit déjeuner. Mon fils doit se mettre dans la tête que l'on ne se joue pas de moi, et que ses mesquineries seront punies comme il se doit.

— Payne, êtes-vous sûr de l'avoir vraiment cherché *partout* ? demanda Minerva.

Il attendait sans doute encore dans la galerie des portraits, ignorant qu'elle avait été interceptée par sa mère sur le palier et n'avait trouvé aucune excuse valable pour prendre congé et se rendre à leur rendez-vous matinal.

— Il n'est pas dans ses appartements, et personne ne l'a vu dans les écuries non plus. Pour quelqu'un qui aime ses habitudes, monsieur semble les avoir bouleversées ce matin, mademoiselle Minerva.

— Peut-être s'est-il rendu dans les parties *moins fréquentées* de la maison ? Peut-être est-il allé réfléchir dans un endroit calme ?

Elle cherchait à faire comprendre au majordome qu'il se trouvait dans la galerie des portraits, mais le vieil homme ne s'imaginait sans doute pas qu'ils continuaient à s'y retrouver en secret. Quelques minutes volées chaque matin seule avec lui, qui étaient devenues le meilleur moment de sa journée.

— Mon idiot de fils ne réfléchit pas. Ou alors, seulement à ce qu'il va pouvoir faire pour s'amuser.

— Mais c'était amusant, hier soir, intervint Diana, dont les lèvres retenaient un sourire depuis son entrée dans la salle du petit déjeuner. Surtout quand Minerva nous a ravi les oreilles.

À côté d'elle, Vee pouffa, entraînant Jeremiah avec elle. Olivia fusilla son mari du regard.

— Et ne va surtout pas croire que je t'excuse pour le rôle que tu as joué dans cette débâcle, mon cher époux. Tu n'as cessé de donner à boire à Mme Landridge, mettant ses trois filles dans une situation terriblement délicate.

— Rien du tout, Olivia ! C'est elle qui me faisait signe d'approcher pour lui remplir son verre, tu n'as pas vu ? Et tu ne l'as pas non plus entendue ajouter « Allez-y franco, monsieur Peabody » sur les premiers accords de *Una donna a quindici anni* ?

— Tout de même… Tu aurais pu avoir un peu plus de jugeote ! Surtout dans la mesure où la pauvre Mme Landridge n'a pas l'habitude de boire.

— Il ne m'a pas vraiment semblé qu'elle était en terrain inconnu…

Jeremiah referma le journal d'un geste brusque au moment où Hugh entra, l'air un peu troublé – et tout simplement beau, comme à son habitude.

— Pardonnez mon retard, dit-il, interrogeant Minerva du regard et confirmant ainsi qu'il l'avait attendue.

— Avais-tu oublié que nous sommes dimanche, Hugh ? demanda-t-elle en souriant par-dessus sa tasse de thé. Rassure-toi, si je n'avais pas croisé ta mère sur le palier, j'aurais été en retard moi aussi.

— Ah oui… J'avais oublié, effectivement. Tout comme j'avais oublié l'assiduité de ma mère à la messe dominicale.

— J'aurais dû me douter que tu ne penserais pas à la messe ce matin, dit Olivia en levant les yeux au ciel. Hugh a toujours besoin qu'on le rappelle à l'ordre, Minerva.

— Elle ne me rappelle jamais à l'ordre, maman.

— Et pourquoi donc ?

Minerva ne s'attendait pas à cette question, et préféra dire la vérité plutôt que d'oser une réponse plus lapidaire qui aurait remis Hugh à sa place.

— Parce que, la plupart du temps, il se comporte très bien.

Excepté lorsqu'il prenait un malin plaisir à jouer le charmeur énigmatique, personnage qui occupait ses pensées beaucoup plus souvent qu'elle ne l'aurait voulu.

Le charmeur énigmatique lui lança un baiser depuis l'autre côté de la table, et elle ne put s'empêcher de sourire devant un tel culot.

— Sauf lorsqu'il joue les jolis cœurs, bien évidemment, précisa-t-elle. Tendance à laquelle il va falloir que je mette un terme.

Olivia secoua la tête.

— Franchement, Minerva, après le comportement qui a été le sien hier, je suis surprise que vous daigniez lui adresser la parole. Tu dois à ta chère fiancée les plus plates excuses, Hugh. Ton attitude n'était pas digne d'un gentleman.

Hugh prit la place qui lui était réservée, en tête de table, et fit de son mieux pour afficher un air contrit.

— Je suis désolé, Minerva. Ma mère me l'a douloureusement fait comprendre hier soir : je n'aurais pas dû me servir de vous, ni de votre mère, ni de la profonde haine de la mienne envers Mozart, juste pour me distraire et rire un peu. Vous voulez bien me pardonner ?

La lueur espiègle dans son regard indiquait qu'il ne pensait pas un traître mot de ce qu'il venait de dire. Elle prit le temps d'une gorgée de thé avant de répondre.

— Je vais y réfléchir. Mais je considère que le pardon s'accorde sur la base d'actes plutôt que de paroles. J'attends donc de vous aujourd'hui des preuves tangibles de contrition et de remords, et je vous ferai part de ma décision ce soir après le dîner.

Olivia acquiesça d'un air approbateur.

— Voilà qui est tout à fait raisonnable de votre part, ma chère. Au début d'un mariage, mieux vaut pratiquer le pardon avec parcimonie : cela encourage l'époux à s'améliorer au plus vite dans les domaines où il pêche le plus.

Le soupir las de Jeremiah derrière son journal lui valut un regard noir.

— Mon cher époux est encore en pleins travaux de ce point de vue, si j'ose l'expression, parce qu'il avait déjà un certain âge, avec de mauvaises habitudes bien ancrées, lorsque nous nous sommes mariés. Mais Hugh est encore jeune : le dressage reste possible. Attention, il ne faudra pas relâcher vos efforts, Minerva. Ne vous laissez pas distraire par ce charme juvénile. Mon fils est la malice incarnée.

Sans laisser le temps à Hugh de protester, Olivia frissonna ostensiblement.

— Quelqu'un d'autre a-t-il froid ?

La température, dans la salle à manger, était pourtant parfaite.

— Payne, pourriez-vous remettre une bûche dans la cheminée, s'il vous plaît ?

Le fidèle majordome et Olivia échangèrent un regard, puis celui-ci sortit une *bûche* de derrière un petit rideau, à côté de la cheminée. Il s'agissait des partitions de la veille, les œuvres complètes de Wolfgang Amadeus Mozart, roulées et embobinées de ficelle, posées cérémonieusement sur un plateau d'argent avec lequel Payne fit le tour de la table pour que Hugh les voie bien, avant de les jeter dans le feu. Le papier s'enflamma instantanément, se tordit en crépitant.

— Quel son agréable à l'oreille ! commenta Olivia. Je crois que je n'ai jamais autant apprécié Mozart.

Hugh leva sa tasse de thé en direction de sa mère.

— Touché, mère.

— Ne crois surtout pas que j'en ai terminé avec toi, mon chéri, répondit-elle avec un sourire faussement innocent, tandis qu'un valet posait une assiette garnie devant son fils. Contrairement à ta fiancée, charitable et indulgente, je vais mûrir ma vengeance. Elle sera délicieuse, terrible, et surviendra au moment où tu t'y attendras le moins.

Il baissa les yeux sur son assiette, l'air inquiet.

— Tu as empoisonné mes œufs brouillés ?

— Comme si j'étais à ce point prévisible… Allons…

De derrière son journal, l'aparté de Jeremiah résonna dans toute la pièce :

— Fuyez, Minerva. Prenez vos jambes à votre cou, regagnez Chipping Norton et le pays des sains d'esprit. Sauvez-vous avant qu'il soit trop tard.

Vingt minutes plus tard, Minerva était à l'étroit dans la même voiture que Hugh, sa mère et son beau-père, tandis que ses sœurs en avaient une pour elles deux. Elle avait pris place à côté d'Olivia, les deux hommes leur faisant face. Les longues jambes de Hugh empiétaient sur son espace et l'empêchaient d'allonger les siennes.

Ils s'arrêtèrent devant l'église St. Mary, et le révérend s'approcha aussitôt de la voiture.

— Milady... monsieur Peabody... J'ai été ravi d'apprendre que vous étiez de retour. Cela faisait si longtemps. Et vous nous avez amené lord Fareham aussi, je vois. Il nous a beaucoup manqué.

Cette dernière remarque valut à Hugh un regard de remontrance de la part de sa mère, tandis qu'elle prenait la main que lui tendait le révérend pour l'aider à descendre.

— Maintenant qu'il a enfin décidé de s'établir, j'avais espéré qu'il prêterait un peu plus attention au salut de son âme, qui en a bien besoin. Mais mon fils me décevra jusqu'au bout, j'en ai peur. Et j'en déduis qu'il ne vous a pas encore présenté ma future belle-fille, ce qui est impardonnable. Mademoiselle Minerva Landridge, permettez-moi de vous présenter le révérend Cranham.

Le vieux monsieur serra la main de Minerva, l'aida à descendre et s'inclina.

— Mademoiselle Minerva, j'avais depuis longtemps renoncé à voir monsieur mettre un terme à sa carrière de célibataire insouciant, et c'est une joie indicible d'apprendre qu'il a enfin trouvé une épouse.

Quelque chose, dans le visage souriant du prêtre aux cheveux blancs, le lui rendit aussitôt sympathique.

— Merci, révérend. Hugh parle toujours de vous avec beaucoup d'affection.

Du moins cela avait-il été le cas la seule et unique fois où il l'avait mentionné.

— Vraiment ? C'est très aimable de sa part. Je dois avouer, mademoiselle Minerva, que jusqu'à la semaine dernière, je n'avais rien entendu d'autre à votre propos que des rumeurs. Lors de ses séjours ici, monsieur est resté très discret sur sa charmante fiancée. Du coup, la nouvelle de votre arrivée a mis tout le village en émoi. Notre petite église est pleine aujourd'hui, et j'ai de bonnes raisons de croire que ce n'est pas pour entendre le caractère brillant de mes sermons, mais plutôt parce que mes paroissiens sont curieux de voir celle qui a ravi le cœur de notre lascar... J'ai fait dépoussiérer le banc de votre famille en l'honneur de votre présence ici aujourd'hui, monsieur, ajouta-t-il avec un sourire à l'intention de Hugh. Il y avait de quoi faire.

— Je vous remercie, révérend, dit Hugh en lui serrant la main comme à un vieil ami. Et permettez-moi de vous féliciter pour le remarquable travail – concis et efficace – que vous venez de fournir en informant ma mère *et* ma fiancée de mon manque d'assiduité à vos messes. Vous semblez prendre grand plaisir à faire de moi un mauvais garçon.

— Plus nombreux seront ceux qui prieront pour le salut de votre âme, mieux cela sera.

— J'ai peur que ce ne soit un peu tard, révérend, mais j'apprécie l'attention.

Il tendit son bras à Minerva. Elle attendit que Jeremiah et le révérend aient escorté Olivia à l'intérieur, avant de poser la question qui lui brûlait les lèvres et avait troublé son sommeil une bonne partie de la nuit.

— Vous croyez qu'ils y ont cru ?

— Grâce à votre réactivité, oui.

— Complètement ?

— Ma mère est trop occupée à ruminer pour s'attarder sur le passé de Lucretia. Elle est furieuse contre Jeremiah parce qu'il l'a fait boire, et plus furieuse encore contre moi à cause de Mozart et parce que je lui ai menti sur vos compétences musicales.

— Je suis désolée pour ce qui s'est passé hier, dit Minerva en lui pressant le bras, se retenant de glisser une main sur son biceps. Je n'ai jamais eu l'oreille musicale, et chanter a toujours été un calvaire. Mais reconnaissez que j'ai essayé de vous mettre en garde…

Pour elle, la musique, comme les accords d'orgue qu'ils entendaient en remontant d'un pas tranquille l'allée menant à l'église, n'était que du bruit. Un bruit qui variait simplement en fonction du tempo. Agréable, mais oublié dans l'instant. Elle savait reconnaître les différents instruments, apprécier le travail du compositeur, mais faisait rarement la différence entre la mélodie du couplet et celle du refrain.

— Ce qui explique pourquoi vous étiez la seule à ne pas faire la grimace en entendant les braillements de Lucretia. Et moi qui me disais que vous étiez vraiment une comédienne hors pair…

— Je suis surtout désolée pour votre pauvre mère. Grâce au ciel, elle a tenu bon et ne s'est pas arrêtée.

— Vous aussi, vous avez tenu bon. Et vous l'avez fait pour moi.

— C'est différent. Vous me payez pour le faire.

Il secoua la tête.

— Non. Vous l'avez fait parce que je vous l'ai demandé, et votre générosité est une vraie leçon d'humilité. Vous êtes une belle personne, Minerva. Vous êtes gentille.

— *Gentille ?* Je croyais que pour vous, ce mot était une insulte. Un mot insipide et banal.

— Eh bien, je commence à me rendre compte que l'on peut être profondément gentil sans être insipide ou banal.

Sur le seuil de l'église, il s'arrêta.

— Êtes-vous prête à affronter les regards curieux et les murmures de toute la congrégation ?

— Bien sûr. Ce ne doit pas être si terrible, quand même.

— Dit l'authentique fille de la ville, qui ne connaît que les foules anonymes. Mais nous ne sommes pas à Londres, ma chère Minerva, et les gens que vous vous apprêtez à rencontrer n'ont rien d'autre à faire que de se perdre en conjectures à propos de l'insaisissable fiancée de ce vaurien de comte de Fareham.

Il lui tapota la main pour la rassurer.

— Faites comme pour une séance de torture. Gardez la tête haute. Souriez. Essayez de vous détacher de tout ce que vous entendrez. Et avec un peu de chance, l'heure qui vient ne nous paraîtra pas plus longue que trois semaines interminables.

Ils passèrent la grande porte, et soudain elle eut le sentiment d'être un spécimen rare sous une loupe. Le révérend Cranham n'avait pas menti en disant que tout le village était venu. L'église était comble. En dehors de celui de la famille, tous les bancs étaient occupés, les gens serrés comme des sardines. Et dans les allées latérales se massaient debout ceux qui n'avaient pas trouvé de place. Tous les regards se tournèrent instantanément vers Minerva tandis qu'elle et Hugh remontaient l'allée centrale en direction de l'autel. Puis, comme par un accord tacite, des murmures montèrent et se répandirent dans l'église. On aurait dit un essaim de bourdons. Comme l'avait prédit Hugh, les remarques qui parvinrent jusqu'à leurs oreilles manquaient singulièrement de subtilité.

— Elle est grande...

— Je ne l'avais pas imaginée comme ça...

— Qu'est-ce qu'elle est brune...

— Plus toute jeune... Faudra qu'elle s'y mette vite si madame veut des petits-enfants...

— Pas ordinaire... jolie... tuberculeuse... Il pouvait mieux faire...

Minerva ne s'était jamais sentie aussi scrutée et mal à l'aise. Lorsqu'ils atteignirent leur banc au premier rang, bien en vue de tout le reste de l'assemblée, Hugh ouvrit le portillon qui séparait les Fareham de la plèbe, l'aida à prendre place derrière sa famille et ses sœurs, puis s'assit à côté d'elle. Dans son regard, la lueur d'espièglerie avait disparu.

Une fois installé, il tendit le bras et lui prit la main, sans doute pour lui manifester son soutien – ou pour montrer à ceux qui les regardaient qu'il était tout à fait épris. Ce contact innocent fit aussitôt battre le cœur de Minerva, tandis que le révérend Cranham prenait place en chaire et souriait à ses ouailles en attendant le silence.

— Aujourd'hui, premier dimanche de l'Avent. Une période durant laquelle nous nous préparons avec enthousiasme à la célébration de la naissance du Christ Notre-Seigneur, et prions pour qu'Il revienne parmi nous ainsi qu'Il l'a promis. Le mot « Avent » vient du latin *adventus*, qui signifie commencement, début... ou venue. Venue... un mot fort à propos pour nous tous ici réunis. N'étant pas de nature cynique, je choisis de croire que si vous êtes si nombreux aujourd'hui, je dois cette affluence pour le moins inhabituelle au désir de célébrer le sens vrai et l'esprit de l'Avent – et non à une curiosité un peu malsaine visant à générer et répandre des rumeurs sur la nouvelle brebis de notre congrégation.

Le pasteur regarda fixement Minerva pendant quelques instants, puis revint aux fidèles qu'il avait subtilement remis à leur place.

— Mais avant de commencer la célébration de l'Avent, je vous propose de fêter un autre événement, tout aussi joyeux et attendu de longue date.

Il prit une feuille de papier et considéra l'assistance avec un sourire radieux.

— C'est avec une joie immense que je publie aujourd'hui les bans du mariage de lord Hugh Fidèle Standish, comte de Fareham, avec Mlle Minerva... Concordia... Merriwell... Landridge.

Elle sentit la main de Hugh se crisper sur la sienne, et l'imita en entendant son vrai nom de famille juste avant son pseudonyme.

Devant elle, Diana et Vee se raidirent elles aussi.

— Il s'agit aujourd'hui de la première publication des bans. Si quelqu'un ici présent a connaissance d'un fait ou d'un empêchement s'opposant à ce que ces deux personnes soient unies par les liens sacrés du mariage, qu'il le dise maintenant ou se taise à jamais.

Le révérend Cranham et la mère de Hugh sourirent tandis qu'un silence intense se répandait dans l'église. On aurait dit que tous retenaient leur souffle. Minerva, en proie à une panique certaine, n'entendait plus que les battements de son cœur. Elle devinait que Hugh éprouvait exactement la même chose. Leurs deux mains étaient maintenant agrippées l'une à l'autre, comme si leur vie en dépendait.

Au bout de ce qui sembla une éternité, le révérend reprit enfin la parole.

— Bien. Puisqu'il n'y a pas d'objection, nous allons entamer la célébration de l'Avent par un chant de Noël. Prenons l'hymne 166, *Écoutez le chant des anges*...

19

— Je n'en reviens pas ! Comment a-t-elle osé me faire ça ? Publier ces fichus bans dans mon dos ! Dans votre dos ! Alors que nous avions tous les deux été très clairs : il n'y aurait pas de mariage avant la Saint-Valentin !

À force d'aller et venir d'un pas rageur, Hugh menaçait de creuser un sillon dans le parquet de la galerie des portraits.

Quand il lui avait annoncé devoir repousser le mariage, sa mère avait semblé prendre la nouvelle plutôt bien, allant jusqu'à convenir que c'était une bonne idée puisque la famille de Minerva ne pouvait pas voyager depuis les Cairngorms en hiver. Mais comme d'habitude, elle n'en avait fait qu'à sa tête, acceptant en façade la décision de Hugh tout en poursuivant son propre objectif.

Lorsqu'il avait entendu son nom à l'église et l'annonce inattendue de ses noces, il s'était senti tout chose. Pas vraiment malade, mais pris de vertige. Il avait dû serrer très fort la main de Minerva pour que le sol cesse de se dérober sous ses pieds. La publication des bans avait quelque chose de définitif, synonyme d'une réalité sinistre à laquelle il n'avait jamais voulu se confronter. Et la voix de Giles avait résonné dans son esprit. « Il faut qu'ils soient publiés trois fois pour que ce soit officiel. »

Il en restait deux, certes, mais avec cette manie de se mêler de tout, sa mère avait lancé le processus, et si Giles ne revenait pas lui voler sa fiancée très vite, les choses prendraient un tour encore plus officiel dès le dimanche suivant.

— Et ils ont mentionné mon vrai nom, soupira Minerva, visiblement abattue. La pauvre Vee s'en veut énormément.

Manœuvrant dans le dos de son fils pour faire publier les bans, sa mère avait pris de court la plus jeune des Merriwell tandis que celle-ci lisait dans la bibliothèque, et réussi à lui arracher le second prénom des trois sœurs. Sur la fin de la conversation – de l'interrogatoire, devrait-on dire – le nom de Merriwell avait échappé à Vee, à bout de nerfs. Celle-ci avait rapidement couvert son erreur en expliquant qu'il s'agissait là d'un nom ancestral, donné aux trois sœurs au moment de leur baptême. Hugh lui tirait son chapeau d'avoir trouvé quelque chose d'aussi plausible en pleine situation de crise, mais que Vee ait attendu pour reconnaître son erreur d'entendre ce nom prononcé haut et fort en pleine messe dominicale le contrariait énormément.

— Maintenant, reprit Minerva, votre mère peut retracer mes ascendances médiocres si cela lui chante, et elle s'apercevra que je ne suis jamais allée à Chipping Norton. Je n'ai même jamais mis un pied dans l'Oxfordshire. Je ne suis qu'une grosse menteuse qui n'aurait jamais dû accepter de se lancer dans cette histoire.

— Si ma mère s'était interrogée un seul instant sur la possible médiocrité du nom Merriwell, ou avait douté de l'explication de Vee, elle aurait creusé la question dès hier. Or elle n'en a même pas parlé, et ça, c'est parce qu'elle est trop occupée à savourer sa victoire, qui consistait à faire publier les bans au moment où je m'y attendais le moins. N'oubliez pas : son unique mission est de m'amener jusqu'à l'autel, et ses manigances d'aujourd'hui m'ont fait faire un grand pas dans cette direction. Je pense que votre nom ne sera plus mentionné.

Il se retint de prendre Minerva dans ses bras et de faire disparaître d'un baiser l'inquiétude qui assombrissait ses traits. Une petite tape réconfortante sur l'épaule fit l'affaire.

— Comment pouvez-vous être aussi détaché ? Hier, cette folle de Lucretia gaffe à propos de son passé, il faut bricoler une explication en toute hâte, la faire sortir de la pièce et m'humilier en chantant pour que votre mère pense à autre chose. Aujourd'hui, on découvre que Vee a révélé un autre secret sans le vouloir. À ce rythme, votre mère saura bientôt tout. Nous vivons dans un château de cartes, Hugh, et le vent se lève. Elle aura vite fait de résoudre l'énigme, et notre château s'écroulera. Ce n'est qu'une question de temps.

— Peut-être, mais pour le moment, elle n'a pas assez d'indices en main.

— Et si Vee fait une autre gaffe ? ou Lucretia ? ou Diana ? Même nous deux, nous ne sommes pas à l'abri de commettre une erreur. Et si Giles ne revient pas très vite ? Pensez-vous sérieusement pouvoir jouer cette comédie encore une semaine, voire deux ?

— Nous y sommes bien arrivés, jusque-là.

Mais il voyait que son optimisme n'aidait pas Minerva. Elle paraissait fatiguée et rongée par l'inquiétude.

Tout ceci était plus dur pour elle que pour lui, il s'en rendait compte. Et il avait honte. Le rôle de Hugh se résumait à être lui-même et surveiller sa mère de près, l'orienter vers une autre direction si nécessaire. Minerva, elle, devait se souvenir de l'histoire compliquée de leur rencontre et de sa maladie, et se comporter comme une jeune fille de la bonne société, tout en s'assurant que ses sœurs ne commettaient pas d'impair, en faisant preuve d'un don pour la diplomatie et en gardant toujours la tête froide.

Se sentant terriblement égoïste et très reconnaissant envers Minerva, il s'assit à côté d'elle sur le banc de marbre et, même si tout lui soufflait de ne pas le faire, passa un bras autour de ses épaules.

— Tout ira bien… Quoi qu'il arrive, vous aurez fait de votre mieux, et c'était exactement ce que j'attendais de vous.

Instinctivement, elle posa la tête contre la sienne. Il essaya de ne pas penser au bien-être que cela lui procurait. Il appréciait beaucoup leurs petits rendez-vous clandestins. Il s'y était habitué, et ce matin, cela lui avait manqué. Ces quelques instants volés ce soir aux alentours de minuit étaient les premiers qu'ils partageaient depuis la veille. Tant de choses étaient arrivées depuis, et il y avait tant à dire… Il n'avait toujours pas osé aborder le sujet de ce Roméo qui lui avait brisé le cœur. Il n'avait pas fermé l'œil la nuit passée, ruminant cette histoire d'amour, et il était probable qu'il ne dormirait pas non plus ce soir s'il ne lui en parlait pas.

— Je m'en voudrais de vous laisser tomber, Hugh. Vous avez été si généreux avec nous…

— Et vous avez été merveilleuses. Je suis encore impressionné par la façon dont vos sœurs et vous avez réussi à faire sortir Lucretia du salon hier soir, en moins de temps qu'il n'en faut pour le dire, alors que j'arrivais à peine à la faire bouger.

Elle haussa les épaules.

— C'est un coup à prendre. Devoir évacuer un ivrogne quand il devient insupportable nous est arrivé assez souvent. Au bout d'un moment, on n'y fait plus attention.

Encore un aspect de son existence qu'il n'avait pas très envie d'imaginer.

— Vous prenez trop sur vous.

Et il fallait que cela change.

— Je vous suis extrêmement reconnaissant pour tout ce que vous avez fait, ajouta-t-il, mais ces derniers jours j'ai fait l'erreur de trop compter sur vous pour me sortir des mauvais pas, alors que vous avez déjà bien assez à faire.

Il l'embrassa sur les cheveux. Ce fut plus fort que lui. Minerva avait besoin que quelqu'un s'occupe d'elle.

— Trop de gens, moi compris, profitent de votre bon caractère.

— Vous ne profitez pas de moi, Hugh. Personne ne profite de moi.

Il la serra contre lui et prit sa main. La toucher était devenu aussi nécessaire que respirer, tout à coup.

— Je vois les choses, Minerva. Plus je vous connais, plus je me rends compte que vous vous écartelez en essayant d'être là pour tout le monde. Vous êtes une mère pour vos sœurs, une fausse fiancée pour moi, une invitée aimable, une amie attentionnée. Votre gentillesse profonde est une véritable leçon d'humilité…

Elle générait chez Hugh le désir d'être un homme meilleur, en tout cas.

— ... mais il ne faut pas vous épuiser, ni vous rendre malade d'inquiétude en chemin. Ce qui doit arriver arrivera... et je serai à vos côtés en toutes circonstances.

— Sauf quand je déjeunerai avec ces dames de la Standish Society demain, ou quand Mme Devy prendra mes mesures...

La mère de Hugh avait effectivement planifié pour Minerva toute une série d'activités dont Hugh était exclu, faisant peser un fardeau un peu plus lourd sur ses épaules.

— Il y a aussi le bal local, auquel elle nous a inscrites et au cours duquel il faudra que je danse, alors que j'en suis incapable. Et tout le monde, y compris votre mère, comprendra que je ne suis pas celle que je dis être.

— Ne vous tracassez pas pour ça. Je peux vous apprendre à danser.

— Personne ne peut m'apprendre à danser, Hugh. Je vous rappelle que je n'ai pas d'oreille, je n'entends pas la musique. Pour danser, il faut un minimum de coordination et de rythme que je ne possède tout simplement pas. Regardez ce qui s'est passé quand vous avez essayé de m'apprendre à monter à cheval.

Il avait oublié cet épisode. Les bras raides comme des bâtons. L'incapacité à accompagner les mouvements du cheval. L'équilibre instable.

— Peut-être pourriez-vous vous blesser, et ne plus être en mesure de danser ?

— Votre mère a déjà suffisamment de doutes sur mon épaule luxée. Elle a suggéré de faire venir le médecin pour qu'il voie si je peux remonter à cheval.

J'essaie de faire la grimace chaque fois que je soulève une tasse de thé, dans l'espoir qu'elle me croie. Si je prétends m'être tordu la cheville, c'est sûr, le médecin viendra, et avec tout ce dont je dois me souvenir, je risque de boiter du mauvais côté ou, pire, d'oublier de boiter tout court.

— Et moi qui me faisais du souci pour des broutilles... comme l'imminence de notre mariage, par exemple.

Il avait cherché à plaisanter, pour détendre l'atmosphère, mais ne réussit qu'à l'inquiéter un peu plus – si c'était possible.

— Je pense que je pourrais assumer de ne pas savoir danser. Après tout, c'est assez logique de la part de quelqu'un qui n'a pas d'oreille. Mais une fois de plus, cela ferait de vous un menteur. Car vous lui avez relaté notre première valse avec *moult détails*, un moment tout simplement *magique*...

— Vous pourriez feindre d'être malade le soir du bal. Une bonne migraine fait parfois des merveilles.

— Non, je ne peux pas. J'ai promis au révérend Cranham que j'irais, et j'étais encore dans l'église. Or il y a des limites aux mensonges que l'on peut faire dans une église, et pour être tout à fait honnête, après l'énorme bobard que nous avons raconté ce matin, je pense qu'elles ont été franchies. Ce mensonge-là, je ne serais pas surprise qu'il ait consommé tout le pardon que le Seigneur tout-puissant avait encore à sa disposition pour moi.

— Ce n'est pas vous qui avez menti. C'est ma mère qui a manœuvré en secret pour que nos bans soient publiés, alors qu'elle savait que nous n'étions pas prêts.

— Vous jouez sur les mots, Hugh.

— Il ne faut jamais sous-estimer la sémantique. Je compte même dessus pour me faire une place au paradis, un jour. Vous n'avez pas délibérément menti.

— Mais j'étais là, non ? Je me suis fait passer pour Mlle Minerva Landridge. Votre future épouse. Cette énigmatique fiancée que tout le village attend de connaître depuis deux ans. Et quand le révérend a prononcé la fameuse formule…

D'une voix grave, elle imita le pasteur :

— « Si quelqu'un ici présent a connaissance d'un fait ou d'un empêchement… » Je n'ai rien dit, et je ne vous ai pas entendu annoncer qu'en réalité tout ceci n'était qu'une farce. Franchement, je n'aurais pas été étonnée que les foudres du Seigneur s'abattent sur moi dans la seconde.

Elle semblait réellement accablée.

— Mais il n'en a rien été, répliqua-t-il. Cela doit bien vouloir dire quelque chose. Le Seigneur sait que je suis un pécheur et que vous êtes un être humain remarquable.

— Peut-être, mais j'ai senti Sa déception. J'ai vendu l'essentiel de mon âme pour quelques malheureuses livres ; je ne peux pas céder ce qu'il en reste en feignant une migraine pour revenir sur une promesse. Faite dans une église. À un homme d'Église.

— Je *pourrais* vous apprendre à danser la valse.

— Ne soyez pas stupide, Hugh, s'il vous plaît…

— Je ne plaisante pas. Vous pourriez refuser poliment de danser avec un autre que moi et préférer discuter le plus possible avec vos nouveaux voisins. Ce serait tout à fait acceptable et compréhensible. Après tout, vous vous apprêtez à devenir la nouvelle maîtresse de Standish House. Vos sœurs pourront danser autant qu'elles le voudront, je demanderai à Payne et Lucretia de leur apprendre discrètement. Une fois au bal, la seule personne avec qui l'on s'attendra à vous voir danser sera moi, et nous ne danserons que la valse. La symbolique plaira beaucoup à ma mère, et tout ceci sera d'un romantique achevé.

— Ce sera grotesque, Hugh. *Je* serai grotesque. Chanter comme une casserole pour votre mère est une chose. Me couvrir de ridicule devant un parterre d'inconnus en est une autre.

— Acceptez-vous au moins que j'essaie de vous apprendre ? Par égard pour votre âme ?

Il se leva et lui tendit les mains, observant la naissance entre ses yeux du petit pli adorable qu'il avait toujours envie d'effacer d'un baiser.

— Je ne sais pas danser !

— Mais il s'agit de la *valse*. Une danse qui n'a rien à voir avec les autres. C'est à l'homme de mener correctement sa partenaire, et si quelque chose ne va pas, c'est moi qui serai tenu pour responsable. Tout ce que vous avez à faire, c'est compter jusqu'à trois et vous agripper à moi pendant que je vous fais tournoyer. Venez, je vais vous montrer.

— Maintenant ? Il est tard, et cette journée a été particulièrement éprouvante. Demain, peut-être…

— Il faut savoir saisir le moment présent. Et nous sommes seuls.

La combinaison de ces deux paramètres était probablement dangereuse, mais il ne parvint pas à s'en soucier. Il avait besoin de la voir sourire pour se sentir mieux.

À contrecœur, elle prit la main qu'il lui tendait et se leva.

— Cela ne sert à rien. Je vous préviens : ne venez pas me reprocher de vous avoir écrasé les pieds. Sauf si vous ne pouvez plus jamais marcher ensuite.

Il était prêt à en prendre le risque, si cela permettait qu'elle s'endorme un peu plus heureuse qu'elle ne l'était maintenant.

— Et vous, ne venez pas me reprocher de tomber follement amoureuse de moi quand je vous ferai tournoyer dans mes bras. Parce que la valse est la danse de l'amour et de la séduction, ma chère fausse fiancée… et je la danse à la perfection.

— Et en toute modestie, on dirait…

Enfin. Le sourire qui lui avait tant manqué. La lueur coquine dans ces yeux émeraude d'une beauté renversante. Cela lui fit chaud au cœur. Il se positionna face à elle.

— Auriez-vous oublié que de toute façon vous me payez pour que je danse avec vous ? reprit-elle.

— Bien sûr que non, dit-il en faisant lentement glisser sa paume sur sa taille, pour voir si elle réagissait. Et pour flirter, je dois verser un supplément ?

Le beau regard sembla s'assombrir. Hugh préféra prendre cela comme un signe positif. Au moins n'était-il plus triste.

— Parce que, pour valser vraiment bien, il faut flirter, expliqua-t-il.

— Je n'en doute pas. Et je peux vous dire tout de suite que cela va vous coûter très cher. Me concentrer sur les pas tout en jouant à être *votre* Minerva demande déjà beaucoup de travail. Par conséquent, tout travail supplémentaire – comme flirter – est en sus. Or, ce genre de supplément est très, très onéreux. Je ne pense pas que vous ayez les moyens.

Comme il l'aimait quand elle était ainsi ! Drôle, sûre d'elle, audacieuse.

— Mais je suis un homme très riche.

— C'est vrai. Néanmoins, comme vous l'avez vous-même souligné, j'ai déjà beaucoup à faire, et me vois donc contrainte de décliner cette offre. Dans le cas où j'aurais subitement besoin de mille livres, en revanche, je vous promets de l'étudier avec attention.

— Mille livres ? Vous semblez très sûre de vous en matière de flirt.

— Pas plus que vous en matière de valse, monsieur.

Parfaitement placée entre ses bras, elle le toisa avec un mépris feint, et poussa un long soupir.

— Nous allons rester comme ça toute la nuit ? Je commence à avoir mal au bras. Les douleurs ne sont pas comprises dans le forfait, je vous préviens. Pour ça aussi, il faut payer un supplément.

— Très bien, madame Vénale. Essayez de me suivre. Tout ce que je fais, faites-le en miroir. C'est simple.

Il fit quelques pas. Elle tenta de l'imiter, sans aucun succès, et finit par lui marcher sur le pied.

— Je vous l'avais dit, c'est peine perdue ! Je suis incapable de danser.

Dans ses yeux, la lueur espiègle avait pâli. Elle voulut retirer sa main de celle de Hugh.

— Ce n'est pas à cause de vous, c'est à cause de moi, assura-t-il. Je suis un piètre professeur. Essayons encore. Comme dans un miroir.

Ils essayèrent une nouvelle fois, et Hugh finit par se demander si cette histoire de miroir n'était pas justement le problème. Ce n'était peut-être pas le meilleur moyen d'enseigner la valse à une novice qui manquait de coordination : chaque fois qu'il faisait un pas en avant, elle en faisait un aussi, et butait contre lui. Il la lâcha et lui fit la démonstration des pas de la valse en montrant ses pieds.

— Imaginez qu'ensemble, nous dessinions un grand carré sur le sol.

Elle ne comprenait peut-être pas la danse, mais elle comprenait l'art.

— Je commence du pied droit.

Qui était le pied avec lequel elle devrait elle aussi commencer.

— Je fais un pas en arrière. Du pied gauche, je fais un pas sur le côté. Et je ramène mon pied droit à côté du gauche.

— Vous avez dessiné un triangle, pas un carré.

— Exactement ! Parce que je vous ai montré la moitié du pas. Pour terminer le carré, je fais un pas en avant du pied droit, je vais sur le côté du pied gauche et...

— Vous rapprochez le pied droit du pied gauche, pour revenir au point de départ ?

Du doigt, elle traça devant elle un grand carré.

— Vous voyez ? triompha-t-il. Je vous avais dit que c'était simple. On essaie ?

Sans se tenir, ils firent les pas plusieurs fois, traçant des carrés plus ou moins réussis, jusqu'à ce que Hugh soit sûr qu'elle ait bien compris les bases, qu'il répétait à voix haute :

— Arrière, côté, rassemble – avant, côté, rassemble... un, deux, trois – un, deux, trois...

Il fallut cinq bonnes minutes pour que Minerva retienne le pas, mais une fois qu'elle eut compris, il fut impossible de l'arrêter.

— Des carrés. C'est incroyable ! s'exclama-t-elle, rayonnante. Regardez, Hugh ! Nous sommes parfaitement synchronisés ! Avez-vous seulement idée de l'exploit que cela représente pour moi ?

— Je commence à m'en rendre compte.

Il se sentait fier d'avoir trouvé comment lui faire comprendre la valse, et de lui avoir redonné le sourire.

— Et ensuite, que faut-il faire ?

— Vous, rien de plus. Quoi que je fasse, vous devez vous concentrer sur le carré que vous dessinez sur le sol. Ignorez le mouvement de mes pieds.

— Je croyais que nous dansions en miroir.

— J'ai cassé le miroir. C'était une idée stupide. Maintenant, vous tracez un carré parfait avec vos pieds, et je vais tracer le même avec vous.

— Je n'y comprends plus rien...

— C'est justement la beauté de cette danse, Minerva ! Vous n'avez pas besoin de comprendre.

Il lui prit la main, posa l'autre sur sa taille.

— Faites-moi confiance et laissez-vous porter... pour une fois.

Il la tenait plus près que nécessaire, et se retenait de la serrer tout contre lui.

— Dessinez votre carré, ma chère Minerva... Arrière, côté, rassemble - avant, côté, rassemble - un, deux, trois - un, deux, trois...

Et, miraculeusement, ils dansèrent. Minerva n'en revenait pas.

— Nous dansons !

— Je sais.

— Je ne vous ai pas écrasé les pieds !

— Je le sais aussi. Et mes pieds vous remercient.

Elle éclata de rire, et il se sentit transporté.

— Quand allons-nous virevolter ?

— Pas avant de nous être entraînés à faire des carrés pendant une heure au moins. Il faut apprendre à marcher avant de pouvoir courir.

— Une heure ? Mais, Hugh, il est minuit passé. Votre mère a prévu une journée très chargée demain...

— Bien. Alors, encore quelques minutes de carrés ce soir pour que vous mémorisiez bien la technique, et le reste demain à la première heure, quand nous serons tous les deux reposés. Et si vous êtes toujours aussi bonne élève, demain soir, à nous les virevoltes !

20

Minerva s'étira paresseusement, puis se pelotonna de nouveau sous les couvertures, à l'abri de la lumière matinale. La veille, après avoir dansé avec Hugh dans la galerie des portraits, elle avait eu le sentiment de flotter jusqu'à son lit. Puis, après cette rude journée, elle avait dormi à poings fermés, rêvant de beaux chevaliers en armure, de salles de bal éclairées aux chandelles et de valses qu'elle dansait comme la plus gracieuse des princesses. Et ce matin, elle allait encore danser avec lui, avant le petit déjeuner. Le simple fait d'y penser la faisait frémir d'excitation.

Imaginer que la Minerva maladroite et n'ayant pas l'oreille musicale puisse danser aussi bien et avec autant de légèreté dépassait l'entendement. C'était pourtant vrai. Elle avait vu son reflet dans les portes vitrées de la galerie des portraits, et dans l'immense miroir encadré de dorures à l'extrémité de la pièce. L'issue magique de cette journée éprouvante lui avait redonné de l'énergie et de l'espoir, effaçant le sentiment de malaise et l'anxiété qui la rongeaient.

Et tout ça, c'était grâce à Hugh.

Seule petite déception au tableau : l'absence de baiser, alors qu'il avait insisté pour la raccompagner jusqu'à sa chambre et s'était attardé longuement avant de lui souhaiter bonne nuit.

Mais c'était mieux ainsi.

On toqua discrètement à sa porte, et elle sursauta, comme si elle avait fait quelque chose de mal.

— Entrez, Martha. Je suis réveillée.

La bonne qu'on lui avait assignée savait qu'elle se levait tôt.

— C'est moi, mademoiselle. Payne, dit le majordome dans un murmure. Pourrais-je vous parler ?

Cela ne laissait rien augurer de bon.

— Bien sûr. Une seconde, je vous prie.

Elle passa à la hâte sa robe de chambre et en noua la ceinture, avant d'aller ouvrir la porte. Plutôt que d'avoir l'air navré comme elle s'y était attendue, Payne souriait.

— J'ai un message de monsieur à propos de ce matin, mademoiselle Minerva. Un léger changement de programme. Il demande que vous le retrouviez à l'écurie dans une demi-heure.

La curiosité céda le pas à la déception. Il n'y aurait pas de valse ce matin. Pas de flirt, ni de rires, ni de tournoiements.

— À l'écurie ? Mais pourquoi ?

— Je n'en ai pas la moindre idée, mademoiselle. Monsieur n'en fait jamais qu'à sa tête, et ferait tourner en bourrique le plus patient des hommes. Tout ce que je sais, c'est que je suis chargé de vous réveiller, et de vous dire de vous habiller chaudement.

Bon. Pas de valse, donc, mais pas de cheval non plus, puisqu'il ne suggérait pas qu'elle porte sa tenue de cavalière.

— Je dois aussi vous dire de vous cacher, si vous deviez croiser quelqu'un sur le chemin de l'écurie. C'est très important. Votre présence est indispensable,

Sur quoi, Hugh fit claquer les rênes, et les deux chevaux gris démarrèrent.

Pendant plusieurs minutes, Minerva resta muette. D'abord, elle ne comprenait pas tout à fait ce qui se passait ; ensuite, le soulagement qui avait été le sien en apprenant qu'elle ne partait pas l'avait profondément déstabilisée. Car l'intensité de son chagrin à l'idée de dire adieu à Hugh et l'euphorie dont elle avait été saisie quand elle avait découvert qu'il n'en serait rien l'amenaient à envisager ce à quoi elle avait préféré ne pas penser jusqu'ici.

Elle éprouvait des sentiments pour Hugh.

Des sentiments profonds. Amoureux.

Tandis que le cabriolet quittait la grande allée du domaine et s'engageait sur la petite route de campagne, Hugh se tourna vers elle en souriant, son regard bleu brillant d'excitation, ses cheveux blonds ébouriffés par le vent.

— Je me suis dit que nous avions bien droit à une petite aventure. J'espère que vous ne m'en voulez pas.

— Pourquoi donc vous en voudrais-je ?

Avec lui, tout était une aventure.

— Peut-être étiez-vous impatiente de déjeuner avec ces dames de la Standish Ladies Society, et m'en voulez-vous d'avoir réduit vos plans à néant.

— Ce n'étaient pas *mes* plans.

— Et c'est exactement pour cette raison que je vous enlève. Je me suis rendu compte hier soir que depuis votre arrivée, vous faites les choses pour moi, pour ma mère, pour vos sœurs, et absolument jamais pour vous. J'espère rectifier cette erreur aujourd'hui. Pour commencer, je vous dispense de jouer le rôle de *ma* Minerva, future belle-fille de ma mère et diplomate en chef auprès de tout le monde. Aujourd'hui, je le décrète, vous serez vous et personne d'autre. D'où cet enlèvement. Parce que, à la maison, vous ne pouvez tout simplement pas être *vous*.

Elle sentit son cœur s'emballer.

— Mais… s'il arrive quelque chose en notre absence ?

Elle avait beau trouver l'idée de Hugh terriblement séduisante, cela pouvait être source de bien des complications.

— Il faut parfois savoir affronter les caprices du destin et accepter l'inconnu. Nous ne pouvons pas prédire l'avenir et, la plupart du temps, nous ne pouvons pas l'influencer non plus. Par conséquent, pourquoi lutter contre lui ?

— C'est ambitieux, comme philosophie, mais pas très pratique.

— *Au cas où* tout partirait en vrille pendant notre absence, j'en assumerai les conséquences, comme un homme, et ferai ce qu'il y aura à faire. Ce qui signifie que nous filerons tous les deux jusqu'à la voiture que Payne aura eu le bon sens de préparer, pour rallier Portsmouth vitesse grand V, monter à bord du premier bateau pour l'Europe et passer le restant de nos jours en exil sur une plage ensoleillée quelque part en Italie. Vous pourrez peindre des portraits et les vendre, et je travaillerai la terre pour gagner notre pain. Vous savez, dit-il en lui donnant un petit coup de coude, je les ai vraiment lus, les ouvrages sur l'agriculture moderne que vous avez vus dans mon bureau : donc, tout ira bien si nous devons nous enfuir.

À l'entendre, effectivement, tout irait pour le mieux.

— Bon… Puisque nous avons déjà une solution de repli, je suppose qu'une escapade de quelques heures ne nous fera pas de mal.

— C'est l'idée. Mettre toutes ces bêtises de côté, et profiter de notre journée. Depuis quand n'avez-vous pas eu une journée rien qu'à vous ?

— Je ne m'en souviens pas.

Des années. Avant la mort de sa mère.

— Il faut donc y remédier. Qu'avez-vous envie de faire ?

— Je n'en ai pas la moindre idée.

— Êtes-vous prête à me faire confiance ?

— Vous m'avez enlevée : ai-je le choix ?

— Non, c'est vrai.

Il manœuvra le cabriolet dans un virage serré, et une longue portion de route toute droite apparut devant eux dans la lumière hivernale.

— Tenez bien votre chapeau, mademoiselle Merriwell, ne le lâchez pas. J'ai l'intention d'aller très, très vite. L'aventure, ça doit couper le souffle, sinon c'est décevant.

Il tint parole. Le cabriolet fila comme l'éclair, bondissant sur la route cahoteuse, le paysage défilant rapidement et l'air glacé de décembre leur fouettant les joues tandis que la distance les séparant de Standish House augmentait. La vitesse et le vent rendaient toute conversation impossible, aussi Minerva se détendit-elle, se contentant d'apprécier l'instant, pelotonnée sous l'épaisse couverture.

Au bout d'une heure ou presque, il ralentit.

— Vous avez faim ?

Minerva avait à peine grignoté le toast apporté par sa femme de chambre.

— Une faim de loup. Mais il semblerait que nous soyons au milieu de nulle part, dit-elle en regardant autour d'eux, avant de pointer l'index en direction d'une fine colonne de fumée. Serait-ce un village, là-bas ? Une auberge, peut-être ?

— Quel manque d'imagination ! Le petit déjeuner à l'auberge, c'est pour les piétons. Notre petit déjeuner est dans ce panier, et je connais l'endroit idéal où nous en régaler.

Mais il était clair qu'il n'avait aucune intention de le divulguer. Au lieu de cela, il tourna dans une allée étroite et sinueuse, qui descendait légèrement pour se perdre dans un bois épais.

Enfin, les arbres s'écartèrent, et des ruines apparurent au loin. Un pan de mur était mangé par le lierre qui grimpait le long de hautes fenêtres en ogive.

— Je vous présente l'abbaye de Netley.

— C'est magnifique.

— Un peu trop, j'en ai peur, car elle a récemment été *découverte* par les amateurs de promenade et les poètes en herbe à la recherche d'inspiration pour leurs rimes, dit Hugh en faisant la grimace. Mais à cette heure matinale, nous sommes assurés d'avoir l'endroit rien que pour nous.

Il s'arrêta près d'un arbre, sauta prestement à terre et attacha les rênes à une branche basse, avant d'aider Minerva à descendre.

— J'espère que vous avez mis des bottines confortables. Il faut marcher un peu pour y arriver.

Minerva fit attention où elle mettait les pieds car le terrain était très accidenté. Elle suivit Hugh, qui avait pris l'énorme panier. Lorsque enfin ils arrivèrent aux ruines, il la laissa s'émerveiller devant ce qui restait du toit, qui n'était pas sans évoquer de la dentelle et semblait suspendu dans les airs par la grâce du lierre et du Saint-Esprit. Pendant ce temps, il étendit une nappe sur ce qui avait dû servir de base à l'une des colonnes qui soutenaient autrefois l'imposante structure.

— Comme c'est le genre d'endroit qui appelle une leçon d'histoire, je dirai qu'elle est d'époque médiévale. Pour l'essentiel, en tout cas. Après la dissolution des monastères par notre charmant despote Henri VIII, elle a hébergé brièvement un aristocrate avant d'être abandonnée et de tomber en ruine.

— Je comprends pourquoi elle inspire les poètes, dit Minerva en faisant glisser sa main sur la pierre d'un meneau depuis longtemps privé de son vitrail. Si j'avais mes pinceaux et mes encres avec moi, c'est exactement le genre de choses que j'aimerais dessiner.

— J'aurais dû vous dire de les apporter, marmonna Hugh, navré. Je n'y ai pas pensé. J'oublie toujours que vous êtes une artiste.

— Je n'ai pas pensé à les apporter de Londres, dit-elle pour le rassurer. Et être une artiste ou simplement dessiner pour le plaisir reste un rêve. Je grave des tampons et je dessine ce que l'on me demande. Mais je vais garder cet endroit dans un coin de ma mémoire, et un jour je le dessinerai pour le plaisir. En attendant, vous avez promis de me nourrir, ajouta-t-elle en se tournant vers le véritable festin qu'il avait installé pour eux.

— Et là, j'ai tenu promesse.

Elle prit le bras qu'il lui offrait et se laissa guider, riant lorsqu'il sortit un mouchoir, le déplia et le posa sur une pierre taillée pour qu'elle prenne place. Puis il sortit deux assiettes en porcelaine fine et lui en tendit une.

— Comme c'est un repas très informel, je vous autorise à vous servir vous-même. Mais je vous recommande vivement ces petites tartes aux pommes.

— Des tartes aux pommes ? Pour le petit déjeuner ?

— Je pouvais difficilement emporter des œufs brouillés et du bacon... Tout aurait été froid, et puis les œufs, ça voyage mal. En plus, les œufs brouillés avec le champagne, ce n'est pas l'idéal.

Avec un clin d'œil, et d'un geste magistral, il tira la bouteille du panier.

— Les fraises, en revanche, vont très bien avec. Avez-vous idée de la difficulté qu'il y a à trouver des fraises en décembre ?

— Elles viennent de vos serres, n'est-ce pas ? Donc, ce n'est pas très difficile. Un de vos domestiques les a ramassées pour vous. Quel exploit...

— Une fois de plus, vous jouez sur les mots, ma chère Minerva. Vous êtes censée être impressionnée.

— Mais je le suis. Par tout. Vous arrivez toujours à m'impressionner.

Aujourd'hui, hier soir, le jour où il l'avait défendue face à Pinkwell. Un vrai preux chevalier, quand elle aurait juré que cela n'existait pas.

— Que voulez-vous que je vous dise ? Je suis d'un naturel impressionnant.

Le bouchon sauta, et le champagne moussa dans un magnifique verre en cristal.

— Et modeste, avec ça, se moqua-t-elle. Cela me perdra.

21

Il y avait quelque chose d'étrangement intime à déjeuner ainsi dans les ruines d'une abbaye. Autour d'eux, les murailles couvertes de lierre semblaient les protéger, les abriter des regards tandis que le soleil les baignait de sa lumière. Hugh fut surpris de l'effet que tout cela avait sur lui. Le ravissement de Minerva devant des plaisirs aussi simples que les fraises et les tartes aux pommes. Le sien, devant le simple fait d'être seul avec elle.

— Je suis contente qu'il n'y ait pas de poètes aujourd'hui, commenta la jeune femme. Ils auraient gâché ce moment.

— Il n'y a pas que les poètes qui gâchent le lieu et l'instant. Cet endroit est aussi le plus recherché des amoureux du Hampshire.

— Je ne suis pas étonnée qu'ils viennent ici. C'est tellement romantique, dit Minerva en balayant les vieilles murailles d'un regard songeur. Je me demande combien de jeunes gens ont demandé leur amoureuse en mariage dans ce décor…

— Ou leur ont volé un ou deux baisers…

Voire plus… Mais penser à ces choses n'était pas une très bonne idée, avec Minerva si près de lui.

— Une autre tartelette ? proposa-t-il.

Elle secoua la tête et sourit.

— Combien de jeunes filles avez-vous amenées ici ? Un certain nombre, je serais prête à le parier. C'est vraiment l'endroit idéal pour un numéro de séduction.

— Aucune. Dans ce genre d'endroit horriblement romantique, les demoiselles se font trop vite des idées.

En l'occurrence, il s'en faisait aussi. Certaines étaient très coquines. D'autres franchement poétiques, ce qui l'inquiéta plus qu'autre chose.

Il se leva soudain, comme pour essayer de ne plus y penser.

— Venez. Je vois bien que vous mourez d'envie d'explorer ces ruines.

Comme un imbécile, il lui tendit la main pour l'aider à se lever, et le regretta à la seconde où elle y posa la sienne. Ce simple contact avait fait naître en lui un sentiment de satisfaction indicible.

— Mais quand on cherche à séduire, il faut bien un environnement romantique, non ? s'enquit-elle.

— Disons qu'il y a romantisme et *romantisme*.

— Il faudra m'expliquer la différence.

Elle lâcha sa main pour suivre des doigts le contour d'une fenêtre sans vitrail. Mais il continua de la sentir.

Jusqu'au bout des orteils.

— Tout dépend de la durée prévue de l'histoire.

Elle eut un petit sourire entendu.

— Je vois... Ce que vous voulez dire, mais que vous êtes trop poli et bien élevé pour me confier parce que vous risqueriez de froisser ma sensibilité féminine, c'est que romantisme implique amour, promesses et engagement, tandis que *romantisme*...

Elle avait imité la nuance à la perfection.

— ... là, on est dans la passion pure. Celle qui enflamme, et s'éteint aussi vite. Je connais l'idée.

Le spectre de son soupirant plana au-dessus d'eux, entamant la bonne humeur de Hugh et le plongeant instantanément dans les affres de la jalousie.

— Ah oui. J'avais oublié le scélérat qui vous a brisé le cœur.

— Je n'ai pas eu le cœur brisé. J'ai été déçue, c'est tout.

Soulagement. Brutal, viscéral. Inquiétant.

— Vous ne l'aimiez donc pas ?

Parce que, soudain, Hugh avait besoin de savoir.

Minerva gravit les quelques marches d'un escalier qui ne menait nulle part et contempla la vue qui s'offrait à elle de l'autre côté, masquant ainsi son expression.

— J'étais si jeune. Encore une enfant, presque. Donc ce n'était qu'une histoire sans importance. Une toquade.

Malgré son soulagement, Hugh ne put s'empêcher d'insister.

— Mais c'était un peu plus que quelques regards échangés sur les bancs de l'église, n'est-ce pas ? D'après Diana, il vous a causé du chagrin.

Elle se retourna brièvement et le regarda, perplexe, avant de fixer le lointain de nouveau.

— Il est parti, Hugh. C'est tout. Et je ne peux guère lui en vouloir. Il avait à peine vingt ans, je venais d'en avoir dix-neuf. Nous nous fréquentions depuis moins d'un an et n'avions jamais évoqué l'avenir parce que nous étions bien trop jeunes pour nous installer, et trop pauvres pour envisager quoi que ce soit. Quand l'occasion s'est présentée pour lui d'un meilleur emploi dans un quartier de Londres plus huppé, il l'a saisie et nous nous sommes séparés.

Tout s'est fait naturellement. Personne n'en a voulu à l'autre.

Il ne la croyait pas.

— Naturellement ? Et je suppose que les événements concomitants n'ont eu aucune influence sur sa décision ? Dix-neuf ans : n'était-ce pas votre âge quand votre père s'est volatilisé ?

Il gravit à son tour les quelques marches, et vit les épaules de Minerva se raidir.

— Il aurait été déraisonnable d'attendre qu'il assume si jeune la responsabilité de mes deux sœurs.

Quand elle se retourna de nouveau, toute émotion avait disparu de son visage. Elle évita son regard, se concentrant sur l'enchevêtrement de ronces qui étouffaient le lierre en bas du mur.

Hugh la rejoignit et d'un geste délicat la contraignit à le regarder, parce qu'il avait besoin de lire la vérité dans ses yeux. Besoin qu'elle voie qu'il était en colère contre ce lâche, qui l'avait abandonnée au moment où elle avait besoin de lui.

— Ne lui cherchez pas d'excuses. S'il vous avait aimée, il serait resté.

— Alors, de toute évidence, il ne m'aimait pas assez. Même si ses déclarations enflammées disaient le contraire, lâcha-t-elle avec une touche d'amertume.

— S'il vous avait fait des promesses, il aurait dû les tenir.

— Pour quoi ? Pour que nous soyons tous les deux malheureux ? Et puis, d'où je viens, quelques baisers volés ne signifient pas engagement solennel. À Clerkenwell, la réputation d'une jeune fille ne vaut pas grand-chose. Heureusement que j'ai eu le bon sens de ne pas le laisser aller plus loin.

Face à cet aveu, Hugh sentit le souffle qu'il retenait s'échapper, et avec lui sa jalousie irrationnelle.

Minerva redressa les épaules, fièrement, et le regarda droit dans les yeux.

— Quand j'y repense, je crois vraiment qu'il m'a rendu service.

— Vous abandonner était vous rendre service ?

— J'avais besoin de grandir, et malgré tout ce dont j'avais été témoin à cause de mon père, je nourrissais encore des espoirs romantiques idiots, alors que j'aurais dû me mettre dans la tête que les hommes ne méritent pas qu'on leur fasse confiance.

— Quel cynisme. Tous les hommes ne sont pas comme ça.

— Peut-être. Mais je n'ai encore pas rencontré celui qui me convaincra de lui faire confiance. Je reconnais par ailleurs que certains gentlemen – vous, par exemple – ont l'honnêteté d'avouer d'emblée leurs défauts et je trouve cela admirable, car ainsi, ces dames sont dès le départ prévenues de tout malentendu potentiel. Il n'y a qu'une idiote pour s'enamourer d'un garçon dont elle sait pertinemment qu'il se défilera, le moment venu.

Elle avait dit cela sur le ton de la plaisanterie, mais les mots n'en étaient pas moins douloureux.

— Ce qui, poursuivit-elle, les rend plus dignes de confiance que les hâbleurs et les menteurs invétérés. Mais tant que je n'aurai pas rencontré la créature mythique qu'est l'homme vraiment digne de confiance, celui qui ne me laissera jamais tomber, mon cœur – qui n'est *pas* brisé – restera raisonnablement dur. Si cela fait de moi une cynique, tant pis. C'est la mer que j'aperçois là-bas ?

— Pas tout à fait. C'est un bras de mer.

Qu'elle soit cynique contrariait Hugh. Il n'était pas digne de confiance, et elle méritait mieux.

— Dommage. Je n'ai jamais vu la mer.

— Encore une absurdité qu'il sera facile de rectifier. Nous ne sommes qu'à quelques kilomètres de la côte. Voudriez-vous la voir aujourd'hui ?

— Ce serait possible ?

Il adorait ses yeux verts quand ils brillaient d'excitation.

— Aujourd'hui, je suis à votre disposition. Si vous voulez voir la mer, vos désirs sont des ordres. Et je connais l'endroit parfait.

Il lui tendit la main pour l'aider à descendre et, une fois de plus, ne put faire autrement que de revenir sur le sujet qui le préoccupait.

— Comment s'appelait-il ?

— Avez-vous vraiment besoin de le savoir ?

La main de Minerva dans la sienne le réchauffait de l'intérieur.

— Oui, parce que si un jour je le croise, je lui dirai quel imbécile il a été de ne pas vous garder.

C'était le genre de commentaire enjôleur qu'il distribuait allègrement d'ordinaire, dans le but de faire fondre les plus réticentes et satisfaire la sensibilité de la plupart des autres. Et pourtant, en prononçant ces mots, Hugh se rendit compte qu'il était sincère.

S'il n'avait pas été le fils de son père – et par conséquent le type même de l'homme qui la laisserait tomber –, Minerva aurait été le genre de femme avec qui il se serait vu passer le reste de ses jours. Elle était intelligente, drôle, généreuse, passionnée, obstinée, imparfaite à sa façon, à la fois drôle et unique, et c'était sans le moindre doute la femme la plus attirante sur laquelle il avait posé les yeux. De sa grande taille à son incapacité à chanter, il aimait tout chez elle.

Elle s'arrêta pour le regarder.

— Vous dites des choses très gentilles, Hugh. Pas étonnant que la gent féminine vous apprécie autant.

Son sourire le bouleversa.

— Toute la gent féminine, sauf vous.

Et cette réalité-là était douloureuse.

— Sauf moi.

Très douloureuse.

— Parce que seule une imbécile s'enticherait d'un vaurien.

— Exactement. Je suis douée pour beaucoup de choses, mais certainement pas pour… Oh, mais cnfin !

Elle tira sur le bas de son manteau pour en décrocher la ronce qui s'y était agrippée. Tira une seconde fois, sans plus de succès.

— Attendez, laissez-moi faire. Tirer ne fait qu'empirer les choses.

Hugh passa le bras derrière elle pour attraper la ronce.

— Ne reculez pas…

Minerva posa une main sur son épaule pour garder l'équilibre. Hugh tenta de l'ignorer tout en se battant contre les épines… et contre son désappointement. Elle ne voudrait jamais de lui. Parce qu'il était le fils de son père, incapable d'être l'homme qu'elle méritait. À moins que… S'il le devenait, s'il arrivait un jour à la mériter…

— Là, j'ai presque terminé… Voilà !

Il aurait voulu que son sourire soit triomphant, mais soudain ses yeux furent à la hauteur des lèvres de Minerva, et son sourire pâlit parce qu'elle avait toujours une main sur son épaule, qu'elle sentait le champagne et les fraises, et qu'elle était tout ce qu'il avait toujours désiré.

À moins que…

Dans l'espace étroit qui séparait le corps de Minerva et le sien, l'air devint électrique et crépita.

Ils ne bougèrent ni l'un ni l'autre.

Il entendait son souffle.

Entendait le silence intime qui les enveloppait.

Entendait les battements de son propre cœur.

Son hésitation. Ses peurs.

Ses idées horriblement romantiques. Certaines coquines. D'autres poétiques – c'en était presque inquiétant. Mais certainement pas horrible. Non, au contraire, tout était… parfait, à tout point de vue.

Parfait !

Seigneur Dieu. Venir ici avec elle avait été une grave erreur. Suivre son désir en serait une autre. Il fit un pas sur le côté pour rompre le sort, déchirant la toile invisible qui s'était tissée autour d'eux, et entraîna la jeune femme jusqu'au bas de l'escalier.

— Bien, l'aventure continue, dit-il.

Ensuite, il s'imposa de regagner l'endroit où ils avaient abandonné le panier du petit déjeuner plutôt que de partir en courant. Il s'imposa de faire la conversation tout en ramassant à la hâte les reliefs de leur repas. S'imposa de ne pas céder à l'envie de tout envoyer promener et l'embrasser quand même, et au diable les conséquences. S'imposa d'accepter qu'il ne pouvait pas faire une chose pareille. Qu'il ne devait pas. S'imposa d'ignorer la déception de Minerva devant son renoncement.

Il la raccompagna jusqu'au cabriolet, puis se concentra sur l'arrimage du panier à l'arrière de la voiture, ne prenant place à côté d'elle que lorsqu'il fut certain de pouvoir faire comme si de rien n'était, comme si tout allait bien. Même si rien n'allait.

Il souffrait.

Il souffrait comme jamais il n'avait souffert. La douleur lui étreignait le cœur, un organe que les aléas de la vie avaient épargné jusque-là, et auquel Hugh n'avait jamais vraiment prêté attention. Il lui fallait ainsi affronter une réalité à laquelle il ne s'attendait pas, à laquelle il s'était cru insensible et qui pourtant s'était discrètement frayé un chemin en lui, avait pris racine et grandi sans qu'il s'en aperçoive. Il éprouvait des sentiments pour Minerva. Des sentiments affectueux, possessifs, exclusifs, face auxquels il se trouvait désarmé et ne savait comment réagir, sinon en tentant de les ignorer et en espérant qu'ils disparaissent.

— Nous pourrions aller visiter quelques jolis villages, puis déjeuner au Queen's Head à Tichfield. Leurs tourtes sont à se damner. Ensuite, nous irons jusqu'à Hill Head, où l'immense plage vous permettra de voir enfin la mer dans toute sa splendeur. Qu'en dites-vous ?

— C'est parfait.

Pendant les heures qui suivirent, Hugh fit de son mieux pour être l'hôte le plus attentionné, et Minerva se comporta elle aussi comme si de rien n'était. Mais l'atmosphère particulière que ce moment avait créée continua de flotter entre eux. Durant le déjeuner, Hugh hésita à aborder le sujet. Après avoir décidé de le faire, il passa l'heure qui suivit à repousser le moment fatidique. Et lorsque la mer apparut au loin devant eux, il n'en avait toujours rien fait. Une mer qu'il regarda à peine, trop occupé qu'il était à observer le visage de Minerva, à le graver dans sa mémoire et à savourer son expression de stupeur face à l'immensité des flots. Comment aurait-il pu gâcher un tel instant ?

— Je l'entends !

Comme on pouvait s'y attendre au mois de décembre, le Solent, bras de mer s'étirant entre la côte du Hampshire et l'île de Wight, n'avait rien d'un bassin de retenue, mais il n'était pas non plus démonté comme cela arrivait parfois. La brise marine était vive. Les vagues venaient claquer sur la plage de galets, envoyant des jets d'écume entre les pierres avant de se retirer.

— C'est exactement le même bruit que lorsqu'on plaque un coquillage sur son oreille. Je n'y croyais pas, mais c'est vrai…

Elle n'attendit pas qu'il vienne l'aider à descendre du cabriolet quand il s'arrêta. Elle sauta à terre et se dirigea vers la dune qui bordait le chemin.

Le vent plaquait ses jupes contre ses jambes. Elle tenait son chapeau d'une main, mais de longues boucles s'en échappèrent quand elle se mit à courir sur la crête de la dune, fascinée par la vue. Puis elle se tourna vers lui en riant. Elle était la joie incarnée. Conquis, il lui sourit.

— Venez, Hugh ! Vous m'avez promis une promenade sur la plage. Et elle est si grande !

Il devait y avoir un chemin quelque part qui descendait jusqu'à la plage, mais elle était trop impatiente pour le chercher, aussi l'aida-t-il à descendre à travers les genêts puis, sans lâcher sa main, l'amena le plus près possible du ressac, sans risquer qu'une vague plus forte vienne mouiller leurs chaussures.

— C'est magnifique, Hugh ! Merci de m'avoir amenée jusqu'ici !

— Encore une vue splendide que vous pourrez peindre un jour.

— Je doute d'être à la hauteur. Toutes ces couleurs… ce mouvement…

— On dit que c'est la lune qui régit les marées.

Elle leva les yeux vers le ciel, émerveillée, même si la lune n'était pas visible.

— Vraiment ? Comment diable fait-elle, depuis si loin ?

— C'est une question de gravitation, je crois. C'est ce que j'ai lu, en tout cas. Mais je ne saurais l'expliquer.

— Certaines choses sont faites pour rester inexpliquées. Elles sont, voilà tout.

— Vous voilà bien philosophe…

Elle s'était penchée pour ramasser un coquillage dans le sable humide, mais se tourna vers lui en souriant.

— C'est le jour ou jamais, non ? Cette journée formidable, où l'on prend les choses comme elles sont, sans se poser de questions. J'ai adoré faire l'école buissonnière avec vous.

Hugh hocha la tête, un peu dérouté. Ce qu'elle venait de dire résumait parfaitement ce qu'il ressentait.

— Moi aussi. Venez, profitons de l'heure qui nous reste. Parcourir ces routes de nuit n'a rien d'agréable.

Il lui offrit son bras, et ils remontèrent ensemble toute la plage. Minerva ramassa des coquillages, observa les algues, regarda les mouettes planer au-dessus d'eux, nota tout ce qui les entourait avec un enthousiasme juvénile. Lorsque le vent emporta son chapeau et le fit rouler sur la plage, elle courut après en riant, générant d'autres sursauts de désir, d'autres pincements au cœur. D'autres regrets…

D'autres questions.

Il ramassa son chapeau, le brossa de la main pour en faire tomber le sable. Elle le prit, et tourna sur elle-même, heureuse.

— C'est si beau, Hugh. Comme vous l'aviez dit. Est-ce que toutes les plages sont aussi belles que celle-ci ?

— Certaines le sont plus encore. D'autres moins.

— Et cette plage, en Italie ? Celle vers laquelle nous pourrions nous enfuir ? Elle est aussi belle ?

— Ah, celle-ci, c'est la plus belle du monde.

Parce que Minerva y serait avec lui.

Elle s'arrêta, le regarda, et Hugh vit dans ses yeux le reflet de tout ce qu'il éprouvait. Le désir. L'envie. La tristesse. Les millions de questions qu'ils n'avaient jamais osé poser.

« Certaines choses sont faites pour rester inexpliquées. Elles sont, voilà tout. » Ici, en cet instant, c'était exactement le cas. Le moment parfait. Peut-être le seul qu'ils auraient jamais.

Il lui prit la main et l'attira contre lui, l'enlaça. Ils ne parlèrent pas : les mots semblaient inutiles. Il avait plongé dans l'immensité émeraude de son regard, elle avait noué les bras autour de son cou, leurs deux corps s'étaient trouvés.

Il n'aurait su dire si c'est lui qui avait baissé la tête, ou elle qui l'avait attiré, mais lorsque leurs lèvres se touchèrent, le soupir qu'il retenait s'envola et il mit dans ce baiser tout ce qu'il ressentait, les émotions, les sentiments, les rêves impossibles, la passion et l'affection.

Le baiser qui effaçait tous les autres baisers.

Mais un baiser qui posait des milliers d'autres questions, sans offrir une seule réponse.

22

Combien de temps restèrent-ils ainsi enlacés ? Minerva n'en avait pas la moindre idée. Le temps était suspendu, il n'y avait rien d'autre qu'elle et lui, et le grondement de la mer, au loin.

Ce fut Hugh qui s'écarta le premier. Il fit un pas en arrière, se passa une main dans les cheveux, l'air perdu.

Pour elle, ce ne fut pas seulement une rupture physique, mais un déchirement émotionnel. Elle sentit à quel point il se détachait de ce baiser – d'elle. Comme s'il le regrettait.

— Je suis désolé… je n'aurais pas dû. C'est une erreur. Une énorme erreur. Je ne sais pas ce qui m'a pris…

— Une erreur, en effet, dit-elle d'un air qu'elle voulut détaché plutôt que blessé par le regard de Hugh.

Un regard qui cherchait à éviter le sien.

— Vous devez comprendre… c'est une situation impossible.

Elle en avait conscience. Elle l'avait su avant de se laisser embrasser, avant même de laisser germer en elle des sentiments pour lui. Mais elle l'avait laissé faire, et avait laissé croître ses sentiments.

— Ne vous en faites pas. Ce n'était qu'un baiser.

Un baiser qui avait enchanté son cœur, avant de le ravir. Quelle idiote elle faisait ! Hugh ne lui avait jamais caché qu'il était un vaurien. Elle s'était crue insensible aux vauriens, mais elle était tombée amoureuse de lui quand même. En connaissance de cause. Séduite par son charme et ses manières. Sans savoir vraiment à quel moment, elle avait oublié que cette vie n'était pas la sienne. Qu'elle jouait la comédie. Son rôle lui était monté à la tête et elle avait oublié la réalité, ainsi que toutes les leçons que la vie lui avait enseignées.

— Mieux vaut oublier ce qui s'est passé, n'est-ce pas ? proposa-t-elle.

Maintenant, il semblait gêné, ce qui était carrément insultant.

— Sans doute, oui.

— Nous devrions rentrer, reprit-elle. Le jour ne va pas tarder à tomber.

— Oui, bien sûr... À moins que vous ne souhaitiez discuter de ce qui vient de se passer, et de la façon dont nous devons procéder désormais ?

— Qu'y a-t-il à discuter ? Ce n'était qu'un baiser. Ne le laissons pas gâcher cette belle journée.

— Oui... Excellente idée.

Elle fit mine de ne pas voir la main qu'il tendait pour l'aider à gravir la dune. Elle ne voulait plus le toucher. Ne voulait plus le sentir près d'elle.

Idiote. *Non mais quelle idiote !*

— Combien de temps faudra-t-il pour regagner Standish House ?

Elle n'avait plus qu'une envie : retrouver le havre de paix qu'était sa chambre pour y panser ses blessures.

— Si les routes sont bonnes, moins d'une heure.

— Je me demande comment ils s'en sont sortis sans nous, là-bas..., dit-elle sur le ton de la conversation.

Jamais elle ne lui montrerait combien il l'avait blessée. S'il regrettait ce baiser, elle aussi. Elle le laisserait penser que rien de tout cela n'avait d'importance.

Idiote !

Il la payait. Il la payait pour échapper aux griffes du mariage, preuve s'il en était que ses intentions étaient claires. Mais à quoi avait-elle pensé ? Avait-elle cru pouvoir le changer ? Elle ? Une graveuse de tampons de Clerkenwell, alors que pas une des plus belles filles de la bonne société n'y était parvenue ? Allons donc ! La vérité, c'est qu'elle n'avait pas regardé plus loin que le bout de son nez, et s'était laissé emporter par cette histoire, alors que dès le premier jour elle aurait dû les envoyer au diable, lui et son argent !

— Nous n'allons pas tarder à le savoir.

Il fit le tour du cabriolet pour l'aider à monter, et elle remercia ses aïeux de grande taille de lui avoir donné des jambes suffisamment longues pour se débrouiller seule. Elle s'installa, s'enveloppa dans l'épaisse couverture. Elle avait très froid, soudain.

N'ayant plus rien à faire, Hugh monta à son tour et prit les rênes. Entre eux, la tension était palpable. Ni l'un ni l'autre ne prononcèrent un mot. Minerva cherchait désespérément quoi dire de léger et d'inconséquent, pour lui prouver qu'il ne l'intéressait pas le moins du monde. Ne trouvant rien, elle resta assise, légèrement tournée sur le côté, regardant le paysage plutôt que Hugh.

Ils filaient depuis une bonne vingtaine de minutes lorsqu'il tira brusquement sur les rênes pour arrêter la voiture.

— Il faut qu'on parle.

— Non, je ne crois pas…

— Je suis tellement navré pour ce baiser, vous n'avez pas idée… Et pour tout à l'heure, à l'abbaye. Et hier soir, à la porte de votre chambre.

Elle l'entendit soupirer longuement. Vit la tension dans le poing qui tenait encore les rênes.

— Pour être tout à fait honnête, Minerva, j'ai beaucoup de mal à me retenir de vous embrasser encore, là, maintenant, même en sachant que cela ne nous mènera à rien.

« Cela ne nous mènera à rien. »

Une façon très polie de lui rappeler qu'une graveuse de tampons de Clerkenwell n'avait rien à faire avec un comte.

— Mais je voulais que les choses soient dites, pour que nous trouvions tous les deux une solution au problème. Je trouve vraiment idiot de continuer à ignorer ce qui s'est incontestablement produit entre nous.

— Entre *nous* ? Mais c'est vous qui m'avez embrassée. Je n'ai pas le souvenir de vous l'avoir demandé, et suis bien aise de savoir que cela ne se reproduira pas. Ne vous défaussez pas de votre responsabilité, ce serait trop facile. Et n'ayez pas peur : je n'ai pas de vues sur vous, Hugh. Il n'y a rien entre nous. Ce n'était qu'un baiser. Pas le premier, en ce qui me concerne, et pas le dernier non plus, assurément.

— Mais c'était plus qu'un baiser, bon sang ! Pour vous comme pour moi ! Est-ce que je me trompe ? Suis-je le seul à éprouver des sentiments étranges, romantiques, futiles, qui refusent de disparaître ?

Il lui prit la main, la laissa enregistrer ses paroles.

— Romantiques, ou *romantiques* ?

Son idiot de cœur avait besoin de savoir, même si Hugh avait aussi qualifié ses sentiments de futiles.

— Les deux.

L'entendre reconnaître qu'elle comptait pour lui fut légèrement gâché par le fait qu'il était livide.

— Au début, continua-t-il, j'ai essayé de me convaincre que c'était une attirance purement physique, mais cela va plus loin que le désir, Minerva. Suis-je le seul à ressentir cela ?

Elle le fit attendre plusieurs secondes avant de soupirer, et de le regarder brièvement.

— Non... Vous n'êtes pas le seul.

Au moins était-il lui aussi en proie au trouble. Sans qu'elle sache vraiment pourquoi, elle se sentit moins idiote d'avoir laissé son cœur et son âme se perdre dans un baiser futile qui ne menait nulle part.

— Peut-être est-ce dû aux circonstances hors du commun ? ajouta-t-elle. Au fait de jouer les fiancés ? À l'atmosphère dans l'abbaye, à la plage déserte...

— C'est dû à n'importe laquelle et à toutes ces raisons à la fois. Mais en ce qui me concerne, je préfère appeler ce qui m'arrive par son nom. Attirance... passion... affection indéniable, profonde. Quelque chose qui pourrait être beaucoup plus, si nous en prenions tous les deux le risque.

Une nouvelle fois, son idiot de cœur se mit à battre la chamade, plein d'espoir.

— Vous... avez de l'affection profonde pour... *moi* ?

Il sourit, et regarda leurs deux mains enlacées.

— Je m'étonne que cela vous surprenne. Mais oui, j'en ai. J'en ai même trop pour céder à mes envies sans me soucier des conséquences possibles. Les descendants mâles de la branche Standish font de très mauvais époux, aussi m'étais-je résigné à ne jamais me marier. Jusqu'à vous. Mais je ne veux pas faire de promesses que je ne pourrai tenir, Minerva. Pas à vous. Je tiens à vous, et je vous respecte trop pour feindre d'être celui que je ne suis pas. Je ne ferais pas un époux digne de confiance. Avec le temps, je finirais par vous décevoir, comme votre père et ce bon à rien de Roméo, qui vous ont tous les deux abandonnée.

— Je ne comprends pas.

— Je ne suis pas en position de vous proposer le mariage. Juste moi, pour le moment…

Nous y voilà. La proposition que bien des femmes de rang inférieur devaient recevoir de la part d'un aristocrate : l'engagement temporaire, précaire et sans obligation aucune, qui consistait à devenir sa maîtresse. Elle aurait dû s'y attendre, mais le coup fut rude.

— … qui ose à peine vous demander de prendre le risque d'attendre et de voir si je suis capable de changer avec le temps…

Il se tut et la fixa d'un regard intense, comme s'il attendait qu'elle dise quelque chose, accepte sa proposition pourtant loin d'être parfaite.

— Non. Et, s'il vous plaît, ne me demandez plus jamais cela.

Elle avait retiré sa main, et forcé les mots à sortir de sa gorge. Bien sûr, elle voulait une vie meilleure. Une vie libre des chaînes sociales et financières qui l'entravaient aujourd'hui. Mais devenir la maîtresse d'un homme riche était une mauvaise solution. Ce serait se rabaisser, et aussi dévaloriser ce qu'il y avait entre eux.

Il baissa les yeux.

— Bien sûr… Pardon d'avoir abordé le sujet… Vous avez raison. Nous sommes deux êtres qui, si je n'avais pas été comte, auraient été faits l'un pour l'autre, mais sont condamnés à n'être rien de plus qu'un intermède dans la vie de l'autre... Je dois l'accepter. C'est vraiment dommage, mais c'est comme ça.

Elle nota le rappel toujours aussi subtil de leur différence de classe, et eut envie de s'en aller. Ou de hurler et de le frapper.

Elle se tourna vers le paysage, mais le spectacle avait perdu de sa magie.

— Nous ferions mieux d'y aller.

— Mais nous restons amis, n'est-ce pas ? Jamais je n'ai voulu vous blesser.

Il semblait triste, mais elle s'en fichait.

— Vous ne m'avez pas blessée.

Juste crucifiée.

— Je suis bien trop intelligente pour avoir un jour attendu de vous une promesse d'avenir, ou m'être fait des idées concernant vos intentions.

Elle avait aussi bien trop d'amour-propre pour accepter de devenir sa maîtresse.

— Il faudrait que je sois folle pour tomber amoureuse d'un vaurien, et complètement idiote pour m'y attacher.

Elle l'avait cru différent. Parce que, avec lui, elle était différente. Plus heureuse, plus légère. Plus jeune, même. Mais c'était terminé. Il avait transformé ce qu'elle trouvait charmant en quelque chose de moche. La gorge nouée, elle renvoya d'un battement de cils les larmes qui menaçaient de rouler sur ses joues. Apprendre que l'on n'était pas à la hauteur ne faisait jamais plaisir, mais l'entendre de la bouche de Hugh, l'homme pour lequel elle s'était laissée aller à avoir des sentiments, c'était pire.

— Minerva...

— Il n'y a plus rien à dire, Hugh. Vous avez posé la question, j'ai répondu non. Restons-en là.

Il avait été honnête, il fallait le reconnaître. Il aurait pu la séduire à coup de promesses puis l'abandonner, comme le font les hommes de son milieu avec les femmes qui ne sont pas de leur rang. Mais il avait respecté ses sentiments et exposé clairement ses intentions, dès le départ. C'était tout à fait lui, d'ailleurs. Hélas, cela ne rendait pas sa proposition plus facile à entendre.

Il la fixa d'un regard intense, plus sérieux qu'elle ne l'avait jamais vu.

— Si cela peut vous consoler, je regrette vraiment de ne pas pouvoir vous proposer plus aujourd'hui… Mais je vous promets une chose, Minerva. Je serai toujours là pour vous, si un jour vous avez besoin de moi. N'importe quand, où que ce soit, vous pourrez compter sur moi, je vous viendrai en aide.

— Mon preux chevalier personnel, en quelque sorte.

Si seulement…

— Mon armure ne vaut pas grand-chose, mais le chevalier qui se trouve à l'intérieur n'est pas foncièrement mauvais. Du moins, je l'espère.

— Ni foncièrement bon.

C'était tellement dommage. Elle était trop en colère pour le regarder. Trop déçue, et humiliée.

— Je tiens trop à vous pour vous mentir.

Mais pas assez pour tourner le dos aux conventions de la société.

23

Diana les attendait dans l'écurie lorsqu'ils arrivèrent.

— On peut savoir où vous étiez ? Je me suis fait un sang d'encre !

— Tu n'avais vraiment aucune raison de t'inquiéter. Hugh a pensé que j'avais besoin d'un peu de calme, alors il m'a emmenée en promenade. Et a chargé Payne de vous informer que nous serions de retour pour le dîner.

Tout à sa tristesse, Hugh n'avait pas pensé à la réaction des sœurs de Minerva et à la confrontation qui suivrait immanquablement leur retour. Il était trop absorbé par la gravité de ce qui venait de se passer pour se préoccuper de quoi que ce soit d'autre. Il avait mis son âme à nu, l'avait offerte à Minerva avec toute la sincérité dont il était capable, sans cacher ses défauts, et elle avait poliment décliné l'offre. Il aurait dû s'y attendre, dans la mesure où lui-même n'était pas tout à fait sûr de ce qu'il lui offrait – en dehors d'un essai, destiné à déterminer s'ils avaient un avenir ensemble. Malgré tout, le refus catégorique et mesuré de Minerva lui avait fait l'effet d'un coup de poignard.

« Je suis bien trop intelligente pour avoir un jour attendu de vous une promesse d'avenir, ou m'être fait des idées concernant vos intentions. »

Comment aurait-il pu lui en vouloir ? Miser sur lui n'était pas une bonne idée. Cette triste vérité le mettait hors de lui, mais il ne pouvait rien y faire.

Diana examina sa sœur, nota ses cheveux décoiffés, le sable collé à sa jupe et ses lèvres rougies par leur baiser.

— Nous reparlerons de tout cela plus tard, ma chère sœur, tu peux en être sûre. Mais, dans l'immédiat, nous avons un problème plus important à résoudre. Suivez-moi !

Elle regagna la maison, emprunta l'escalier de service derrière la cuisine et alla jusqu'à la chambre de Lucretia. Elle toqua doucement en murmurant :

— C'est moi.

Ils entendirent une clé tourner dans la serrure, puis la porte s'entrouvrit. Le visage de Vee apparut, yeux écarquillés.

— Ah, Dieu merci, vous voilà ! Je n'en peux plus. Heureusement, elle s'est rendormie… pour le moment.

La plus jeune des sœurs Merriwell s'écarta pour les laisser entrer, et Diana referma la porte à clé derrière eux.

Tandis que ses yeux s'adaptaient à la pénombre, Hugh distingua une silhouette massive allongée sur le lit. Une étrange odeur flottait, mélange d'alcool et de parfum bon marché.

— C'est Lucretia ? Que lui est-il arrivé ? Elle est malade ?

— Elle est ivre !

Diana alluma la lampe de chevet, et le cœur du problème apparut distinctement. Juste à côté de la lampe était posée une carafe vide. Hugh reconnut la carafe à brandy de la bibliothèque. Une bouteille de vin, vide elle aussi, gisait sur le sol au pied de la table de nuit. Une seconde bouteille disparaissait presque entre les bras potelés de Lucretia, qui ronflait comme un sonneur.

— Elle a prétexté une nouvelle migraine cet après-midi, avant notre visite à la Ladies Society, et a regagné sa chambre. Je ne suis pas allée la voir à notre retour parce que M. Peabody a proposé une promenade à cheval. Et quand nous sommes rentrés, elle était dans cet état. Heureusement, elle a fait ça dans la chambre, donc votre famille ne l'a pas vue. Mais quand elle est réveillée, elle chante avec un tel enthousiasme qu'à mon avis ils ne vont pas tarder à s'enquérir de son état. Notre chère *maman* abuse de l'alcool et a une capacité pulmonaire hors du commun.

Vee se tenait à côté d'eux, et se tordait les mains.

— J'ai essayé de la remettre d'aplomb. J'ai même demandé à Payne de faire monter du café, mais c'était il y a plus d'une heure et il n'est toujours pas revenu.

— Au moins a-t-elle fini par se taire. Mozart, je commençais à en avoir par-dessus la tête.

Diana se pencha sur Lucretia et tenta de prendre la bouteille qu'elle serrait contre sa poitrine. Mais cela la tira de sa torpeur, et elle s'y agrippa plus fermement encore, ouvrant un œil injecté de sang pour mieux le refermer devant la lumière trop vive.

— Éteins-moi cette lampe, enfant du diable !

D'une main, elle tâta autour d'elle à la recherche d'une couverture et, n'en trouvant pas, ramena sa jupe sur son visage, révélant à ceux qui se trouvaient là des bas rayés multicolores. Le genre de bas que portaient sur scène les comédiennes de cabaret.

— J'essaie de dormir ! grogna-t-elle d'une voix engourdie.

— Elle ne sera jamais en état de descendre dîner, soupira Diana. Cela va faire deux soirs de suite, et votre mère risque de se poser des questions, mais il vaut tout de même mieux qu'elle garde la chambre. Je pense qu'en l'état actuel des choses, elle ne se souvient même pas de son nom, alors celui qu'elle est censée avoir, n'en parlons pas. En revanche, je ne vois pas comment expliquer son absence sans avouer son penchant pour l'alcool. Parce que je suis prête à parier que bon nombre de domestiques l'ont vue errer dans les couloirs, ronde comme une barrique, et en auront parlé à madame. Et si ce n'est pas le cas, ça ne va pas tarder. Ce genre de commérages, c'est du petit-lait.

— Payne s'occupera des domestiques, dit Hugh avant de se tourner vers Vee. Pouvez-vous aller le chercher et lui demander ce qu'il fiche avec ce café ?

La pauvre Vee ne se le fit pas dire deux fois, soulagée de pouvoir enfin quitter cette pièce. Comment lui en vouloir ? Hugh éprouvait la même chose. La dernière partie du voyage avait été pure torture, le laissant avec une seule idée en tête : gagner sa chambre au plus vite et y panser ses plaies. Faire taire la fureur qui le rongeait de sentir couler dans ses veines le sang corrompu de son père. Laisser couler ses larmes parce que Minerva éprouvait de l'affection pour lui mais préférait le quitter, malgré tout.

— Je me charge de trouver une explication pour ma mère et Jeremiah. Payne, lorsqu'il aura reparu, fera monter une bonne discrète pour rester avec elle.

Sans ménagement, Hugh retira la bouteille que Lucretia serrait dans ses bras, n'hésitant pas à ouvrir les petits doigts boudinés qui s'agrippaient au goulot. Il dirait sa façon de penser à Giles quand il le verrait. Il aurait dû se méfier. Une soi-disant magnifique actrice que tout Londres s'arrachait, disponible dans l'instant, c'était louche. Cette folle était alcoolique !

— Mieux vaut la laisser dormir, et dès qu'elle aura recouvré ses esprits, nous aurons une petite conversation, elle et moi.

Il alla jusqu'à la fenêtre, l'ouvrit et vida la bouteille dehors, d'un geste théâtral.

— Il faut aussi que je fasse mettre les bouteilles sous clé, visiblement. Vous n'auriez pas dû la laisser seule toute la journée ! lança-t-il à Diana.

C'était un reproche injuste, mais il était à bout. Furieux contre sa vie, contre son père, contre son cœur épris, et contre Minerva. Si elle lui avait donné une chance d'être un meilleur homme que son père, il aurait tout fait pour y arriver. Pour elle ! Parce qu'elle le méritait. Il aurait même été prêt à se cloîtrer dans le Hampshire avec elle, loin de toute tentation, en attendant de devenir l'homme qu'il voulait être, et d'avoir la certitude qu'il le resterait.

Mais elle était trop intelligente pour espérer quoi que ce soit de lui, et encore moins une lointaine promesse de mariage. Trop d'hommes lâches avaient croisé son chemin pour qu'elle s'attarde auprès de lui. Il en voulut plus encore à son vaurien de père et à ce Roméo qui l'avaient abandonnée. Sans eux, il aurait peut-être eu sa chance ! Mais à cause d'eux, elle allait partir et il ne la reverrait plus, quand bien même il lui avait juré d'être toujours là pour elle. Elle avait répondu d'un sourire contraint, et il avait alors compris que jamais elle ne chercherait à le revoir. Pour elle, un adieu était un adieu. Définitif. Sans retour possible.

Son cœur était en miettes. Si telle était la conséquence de l'affection, il osait à peine imaginer celle de l'amour.

— Et vous, vous n'auriez pas dû partir seul avec ma sœur ! riposta Diana. Je savais que vous alliez chercher à la salir. Je lui avais dit qu'il ne fallait pas vous faire confiance, et j'avais raison ! Mais j'ai laissé tomber ma garde, et à la première occasion, vous l'avez enlevée. Si vous avez ruiné sa réputation, vous aurez affaire à moi !

Elle pointait son index beaucoup trop près de son cœur éprouvé.

— Mais enfin… il n'a pas ruiné ma réputation, Diana !

— C'est ce que tu crois. Il y a plus d'une façon de ruiner une réputation, Minerva. Et ce scélérat les connaît sans doute toutes ! T'a-t-il promis le mariage en échange de *faveurs* ? Je suppose qu'il t'a emmenée dans une auberge miteuse pour pouvoir arriver à ses fins. Comment avez-vous pu ? Comment !

Hugh écarta l'index vindicatif.

— Je n'ai pas ruiné la réputation de votre sœur. Et vos sous-entendus me déplaisent !

Il en avait eu envie, ça oui. La prendre, la posséder… et ne plus jamais la laisser partir.

La plus pugnace des Merriwell, une main sur la hanche, montra Minerva de l'autre.

— Oh, ils vous déplaisent, vraiment ? Mais regardez dans quel état elle est ! Niez-vous avoir posé ne serait-ce qu'un doigt sur elle ? Un homme comme vous ? Le don juan londonien dont les exploits libertins font la une de tous les journaux à scandales ?

Il avait posé la main sur elle. Les deux, même. Deux fois. Et chaque fois, elles avaient couru à loisir sur ses formes sensuelles.

— Écoutez, Diana, il y a plus important que vos accusations ridicules. Pouvons-nous nous concentrer sur le problème qui nous occupe ?

— *Là ci darem la mano... là mi dirai di sì...*

La voix enrouée de Lucretia monta soudain de sous ses jupons, à un volume et dans des aigus qui firent grimacer l'auditoire. Une chose était sûre : la comédienne ne manquait pas d'à-propos. C'était l'air de *Don Giovanni* dans lequel le débauché séduit la gentille Zerline et tente de lui faire oublier son sens moral et son fiancé. Comme sa mère, Hugh commençait à détester Mozart.

— *Vedi, non è lontano...*

Il tira sur les jupons de l'actrice.

— Taisez-vous, Lucretia ! On vous a assez entendue !

— Vous ai-je déjà dit que j'avais joué Zerline au théâtre de Drury Lane ? Un triomphe !

D'un geste rageur, il remit les jupons en place.

Giles allait l'entendre, tiens !

— Qu'allez-vous faire pour vous racheter, lord Fareham ?

Une nouvelle fois, Diana agitait l'index.

Enfin, la voix de celle dont il aurait désespérément voulu ruiner la réputation s'éleva au-dessus de cette cacophonie.

— Rien ! Il ne va rien faire, Diana. Parce qu'il ne m'est rien arrivé. Ma réputation est intacte. Hugh ne m'a pas salie, ni séduite. Nous nous sommes promenés. J'ai vu la mer. Ce n'est pas un crime, que je sache !

— La gouvernante dit que Payne s'est retiré dans ses appartements en prévenant tout le monde qu'il ne fallait le déranger sous aucun prétexte, même urgent.

Vee avait fait irruption dans la chambre, complètement désemparée.

— Alors ça, c'est la meilleure ! Je m'en occupe !

Hugh se dirigea vers la porte. Il mourait d'envie d'étrangler quelqu'un, alors pourquoi pas ce majordome qui n'en faisait qu'à sa tête ? De toute évidence, le monde tournait à l'envers aujourd'hui. Plus rien n'allait comme il faut, de toute façon, depuis qu'il avait dansé la valse avec Minerva. Il la regarda. Force était de reconnaître qu'après cette folle course en cabriolet, elle avait effectivement la tête d'une jeune femme qui vient de s'être laissé conter fleurette – voire plus.

— Je reviens.

Elle répondit d'un hochement de tête désolé alors qu'elle n'avait rien à se faire pardonner, en dehors de l'avoir repoussé. Cette attitude contrite ne fit qu'ajouter à la colère de Hugh. Elle aurait dû être furieuse contre le destin, au moins autant que lui. Il aurait voulu qu'elle se batte pour lui, pour eux. Pour leur donner au moins une chance.

Hugh claqua la porte et grimpa l'escalier de service quatre à quatre. Au troisième étage, il toqua bruyamment chez le majordome.

— Ouvrez cette porte, Payne, ou je la défonce !

Pour la seconde fois en assez peu de temps, il entendit une clé tourner dans la serrure, et la porte s'entrouvrit. Le majordome se glissa prestement dehors avant de refermer derrière lui.

— Dieu merci, vous êtes de retour, monsieur…

— Arrêtez avec vos Dieu merci, espèce de fainéant ! À quoi jouez-vous ? Abandonner ces dames et les laisser s'occuper seules de cette ivrogne ! C'est comme ça que vous vous comportez quand je suis absent ? Vous aviez promis de rapporter du café. Au lieu de quoi, vous montez ici vous reposer sur vos lauriers. Votre comportement est tout bonnement intolérable !

— Un problème est survenu, monsieur. Quelque chose d'urgent.

— Un problème urgent ? Ici, dans vos appartements privés ? fit Hugh en croisant les bras. Je suis tout ouïe.

— Nous avons de la visite. Ou plutôt, *vous* avez de la visite. Dieu merci, il est arrivé alors que tout le monde s'était retiré, et j'ai pu l'intercepter. Mais il a lourdement insisté pour être reçu. Pour plus de discrétion, je l'ai fait monter ici, et je ne l'ai pas quitté d'une semelle. J'attendais votre retour.

Payne rouvrit la porte de ses appartements, révélant un homme d'un certain âge installé dans un fauteuil, devant la cheminée. Un regard émeraude plein d'arrogance croisa celui de Hugh. Celui-ci comprit à qui il avait affaire avant même que Payne fasse les présentations.

— M. Alfred Merriwell, monsieur. Le père de Mlle Minerva.

Il se retint de bondir sur ce salopard pour lui régler son compte, et entra calmement, mâchoire serrée.

— Monsieur Merriwell... Quelle mauvaise surprise. Que me vaut le plaisir ?

L'homme se carra dans son fauteuil, croisa les jambes.

— Je suis venu rendre visite à mes filles. Mais peut-être le moment est-il mal choisi ?

— Vous savez pertinemment que le moment est mal choisi, sinon vous ne seriez pas ici. Ne tournons pas autour du pot, s'il vous plaît.

— Figurez-vous qu'hier, j'étais à la messe et j'ai été témoin de la plus étrange des scènes. Ma fille faisait semblant d'être quelqu'un d'autre, pendant que le pasteur lisait les bans annonçant son mariage. Avec vous... un comte, dont la réputation de débauché n'est plus à faire. Mais plutôt que de me lever et de m'opposer en public à ce mariage, comme on me proposait de le faire, j'ai décidé de me conduire en gentleman et de venir vous voir, afin que nous ayons une petite conversation tous les deux. D'homme à homme.

— Vous étiez à l'église ?

— J'ai pris une chambre à l'auberge. Quel charmant village, vraiment... Tout le monde parle avec un tel plaisir de vous et de *ma* Minerva. Vos fiançailles prolongées, du fait de son combat contre la maladie. Le décès tragique de son père dans les Cairngorms – rien que ça ! Je note qu'elle semble avoir trouvé une mère, aussi...

— Que voulez-vous ?

— Vous êtes riche. Je suis sûr que vous allez trouver.

Du chantage. Hugh n'était pas surpris.

— Combien ?

— M'en retourner pour moins de cent livres serait idiot, vous ne pensez pas ?

Hugh prit place calmement dans l'autre fauteuil, croisa les jambes lui aussi. Son esprit était en effervescence.

— Et en échange, j'obtiens quoi, monsieur Merriwell ?

— Je retourne d'où je viens et vous n'entendez plus parler de moi.

Hugh n'en croyait pas un mot.

— Et vos filles ?

— Comment ça, mes filles ?

— Souhaitez-vous les voir avant de partir ? Pour leur annoncer la bonne nouvelle : vous êtes enfin de retour de ce long, très long voyage Dieu sait où, et vous allez bientôt être tous réunis ? Pour partager avec elles votre bonne fortune, puisque vous m'aurez extorqué cent livres ?

C'était un test. Un test auquel Alfred Merriwell allait échouer, Hugh le sentait.

— Je ne vois pas pourquoi elles devraient en être informées. Mes filles sont mieux sans moi. Surtout si elles ont prévu de repartir d'ici avec un peu de votre argent aussi – après tout, il y a largement de quoi faire. N'est-ce pas, lord Fareham ? Car nous savons tous les deux que vous et ma Minerva n'êtes pas réellement fiancés, et que vous ne vous connaissez pas depuis deux *longues* années.

— Vous semblez bien sûr de vous. Comment pourriez-vous savoir que nous ne nous fréquentons pas depuis deux ans, quand vous les avez abandonnées il y a maintenant six *longues* années ?

— J'ai toujours eu un œil sur mes filles.

— Oh, vraiment ?

— Ici et là. Pour m'assurer que tout allait bien pour elles.

Donc il ne s'était jamais trouvé très loin de Londres, et avait dû être au courant de leur situation difficile.

— En restant à bonne distance, alors, puisqu'elles n'ont plus entendu parler de vous.

L'homme haussa les épaules.

— Je ne vous ai jamais vu à Clerkenwell, monsieur le comte. Étrange, non ? Ici, tout le monde dit que vous êtes fou amoureux et que vous attendez ce mariage depuis des lustres.

— La vraie question, c'est pourquoi, si vous étiez à Clerkenwell, vous avez laissé Minerva seule en charge de ses sœurs, sans jamais lui apporter d'aide, financière ou autre.

Il la revit, le jour de leur rencontre. Les vêtements dépareillés, rapiécés, les chaussures usées. Le désespoir à l'idée de ne pas recevoir ses neuf shillings et trois pence.

— Minerva était plus douée que moi. Elle a pris les rênes juste après la mort de sa mère et s'en est bien mieux sortie. Certains hommes ne sont pas faits pour être pères, monsieur. J'ai fait ce que j'ai pu, et je me suis occupé d'elles jusqu'à ce qu'elles soient assez grandes pour s'en sortir seules.

— Elle avait dix-neuf ans ! Elle avait dix-neuf ans et vous avez fichu sa vie en l'air !

— Je lui ai appris un métier. Elle avait des revenus réguliers. J'ai fait en sorte qu'elles aient un toit. J'ai fait ce que j'ai pu. Vous êtes un homme, monsieur le comte, vous savez bien que nous autres, nous avons des besoins. Des besoins qui ne peuvent pas être satisfaits si on arrive avec trois bouches à nourrir.

— Vous êtes parti pour une femme… Une femme qui avait plus de moyens que vous.

D'autres images vinrent à l'esprit de Hugh. Minerva travaillant à s'user les doigts, se battant pour joindre les deux bouts, nourrissant difficilement trois bouches quand son père s'attablait chaque soir devant des assiettes bien garnies. Il serra les poings.

— Espèce de sale égoïste !

— Il faut ce qu'il faut. Les hommes comme nous font ce qu'il faut pour obtenir ce qu'ils veulent.

Hugh avait la nausée à l'idée qu'on puisse le mettre dans le même sac qu'un aussi sinistre individu. Alfred Merriwell haussa les épaules une nouvelle fois, sans gêne aucune, comme s'il n'avait fait qu'énoncer l'évidence. Puis il se leva, brossa d'un revers de main le revers de sa veste élimée.

— Cent livres, lord Fareham, ou je raconte la vérité à tout le village. Je veux l'argent demain. Vous me trouverez à l'auberge. Demandez M. Smith.

24

Ce soir-là, lorsqu'il descendit pour le dîner, Hugh n'était plus tout à fait le même. Cela ne se voyait pas, il restait pour les autres le jeune homme espiègle et charmant qu'il était depuis toujours. Il était au cœur de tout, distrayait son entourage et riait, beaucoup. Mais le lien particulier que Minerva avait partagé avec lui était rompu, et si son regard bleu brillait pour ses hôtes, il ne brillait plus pour elle.

Ce fut pareil les jours suivants.

Selon un accord tacite, ils s'évitaient, et Minerva ne se rendait plus à la galerie des portraits. Elle était trop en colère, trop triste, et trop fière pour prêter une oreille attentive à ses explications raisonnables, ou à une seconde proposition de la même eau que la première.

Et lorsque arriva de Londres un magnifique assortiment de couleurs à aquarelle, accompagné de pinceaux, de papier et d'un chevalet, elle préféra le remercier à la table du petit déjeuner plutôt qu'en privé. Chaque soir, ils se souhaitaient platement bonne nuit. Ils communiquaient par messages, via Payne. Des mots courts, impersonnels, douloureux, qui n'avaient pour objet que de régler les détails utiles à la poursuite de leur interminable comédie, en attendant que lord Bellingham daigne reparaître.

Minerva se trouvait contrainte de faire bonne figure devant tout le monde, y compris ses sœurs, affichant en permanence un enthousiasme de rigueur alors qu'elle avait le sentiment de s'éteindre lentement. Soigner un cœur brisé dans une maison où résonnait la gaieté était épuisant, et chaque soir elle s'écroulait sur son lit, pleurant la perte de Hugh en attendant le sommeil. Lorsque celui-ci venait enfin, il hantait ses rêves, et elle se levait le matin triste et épuisée, avec pour seule perspective le recommencement de ce cycle infernal.

— La verte ou la rouge, mademoiselle ? Elles sont toutes les deux magnifiques.

Dans le miroir, elle regarda Martha lui montrer deux robes.

Il n'y avait pas si longtemps, Minerva aurait fait n'importe quoi pour posséder des vêtements aussi élégants. Elle avait été stupéfaite lorsque les deux robes de bal étaient arrivées, et impatiente de pouvoir les porter. Mais là… cela ne lui disait plus rien. Aller au bal non plus. Surtout dans la mesure où elle ne danserait pas la valse. Comment aurait-elle pu valser avec Hugh, après ce qui s'était passé ?

— Je vous laisse choisir.

La bonne sourit, hésita, et les posa sur le lit.

— Occupons-nous d'abord de vos cheveux, puis nous verrons laquelle va le mieux avec votre coiffure. Quel style désirez-vous ?

— Ce qui sera le mieux, je vous laisse faire…

Elle tendit la brosse avec laquelle, sur les conseils de Martha, elle avait consciencieusement lissé ses cheveux pour les faire briller – sans conviction. Puis, avec un sourire aussi faux que le rôle qu'elle jouait, elle s'installa devant sa coiffeuse et se soumit aux bons soins de la femme de chambre.

On toqua doucement à la porte, et la voix d'Olivia retentit dans le couloir.

— Je peux entrer ?

— Oui... oui, bien sûr.

C'était la première fois que la mère de Hugh venait dans sa chambre. Dans cette aile de la maison, même. Minerva se redressa et serra contre elle les pans de la robe de chambre légère qu'elle portait, gênée d'apparaître en chemise de corps et culotte à mi-cuisses – Martha lui avait assuré que c'était ce qui se portait sous une robe de bal.

Olivia entra, déjà habillée pour le bal, en robe de soie bleu roi, couverte de ce que Minerva supposa être des saphirs et des diamants.

— Pouvez-vous nous laisser un instant, Martha ? Je vous appellerai.

De toute évidence, elle avait quelque chose d'important à dire.

Minerva tenta d'ignorer le malaise qui se frayait un chemin le long de sa colonne vertébrale, d'oublier sa petite tenue qui la fragilisait, et réussit à sourire. Malgré ce qui s'était passé avec Hugh, elle s'entendait à merveille avec la mère de celui-ci. Les questions indiscrètes avaient cessé et, à sa grande surprise, une amitié était née. Suffisamment pour qu'à deux reprises, Minerva doive se retenir de se confier à elle.

— J'espère que vous ne m'en voulez pas d'arriver ainsi alors que vous êtes en train de vous habiller. Mais je tenais à vous apporter ceci.

Olivia lui tendit une petite boîte recouverte de velours.

— Tenez.

Lentement, Minerva la prit et l'ouvrit. Sous l'effet de la surprise, elle battit des cils.

— Ce sont les rubis de ma mère. Elle me les a offerts en cadeau de mariage, et comme je n'ai pas eu de fille, j'aimerais vous les offrir aujourd'hui.

Minerva referma la boîte dans un claquement et la lui rendit.

— Je... je ne peux pas. C'est beaucoup trop.

— Allons, allons, ne dites pas de bêtises.

Olivia rouvrit la boîte et en sortit la rivière de pierres précieuses qui scintilla dans la lumière.

— Je veux vous les donner, et il n'est pas question pour vous de refuser.

Elle défit le fermoir, fit glisser le collier autour du cou de Minerva. Le plus gros rubis, taillé en poire, prit place au centre de son décolleté, les autres pierres – plusieurs gros rubis intercalés de diamants – s'installèrent tout autour de son cou, jusque sur sa nuque. Elle en sentit le poids. Et pensa au poids de la honte.

— Je savais qu'il vous irait parfaitement ! Vous avez le teint qu'il faut pour. Le rouge va toujours bien aux brunes. Et je vois que vous avez la robe idéale pour compléter votre tenue.

Elle écarta les cheveux de Minerva pour attacher le collier.

— Il y a aussi les boucles d'oreilles, une broche et un bracelet assortis. Mais vous les mettrez une fois habillée.

Minerva était figée, ne sachant que dire, clouée sur place par le poids du mensonge, bien plus lourd que ces pierres précieuses qu'elle n'avait pas le droit de porter.

— Alors, impatiente d'être à demain ? s'enquit Olivia.

La journée robe de mariée. Horreur.

— Oui. Beaucoup.

Existait-il quelque chose de plus embarrassant que de se laisser mesurer pour une robe de mariée magnifique qu'elle ne porterait jamais ?

— Je sais que choisir sa robe et celle des demoiselles d'honneur un dimanche est un peu inhabituel, mais Mme Devy est une femme très occupée, et je suis sûre que Notre Seigneur nous pardonnera, car nous irons à la messe le matin. Et choisir une robe l'après-midi, ce n'est pas vraiment travailler, n'est-ce pas ?

La messe.

Encore une épreuve à laquelle Minerva n'avait pas pensé. Elle allait devoir écouter pour la seconde fois la lecture de bans qui n'avaient pas lieu d'être, puis passer l'après-midi à s'enthousiasmer pour un trousseau dont elle ne se servirait pas. À moins que le Seigneur tout-puissant ne décide d'écourter ses souffrances et n'abatte sur elle sa foudre, en punition du mensonge dont elle avait accepté d'être la protagoniste.

— Ce n'est pas du tout du travail. Je sens que je vais beaucoup m'amuser.

À peu près autant que si elle devait rentrer à Londres à pied.

— Vous voulez bien que je vous coiffe ?

Sans attendre la réponse, Olivia s'était emparée de la brosse, qu'elle passa délicatement sur les cheveux de Minerva.

— Quand j'étais petite, j'adorais coiffer mes poupées, et ensuite, j'avais hâte d'avoir une fille pour continuer, mais le destin ne m'a donné qu'un enfant, et c'était un garçon. Vous imaginez sa réaction si j'avais voulu faire la même chose avec lui ?

— Vous auriez aimé avoir d'autres enfants ?

— J'aurais voulu une famille nombreuse...

Le regard bleu d'Olivia, qui ressemblait tant à celui de Hugh, perdit un instant son éclat.

— Mais j'étais un peu trop vieille quand j'ai épousé Jeremiah. C'est dommage, parce qu'il aurait fait un père merveilleux. Il a Hugh, bien sûr, et il a endossé ce rôle sans difficulté. Ils s'entendent très bien, comme vous avez pu le constater. Mais je regrette de ne pas avoir pu lui apporter la joie d'un enfant à lui. Grâce à Dieu, maintenant il aura des petits-enfants, qu'il pourra gâter tant et plus ! Vous n'en pourrez plus de nous voir...

Elle massa l'épaule de Minerva et la regarda dans le miroir avec un large sourire.

— ... parce que nous avons décidé de rester. C'est merveilleux, n'est-ce pas ?

— De rester... en Angleterre ?

— Oui. Nous ne l'avons pas encore annoncé à Hugh, mais cela fait déjà un moment que Jeremiah parlait de vendre ses affaires en Amérique.

— N'est-ce pas un peu précipité ?

— Si ces dernières années nous ont appris quelque chose, c'est que chez nous, c'est ici. Le Hampshire nous manquait beaucoup à tous les deux. Maintenant que Hugh et vous allez vous marier, que nous avons la perspective de devenir grands-parents... il semblerait que toutes les planètes soient enfin alignées. Jeremiah a déjà vendu sa compagnie maritime. Il a signé les derniers papiers une semaine avant notre départ. Il écrira à ses avoués pour leur dire de vendre le reste et notre maison à Boston. La garder serait stupide, puisque nous ne nous en servirons plus.

La situation devenait incontrôlable.

Commander une robe qu'elle ne mettrait jamais était une chose ; regarder deux personnes bouleverser leur existence pour se rapprocher de petits-enfants qu'ils n'auraient pas en était une autre.

— Peut-être vaudrait-il mieux ne pas tout vendre, garder la maison et vous contenter de prolonger votre séjour ? On ne sait jamais : dans quelques mois, il se pourrait que Boston vous manque.

— Plus rien ne nous retient là-bas. Jeremiah était fils unique et ses parents sont décédés depuis longtemps. Et puis, il a passé tant d'années ici quand il était diplomate : la plupart de ses amis sont en Angleterre aussi. De même que quelques investissements judicieux. Il a toujours été doué pour la spéculation, et c'est une chose que l'on peut faire sans distinction d'un côté ou de l'autre de l'Atlantique. Non... nous avons pris notre décision. Mieux vaut tirer un trait sur ce que l'on quitte. Et puis, vous allez m'aider à trouver une maison ici. Ce sera amusant !

— Olivia, écoutez...

Mais les mots ne sortirent pas. Elle ne voulait pas mentir à la mère de Hugh, mais ne voulait pas trahir Hugh non plus.

— ... ne préféreriez-vous pas rester à Standish House ?

— Grands dieux, non ! J'adore cette maison, mais c'est à la jeune mariée de devenir maîtresse en sa demeure, et elle n'a pas besoin d'une belle-mère qui mette son nez partout. Ce que je ne pourrais m'empêcher de faire. Vous l'avez sans doute remarqué, j'aime bien donner des ordres.

— Mais pas du tout...

— Vous mentez tellement mal, Minerva. C'est une des choses que j'apprécie chez vous.

Si elle savait... Mais ce n'était pas à elle de dire la vérité à Olivia. C'était à Hugh, et elle lui enjoindrait de le faire dès ce soir.

— À vrai dire, j'aime tout chez vous, reprit Olivia. En dehors de vous entendre chanter, bien sûr.

— Je suis navrée que vous ayez eu à supporter cela. Diana dit toujours que je chante comme un chat qu'on étrangle.

Olivia pouffa, et attrapa une poignée d'épingles à cheveux.

— Quel garnement, mon fils... Nous faire un tel coup monté à toutes les deux. Mais quand j'y repense, c'était une soirée formidable. Votre voix... Votre mère... Le sherry...

Dans le miroir, le regard bleu fixa celui de Minerva.

— Au fait, comment va-t-elle, maintenant que la maison prône la sobriété ?

Au dîner ce fameux soir, quand il avait été évident qu'un domestique avait informé Olivia de l'état de Lucretia, Vee s'était surpassée pour éviter la catastrophe. Alors que Minerva, trop éprouvée émotionnellement par sa journée, restait muette, incapable de trouver une excuse, sa petite sœur, tête baissée sur son assiette, avait pris la parole et expliqué que leur mère s'était mise à boire juste après la mort de leur père, mais faisait beaucoup d'efforts pour se contrôler. Miracle, cela avait marché. Depuis, Olivia et Jeremiah affichaient à son égard une réelle compassion, se mettant en quatre pour la soutenir dans son sevrage. Tous les carafons, toutes les bouteilles avaient disparu, les alcools forts avaient été mis sous clé. Aux repas, on ne servait plus que de l'eau et un cordial aux fleurs de sureau. La bonté de ces gens était impressionnante.

Et Minerva n'en éprouvait que davantage de remords. Les mensonges s'accumulaient. Il y en avait tant qu'elle craignait de ne pas arriver à se souvenir de tout, et rêvait du retour de lord Bellingham qui mettrait un terme à cette comédie. Et ferait sortir Hugh de sa vie.

Peut-être qu'en ne le voyant plus, elle cesserait de penser à lui et de se sentir malheureuse comme les pierres ?

— Vos cheveux sont si beaux. Je pense que cette robe exige de les lâcher un peu, non ? En même temps, les remonter mettrait le collier en valeur. Moi, j'étais trop petite pour le porter. Je suis vraiment contente qu'il ait trouvé un nouvel écrin.

— Vraiment, je ne peux pas accepter... Mais je serai ravie de vous l'emprunter pour le bal.

— Comme vous voudrez. Nous dirons que c'est un emprunt si c'est plus facile pour vous, mais je ne le reprendrai pas. C'est mon cadeau de mariage.

— Mais nous ne sommes pas mariés...

— Vous n'allez pas tarder à l'être, et cela me ravit. Je dois vous avouer qu'au départ, j'avais quelques doutes. Étant donné les arrangements dont Hugh est coutumier avec la vérité et son refus du mariage pendant tant d'années, j'étais persuadée que cette histoire de fiançailles était un mensonge de plus. Même après vous avoir rencontrée, j'avais du mal à le croire. J'étais tellement convaincue qu'il me mentait. Je voyais le mal partout, et c'est peut-être pour cela que j'ai été un peu dure avec vous. Je m'en veux aujourd'hui, parce que vous vous aimez à la folie, cela saute aux yeux. Sans compter le *désir* que l'on sent entre vous...

Elle cessa de sourire, et agita la brosse.

— Oh, ne prenez pas cet air surpris, ma chérie ! Vous pensiez être discrets ? Je vois bien comment vous vous regardez quand vous croyez que personne ne vous voit. C'est merveilleux ! Une telle passion, une telle dévotion, cela ne s'invente pas. Je ne suis pas surprise que vous ayez pris un peu d'avance sur la cérémonie.

— Mais non, vraiment !

— Je ne suis pas prude, Minerva. Ces choses-là sont naturelles quand on rencontre l'âme sœur. Pourquoi pensez-vous que je n'ai rien dit quand vous êtes partis tous les deux, l'autre jour ? Je me souviens de ce que cela fait, de vouloir être seule avec l'homme qu'on aime avant de l'épouser. Le frisson d'excitation... Le sentiment de perfection absolue. Pas de faux-semblants. Mais au vu de cette petite escapade, je dirais que vous jouez avec le feu, tous les deux, en repoussant le mariage à la Saint-Valentin. Avez-vous des nouvelles de la famille de votre père en Écosse ?

— Pas encore.

— Peut-être la lettre s'est-elle perdue ? Nous en écrirons une autre demain et nous l'enverrons par coursier, en exigeant qu'il attende leur réponse pour vous la rapporter.

Olivia planta une dernière épingle à cheveux et recula d'un pas pour admirer son œuvre.

— Magnifique. Vous allez être la plus belle de la soirée. Il faudra danser avec tous les jeunes gens présents, pour rendre mon fils très jaloux. Ces petites choses obligent un mari amoureux à rester vigilant, et ce sera une bonne leçon pour Hugh.

— Je danse à peu près comme je chante, Olivia. Donc peut-être vaut-il mieux que je me contente de regarder.

— Vous ne dansez pas du tout ? Mais Hugh m'avait écrit que vous valsiez tous les deux... C'était une histoire tellement charmante...

Minerva sourit dans le miroir, pour la rassurer. Ce n'était pas à elle de rectifier les mensonges proférés par Hugh bien avant leur rencontre. Elle ferait suffisamment de mal à Olivia en s'enfuyant avec le meilleur ami de son fils.

— Je sais danser la valse. À peu près.

Elle avait eu une leçon, avant que tout devienne compliqué.

— C'est encore mieux ! Alors vous ne danserez qu'avec Hugh, et tout le village pourra voir à quel point vous vous adorez !

— Absolument.

À quoi bon lui demander de ne pas s'enthousiasmer outre mesure ? Il n'y aurait pas de valse, de la même façon qu'il n'y avait plus entre Hugh et elle que des échanges strictement nécessaires. Comme la mer sur cette magnifique plage, Hugh s'était éloigné, et la lune n'y pouvait rien.

— Mais pourrez-vous me trouver des excuses si l'on insiste pour danser avec moi ?

— Je m'en charge, répondit Olivia. Je suis une menteuse bien plus efficace que vous.

25

Hugh était à l'agonie. Malheureux, accablé, perdu, et n'ayant pas la moindre idée de la façon d'y remédier, il suivit Minerva en direction de la piste de danse. Non qu'il ait osé lui demander de valser avec lui. Cela faisait une semaine qu'elle le battait froid et manifestait à son égard une hostilité qu'il ne comprenait pas complètement, alors danser avec elle… Mais sa mère en avait décidé autrement, décrétant devant tout le monde, au moment où la valse était annoncée, qu'ils allaient danser ensemble, leur ôtant habilement à tous les deux la possibilité de décliner. Maintenant, il allait devoir la tenir de nouveau dans ses bras, tout en sachant que ce soir serait la dernière fois.

Pour ne rien arranger, elle était plus belle que jamais – sa robe de soie rouge attirait le regard de tous les jeunes gens présents, ce qui le rendait jaloux. Elle était distante avec lui, comme depuis le jour où il lui avait avoué ses sentiments, alors qu'elle-même avait reconnu éprouver la même chose. Pourtant, il avait été incapable de la quitter des yeux, la regardant rire et bavarder avec absolument tous les invités, excepté lui.

À lui, elle réservait les réponses monosyllabiques, la froideur, le désintérêt. Même ses doigts étaient raides dans sa main tandis qu'ils se mettaient en place. Il la fit tourner entre ses bras et elle sourit. Un sourire qui lui coûtait soixante livres, une vulgaire transaction, qui ne réchauffa pas son regard.

Il détestait cela. Dans sa poitrine, la douleur était plus lourde qu'une enclume.

L'orchestre joua les premières mesures, et Minerva lui marcha sur le pied tandis que tout son corps luttait contre la musique. Fichu manque de coordination. Il sentit son agacement, et envisagea réellement de la laisser se ridiculiser, pour se venger, avant de se souvenir qu'il était lui aussi pour quelque chose dans cette vulgaire transaction. Ils devaient donner le change tous les deux, quelle que soit son humeur.

— Arrière, côté, on rassemble… avant, côté, on rassemble…

Il la sentit se détendre dans ses bras tandis qu'elle trouvait enfin le rythme, anticipant les mouvements de Hugh plutôt que de chercher le tempo d'une musique que son absence d'oreille l'empêchait d'entendre. Il adorait ce défaut. Presque autant qu'il aimait la tenir dans ses bras.

Danser en silence semblait convenir à Minerva. Ce n'était pas plus mal : Hugh était à court de remarques sans intérêt. Ils parcoururent la salle sur toute sa longueur, réussissant à danser quelque chose d'aussi intime que la valse comme deux étrangers – leurs corps se touchaient parce que Minerva n'aurait pas pu danser, autrement, mais leurs yeux s'évitaient et chacun semblait perdu dans un monde différent.

— Vous devez dire la vérité à votre mère. Les choses sont allées trop loin. Elle m'a offert ses rubis.

Hugh manqua trébucher tant elle avait parlé sèchement, et sans crier gare.

— Vous les laisserez ici en partant.

— Oui, c'est exactement ce que je vais faire. Ma cruauté sera noble à l'égard de celle qui n'a été que gentillesse avec moi. Je n'en peux plus de lui mentir.

— Giles sera ici d'un jour à l'autre. Je lui ai écrit, et j'ai exigé son retour afin que nous puissions mettre un terme à cette comédie. Vous n'aurez bientôt plus à mentir.

Lui, en revanche, continuerait.

Et la douleur continuerait aussi. Il souffrait depuis des jours. La douleur, dans sa poitrine, était à la limite du supportable. Il savait que c'était parce que Minerva lui manquait. Le couple qu'il formait avec elle lui manquait.

— Ce n'était pas censé durer si longtemps. J'avais accepté pour quelques jours, une semaine tout au plus.

— Je n'y peux rien.

— Elle pense que nous sommes... amants. Que je suis peut-être déjà enceinte. Et cela la réjouit !

Hugh ne répondit pas. Bizarrement, il regrettait la perte de cet enfant imaginaire, comme il regrettait le départ prochain de Minerva.

Et comme décidément rien n'allait ce soir, il aperçut soudain Sarah et son mari, qui venaient d'arriver. Avec, derrière eux, la mère de Sarah. De toute évidence, le destin ou le Tout-Puissant avait décidé de faire de cette soirée la pire de son existence, intimant l'ordre à tous ses cauchemars de retourner le couteau dans ses nombreuses plaies.

Évidemment, Sarah le repéra et lui fit un petit signe de la main. Il feignit de ne pas la voir, mais ne réussit pas à masquer son malaise à sa partenaire, dont le regard s'aventura dans la direction que ses yeux venaient de quitter.

— Oh... Mme Peters est ici. Avec son mari.

— Vraiment ?

— Ne faites pas l'innocent. Pourquoi l'ignorez-vous ?

— Nous sommes en train de danser…

En l'occurrence, il trouvait plus facile d'évoquer la catastrophe vers laquelle le menait son mensonge, que de donner un coup de pied dans cette fourmilière-là. Il poursuivit :

— Et je suis conscient du fait que vous êtes allée bien au-delà de ce qui était prévu au départ, mais je vous promets que le jour où Giles nous fera l'honneur de reparaître au domaine sera celui où vous regagnerez vos pénates. En attendant, je me charge de calmer ma mère.

— Parce que la situation nous a un peu échappé, n'est-ce pas ? Les bans seront lus pour la deuxième fois demain matin, et ensuite je dois essayer ma robe de mariée pour les dernières retouches. Comme je le disais, tout ceci est allé bien plus loin que je ne l'envisageais.

— Que voulez-vous ? Plus d'argent ? Dites-moi un chiffre, Minerva, et finissons-en, nom d'une pipe !

Elle plissa les yeux. Son regard se durcit instantanément.

— L'argent ne soignera pas les blessures que nous sommes en train d'infliger à une femme généreuse, bien intentionnée, et qui ne se doute de rien ! Ni à Jeremiah, qui a toujours été absolument charmant. Ils ont décidé de déménager, le saviez-vous ? Jeremiah est en train de vendre tout ce qu'ils possèdent en Amérique pour qu'ils puissent s'installer ici, près de nous ! Votre mère va bouleverser sa vie pour un vulgaire mensonge !

— Tout vendre prend du temps. Cette histoire sera terminée avant qu'ils atteignent le point de non-retour.

Et il ramènerait Giles par la peau des fesses, s'il le fallait.

— Encore quelques jours de torture, tout au plus, et je m'attellerai à réparer le mal que j'ai fait.

— Le mal *considérable,* précisa Minerva. Probablement irréparable. Dites-moi, Hugh, tout cela en valait-il la peine ?

Elle le fixait d'un regard accusateur, et il regretta aussi la perte de l'amitié tranquille qui les avait unis. Comment un baiser et une conversation de quelques minutes avaient-ils pu réduire à néant ce qu'il y avait entre eux ?

— Non, bien sûr que non ! Je ne suis pas idiot, Minerva. Je sais que toute cette histoire, c'était n'importe quoi. En d'autres circonstances, j'aurais procédé autrement.

Il ne l'aurait pas embrassée sur la plage, ne lui aurait pas fait cette proposition ridicule qui avait tout changé, tout gâché.

— J'aurais dit la vérité à ma mère avant qu'elle quitte Boston, ajouta-t-il. Je lui aurais expliqué que je ne me marierai jamais et ne lui donnerai pas les petits-enfants dont elle rêve, parce que je ne le peux pas ! Lui briser le cœur il y a deux ans aurait été bien moins douloureux que tous les remords et la culpabilité provoqués aujourd'hui par cette misérable comédie.

— À vous entendre, vous n'avez joué qu'un petit rôle dans cette histoire. Mais tout est de votre fait, Hugh. Vous êtes l'auteur, l'acteur, le metteur en scène de cette misérable comédie. C'est à votre égoïsme, et à votre égoïsme seul, que vous devez d'en être là.

En proie à une agitation qu'il peinait à contrôler, il l'entraîna en dansant à une extrémité de la piste, loin des regards curieux, des oreilles indiscrètes et des nouveaux arrivants.

— Céder au bout du compte, voilà ce qui aurait été égoïste. Assumer d'être malhonnête et hypocrite en épousant une jeune femme qui ne se serait doutée de rien et en ruinant son existence, comme tant d'autres hommes irresponsables l'ont fait avant moi dans cette famille !

— Parce que les Standish font tous de très mauvais époux.

— Au moins suis-je conscient de mes défauts.

— La débauche est-elle un passe-temps agréable à ce point ? C'est pour cela que vous refusez de vous engager ?

Allons bon, voilà qu'elle voulait discuter, maintenant !

— Je vous ai dit pourquoi je ne pouvais pas faire de promesses. Les Standish de sexe masculin sont des coureurs de jupons, c'est de notoriété publique.

— Oui, c'est ce que vous répétez sans arrêt. Mais moi, je n'ai eu que votre son de cloche à ce sujet.

— Alors permettez-moi de vous éclairer un peu. Mon père était un coureur, mon grand-père aussi, et mon arrière-grand-père également.

Cet aveu aurait dû le soulager, mais il n'éprouvait que de la colère, de la frustration, et de la tristesse.

— À part vous, je n'ai jamais entendu personne dire du mal de votre père, répliqua-t-elle.

— Parce qu'il avait un charme extraordinaire. Il mettait tout le monde dans sa poche. Exactement comme moi. De plus, les gens ne voient que ce qu'ils veulent bien voir. Il savait tirer parti de cela.

— Donc ce n'était pas un homme bien ? Tout le monde se trompe à son sujet ?

— C'était un bon maître. Un excellent politicien. Il était innovateur et large d'esprit. Pour le monde entier, c'était un homme bien. Un homme remarquable, même. Mais en privé, dans sa vie personnelle, il était très différent de l'image publique qu'il entretenait.

Seize ans avaient passé, mais l'amertume était toujours présente.

— C'était un menteur invétéré. Seul son plaisir l'intéressait, au détriment de tout et de tous autour de lui. Il a trompé ma mère avant même de l'épouser, et a continué sans vergogne pendant tout leur mariage. Ça, je ne l'ai su que quelques semaines avant sa mort, parce qu'ils me l'avaient caché tous les deux !

— Ce qui ne veut pas forcément dire que vous êtes pareil.

— J'ai passé mes jeunes années à essayer de ressembler à un homme qui n'était pas du tout ce que je croyais. C'est sa voix qui résonne dans ma tête ! Son sang qui coule dans mes veines ! Quand j'ai enfin compris que je me trompais de modèle, il était trop tard. Le moule avait pris. Je lui ressemble comme deux gouttes d'eau. C'est bien ce que tout le monde dit, non ?

— Oui, mais...

Il ne voulait pas des platitudes qu'elle avait à lui offrir.

— Vous avez vu tous les tableaux dans la galerie des portraits, Minerva. Si vous faites abstraction des vêtements, des noms et des années qui figurent sur les plaques, il ne reste qu'un seul visage. Un seul Standish. Interchangeable, intrinsèquement égoïste, et absolument incapable de tomber amoureux ou de rester fidèle à une femme.

L'affection profonde n'était pas de l'amour. La douleur dans sa poitrine qui l'oppressait en permanence n'était pas de l'amour non plus.

— Avez-vous déjà essayé ?

Elle n'écoutait donc pas ?

— Je sais qui je suis, Minerva. Jusqu'à ce que je vous connaisse, j'ai toujours évité de nouer des liens amoureux avec une femme, parce que je sais que je n'ai pas en moi ce qu'il faut pour les entretenir et les faire croître.

— Pensez-vous vraiment que l'infidélité se transmet de père en fils ? Ou est-ce juste une excuse que vous donnez aux femmes qui ne vous plaisent plus ? Un moyen bien pratique pour vous sortir de situations délicates et éviter les mésalliances ? Certaines choses vous échapperaient-elles ? Vous ne contrôlez donc pas votre destin ?

Elle le toisait d'un regard presque méprisant. Et son sarcasme l'exaspéra.

— Bien sûr que si.

— Vraiment ? Alors pourquoi vous reposez-vous toujours sur votre « hérédité Standish » pour justifier votre piètre comportement ?

— Je ne justifie pas la catastrophe qu'a été cette histoire, mais si je me suis lancé dans cette regrettable comédie, c'est uniquement parce que je refusais de marcher sur les traces de mon père. Tout ce que j'essayais de faire, c'était d'aller *contre* ma tendance au « piètre comportement », comme vous dites.

— Parce que vous êtes incapable de tomber amoureux ou de rester fidèle.

— C'est ce que je crois depuis toujours.

Mais si Minerva avait accepté de tenter l'expérience, son affection pour elle étant nourrie, entretenue, serait probablement devenue de l'amour, et il aurait fait tout son possible pour lui rester fidèle.

— Et Sarah, alors ?

Il s'immobilisa et la fixa, stupéfait.

— *Sarah ?*

— Je ne suis pas aveugle, Hugh. Chaque fois que vous la croisez, votre comportement change.

— Alors vous avez besoin de lunettes.

— Pourquoi ne pas le reconnaître ? Soit elle vous a brisé le cœur et vous a poussé à vous endurcir, soit vous vous sentez encore coupable de l'avoir quittée. Encore une situation délicate qui aurait risqué de ternir la réputation de la maison Standish. Car une roturière ne saurait faire autre chose que de salir cette illustre lignée d'aristocrates.

Plusieurs paires d'yeux les fixaient maintenant, aussi la prit-il par le bras pour l'entraîner vers une alcôve. C'était de notoriété publique, mais jamais personne ne l'avait dit à voix haute. Lui encore moins.

— Sarah est ma *sœur,* Minerva !

— Votre sœur ?

Elle en resta un instant bouche bée. Puis elle tendit le cou en direction de Sarah, notant les ressemblances qu'il était impossible de ne pas remarquer. Les cheveux blonds. Les yeux bleus. Les mêmes traits. Ceux de leur père.

— Mais je ne savais pas que vous aviez une sœur !

— Moi non plus, jusqu'à l'âge de quinze ans. La femme qui accompagne Sarah était la maîtresse de mon père. Une parmi tant d'autres, à mon avis. Mais quand il a su qu'il allait mourir, il les a fait venir toutes les deux à la maison...

Il se souvenait encore du moment où sa mère l'avait convoqué dans le salon pour lui expliquer la situation, et lui dire que l'autre famille de son père avait le droit d'être là parce qu'elle l'aimait autant qu'eux. Quelques jours plus tard, Hugh avait dû rester au chevet de son père en compagnie de ces inconnues, et celui-ci avait rendu son dernier souffle en tenant la main de celle qui n'était pas sa femme, sous les yeux de celle qui l'était. Son père était mort sans jamais lui expliquer comment cette insupportable réalité – que Hugh était apparemment le seul à ignorer – avait été possible.

— … sans manifester le moindre remords, par-dessus le marché. Ce qui, je crois, me donne le droit d'être un peu mal à l'aise, les rares fois où je ne peux faire autrement que croiser ces dames.

Derrière eux, les gens applaudirent la fin de la valse.

— Elle ne vous a pas brisé le cœur ?

Hugh fit la grimace.

— Mais non, enfin ! Comment pouvez-vous imaginer une chose pareille ?

— Peut-être que si vous m'aviez tout dit dès le départ, je n'aurais pas tiré de conclusions hâtives.

— Je vous ai toujours tout dit.

— Mais non, pas du tout ! Vous me dites les choses uniquement quand cela vous arrange !

— Vous êtes injuste.

— Vraiment ? Eh bien, vous, vous êtes le maître de l'esquive. Toujours à plaisanter et à vous cacher derrière votre charme pour éviter la franchise parce qu'elle… Non, vraiment, j'ignore pourquoi vous vous comportez de la sorte… mais si vous évitez la franchise à tout prix, je soupçonne que c'est parce qu'elle vous fait peur.

— J'ai toujours été honnête avec vous, Minerva.

C'était faux. Il avait eu quelques accès de franchise, toujours très abrupts, dans un comportement dominé la plupart du temps par l'esquive. Il n'aimait pas qu'on ait une autre image de lui que celle qu'il voulait donner.

— Vous me connaissez mieux que la plupart des gens.

Voilà qui était plus proche de la vérité.

— Peut-être, mais votre mère, Jeremiah et Payne m'en ont plus appris sur vous que vous-même. M'auriez-vous un jour dit que vous avez une sœur, si je ne m'étais pas trompée sur la nature de vos relations ?

— Comment pouvais-je savoir que le régiment de son mari était de retour ?

— Je vais prendre cela pour un non. Car me parler d'elle aurait impliqué d'évoquer votre père et les sentiments particuliers qu'il vous inspire. Or pourquoi confieriez-vous quoi que ce soit d'important à quelqu'un, alors qu'il est si simple de rester sur le terrain de la superficialité, puis de mettre tout le reste sur le dos de vos origines ?

Elle soupira doucement en secouant la tête.

— Du coup, je me demande ce que vous m'avez caché d'autre.

— Rien qui ait de l'importance.

Sous l'effet du mensonge, il sentit son rythme cardiaque s'accélérer. Il ne lui avait pas encore parlé de la visite de son père, malgré les remontrances quotidiennes de Payne, selon lequel Minerva avait le droit de savoir. Mais en quoi cela l'aiderait-il de savoir que son géniteur avait toujours vécu à Londres, tout près de ses sœurs et elle, choisissant de faire comme si elles n'existaient pas parce que cela l'arrangeait ? Ou qu'en cherchant un peu, il avait découvert d'autres détails, peu reluisants, sur ce scélérat ? De plus, si Hugh avouait lui avoir donné l'argent qu'il exigeait, elle partirait du principe qu'il avait agi pour sauver sa peau, et nier le forcerait à reconnaître qu'il l'avait fait en réalité par affection profonde pour elle.

De *l'affection* ?

Peut-être avait-il vraiment peur d'être honnête parce qu'il savait, au fond de lui-même, que cette douleur et cet attachement n'avaient rien à voir avec une profonde affection.

— Vous m'épuisez, Hugh ! Et j'en ai plus qu'assez.

Il sentit le sol se dérober sous ses pas.

— Que voulez-vous dire ?

— Nous ne pouvons pas continuer comme cela éternellement. Cette comédie a montré ses limites, et elle nous rend malheureux tous les deux.

Elle se tut, porta une main au collier de rubis et diamants qui brillait à son cou tout en regardant en direction d'Olivia, qui discutait avec la maîtresse de son défunt mari – encore une chose que Hugh ne comprendrait jamais !

— Les bans seront lus encore une fois demain, et je ne dirai rien. Mais il n'est pas question pour moi de les écouter une troisième fois dimanche prochain. Ce qui nous laisse exactement une semaine pour mettre un terme à votre interminable conte de fées… ou pour en supporter les conséquences.

Elle le fixait de ce regard émeraude troublé, fâché, et teinté d'un regret qui blessa Hugh. Ses derniers mots l'achevèrent :

— Dans un cas comme dans l'autre, samedi prochain je serai partie, Hugh. Nous aurions dû nous dire adieu depuis longtemps… En fait, je regrette amèrement que nous nous soyons dit bonjour un jour.

26

Les larmes aux yeux, Minerva s'était excusée et avait couru jusqu'aux toilettes. Au bout de dix minutes, et après une rapide retouche de poudre, elle en sortit toujours aussi fébrile mais apparemment plus calme. Elle inspira longuement, avec l'intention de regagner le havre de paix relatif que constituait la compagnie d'Olivia, mais ses pas la conduisirent vers la sortie. Elle avait besoin de sentir l'air frais sur son visage avant de se remettre dans la peau de son personnage.

Elle n'avait pas menti. Jouer le rôle de *sa* Minerva était épuisant. Chaque jour apportait son nouveau lot de défis, et elle n'avait pas toujours les armes nécessaires pour y faire face. Rubis, robes de mariée, comédiennes ivres, sœurs cachées, cœur brisé… Comment s'étonner, après tout cela, d'être à bout, d'avoir tout le temps envie de pleurer ? La promesse d'une herbe plus verte l'avait amenée jusqu'ici, et voilà qu'elle se retrouvait au milieu d'un champ d'orties.

Dans la bise hivernale, et malgré l'obscurité, elle remonta la file de voitures garées en direction de la place du village. Elle avait besoin d'être seule, malgré le froid. Une question l'obsédait. Comment allait-elle endurer une semaine de plus à Standish

House, quand supporter cette seule soirée lui semblait impossible ?

— Tu sais danser, maintenant ?

La voix qui perça le noir la glaça plus encore que la nuit de décembre.

— Père ?

Elle chercha sa silhouette autour d'elle, jusqu'à ce qu'un bref éclair de lumière illumine le visage de son père. Il allumait un des petits cigares à l'odeur âcre qu'elle avait toujours détestée.

— Tu es drôlement bien retombée sur tes pattes, hein ? Fiancée à un comte. Rien que ça.

Elle en eut la nausée, consciente que la présence de son père ici, après si longtemps, ne pouvait annoncer qu'une chose.

Des ennuis.

— Que fais-tu là ?

— Tu n'es pas émue aux larmes de retrouver ton vieux papa ?

— Je t'espérais mort quelque part dans un caniveau depuis déjà plusieurs années.

Il tira une longue bouffée, puis souffla lentement la fumée.

— Tu as toujours été sans cœur, Minerva.

— Réponds à ma question ! Que fais-tu ici ?

Il haussa les épaules, pas du tout impressionné.

— Cela me semble évident. Je suis venu au secours de mes trois filles.

— Nous n'avons pas besoin d'être secourues.

L'odeur âcre du tabac bon marché la ramenait tout droit à Clerkenwell et au minuscule appartement qu'ils occupaient avant qu'il disparaisse, dans lequel elles étaient restées cloîtrées pendant que le propriétaire, puis les huissiers, et même quelques policiers tambourinaient à la porte. Cette porte à laquelle un messager envoyé par Dieu sait qui s'était présenté un soir, en pleine nuit, lui ordonnant d'aller chercher son ivrogne de père dans le bouge où il avait échoué.

— Comment nous as-tu retrouvées ?

— Si ton petit stratagème était un secret, tu n'aurais pas dû autoriser Vénus à me laisser un mot avec votre nouvelle adresse. J'ai pris ça comme une invitation. Non pas qu'il m'en faille une. Nous sommes une famille, après tout, dont je suis encore le chef, il me semble.

— Détail que tu as réussi à oublier ces six dernières années, parce que ça t'arrangeait bien ! Je ne te demanderai pas où tu étais : je sais déjà que la réponse serait un mensonge, comme d'habitude.

— En parlant de mensonge, ma très chère fille, je me demande ce que la mère de ton comte ou même tout ce joli petit village penserait de celui, énorme, que vous tentez de leur faire avaler…

Les tentacules glacés de la peur étreignirent Minerva.

— Qu'est-ce qui te fait croire que nous mentons ?

Son père éclata de rire.

— Lui ? T'épouser ? Mais les comtes n'épousent pas les bécassines des rues, allons !

— Je croyais que j'étais la fille d'un gentleman.

Minerva tourna les talons. Le mieux était de faire preuve d'assurance. Cela calmerait temporairement son père. Puis elle irait tout raconter à Hugh et lui dire qu'il ne leur restait pas une semaine, mais quelques heures à peine.

— Ah oui. J'ai entendu dire que j'étais mort de froid… dans les Cairngorms.

Elle s'immobilisa, et il enchaîna :

— Tu m'as toujours regardé de haut parce que tu te croyais supérieure à moi avec tes grands principes et ta morale, mais finalement les chiens ne font pas des chats, n'est-ce pas, Minerva *Landridge* ?

— Personne ne te croira face à Hugh.

— Oh, tu l'appelles par son prénom, alors ? C'est mignon... Mais nous verrons bien. À moins que... Nous pourrions nous simplifier la vie, tu sais, et faire en sorte que tout le monde soit satisfait...

— Que veux-tu ?

— Combien te paie-t-il ?

— Il ne me paie pas.

— Alors ces rubis feront l'affaire. Car ce sont des rubis, n'est-ce pas ? Un aristo comme lui n'achèterait jamais du toc.

Elle porta une main à son cou, pour protéger le cadeau d'Olivia.

— Ils ne sont pas à moi. On me les a prêtés pour le bal.

— Alors il me faudra du liquide. Disons cent livres... pour demain ?

— Il ne me paie que soixante !

Elle regretta aussitôt cet aveu, dû à la panique. Mais il était trop tard. Le mal était fait.

Son père la toisa lentement des pieds à la tête d'un air méprisant, lui donnant le sentiment d'être une souillon.

— Seulement soixante ? Tu te vends trop bon marché... ou tu me prends pour un imbécile, quand les poches de ton bellâtre sont pleines d'or.

Il lui souffla la fumée de son cigare dans la figure, et partit d'un nouvel éclat de rire.

— Disons soixante-quinze. Tu dois pouvoir le convaincre de te donner plus, j'en suis sûr. Ce pauvre type te regarde comme un chien devant la vitrine d'un boucher. Use de tes charmes, ma fille...

— Tu n'auras pas un penny !

Elle voulut s'éloigner, mais il l'attrapa par le bras et la tira en arrière.

— Tu aimerais voir le nom de ton cher et tendre traîné dans la boue, c'est ça ? Ici, tout le monde le prend pour un saint. Et sa mère ? Elle est au courant que son fils chéri a embauché une fiancée et toute la famille Landridge pour aller avec ? Elle est revenue pour le mariage, je crois ? Une trahison pareille, c'est très, très douloureux pour une mère...

— Arrête !

Il en savait trop, ou supposait trop bien. Et parce qu'elle avait bêtement réagi, il savait maintenant qu'elle était payée.

— Je ne peux pas te donner soixante-quinze livres. Je ne peux même pas t'en donner soixante : j'ai des dettes, le loyer à payer... Je peux t'en donner quarante. Demain. Si tu promets de disparaître...

En l'éloignant quelques jours, elle gagnerait un peu de temps pour trouver comment mettre un terme à ses « fiançailles » et rentrer à Londres avant que son père puisse ruiner la réputation de Hugh ou faire du mal à sa mère...

Mais non, enfin, à quoi pensait-elle ? Maintenant que les vannes étaient ouvertes, son père était trop vénal pour ne pas chercher à leur extorquer encore plus d'argent, lui qui n'avait jamais tenu une promesse de toute son existence. Il reviendrait, exigerait plus. Il y avait certaines choses contre lesquelles on ne pouvait rien.

— Minerva ?

Elle tressaillit. Elle n'avait pas entendu approcher Hugh.

— Que se passe-t-il ?

Il toisait son père d'un regard mauvais. Elle avait deux possibilités, aussi terribles l'une que l'autre, mais dans les deux cas, ce serait un soulagement.

— Je... Mon père est revenu. Il est au courant, et il essaie de me faire chanter !

Hugh prit la nouvelle avec un calme impressionnant. Il croisa les bras, presque souriant. Bizarrement, la force qu'il dégageait en cet instant apaisa Minerva.

— Vraiment ? Mes cent livres ne vous ont pas suffi, monsieur Merriwell ?

Savoir qu'elle avait un allié l'avait soulagée. Découvrir ce que la phrase de Hugh impliquait l'horrifia.

Hugh n'était pas surpris parce qu'il avait déjà rencontré son père. Il l'avait rencontré, payé, puis il avait délibérément caché cela à Minerva. Une nouvelle trahison.

— On ne peut pas reprocher à quelqu'un d'essayer, monsieur le comte.

— Si, moi, je le lui reproche. Surtout quand par duplicité ce quelqu'un, comme vous dites, revient sur l'accord qui a été passé.

Un accord ? Du chantage ? D'autres secrets ? Et tant de mensonges qu'elle ne savait plus quoi penser.

Elle avait dû frissonner, car Hugh se tourna vers elle et retira aussitôt sa veste pour la poser délicatement sur ses épaules. La chaleur qui se diffusa en elle – celle de Hugh – aurait dû la réconforter, mais il n'en fut rien.

— Rentrez, Minerva. Je m'en occupe.

Elle eut envie de le gifler.

— Non ! J'ai le droit de savoir ce que vous allez faire.

— Fiche le camp, la môme ! intervint son père. Je préfère avoir affaire au marionnettiste qu'à sa poupée à fils...

Les derniers mots restèrent dans sa gorge. Le poing de Hugh s'était refermé sur son col, et serrait. Fort. Puis il tira vers le haut et bientôt, les pieds de son adversaire ne touchèrent plus le sol que de la pointe.

— Je vous interdis de lui parler de la sorte ! Minerva, s'il vous plaît, rentrez. Ce que j'ai à dire à votre père écorcherait les oreilles d'une lady. Par ailleurs, c'est à moi de régler le problème que j'ai contribué à provoquer.

Il entraîna son père un peu plus loin, et ils disparurent dans l'obscurité.

Minerva resta immobile un long moment, figée, tentant de comprendre, avant de conclure que trop de détails lui manquaient pour avoir une vue précise de la situation. Pourquoi son père avait-il soudain reparu ? Où avait-il passé tout ce temps ? Ces six années ne semblaient pas avoir été tendres avec lui. Il avait l'air plus vieux. Plus froid que jamais. Quand avait-il rencontré Hugh ? Depuis quand celui-ci gardait-il ce secret ? Et surtout, pourquoi ?

Tandis que l'air froid lui brûlait les poumons, Minerva réalisa qu'elle connaissait la réponse à cette dernière question. Comme à son habitude, Hugh avait fait ce qu'il fallait pour sauver sa peau d'égoïste, se fichant éperdument de ce qu'elle et ses sœurs ressentiraient.

Ses sœurs… Qu'allait-elle leur dire ? Elle aurait voulu courir leur raconter ce qui venait de se passer, mais le bon sens lui soufflait que ce n'était pas le moment.

Hugh émergea de l'obscurité, seul.

— Il est parti. Et ne reviendra plus vous importuner, dit-il en s'arrêtant face à elle. Je suis navré que vous ayez dû supporter cela. Je pensais avoir fait ce qu'il fallait pour que ça n'arrive pas.

La main de Minerva partit sans qu'elle s'en rende compte, et elle le gifla. Il recula, l'air inquiet.

— Comment avez-vous pu, Hugh ? Comment avez-vous pu ?

— Je vous dois une explication, en effet…

— Non, c'est inutile. Même une poupée à fils comme moi est capable de comprendre. Vous avez assuré vos arrières, comme d'habitude ! dit-elle en le repoussant, les mains sur son torse.

— Minerva, ce n'était pas du tout…

Elle le poussa de nouveau, plus violemment.

— Vous avez fait en sorte que votre comédie aille à son terme !

Elle le poussa encore une fois. Hugh ne cherchait pas à se défendre, ni à l'arrêter.

— Vous êtes un fieffé menteur, Hugh Standish ! Un vaurien, menteur, égoïste, indigne de confiance et hypocrite ! Je ne veux plus jamais avoir affaire à vous !

Elle partit en courant, sans prêter attention à la veste qui glissa de ses épaules et tomba dans la boue, sans un regard pour tous les conducteurs qui attendaient près de leur voiture, se ruant jusqu'au sanctuaire des toilettes et verrouillant la porte derrière elle pour le cas où Hugh aurait eu la mauvaise idée de la suivre, avant de s'effondrer dans un coin.

De son père, au moins, elle n'avait jamais rien attendu. C'était un scélérat, mauvais jusqu'à l'os. Elle l'avait détesté toute sa vie. Mais Hugh…

Avec son charme, il l'avait manipulée, l'avait menée par le bout du nez. Elle avait cru à son histoire et accepté de mentir pour lui. Elle avait cru à tous les prétextes, tous les mensonges qui dégoulinaient de sa bouche de séducteur. Elle l'avait cru. Jusqu'au bout. Inconditionnellement.

Elle avait cru… l'aimer.

Lui, le pire de tous les scélérats.

Qu'allait-elle devenir, maintenant ?

27

— Elle a dit de le mettre par écrit, monsieur.

Hugh fixa son majordome, interdit.

— Par écrit ?

— Oui, monsieur. Je suis sûr que vous avez déjà essayé : cela nécessite du papier, une plume et de l'encre. Vous avez tout cela sur votre bureau. Voulez-vous que j'aille le chercher ?

Payne posa le verre de brandy sur la table de nuit.

— Je vous avais pourtant conseillé à plusieurs reprises de le lui dire, pour son père.

— Merci, Payne. J'ai vraiment besoin d'un sermon de plus, là.

— Je vous en prie, monsieur. J'essaie de faire de mon mieux, c'est tout. Avez-vous besoin d'autre chose ?

— Retournez immédiatement toquer à la porte de cette fichue tête de mule et dites-lui que j'exige qu'elle me reçoive !

— Très bien, monsieur. Je suis certain que toquer à sa porte pour la troisième fois à une heure aussi tardive nous vaudra un résultat plus favorable que les deux premières. Surtout au regard des changements significatifs qui se sont produits dans l'intervalle.

Le majordome, qui avait toujours un avis sur tout, s'inclina sans le moindre enthousiasme et prit congé.

Une lettre ! Non mais, pour qui se prenait-elle ? Une lettre, alors qu'il avait essayé plusieurs fois de s'excuser et d'expliquer son raisonnement. Il avait essayé la veille au soir quand Minerva, le visage fermé, visiblement hors d'elle, avait enfin émergé des toilettes devant lesquelles il avait patiemment attendu, pour passer devant lui sans un regard. Ensuite, elle n'avait plus quitté sa mère de la soirée. De retour à la maison, elle s'était servie de ses sœurs comme gardes du corps.

Au moment où chacun se retirait dans sa chambre, il avait dit : « Bonsoir, mon amour. Dormez bien, mon amour. » En faisant en sorte de bien insister sur le « mon amour », pour le cas où elle aurait oublié leur code. Mais elle l'avait laissé faire les cent pas seul dans la galerie des portraits pendant deux heures, jusqu'à ce qu'il se rende à l'évidence : elle ne viendrait pas.

Elle ne s'y était pas rendue non plus le matin suivant. Il en était certain dans la mesure où, après une nuit d'insomnie, il était descendu dans la galerie à cinq heures, avait regardé le jour se lever et écouté la maison s'éveiller, pour finalement être rejoint par Payne qui, impassible, avait annoncé être envoyé par sa mère pour lui dire que s'il ne daignait pas venir prendre le petit déjeuner dans le quart d'heure, il irait à la messe l'estomac vide.

À la messe, les réjouissances avaient été de la même eau. Elle l'avait ignoré pendant tout le trajet, avait dédaigné ses tentatives de rester en arrière au moment de gagner l'église, et s'était assise près de lui raide comme la justice. Froide comme un iceberg. Fixant le révérend Cranham tandis qu'il procédait à la deuxième lecture des bans, et quittant l'église dès les premiers accords d'orgue, au bras de Jeremiah.

Tout l'après-midi, Hugh avait tenté de l'approcher, mais sa mère l'avait chassé, Minerva étant en pleine séance de mesures avec Mme Devy pour sa robe de mariée et son trousseau. Il avait regardé le coucher du soleil depuis son bureau, et n'avait pas réussi à l'intercepter ni avant ni après le dîner, pour la bonne raison qu'elle n'était pas descendue. Une migraine soudaine. Diana, en véritable sentinelle au regard d'aigle, avait ensuite monté la garde devant la porte de sa chambre, empêchant Hugh d'en faire le siège.

Au bord du désespoir, il avait dépêché Payne, mais de toute évidence Minerva était déterminée à le faire souffrir. Et elle y parvenait à merveille. Il ne s'était jamais senti aussi mal de sa vie.

Devant sa fenêtre, il fixait le lointain. Le liquide ambré tournait dans son verre. Peut-être valait-il mieux qu'il lui écrive, après tout. Elle ne voulait pas l'écouter, mais il avait beaucoup à lui dire. Beaucoup d'excuses à formuler. Il s'en voulait pour pratiquement tout. De l'avoir entraînée dans cette histoire, usant à son avantage de son manque d'argent. D'avoir bouleversé son existence et de l'avoir emmenée à l'autre bout du pays, de lui avoir imposé ses problèmes au point qu'ils deviennent les siens. Sans hésiter, il lui avait fourré Lucretia entre les pattes, avait provoqué des frictions entre elle et ses sœurs, lui avait dissimulé le retour de son père, et caché tant de choses à son propos…

Mais surtout, surtout, il s'en voulait de ne pas avoir été assez bon pour elle.

Il comprenait pleinement les raisons de la fureur qu'elle entretenait à son égard, et pourquoi elle ne souhaitait plus qu'une chose : ne jamais le revoir.

À vrai dire, il se sentait davantage capable d'écrire tout cela que de le dire. Il avait toujours eu un certain don pour l'écriture. Mais aujourd'hui, plus que jamais, il avait besoin de s'adresser *personnellement* à Minerva. Il avait besoin de la regarder dans les yeux, de voir si elle était aussi anéantie que lui par ce fiasco. De voir si elle tenait suffisamment à lui pour lui laisser ne serait-ce qu'une once d'espoir.

Payne reparut sans toquer. Son visage impassible en disait long.

— Je suis chargé de vous annoncer que vous êtes : une brute, un ours mal léché...

Il comptait les insultes sur ses doigts.

— ... un gros menteur, un enfant gâté qui a besoin de mûrir, un séducteur beau parleur et mal intentionné.

Sur ce dernier point, le majordome secoua la tête et fixa Hugh d'un regard assassin, avec une moue dégoûtée.

— Si vous me permettez une courte interruption du message, monsieur : honte à vous ! Vous n'avez donc aucune morale ?

— Je ne l'ai pas séduite ! Enfin, pas complètement. Nous nous sommes embrassés... deux fois. Et si vous voulez tout savoir, les deux fois, elle m'a embrassé en retour.

— Lui avez-vous donné le choix ?

Non mais...

— Dois-je vous botter les fesses pour insubordination ? Bien sûr que je lui ai donné le choix ! Pour qui me prenez-vous ? Reprenez votre foutue récitation. J'ai bien vu que vous en tiriez un certain plaisir.

— Nous disions donc... un séducteur beau parleur et mal intentionné.

— C'est établi, n'en parlons plus.

— Un lâche.

— Un peu dur, tout de même.

— Un lâche méchant.

Il encaissa le coup.

— Et un snob.

— Un snob ? Vous êtes sûr ?

— J'ai moi-même posé la question, monsieur. Car il est établi que vous êtes beaucoup, *beaucoup* de choses... mais je ne crois pas vous avoir jamais vu recourir à la condescendance et aux regards hautains avec qui que ce soit.

— C'est la première fois que vous me couvrez de pareilles louanges, Payne.

Le majordome le remercia d'un hochement de tête.

— Mais elle était catégorique. Elle a dit que vous étiez – et je cite, plutôt que de paraphraser : « un pleutre snob qui se sert sans vergogne de ses ancêtres décédés pour se sortir de situations délicates et éviter les mésalliances ».

Situations délicates, éviter les mésalliances. Elle avait utilisé la même expression au bal, mais il avait été si surpris qu'elle le croie épris de Sarah qu'il n'avait pas relevé.

— À votre avis, Payne, que veut-elle dire par là ?

— Je me garderais bien de chercher à le deviner, monsieur, mais elle avait les larmes aux yeux et a prononcé cette phrase d'une voix étranglée.

— Étranglée ?

— Elle était bouleversée, monsieur. Pour le moins bouleversée.

— Pour le moins bouleversée, ou en larmes ?

— Je ne saurais nier qu'une fois derrière la porte – qu'elle m'a claquée au visage, puisque j'étais là pour vous représenter – il m'a semblé entendre des sanglots. Et maintenant que vous le dites...

Le majordome fronça les sourcils, troublé.

— ... quand elle l'a ouverte, elle avait ces traits tirés et bouffis que les femmes ont lorsqu'elles sont au comble du désespoir. Je me suis dit qu'elle avait dû pleurer. Elle avait les yeux tout rouges.

Hugh n'aurait pas cru pouvoir souffrir plus qu'il ne souffrait déjà. Une fois encore, il se trompait. Minerva pleurait. Sa Minerva, si courageuse, si résolue, pleine de ressources, tenace, désintéressée, merveilleuse en tout point, sa Minerva pleurait. À cause de lui.

— Ah, et puis aussi... Elle m'a dit que vous ne valiez ni le temps, ni l'argent, ni les efforts qu'elle vous avait consacrés, et espère de tout son être que vous brûlerez en enfer.

— Eh bien, vous pourrez l'informer qu'elle a été exaucée. Je vis un enfer.

Jamais il ne s'était senti aussi malade sans l'être à proprement parler. Il avait la gorge nouée, l'esprit aux abois, ne mangeait plus, ne dormait plus, avait en permanence un poids sur la poitrine.

Un long soupir lui échappa.

— Que vais-je faire, Payne ? Je suis malheureux comme les pierres.

— Si j'osais, monsieur... Vous êtes ainsi depuis au moins une semaine. Depuis l'escapade que vous avez faite tous les deux. Cette escapade au cours de laquelle, je présume, vous l'avez embrassée, et où elle vous a sottement embrassé en retour.

— Quelle finesse d'analyse, Payne... Effectivement. Je suis ainsi depuis cette escapade, et rien n'y fait.

— Peut-être est-il temps de regarder les choses en face.

— Elle me déteste et ne veut plus entendre parler de moi ?

— Vous êtes tombé follement amoureux de votre fiancée et vous devez le lui dire.

Le malaise fut immédiat, et sa première réaction fut de nier. Mais ce qu'il éprouvait pour Minerva était désormais trop profond pour être considéré comme une simple affection.

— Seigneur. Vous avez raison. Je l'aime. *J'aime* Minerva...

Il en avait le souffle coupé.

— Et vous devez le lui dire, insista Payne.

— C'est ce que j'ai fait. Elle n'a rien voulu savoir.

Et c'était bien là la cause de son malheur. Cette chose qui le rongeait.

— Hmm. Je dois avouer que cela me surprend, dans la mesure où je l'avais crue éprise de vous – aussi bizarre que cela puisse paraître.

— Elle m'a dit avoir de l'affection pour moi, elle aussi. Puis elle m'a éconduit, purement et simplement.

— Vous lui avez demandé sa main ?

— Je lui ai proposé de mener une expérience visant à établir si, un jour, je pourrais lui demander sa main. En quelque sorte.

— En quelque sorte ?

— Ce n'était pas exactement formulé comme cela.

— Et... puis-je vous demander comment c'était formulé ?

— Je ne lui ai pas vraiment demandé sa main. Disons que je me suis déclaré, en expliquant que si elle était partante, il était possible que je sois enclin à forger un attachement durable avec sa personne. Car étant donné mon hérédité, je n'étais pas en position de la demander directement en mariage...

Payne observait avec attention la main gauche de Hugh, qui bougeait dans tous les sens.

— … étant bien conscient de ne pas être un cheval sur lequel on parie. Je me souviens parfaitement de lui avoir dit que j'étais attiré par elle, que la passion et l'affection que j'avais pour elle n'étaient pas feintes. Et je suis certain d'avoir suggéré en termes non équivoques que, bien que ne pouvant lui faire de promesse définitive – car il faut regarder les choses en face : un Standish ne fait pas un bon mari, c'est de notoriété publique –, je m'engageais à faire de mon mieux pour mériter son affection et, qui sait, à terme…

Payne leva une main.

— C'est long, comme formulation.

— Je ne voulais rien laisser au hasard.

— Et pas complètement clair.

— Tout était clair comme de l'eau de roche, Payne. J'ai joué cartes sur table. Je me suis mis à nu. Sans complaisance.

— Mais avez-vous prononcé *le* mot, monsieur ? Celui qui aurait rendu tous les autres franchement superflus ?

— Vous parlez de celui que tout le monde redoute et qui commence par un A ? Alors… non, pas exactement.

— Pas exactement ?

— J'ai utilisé l'expression « affection profonde » plutôt que le mot qui commence par un A. Tout est allé si vite, vous comprenez. Il m'a traversé l'esprit, mais je n'étais pas tout à fait sûr d'être prêt, sur le moment.

L'était-il, maintenant ? L'amour, c'était un engagement de taille. Sans commune mesure avec l'affection. Il but une longue gorgée de brandy et se laissa tomber sur son lit, parce que le parquet de chêne lui semblait soudain instable.

— En tout cas, c'était sous-entendu.

— Je vois.

Payne secoua la tête et se dirigea vers la porte.

— Franchement, dit-il en se retournant, avec un maître comme vous, c'est un miracle si je n'ai pas sombré dans l'alcool.

— Vraiment ?

— Il est minuit. Je vais me coucher.

— Et c'est tout ce que vous avez à me dire ? Alors que je suis dans les trente-sixièmes dessous ? Je suis un homme brisé, Payne !

— Vous êtes un imbécile, monsieur. Mais je suis sûr que vous finirez par trouver une solution. Bonne nuit.

Après le départ de Payne, qu'il avait trouvé décidément plus impertinent que d'ordinaire, Hugh sirota son brandy un long moment, cherchant une solution, avant de décider qu'il n'en trouverait pas. Une solution à quoi, d'abord ? Car une fois toutes les autres complications mises de côté, ne restait qu'un aspect du problème, le plus déprimant.

Il voulait d'elle, mais elle ne voulait pas de lui.

C'était aussi simple et aussi triste que cela, et il n'y pouvait rien.

Mais elle était malheureuse aussi – pour d'autres raisons – et Hugh pouvait au moins s'excuser. Et puisqu'elle refusait de lui parler, il allait lui écrire. Des excuses sincères allégeraient le violent sentiment de culpabilité qui l'habitait, et prouveraient peut-être à Minerva qu'il n'était pas la brute égoïste et sans cœur qu'elle voyait en lui. Si elle ne les acceptait pas, alors tant pis. Au moins les aurait-elle lues.

Il se leva, alla jusqu'à son secrétaire, prit de quoi écrire, et fixa la page blanche. La première phrase était importante. Il fallait quelque chose de fort, qui capte l'œil et encourage le destinataire à poursuivre sa lecture.

Ma très chère Minerva,

Mon tourment est profond. J'aurais voulu vous parler, mais une conversation étant impossible, je me vois forcé de me justifier par écrit concernant votre père…

Il prit la feuille, la froissa et la jeta.

Ma très chère Minerva,

Je suis un imbécile.

Je pense l'avoir toujours été, mais depuis que je vous connais, je ne cesse de le regretter. Je comprends combien mon comportement peut parfois sembler étrange, puéril sans doute, égoïste assurément. Vous avez vu clair en moi, mon amour.

Mon amour.

Ce n'était ni un mot codé ni un cri de ralliement. C'était un fait. Irréfutable, indéniable.

Mais la vérité, c'est que je vous aime, et que cela me terrifie.

Pour une raison qu'il ne s'expliquait pas, le malaise qui l'étreignait jusque-là s'était dissipé. Avait-il enfin accepté la réalité ? Était-il enfin prêt à prendre le risque ?

Pour se tester, Hugh ferma les yeux et imagina Minerva en robe de mariée entrant dans l'église, s'avançant vers lui dans l'allée centrale. Il sourit, car cette image n'avait rien de la vision d'horreur qu'il avait toujours eue de ce genre de situation. Il se vit lui prendre la main et écouter la voix du révérend Cranham qui récitait les vœux... « Acceptez-vous de prendre cette femme pour épouse ? De l'aimer, de la chérir, de l'honorer et de rester à ses côtés, pour le meilleur et pour le pire... »

Le malaise revint, comme pour se venger d'avoir été éclipsé. Il s'accompagna de palpitations si violentes que Hugh eut du mal à respirer. Il savait précisément ce qui avait provoqué cette réaction. Le sang des Standish qui coulait dans ses veines se rebellait.

L'hérédité était tout simplement trop forte.

28

Le petit coup, à sa porte, la réveilla. À force de pleurer, elle avait dû s'endormir.

— Qui est-ce ?

— C'est moi…

La porte s'ouvrit, et Minerva se maudit de ne pas avoir eu la présence d'esprit de la fermer à clé.

— Il faut vraiment que je vous parle.

Elle vit sa silhouette, dans l'obscurité.

— Allez-vous-en ! Comment osez-vous venir dans ma… Je vous interdis de vous asseoir !

Mais déjà, il se laissait tomber lourdement sur le lit. Juste à côté d'elle. Instinctivement elle s'éloigna, tirant les draps sur elle, dangereusement consciente de la présence de Hugh dans le sanctuaire qu'était sa chambre.

— Ôtez-vous de là !

— Je vous ai écrit une lettre, comme vous l'avez demandé, lâcha-t-il d'une voix blanche qui trahissait un mal-être profond.

Elle cligna des yeux dans l'obscurité, se demandant l'heure qu'il était. À une heure, elle était encore éveillée. Elle en était certaine parce qu'elle fixait désespérément le plafond lorsqu'elle avait entendu un carillon, au loin. Donc il devait être entre deux et cinq heures.

— Et vous voudriez que je la lise maintenant ?

Elle entendit le frôlement du papier sur sa table de nuit lorsqu'il l'y déposa.

— Non... Mais ce que j'ai à vous dire ne peut pas attendre.

Elle distinguait maintenant ses larges épaules, vit qu'il ne portait pas de veste et était voûté comme si le poids du monde reposait sur lui.

— C'est à propos de votre père, et vous êtes en droit de savoir.

Elle ne le plaindrait pas. Il ne le méritait pas.

— Bien. Alors dites ce que vous avez à dire, et allez-vous-en.

— Il s'est présenté ici sans prévenir la semaine dernière, le jour où nous étions au bord de la mer. Fort heureusement, Payne a réussi à l'intercepter, et m'a informé de sa présence à notre retour. Il a commencé par exiger de l'argent et j'ai accepté, tout en étant bien conscient qu'il ne disparaîtrait pas pour autant. Je lui ai donné cinquante livres et lui en ai promis cinquante autres, à condition qu'il se tienne tranquille jusqu'à ce que tout soit terminé. Je lui ai aussi proposé de vous voir toutes les trois ce soir-là, mais il a décliné mon offre, prétextant que vous vous portiez beaucoup mieux sans lui. Je pense qu'au fond, en vous cachant cette visite, je tentais d'alléger la douleur que sa réaction risquait de vous causer. Et je reconnais que c'était ridicule.

— Ce n'était pas à vous de prendre cette décision.

— Je sais, et j'en suis désolé. Vraiment. Mais je pensais bien faire. Votre père a avoué qu'il n'avait pas quitté Londres après vous avoir abandonnées. Il vivait avec une femme qui voulait bien de lui mais pas de ses trois enfants, c'est ce qu'il a reconnu sans la moindre trace de remords. Mais quelque chose clochait dans son histoire, et je me suis souvenu que vous aviez eu des soupçons à son propos, qu'un policier était venu toquer à votre porte, à sa recherche. Je l'ai ramené à l'auberge, me suis assuré qu'il faisait ses bagages et l'ai fait accompagner jusqu'à Southampton le lendemain matin pour qu'il prenne la première malle-poste à destination de Londres. Mon cocher l'a regardé monter dans cette voiture et partir. Le même jour, j'ai fait parvenir un message à mon avoué en lui demandant d'enquêter sur votre père.

Il soupira, s'adossa à la tête de lit avant de reprendre :

— Je me rends compte que j'aurais dû vous raconter tout cela, mais les choses étaient un peu compliquées entre nous, et je ne voulais pas vous inquiéter avant d'être en possession de tous les faits. Il y a deux jours, j'ai reçu le rapport de l'agent qui a suivi votre père, et le moins qu'on puisse dire est qu'il n'est pas très favorable.

— Qu'a-t-il fait ?

— Beaucoup de choses, j'en ai peur. Depuis six ans, il se fait appeler Smith, parfois Jones, mais plus du tout Merriwell. Il y a bien eu une femme. Plusieurs, même. Mais il est rarement resté avec elles plus de quelques mois, et il en change aussi souvent qu'il change d'emploi.

— Il travaille ? Doux Jésus, ça c'est une nouvelle !

— Tout dépend de votre définition du mot travail. Il semble que votre père ait usé de ses talents de graveur sur bois à bon escient… Il fabrique de la fausse monnaie, Minerva. Et au cas où vous l'ignoreriez, c'est un délit passible de la peine capitale.

— Mon Dieu...

Elle lâcha un soupir haché. Le pire, c'est qu'elle n'était pas surprise du tout.

— Il ne doit pas être si bon graveur que cela, sinon il n'aurait pas eu recours au chantage.

— Les gens pour qui il travaille ne sont pas particulièrement à cheval sur la qualité de leurs faux billets. D'après ce que j'ai pu apprendre, il s'agit d'une occupation intermittente. Ils s'installent quelque part, se procurent une presse, trouvent un faussaire et mettent en circulation des billets mal imités jusqu'à ce que la police se fasse un peu trop curieuse, puis déménagent ailleurs. D'après l'agent qui a enquêté sur votre père, la police a la preuve qu'il s'adonne à ces activités depuis huit ans, à intervalles plus ou moins réguliers. Ce qui signifie qu'il faisait déjà de la fausse monnaie lorsqu'il vivait avec vous à Clerkenwell.

Elle comprenait certaines choses, maintenant. Le rythme de travail qui n'en était pas un, les individus patibulaires qui toquaient à leur porte, l'insistance de son père pour qu'elle persévère dans la voie de la gravure alors qu'il ne s'était jamais intéressé à ce qu'elle dessinait.

— Sans doute dois-je lui être reconnaissante d'être parti, alors. Je suis sûre qu'il aurait essayé de m'enrôler, sinon. Il n'a jamais vraiment eu le goût du détail, et dessine beaucoup moins bien que moi.

— Hier, je l'ai menacé d'avertir les autorités s'il ne respectait pas sa part du marché.

— C'est très sage de votre part. Maintenant, il n'osera plus vous dénoncer.

— Je ne l'ai pas fait pour moi. Je ne vous en voudrai pas si vous ne me croyez pas, mais je l'ai réellement fait pour vous. Je n'ai pas supporté l'idée qu'il puisse faire irruption dans l'existence nouvelle que vous ne manquerez pas de vous bâtir, et en provoquer la ruine. Car il avait raison sur un point : vous serez mieux sans lui.

Minerva resta silencieuse un long moment. Une partie d'elle-même – la plus faible – avait envie de le croire. Le bon sens, en revanche, lui soufflait que Hugh n'était pas complètement honnête avec elle.

— Mon preux chevalier… Bien sûr, devant votre courage désintéressé, je ne pourrais que me sentir redevable.

— Je savais que vous ne me croiriez pas.

— Que voulez-vous ? Des remerciements ? Pour m'avoir débarrassée d'un homme qui ne serait jamais revenu dans ma vie si je ne vous avais pas rencontré ?

— Vous avez tout à fait raison. Mais je ne suis pas venu ici en quête de gratitude. Je suis venu parce que je voulais vous demander ce que vous désirez que je fasse à son propos.

— Que vous fassiez ?

— Votre père est un bon à rien et un escroc, Minerva. Et c'est vrai : s'il a débarqué dans les parages c'est aussi à cause de moi, et surtout à cause de mon argent. Je ne me fais aucune illusion : il reviendra, ici ou ailleurs, plus tard, quand vous serez partie, exigera plus d'argent. Mais j'ai le pouvoir de mettre un terme à cela, si vous le désirez. Il me suffit de transmettre à la police toutes les informations que j'ai sur lui et de la lancer sur ses traces, et plus jamais il ne vous importunera, vous et vos sœurs.

— Il sera pendu.

— Si la police l'attrape. Mais si je lui fais savoir qu'elle est à ses trousses, il changera de ville et de nom. Je n'ai pas commis la bêtise de le laisser partir sans le mettre sous surveillance. Un homme prêt à jeter ses filles dans la misère pour quarante livres, qui fait du chantage à l'une d'elles et suggère qu'elle use de ses charmes pour en obtenir soixante-quinze, n'est pas un homme digne de confiance.

— Vous avez entendu notre conversation ?

— Par mégarde. Je voulais vous parler... être à nouveau votre ami... Jamais je n'ai voulu vous faire pleurer. Je me sens tellement mal...

— Partez, je vous en prie.

— Je tiens à vous, Minerva...

— Sortez ! Laissez-moi tranquille, Hugh.

— Ne pouvons-nous pas en parler ? Parler de nous ?

— De nous ? Mais que signifie « nous » pour vous, Hugh ? Le nous dans lequel on se sert de moi pour que vous puissiez garder votre chère liberté ?

— Je ne vous suis pas...

— Je vous suis reconnaissante de l'aide apportée concernant mon père, mais ma position est toujours la même : je ne serai pas votre maîtresse !

— Ma maîtresse ?

— Je ne suis peut-être pas la fille d'un vrai gentleman, mais j'ai été élevée comme si j'en étais une. J'ai les mêmes valeurs, le même sens moral, et je ne m'abaisserai pas à...

D'un bond, il fut à genoux sur le lit, et la prit par les épaules.

— Ma maîtresse ! Mais de quoi parlez-vous, à la fin ? Je ne veux pas d'une maîtresse. Je n'ai jamais voulu de maîtresse ! Je n'en ai même jamais eu. D'où vous vient cette idée saugrenue ?

— C'est pourtant ce que vous m'avez demandé... la semaine dernière... lors de notre promenade !

Devant son expression de stupéfaction absolue, Minerva fut bien obligée de constater qu'il semblait sincère. Lorsqu'il reprit la parole, ce fut d'un ton hésitant, comme s'il choisissait ses mots avec le plus grand soin.

— Il est possible que mes propos aient manqué un peu de clarté la semaine dernière, étant personnellement bouleversé par la puissance de ce que je ressentais, mais je suis bien certain de ne jamais vous avoir demandé de vous abaisser à quoi que ce soit. Et de n'avoir en aucun cas prononcé le mot « maîtresse » !

— C'était sous-entendu.

— Mais pas du tout ! Je vous ai ouvert mon cœur. Je me suis offert à vous, malgré tous mes défauts !

— Vous avez dit être en position de ne pouvoir m'offrir que vous, et pas le mariage. Nuance.

— Jusqu'à ce que je sois certain de faire un époux digne de ce nom ! Je ne peux pas vous demander de vous enchaîner à moi tant que je ne serai pas sûr de ne pas devenir comme mon père, et comme son père avant lui. Voilà ce que j'ai dit. Rien de plus.

— Mais pas du tout !

Il esquissa un sourire. Il était agenouillé devant elle, et elle sentit la chaleur de son souffle lorsqu'il soupira.

— Alors ce maudit Payne avait raison, et j'ai vraiment tout gâché dans les grandes largeurs. Se tirer des situations délicates, éviter les mésalliances… Je n'ai pas relevé. Vous l'avez pourtant dit deux fois, mais je n'ai pas relevé. Quel imbécile je fais… Vous pensez que c'est *vous* qui me mettez en situation délicate, que c'est avec *vous* que je risque une mésalliance.

Minerva commençait à se demander si elle n'avait pas tout compris de travers.

— Vous êtes un aristocrate...

— Je suis un idiot..., gémit Hugh en posant une main sur son visage. Un indécrottable idiot. Pour quelqu'un qui se targue d'avoir des facilités avec les mots, j'ai indéniablement compliqué les choses et vous ai mise dans une situation absurde, si vous pensez que je souhaite faire de vous ma maîtresse.

— Ce n'est pas le cas ?

Du pouce, il essuya la larme qui roulait sur sa joue.

— Je vous veux avec moi, Minerva. À mes côtés. Je vous veux, vous et tout ce que cela implique. Pour toujours. Je vous aime.

— Vous... vous m'aimez ?

Il émit un son étrange, à mi-chemin entre le soulagement et le rire.

— N'ayez pas l'air aussi surprise. Vous êtes une femme merveilleuse. Et si j'ai évoqué la possibilité de m'offrir à vous... très maladroitement, j'en conviens, c'était parce qu'il me fallait du temps pour m'habituer à cette idée et devenir l'homme que je veux être pour vous. L'homme fidèle et digne de confiance que vous méritez. Avant de vous unir à moi pour toujours, et de transmettre à nos enfants la difficile hérédité Standish.

Minerva se sentit fondre.

— C'est très délicat de votre part... et noble... et gentil.

— J'ai pensé la même chose sur le moment, mais... Pas étonnant que vous ayez été en colère contre moi. Jamais, jamais je n'aurais osé évoquer la possibilité de vous mettre dans mon lit sans engagement préalable ! Dans mon esprit, je vous proposais une cour prolongée. Une période qui me laisse le temps de me préparer. Pour que, le moment venu… s'il vient… je puisse vous faire ma demande en mariage avec la certitude que je resterai fidèle à mon engagement. Je ne veux pas être comme mon père. Je ne supporterais pas de vous faire souffrir de cette façon.

— Tout cela m'a échappé, j'en ai peur…

— Et c'est pour cela que vous avez sèchement refusé ma proposition. Êtes-vous prête aujourd'hui à l'entendre et à l'accepter ?

Elle hocha la tête.

— J'ai besoin que vous me le disiez, Minerva…

— Oui.

— Et vous ne me quitterez pas quand Giles reviendra ? Parce que toute cette histoire est en train de me rendre fou, il faut que vous le sachiez. C'est la première fois que je suis amoureux. Tout ceci est très nouveau pour moi, et me paralyse. Jamais je ne m'étais imaginé capable d'aimer, et découvrir que cela m'est arrivé sans que je m'en rende compte a été un véritable choc. J'ai essayé de lutter, mais c'est impossible. J'ai essayé de n'y voir que du désir charnel et de l'affection, de me trouver des excuses, mais la vérité, c'est que depuis le jour de notre rencontre à Londres, je ne suis plus le même. Comme si la dernière pièce d'un puzzle s'était enfin mise en place. Alors je redoute votre départ. Je pensais vous l'avoir fait comprendre, et que vous ne vouliez pas de moi. J'ai vraiment essayé de l'accepter, mais c'était pire que la mort. J'ai une douleur permanente, là, dit-il en se massant le torse. Je ne mange plus. Je ne dors plus. Je suis malheureux comme les pierres et…

Elle l'embrassa. C'était plus fort qu'elle. Ce pauvre Hugh… Et comme il était beau lorsqu'il était en proie au tourment amoureux !

— Moi aussi, je vous aime.

Il répondit par un baiser si parfait, si franc et sincère qu'elle aurait voulu qu'il ne s'arrête jamais. Il changea néanmoins, quand tous deux y mirent leur âme et qu'un univers nouveau s'ouvrit à eux.

Hugh referma les bras autour d'elle, l'attira contre lui, et Minerva découvrit que c'était exactement à cet endroit qu'elle voulait être. La passion les embrasa instantanément, comme à chacun de leurs baisers, mais l'intimité de la chambre plongée dans la pénombre, le lit, et surtout le fait que désormais ils se comprenaient, apportèrent une dimension nouvelle à cette étreinte.

Lorsqu'il l'allongea délicatement, elle se laissa faire, goûtant au plaisir de ce corps masculin sur le sien, se sentant à la fois en sécurité et étrangement puissante.

Il l'aimait.

Il voulait s'engager avec elle. L'épouser. Avoir des enfants. Et il avait peur. De tout gâcher. Quand elle savait avec certitude que c'était impossible.

La sincérité de Hugh et l'obscurité lui donnèrent de l'audace. Elle laissa ses mains courir sur lui en toute liberté, glisser sur les courbes musclées, s'émerveiller de leur réaction sous la caresse. Tandis que leurs bouches unies dansaient ensemble, leurs lèvres se quittant pour mieux se retrouver, elle glissa les mains sous la chemise en fin linon, sentit la chaleur de sa peau contre ses paumes, les poils qui parsemaient son torse, la fermeté de son ventre, de ses larges épaules et, pour finir, noua les doigts autour de son cou.

Elle but son soupir lorsqu'elle se cambra contre lui en réponse à la caresse de sa main qui parcourut sa hanche, puis sa cuisse avec une lenteur infinie, avant de trouver le bas de sa chemise de nuit et de faire le même parcours dans l'autre sens, sur sa peau nue, s'arrêtant juste un instant sur sa taille avant de se refermer sur un sein.

Elle le sentit sourire contre ses lèvres lorsque la pointe de son sein se dressa dans sa paume et qu'un gémissement monta dans sa gorge. Et malgré son insistance éhontée, il retarda le moment où, du bout d'un doigt, il en traça le contour. Cette nouvelle sensation était si intense que Minerva frémit, avant de pousser un long gémissement lorsque les lèvres de Hugh remplacèrent son doigt par-dessus l'étoffe. Il aspira la délicate pointe, joua avec du bout de la langue. Et eut raison de ses dernières résistances. La chemise de nuit ne fut soudain plus qu'une barrière qu'il fallait faire tomber, son autre sein exigeant de recevoir le même traitement.

Elle tira sur l'étoffe et chercha à s'en dégager, jusqu'à ce que Hugh intervienne et s'en occupe, la dénudant patiemment, délicatement, comme on déballe un cadeau précieux. Bientôt, son intimité ne fut plus recouverte que par la seule pénombre.

Elle distinguait ses yeux malgré tout, son regard intense, concentré, qui la parcourut avec une dévotion étourdissante.

— Tu es belle… si belle…

Des mots simples, sincères. Le convenable ou l'espiègle Hugh avait cédé la place à un homme qui semblait n'exister que pour elle. Et que pour cet instant.

— Je rêve de ce moment depuis si longtemps…, souffla-t-il en la caressant. Si je survis aux mois à venir sans mourir de désir, ce sera un véritable miracle.

Quand il l'embrassa de nouveau, elle sentit à quel point il la désirait, et se retenait. Comprit qu'il se maîtrisait pour elle, et ne l'en aima que plus intensément. Son intention était réellement d'attendre. Jamais il n'avait envisagé de ruiner sa réputation – même si, maintenant, elle n'y voyait plus la ruine de quoi que ce soit, mais l'affirmation de l'amour qu'ils avaient l'un pour l'autre.

— Avez-vous... As-tu envie de moi ?

— Depuis toujours. Depuis que j'ai posé les yeux sur toi.

— Alors prends-moi.

Il s'écarta, la regarda. Son expression changea ; il était visiblement en conflit avec lui-même.

— Mon amour pour toi restera absolu, même sans le faire.

— Mais je veux le faire. Je veux tout avec toi, Hugh. Je te veux tout entier.

— Même si je ne peux pas encore te faire de véritable promesse ? Même si je veux attendre d'être sûr que jamais je ne te ferai de mal ?

Il était incapable de lui faire du mal. Il sentait les choses avec trop d'intensité. Il était trop attentionné. Comment pouvait-il ne pas s'en rendre compte ?

— Ta noblesse d'âme est trop grande pour que tu fasses de fausses promesses. Et puis tu m'aimes, et je t'aime. C'est comme ça.

— C'est tout ?

— C'est suffisant, pour le moment.

Elle savait, au plus profond de son cœur, que l'hésitation de Hugh témoignait de sa noblesse d'âme, et qu'il ne lui faudrait pas longtemps avant de comprendre qu'il n'était pas comme son père.

— Fais-moi l'amour, Hugh.

Il retira sa chemise, avec des gestes étrangement maladroits, puis poussa un juron lorsque les boutons de son pantalon lui résistèrent.

— Laisse-moi faire.

Il s'allongea, laissant Minerva s'en occuper.

— Je suis un peu nerveux.

— On se demande pourquoi. C'est moi, la novice. Toi, tu as de l'expérience dans ce domaine.

— Pas comme ça. Mes aventures ont toujours été physiques, mon cœur n'a jamais été impliqué. Je n'ai jamais *fait l'amour,* Minerva. Et je n'ai absolument jamais défloré une femme. C'est une énorme responsabilité.

Il souleva le bassin tandis qu'elle lui retirait son pantalon, puis observa son visage lorsqu'elle découvrit ce que la pénombre avait jusque-là dissimulé. Un membre énorme, dressé, vigoureux, tellement viril.

— N'aie pas peur, mon amour, je ne te ferai pas mal… enfin, pas intentionnellement.

— Je n'ai pas peur. Je sais comment cela fonctionne.

« Peur » n'était pas le bon mot. Nerveuse. Curieuse. Un peu dépassée.

— Comment cela fonctionne ? répéta-t-il. Le *fonctionnement* de la chose n'explique pas le dixième de ce qui est sur le point de nous arriver. Mais si je m'y prends bien, dans un moment, tu n'auras plus l'énergie de faire quoi que ce soit entre ces draps, je serai l'homme le plus fier et le plus heureux du monde, et j'aurai fait en sorte que plus jamais tu ne poses les yeux sur un autre homme que moi.

— Je vous trouve très présomptueux, monsieur…

Il l'attrapa et la plaqua sur lui.

— Il n'y a rien de présomptueux là-dedans. C'est comme ça, et c'est tout.

D'un baiser, il interrompit son rire. Ses mains lui enserrèrent la taille avant de descendre un peu plus bas et de lui prendre les fesses.

— Mais il est possible que cela dure des heures.

Elle sentait son érection contre son ventre, insistante et sensuelle.

Hugh l'embrassa, et elle s'abandonna à ce baiser, impatiente d'aller plus loin mais heureuse aussi d'en rester là, jusqu'à ce que, quittant ses lèvres, il dépose une ribambelle de petits baisers fiévreux sur ses épaules, puis sur sa gorge, pour finir sur ses seins. Sans cesser de l'embrasser, il lui prit la main, la guida jusqu'à son membre, lui montra comment le caresser, l'encouragea à le découvrir, lui soufflant sa satisfaction malgré sa maladresse. Lorsqu'il descendit plus bas et posa les lèvres à l'intérieur de sa cuisse, elle se figea.

— Que fais-tu ?

— Il faut que je t'embrasse partout. Par principe.

Son murmure réchauffa la peau sensible quelques instants avant que sa langue s'y pose, et le plaisir fut tel qu'elle en eut le souffle coupé. Puis l'univers entier chavira, et il n'y eut plus rien d'autre qu'eux deux et la bouche expérimentée de Hugh.

Il lui avait promis qu'elle n'aurait plus aucune force ensuite, et avait bien l'intention de tenir parole. Non par arrogance, ni pour satisfaire sa vanité, mais parce qu'elle le méritait. Minerva avait eu une existence très dure. Malgré l'amour de ses sœurs, c'était elle qui protégeait les autres. Elle était généreuse, attentionnée. Ne demandait jamais rien pour elle. Il tenait à la combler, à être celui sur qui elle pourrait s'appuyer, celui qui la ferait toujours passer avant le reste. Et cela devait commencer maintenant. Ce soir, ses désirs à lui ne comptaient pas, car c'était elle qui prenait tous les risques en lui faisant confiance. Peu importait que son ignorance en la matière décuple la passion de Hugh et la rende plus désirable que toutes les femmes qu'il avait eues. Peu importait qu'elle réagisse merveilleusement à ses caresses, s'abandonnant à ses attentions même quand elle ne les comprenait pas.

Elle apprendrait. Elle comprendrait.

Il sentit venir son orgasme alors qu'il la léchait, la sentit lutter contre parce qu'elle ignorait ce que c'était, et se sentit honoré d'être l'homme qu'elle avait choisi pour le découvrir. Personne d'autre ne la verrait jamais ainsi, ne l'embrasserait ainsi, ne lui ferait l'amour. Minerva était à lui.

Il serait le premier, et le dernier. Tout comme elle était pour lui la première et la dernière. Certaines choses ne s'expliquaient pas. C'était comme ça.

Il perçut la tension dans ses longues jambes. Comprit qu'elle allait jouir. Rêva de plonger loin en elle. Mais pas tout de suite.

— Détends-toi, mon amour…

Ses mains froissaient les draps, sa tête roulait sur l'oreiller. Le gémissement sensuel qui monta de sa gorge lorsqu'il glissa ses doigts en elle fut la chose la plus érotique qu'il ait jamais entendue. Puis il sentit les spasmes de son corps tandis que l'extase la faisait basculer dans un autre monde. Arc-boutée, tendue à l'extrême, elle céda au plaisir dans un long cri guttural avant de retomber sur le lit, vidée de toute énergie.

— Que… que m'est-il arrivé ?

Il sourit.

— Une première fois, annonciatrice de beaucoup d'autres, j'espère. Mais pour ce soir, je crois que ça ira.

Elle était échevelée, les bras en croix sur les draps froissés, incarnation de l'abandon. Il se pencha et l'embrassa tendrement sur les lèvres.

— Mais nous n'avons pas...

— Je peux attendre.

— Je ne veux pas attendre, souffla-t-elle en glissant les doigts dans les cheveux de Hugh pour l'attirer vers elle et prendre sa bouche. Je veux aller jusqu'au bout.

Elle l'embrassa avec passion, surprenant Hugh qui la croyait à bout de forces. Repliant une jambe autour de sa taille, elle se contorsionna sous lui jusqu'à sentir son membre dressé calé au creux de ses cuisses, et bascula le bassin en guise d'invitation, les mains plaquées sur ses fesses.

— J'ai envie de toi. Je veux te sentir en moi.

Il se sentit nerveux, soudain, et s'émerveilla de découvrir que, face à cette femme, il se sentait presque puceau.

— Tu es sûre ?

Elle lui mordilla l'oreille.

— Certaine.

Sa seconde jambe remonta comme la première, nouvelle invitation au plaisir s'il en était besoin, et le sexe de Hugh durcit de plus belle, trouvant de lui-même le chemin de son plaisir. Aussi lentement et délicatement que possible, Hugh la pénétra, avec l'intention lui laisser le temps de s'habituer à ce membre énorme et dur. C'était sans compter l'impatience de Minerva, et son propre désir.

Le simple fait de sentir sa moiteur, sa chaleur autour de son sexe le rendit fou. Il serra les dents, se contraignit à progresser peu à peu malgré la fièvre qui l'animait, jusqu'au moment où il buta sur la barrière de sa virginité. Elle sembla comprendre son hésitation et lui sourit, l'embrassant avec passion tandis qu'il la franchissait d'un léger mouvement de reins. Minerva se tendit brièvement, puis poussa un long soupir alors qu'il la comblait, et il sut que le pire était passé.

Lorsqu'il recommença à bouger en elle, ce fut avec délicatesse. Trop, au goût de Minerva qui vint à sa rencontre, impatiente. Alors il plongea en elle avec plus de détermination et perdit toute mesure, cédant à l'impatience de son propre corps. Elle l'accueillit à chaque coup de reins en criant son nom, hurla son plaisir jusqu'à ce qu'il sente les spasmes de son orgasme l'enserrer, palpiter encore et encore. Alors toute retenue fut impossible. Elle l'entraîna dans un univers qu'il n'avait jamais entrevu, où tout n'était que perfection, bien-être et extase, et dont il sut aussitôt qu'il ne voudrait plus le quitter. Un univers dont l'évidence n'était pas discutable, où le doute n'avait pas sa place.

Où il n'y avait que l'amour.

29

Hugh avait emmené tout le monde faire du cheval après le petit déjeuner. Tout le monde sauf Vee et Diana, pour permettre aux trois sœurs de se voir. Minerva n'était pas descendue le matin – comment aurait-elle pu s'asseoir à table avec les Standish et faire comme si de rien n'était, après avoir passé la nuit à faire l'amour avec Hugh ?

Il l'avait taquinée à ce sujet en quittant sa chambre à l'aube, mais elle aurait rougi et aurait eu l'air coupable, elle en était certaine. Par ailleurs, elle était persuadée que tout le monde remarquerait un changement chez elle, car elle-même se sentait différente. Psychologiquement et physiquement. Hugh avait éveillé quelque chose en elle, quelque chose de latent et d'incontrôlable, de surprenant et de profondément décadent, auquel il fallait qu'elle s'habitue avant de pouvoir faire comme si de rien n'était devant les autres.

Et, bien sûr, Hugh l'avait vue entièrement nue.

Dans l'obscurité, il avait posé ses lèvres partout sur elle, lui avait fait l'amour plusieurs fois, l'avait fait jouir. Au petit matin, il l'avait réveillée d'un baiser avant de s'en aller. Mais il n'était pas parti tout de suite. La voyant un peu gênée par sa nudité sous la lumière matinale, serrant les couvertures autour d'elle dans un accès de pudeur presque pathétique, il l'avait prise par la main, l'avait entraînée jusqu'à la fenêtre pour regarder le soleil se lever, sans autre couverture que ses bras protecteurs. Puis il lui avait fait l'amour une nouvelle fois sur le rebord de la fenêtre, dans les premières lueurs du soleil hivernal. Ou peut-être était-ce elle qui lui avait fait l'amour, puisqu'elle l'avait chevauché et qu'il l'avait regardée chercher son plaisir – et le trouver.

Déjà, elle avait hâte d'être à nouveau seule avec lui. Nue. Sans fausse pudeur. Affamée et impatiente de gémir sous ses caresses. Il lui suffisait d'y penser pour sentir ses seins s'alourdir et le creux de ses cuisses palpiter d'impatience.

Non, décidément… le petit déjeuner en famille n'aurait pas été une bonne idée. Hugh lui avait fait monter un plateau. Elle avait déjeuné dans la quiétude de sa chambre à coucher, laissant vagabonder ses pensées et s'interrogeant par intermittence sur la façon dont elle allait raconter la trahison de leur père à ses sœurs.

Vee ne prendrait pas bien la chose, Minerva le savait. Ce serait plus facile avec Diana, mais celle-ci verrait sans doute d'un mauvais œil l'autre nouvelle qu'elle devait lui annoncer. Comment lui expliquer qu'elle avait accepté une période de cour prolongée plutôt qu'une demande en mariage, parce qu'elle et l'homme en qui Diana ne voyait qu'un débauché formaient désormais un vrai couple ?

De son côté, Hugh devait trouver comment révéler à sa mère toute la comédie dont elle avait été victime. Minerva et lui s'étaient mis d'accord : les choses ne pouvaient pas continuer ainsi. Surtout maintenant qu'ils étaient épris l'un de l'autre. Et que le père de Minerva était de retour et menaçait de les faire chanter.

Mais déballer toute cette histoire de but en blanc n'était pas la solution. Hugh devait ménager sa mère, il lui fallait un peu de temps. Il n'en avait pas beaucoup, quelques jours tout au plus.

— J'ai fait en sorte qu'il n'y ait pas ou peu de domestiques dans les parages, mademoiselle Minerva, dit Payne en posant le thé sur le guéridon du salon. Ce sera tout ?

— Peut-être serait-il plus prudent de mettre les choses fragiles à l'abri, dit-elle avec un sourire navré, redoutant l'arrivée imminente de ses sœurs. Et si vous entendez des cris, essayez de les ignorer. Sauf si ce sont les miens. Dans ce cas, envoyez la cavalerie.

— Une brigade est déjà en position. Des hommes armés de mousquets. Au premier cri, ils interviendront. En ce qui me concerne, je serai au bout du couloir, si vous avez besoin de moi.

Les sœurs de Minerva arrivaient. Il posa une main rassurante sur son épaule, puis prit congé.

— Mais enfin, que se passe-t-il ? demanda aussitôt Diana, qui n'était pas du style à se perdre en conjectures. Car il se passe quelque chose si nous devons nous réunir en secret, et de toute urgence.

— Notre père est de retour.

Les yeux de Vee s'illuminèrent de bonheur, elle le chercha dans la pièce, et Minerva en eut le cœur brisé. Cela faisait six longues années qu'elle attendait ce moment.

— Où est-il ? Je vous avais bien dit qu'il reviendrait !

Tout le tact du monde ne suffirait pas à atténuer la douleur d'une pareille révélation. Minerva fit ce qu'elle put.

— Mais il n'est pas revenu pour nous, ma chérie. À vrai dire, il a été très clair sur ce point. Il ne veut pas de nous.

— Je ne comprends pas…

L'expression de Vee, où se mêlaient espoir et incrédulité, faisait peine à voir. Diana, elle, comprit aussitôt. Elle ne s'était jamais fait d'illusions à propos de leur père.

— Il est ici pour soutirer de l'argent à Hugh, c'est ça ?

Minerva hocha la tête.

— Il essaie de nous faire chanter.

— Non, ce n'est pas vrai ! protesta Vee, les poings serrés. Tu mens ! Papa ne ferait jamais ça !

— Si, il le ferait, Vee. Et il l'a fait, dit-elle en prenant la main de sa jeune sœur. Il est entré en contact avec Hugh la semaine dernière.

Diana réagit aussitôt.

— La semaine dernière ? Tu savais ça depuis une semaine et tu nous l'as caché ?

— Non, bien sûr que non. Je n'en savais rien. Hugh pensait nous protéger en ne disant rien.

— À d'autres ! Il se protégeait, lui !

— C'est ce que j'ai d'abord cru quand j'ai vu notre père, au bal…

— C'est-à-dire il y a deux jours ! Vous êtes de mèche désormais, Hugh et toi ? Vous avez décidé de nous exclure ?

— Hugh ment ! Papa n'est pas un maître chanteur ! hurla Vee, les larmes aux yeux. Où est-il ? Je veux le voir !

— Je vous en prie… asseyez-vous, toutes les deux. Et laissez-moi vous raconter ce qui s'est passé. Ensuite, nous déciderons de la position à adopter. Car la situation est grave. *Très* grave.

Quelque chose, dans le ton de sa voix, alarma Diana dont la colère céda le pas à une réelle inquiétude. Elle prit place sans rien ajouter. Chez Vee, en revanche, le caprice menaçait : en témoignaient ses pommettes couleur pourpre et ses yeux plissés derrière ses petites lunettes. Mais Minerva avait beau compatir, elle n'avait pas les moyens de céder à l'humeur versatile de sa benjamine.

— Assieds-toi, Vee. Sinon, c'est simple, tu n'auras pas voix au chapitre.

Ce fut Diana qui attrapa la main de sa sœur et la fit asseoir à côté d'elle sur le sofa.

— Écoute ce que Minerva a à nous dire ! Nous n'avons peut-être pas envie de l'entendre, mais elle a raison. Il faut que nous sachions de quoi il retourne exactement.

— La semaine dernière, notre père s'est présenté ici et a demandé à voir Hugh.

Déjà, Vee était en larmes, visiblement en plein déni.

— Hugh, répéta Minerva. Pas nous. Il avait séjourné à l'auberge du village assez longtemps pour reconstituer la situation, et était présent à l'église lors de la première publication des bans. Il a exigé cent livres, menaçant de tout révéler. Hugh a accepté de le payer... mais il a également proposé à notre père de nous rencontrer, et celui-ci a refusé.

— Jamais il ne ferait une chose pareille !

Vee s'était levée d'un bond, mais Diana la fit se rasseoir sans ménagement.

— C'est pourtant ce qu'il a fait, expliquant à Hugh que nous nous en sortions bien mieux sans lui, qu'il n'était pas fait pour être père et qu'il avait la conscience tranquille, ayant tout fait pour nous protéger.

— La conscience tranquille ! répéta Diana avec une moue de dégoût. C'est tout lui, ça !

— Il ne voyait pas en quoi une réconciliation était nécessaire, et n'en a certainement pas demandé une. Il n'a même pas demandé de nos nouvelles, Vee. Car de toute évidence, il se fiche de savoir comment nous allons. Pour couronner le tout, il a expliqué à Hugh où il se trouvait ces six dernières années, et il s'avère qu'il était à Londres, sous notre nez, depuis le début.

Anéantir les rêves de sa jeune sœur n'était pas chose plaisante.

— Il était à Londres ? Où ?

— Ici et là. Il a expliqué à Hugh qu'il avait rencontré une femme, mais qu'elle ne voulait pas de lui avec trois autres bouches à nourrir.

— Alors il nous a abandonnées.

Diana secoua la tête, puis leva les yeux au ciel devant l'expression incrédule de Vee.

— Tu aurais fini par l'apprendre, Vee, tôt ou tard. Minerva a raison : il ne s'est jamais préoccupé de nous. Il n'a toujours pensé qu'à lui.

— Si, il tenait à nous ! Hugh ment ! Il ment tout le temps !

— Je suis d'accord sur le fait que Hugh n'aurait pas dû nous cacher la visite de notre père, reprit Minerva. Et croyez-moi, je le lui ai fait savoir en termes choisis. Mais il pensait bien faire. Devant le comportement de notre père, sa cupidité et le refus de voir ses filles, Hugh ne lui a donné que la moitié de l'argent et l'a renvoyé à Londres. Il s'est arrangé pour le faire suivre par un détective et…

— Comment a-t-il osé ! Comment a-t-il pu faire une chose pareille !

Cette fois, les deux aînées laissèrent Vee vitupérer à loisir. Diana, de son côté, avait compris la gravité de la situation.

— J'ai le sentiment que la suite ne va pas me plaire... Qu'a découvert le détective ?

— Quelque chose de terrible, Diana. Vraiment terrible...

Ne trouvant pas comment annoncer la chose avec ménagement, Minerval lâcha la nouvelle sans détour.

— Il est recherché par la police pour fabrication de fausse monnaie. S'il est pris, il est probable qu'il sera pendu.

— Seigneur...

— Mais recherché, cela ne veut pas dire coupable, que je sache ! argumenta Vee. Il devra y avoir un procès en bonne et due forme. Le détective a peut-être menti. Hugh l'aura payé pour raconter n'importe quoi... Comment peux-tu être sûre que ton cher Hugh dit la vérité ?

La jeune fille, livide, cherchait comment excuser l'inexcusable. Et ne trouvait pas.

— Parce que, il y a deux jours, notre père est revenu. Il savait que nous irions au bal, et cette fois, c'est à moi qu'il s'est adressé. Il a essayé de me faire chanter aussi, Vee. J'ignorais encore qu'il avait rencontré Hugh, et il s'est bien gardé de m'en parler. Notre père s'est servi de l'affection que j'ai pour les Standish et a exigé soixante-quinze livres avant le lendemain matin en échange de son silence.

— Non... non, tu dois te tromper, Minerva...

Le désespoir de Vee fendait le cœur. Minerva se leva et alla prendre la main de sa petite sœur.

— Hélas non, ma chérie. Il m'a demandé d'user de mes charmes pour convaincre Hugh de me donner plus d'argent. Quel genre de père demande-t-il à sa fille de se vendre, Vee ?

— Le même genre que celui qui abandonne ses filles sans se retourner, disparaît pendant plus de six ans, et refait surface précisément au moment où leur situation s'améliore un peu, comme un mauvais génie dont on n'arrive pas à se débarrasser.

La colère était palpable dans la voix de Diana, et contrastait avec le calme qu'elle affichait. Elle secoua la tête.

— Que s'est-il passé ensuite ?

— Dieu merci, Hugh a surpris notre conversation et il est intervenu. Il l'a fait déguerpir la queue entre les jambes. Il l'a aussi fait suivre, pour le cas où il ne tiendrait pas parole et reviendrait à nouveau.

Restait le plus difficile à annoncer.

— Et comme il est probable qu'il reviendra, nous devons décider ensemble comment agir.

— Nous ne pouvons pas laisser Hugh…

D'un geste, Minerva fit taire sa sœur.

— Hugh se pliera à notre décision, il me l'a dit. À mon avis, nous avons deux options. S'il revient, nous alertons les autorités…

Vee poussa un petit cri horrifié, que Minerva tenta d'ignorer.

— … ou nous menaçons de le faire et nous le laissons fuir contre la promesse de ne plus jamais venir nous importuner, à Londres ou ailleurs.

— La première solution est très tentante, mais je ne peux pas m'imaginer l'envoyer délibérément à la potence. Une chose est sûre : je veux qu'il disparaisse de notre vie, donc je vote pour la seconde solution, déclara Diana, pragmatique.

Minerva avait eu plus de temps pour y réfléchir, et n'avait pas non plus le cœur assez dur pour le livrer à la police.

— Je suis d'accord. C'est un peu étrange, mais d'une certaine façon, je suis contente de savoir enfin où il était et ce qu'il a fait toutes ces années. Le doute disparaît enfin.

Diana haussa les épaules.

— Tu dis ça parce que savoir ce qu'il a fait justifie ta haine envers lui. J'avoue qu'en ce qui me concerne, je l'ai détesté bien avant qu'il disparaisse. Ne plus le voir ni entendre parler de lui a été un soulagement pour moi.

— Mais comment pouvez-vous dire des choses pareilles ? s'insurgea Vee. C'est notre père ! Il ne mérite donc pas qu'on le plaigne ? Qu'on le comprenne ?

— Il n'y a rien à comprendre, dit Diana. C'est un escroc. Un faux-monnayeur. Un homme prêt à vendre sa fille pour se remplir les poches. Il est parti parce qu'il n'avait aucun sens moral. Tu étais une enfant, Vee. Nous t'avons protégée, pour t'éviter le pire, mais ce n'était pas un type bien. Il buvait, ne travaillait pas, et…

Une expression étrange tordit le visage de Diana, comme si elle en savait plus mais se refusait à le révéler.

— … et personnellement, quand il est parti, j'ai été soulagée.

— Si vous renvoyez papa, je partirai avec lui !

— Il ne voudra pas de toi.

— Bien sûr que si ! Et vous ne pourrez pas m'en empêcher !

Il était inutile de chercher à lui faire changer d'avis. Vee allait devoir se confronter elle-même à la fourberie de leur père, et ce serait ensuite à Minerva de recoller les morceaux, de jouer son rôle de grande sœur attentive et aimante.

Mais chaque chose en son temps.

— Je vais donc informer Hugh que nous avons décidé de ne pas le livrer à la police, mais que nous lui ferons clairement comprendre qu'il n'est pas le bienvenu. En attendant, s'il entre en contact avec vous, essayez de rester calmes et avertissez immédiatement Hugh ou moi.

— On dirait que tu comptes beaucoup sur Hugh, tout à coup. Comment peux-tu être sûre qu'il fera passer nos intérêts avant les siens ?

— J'en suis sûre parce qu'il m'aime, Diana.

Sa sœur la fixa longuement, d'un regard dur, puis secoua la tête.

— Pauvre idiote... Tu as fini par croire à ses mensonges, alors ? Je t'en prie, ne me dis pas que tu as...

D'un regard appuyé en direction de Vee, Minerva coupa court.

— Bien sûr que non ! dit-elle en s'empourprant. Simplement, nous sommes tombés d'accord pour qu'il me fasse la cour quelque temps. En bonne et due forme.

Le rire amer et incrédule de sa sœur la blessa.

— La cour ? En bonne et due forme ? Mettons un instant de côté sa réputation de séducteur et sa tendance évidente à raconter n'importe quoi, aurais-tu oublié que sa mère est persuadée que vous êtes fiancés et que tu t'appelles Landridge, et non Merriwell ? Que nous avons une mère en deuil et un père décédé plutôt qu'un maître chanteur bien vivant et recherché par la police ? Que ton cher Hugh a raconté à sa famille et à tout le village un tissu de mensonges tellement compliqué qu'il rend *toute cour en bonne et due forme* absolument impossible ?

— Nous allons tout révéler... très bientôt. Dès que nous en aurons informé Olivia.

— Très bientôt ? Seraient-ce là les paroles de Hugh, que tu répètes fidèlement en petit perroquet bien dressé ? Cet homme est vraiment un manipulateur sans vergogne !

— Tu te trompes.

Mais comment lui expliquer sa certitude sans avouer ce qui s'était passé la nuit précédente ? Ce n'étaient pas tant les mots de Hugh qui comptaient, que la façon dont il les avait dits. L'honnêteté absolue qu'il y avait eue entre eux. Elle l'avait sentie dans ses baisers, dans sa façon de lui faire l'amour.

— Je ne suis pas idiote, Diana. J'ai confiance en lui. Il ne me trahira pas.

Cette fois, ce fut au tour de Diana de se lever d'un bond, et d'aller et venir d'un pas rageur.

— Tu es tombée amoureuse de lui, c'est ça ? Et il t'a séduite au point de te faire croire qu'il t'aime en retour ! Je savais bien qu'il s'était passé quelque chose, quand vous avez disparu tous les deux ! Comment as-tu pu être aussi bête ?

— Tu ne le connais pas aussi bien que moi.

— Évidemment ! Parce que je ne suis pas assez folle pour m'offrir à lui sur un plateau !

Le majordome passa la tête dans l'entrebâillement de la porte, visiblement inquiet.

— Pardonnez mon intrusion, dit-il en regardant Minerva. Mais je vais avoir besoin d'aide. C'est à propos de la comédienne…

30

— Que font-ils ici ?

Sarah, son mari et sa mère agitaient joyeusement la main dans leur direction, depuis la voiture qui remontait l'allée. *Son* allée. Qui menait à *sa* maison.

— Je les ai invités à prendre le thé, répondit Olivia en agitant la main à son tour.

Hugh comprit pourquoi elle tenait tant à être de retour de promenade avant deux heures.

— J'ai pensé qu'il était temps pour eux de faire la connaissance de Minerva et de sa famille. Sarah m'a dit qu'elle t'avait à peine vu, ces derniers temps. Rassure-moi : Minerva sait que tu as une sœur, tout de même ?

— Bien sûr qu'elle le sait ! Minerva et moi n'avons aucun secret l'un pour l'autre.

Enfin, ils n'en avaient plus… Restait celui, énorme, qu'ils avaient en commun et qu'Olivia ignorait encore.

— Mais sa famille n'est pas au courant, ajouta-t-il, et ce thé est une mauvaise idée. Ce n'est pas le genre de sujet qui s'aborde une tasse à la main et le petit doigt en l'air.

— Ce que tu dis est absurde. Les Landridge sont très ouverts – et c'est normal, après tout : eux aussi ont eu leur dose de scandale. Sarah n'est pas un vilain secret, tout de même. Tout le comté sait qu'elle est la fille de Hugh. Vous vous ressemblez comme deux gouttes d'eau.

Seigneur, comme il détestait cette expression...

— Et de toute façon c'est trop tard, ils sont là. Nous n'allons tout de même pas les renvoyer chez eux. Surtout qu'ils étaient absolument ravis de mon invitation.

Elle piqua des deux et partit à leur rencontre au petit trot. Hugh se tourna vers Jeremiah.

— Vous étiez au courant ?

— En ai-je l'air ? Ta mère n'en fait qu'à sa tête, et ne me dit pas tout, Dieu m'en préserve. Je sais qu'elles ont échangé toutes les deux l'autre soir, au bal, et que ta mère s'est toujours bien entendue avec Charlotte et Sarah. Mais m'avait-elle informé qu'elle misait sur le charme suranné d'un thé à l'anglaise pour révéler aux Landridge les particularités pour le moins originales des Standish ? La réponse est non. Que veux-tu y faire ? C'est comme ça. Et tout se passera bien, j'en suis sûr. La famille de Minerva est facile à vivre... enfin, ses sœurs en tout cas. Le jury ne s'est pas encore prononcé pour ce qui est de la mère, mais entre nous, je la préfère pompette plutôt qu'à jeun. Allez, ils arrivent. Tâchons de faire bonne figure.

Hugh n'eut d'autre choix que de sourire et d'accueillir les visiteurs. Tandis que le garçon d'écurie le débarrassait de son cheval, il plaisanta avec celle qui avait été la maîtresse favorite de son père, s'émerveillant du fait que sa mère parvienne à papoter avec elle comme s'il s'agissait d'une vieille amie et non d'une rivale. Il salua plus froidement Sarah et le capitaine Peters, et traîna un peu en arrière quand tout le monde s'achemina en direction de la maison, se demandant comment Diana et Vee avaient pris la nouvelle concernant leur père et, surtout, quelle avait été leur réaction en apprenant que les choses avaient changé entre Minerva et lui.

À l'intérieur régnait un calme qui le surprit et lui fit espérer que ces révélations n'avaient pas été trop bouleversantes. Ce fut une bonne – et non Payne – qui vint à leur rencontre d'un pas pressé et prit les manteaux, avant qu'Olivia la renvoie prestement à la cuisine, avec ordre de préparer le thé.

— Dois-je servir dans le *petit* salon, madame ?

Quelque chose, dans son expression tendue et son regard hésitant, alerta Hugh. Il était rare qu'ils utilisent cette pièce en hiver.

— Non, non... Il y fait beaucoup trop froid, même quand le feu est allumé. Nous nous installerons dans le grand salon. Pouvez-vous prévenir ces dames que nous avons de la visite ?

La bonne fit la révérence et se retira avec empressement, tandis qu'Olivia, en parfaite hôtesse, entraînait ses invités vers le grand salon.

Hugh aperçut trop tard la silhouette, reconnaissable entre toutes, de Lucretia DeVere, profondément endormie dans un fauteuil devant la cheminée, la bouche grande ouverte et son petit chapeau ridicule de travers. Une sorte de sixième sens dut l'avertir qu'elle avait un public car elle cligna des yeux, releva lentement la tête puis chercha à se redresser pour s'asseoir plus dignement, sans succès aucun.

— Navrés de vous déranger, madame Landridge.

Comme lui, sa mère chercha du regard la preuve que leur hôte avait une fois encore tutoyé la bouteille d'un peu trop près en leur absence.

— Toutes mes excuses... J'ai dû m'endormir, dit-elle d'un ton pourtant très clair. Ce fauteuil confortable, combiné au feu dans la cheminée...

— Je suis heureuse de voir que vous vous sentez ici comme chez vous.

Rien ne désarçonnait jamais sa mère, qui semblait ravie.

— Madame Landridge, permettez-moi de vous présenter Mme Edgerton, sa fille Sarah et son charmant époux, le capitaine Peters. Ce sont des amis de la famille, des amis auxquels nous tenons beaucoup, dit-elle avec un regard appuyé en direction de Hugh, la « subtilité » délibérée de ces présentations lui laissant la possibilité de révéler le reste à sa manière.

— Madame Edgerton... madame Peters... capitaine... Je suis absolument ravie de faire votre connaissance.

Avec la dignité d'une duchesse, la comédienne salua les invités du fond de son grand fauteuil.

— Quelqu'un a-t-il prévenu mes filles ? J'ai trois filles, voyez-vous, madame Edgerton. L'aînée, Minerva, est fiancée à ce cher Hugh ici présent.

Au même moment, Minerva fit irruption dans le salon, en compagnie de Diana. Elle était visiblement troublée, mais afficha un grand sourire. Sa sœur fit de même.

— Vous êtes de retour... avec des invités, de surcroît. Quelle bonne surprise... *mon amour*.

Elle avait parlé sans desserrer les dents, et son regard émeraude si expressif n'avait pas quitté celui de Hugh. Celui-ci comprit aussitôt que quelque chose n'allait pas. Mais il était dans l'impossibilité de faire quoi que ce soit, les présentations n'étant pas terminées.

Un faible sourire fut tout ce qu'il réussit à lui offrir.

— Minerva, Diana, je vous présente Mme Edgerton. Minerva, vous avez déjà eu le plaisir de faire la connaissance de Sarah et du capitaine Peters, donc il ne reste plus que vous, Diana, et Vee, bien sûr. Elle est en chemin, je présume ? demanda-t-il à Minerva.

— Une migraine la retient dans sa chambre, mais elle nous rejoindra sous peu, j'espère. D'ailleurs, je vais tout de suite aller voir comment elle va.

Minerva tourna les talons et prit congé. Une bonne vingtaine de secondes s'écoula avant que Hugh trouve une excuse pour faire de même.

— Je vais voir où en est le thé. J'ai toujours tellement soif après une promenade à cheval…

Heureusement, Minerva l'attendait, et jaillit de derrière une armure alors qu'il s'apprêtait à monter à l'étage. Elle l'entraîna dans la pièce la plus proche.

— Lucretia est ivre ! Comment as-tu pu la laisser rentrer seule de votre promenade ?

— Elle a dit qu'elle se sentait mal et avait besoin de s'allonger un peu.

Tout bien réfléchi, elle n'avait pas eu l'air si malade. Mais Hugh l'avait laissée rentrer parce qu'il avait vu là une occasion inespérée de parler à sa mère et lui révéler la vérité. D'en finir avec cette histoire et se libérer de tous ses mensonges, pour enfin commencer un nouveau chapitre de son existence, en compagnie de l'ange qui faisait désormais battre son cœur.

Sauf que rien ne s'était passé comme prévu. Il avait hésité, lâchement repoussé l'instant, puis il n'avait pas trouvé les mots et, pour finir, s'était senti plus mal que jamais. Pour ne rien arranger, l'arrivée de Sarah et de sa mère avait achevé de le mettre d'une humeur de chien.

— En fait d'aller s'allonger dans sa chambre, c'est dans la tienne qu'elle a fini par entrer, expliqua Minerva. Elle y a trouvé du brandy, et s'est servie.

Puis elle est allée cuver dans le grand salon, dont nous n'avons pas réussi à la sortir. La seule solution était de la laisser dormir là.

— Elle y est depuis quand ?

— Plus ou moins deux heures, donc pas assez pour avoir dessoûlé, c'est certain ! Elle a vidé la carafe de brandy en un rien de temps.

— Pauvre de nous.

— De son côté, Vee s'est enfermée dans sa chambre et refuse d'en sortir.

— J'en déduis qu'elle n'a pas très bien pris la nouvelle ?

— Pas beaucoup mieux que Diana, en tout cas, mais pour différentes raisons. Vee est persuadée que nous avons tous monté une conspiration visant à salir le nom de notre père et a décidé de repartir avec lui dès qu'il viendra la chercher. Elle me déteste parce que je l'ai démasqué, et déteste Diana parce qu'elle partage mon opinion sur ce sinistre individu. Diana ne s'est jamais fait d'illusions à son propos, donc pas de souci de ce côté-là. En revanche, elle est furieuse contre nous. Contre moi parce que je me suis laissé séduire, et contre toi parce que tu m'as séduite. Inutile de te dire que cette matinée n'a pas été de tout repos, et que nos ennuis ne sont pas terminés.

Devant l'expression crispée et le teint blême de Minerva, Hugh ne put s'empêcher de la prendre dans ses bras et de déposer un long baiser sur les cheveux bruns qu'il aimait tant.

— Loin de là, j'en ai peur. Apparemment, ma mère a invité tout ce beau monde, sans en parler à personne, lorsqu'elle a appris que je n'avais pratiquement pas vu Sarah en son absence. Je suis furieux contre elle.

— C'est quand même gentil de sa part, de vouloir encourager des liens entre ta sœur et toi. Ça n'a pas dû être facile de savoir que son mari avait fondé une famille avec une autre femme.

— J'ai l'impression qu'elle le prend bien mieux que moi. J'ai vraiment du mal à comprendre pourquoi elle tolère une chose pareille.

— Lui as-tu posé la question ?

— Pas vraiment…

Pas du tout. Sa mère avait tenté d'aborder le sujet, plusieurs années auparavant, mais il avait refusé de l'entendre, et s'appliquait depuis à ignorer le problème. Un peu comme avec l'hérédité Standish. Mais Minerva avait raison. Pourquoi sa mère tolérait-elle la maîtresse de son père ? Pourquoi l'existence de Sarah – qui avait exactement le même âge que lui – ne la contrariait-elle pas autant qu'elle le contrariait, lui ?

Elle se blottit contre son torse, et il goûta pleinement cette agréable sensation.

— Alors, peut-être que tu devrais ? Pose-lui la question après lui avoir dit la vérité. Je pense que ce sera le bon moment. Autant en finir avec tous les secrets d'un coup, non ?

Il soupira, la serra dans ses bras.

— Je voulais lui parler, ce matin… Mais ce n'est pas allé plus loin. J'étais de trop bonne humeur et, en égoïste que je suis, je n'avais pas envie de gâcher l'instant.

— Je me demande pourquoi…

Rien qu'au ton de sa voix, il devina qu'elle souriait. Délicatement, il lui souleva le menton pour s'en assurer. Il adorait son sourire, qui avait le pouvoir de rendre toutes les situations désespérées, comme celle qui les attendait en ce moment même dans le grand salon, en situations juste un peu compliquées.

— Tu te le demandes ?

N'étant plus obligé de se retenir, il l'embrassa. Comme son sourire, le baiser que Minerva lui rendit fit miraculeusement disparaître de la surface de la Terre le grand salon et le guêpier qu'il abritait.

— Hugh mon chéri, enfin, peut-on savoir ce que tu... ? Oh... *Oh*...

Ils s'écartèrent, pris sur le fait. Mais Olivia souriait.

— Pardonnez-moi. Je croyais que vous cherchiez juste à éviter les Peters. Quelle cruche je fais ! J'aurais dû me douter que mes deux tourtereaux avaient besoin de se saluer correctement. Après tout, je vous ai empêchés de le faire toute la matinée. Ne tardez tout de même pas trop ! lança-t-elle en se retirant, refermant la porte derrière elle.

Minerva était rouge comme une tomate, et il trouva cela si charmant qu'il l'embrassa de nouveau.

— Il faut voir les choses du bon côté. Au moins sait-elle maintenant que notre affection l'un pour l'autre est sincère.

Il lui prit la main. Leurs doigts s'enlacèrent.

— C'est parti pour un nouveau tour dans l'arène ? proposa-t-il.

— Je ne suis pas sûre d'y arriver. Je suis à bout. Vivement que toute cette histoire soit terminée.

— Ce n'est pas pour tout de suite, hélas. Mais cela viendra. Très bientôt.

Ils regagnèrent le grand salon, main dans la main. Diana les y accueillit d'un regard noir, adressé à Hugh en particulier. Il n'en prit pas ombrage. Après tout, c'était une façon pour elle de montrer l'amour et la loyauté qu'elle avait pour sa sœur. Quiconque aimait Minerva avait son approbation, et il résolut en cet instant de tout faire pour gagner l'amitié de la plus irritable des sœurs Merriwell.

— D'où vient votre famille, exactement ?

La redoutable Mme Edgerton, dont tout le monde ou presque savait qu'elle n'avait jamais été une « dame », sourit à Lucretia. Cette dernière, malgré une posture légèrement avachie, semblait lucide.

— De l'Oxfordshire. Un comté magnifique. J'irais même jusqu'à dire qu'il rivalise avec le Hampshire.

— Je suis tout à fait d'accord, intervint le capitaine Peters, une tasse à la main. Non seulement il rivalise, mais il le dépasse en beauté.

— En toute objectivité, bien sûr, commenta son épouse en souriant. Teddy est originaire de l'Oxfordshire, lui aussi. Sa famille y habite encore.

Hugh ne put s'empêcher de remarquer que lorsqu'elle souriait ainsi, elle avait exactement la même expression que leur père.

— Vraiment ? s'étonna Olivia en prenant un biscuit sur l'assiette que lui tendait Payne. Le monde est petit, décidément. Vous vous êtes peut-être déjà croisés, alors ?

Malgré la main de Minerva dans la sienne, Hugh se sentit soudain mal à l'aise devant le tour que prenait la conversation.

— Et comment trouvez-vous la vie à Aldershot ?

Sarah se tourna vers lui, surprise, comme si jamais elle n'avait entendu une question aussi banale sortir de sa bouche. Ce qui était sans doute le cas.

— C'est une petite ville charmante. Une ville de garnison.

— Mais oui ! Nous nous sommes probablement déjà croisés ! poursuivit le capitaine Peters, de toute évidence excité par cette idée. De quelle région de l'Oxfordshire venez-vous ?

— De Chipping Norton, répondit Lucretia en reposant sa tasse un peu trop brusquement, renversant du thé dans la soucoupe.

— Alors ça…

— Mais depuis le décès de mon mari, je ne supporte plus de vivre dans notre petite maison. On ne s'y sent plus chez nous maintenant qu'il n'est plus là. N'est-ce pas, les filles ?

Comme il fallait s'y attendre, de grosses larmes brillèrent dans ses yeux injectés de sang, et sa lèvre inférieure se mit à trembler.

— C'est incroyable ! Le monde est vraiment petit, vous avez raison ! Dans quel quartier de Chipping Norton ? Mon père a son cabinet sur Pembroke Street, juste à côté de la place du marché.

Le souffle du boulet balaya le fragile château de cartes de Hugh.

— Vous devez être contente d'avoir vos petits-enfants si près de chez vous, madame Edgerton ! lança-t-il pour faire diversion.

Pour autant qu'il sache, les grands-mères étaient obsédées par leurs petits-enfants, ou par le désir d'en avoir. Il espéra juste que celle-ci n'avait pas entendu le tremblement de sa voix.

— Oh, je suis ravie, Hugh, vous pensez bien ! Priscilla est absolument adorable, et maintenant que le petit Hugh marche, il n'arrête plus ! Vous verriez les situations dans lesquelles il se met…

— Le petit Hugh ?

Le regard de Diana cessa d'être noir pour devenir perplexe. Mme Edgerton se referma comme une huître et la fixa, mal à l'aise. Olivia lui vint en aide.

— Il porte le prénom de son grand-père, qui s'appelait Hugh aussi.

— Cela fait beaucoup de Hugh, tout à coup. On a du mal à suivre. C'est un prénom typique de la région ?

Les yeux de Diana lançaient à nouveau des flèches. Hugh sentit la main de Minerva se crisper dans la sienne, mais Olivia prit les devants.

— C'est un prénom courant dans la famille Standish, très chère Diana. Le petit Hugh est le petit-fils de Hugh.

— *Quoi ?* Hugh a des petits-enfants ?

— Pas *mon* Hugh, qui tient son prénom de son père. Le petit Hugh est son demi-neveu.

C'était clair, net, comme si pareille nouvelle n'avait aucune conséquence. La tasse de Diana s'arrêta en l'air. Son regard oscilla entre Hugh et Sarah.

— Et c'est exactement ce que vous pensez, poursuivit Olivia. Sarah est la demi-sœur de Hugh.

— Je vois.

— Voilà pourquoi, ma chère Diana, le scandale provoqué par votre père en épousant une actrice n'est rien du tout à côté du scandale qui a agité la famille Standish.

Puis, comme si elle n'avait pas suffisamment fait de dégâts, Olivia se tourna vers le capitaine Peters :

— Je suppose que la scandaleuse famille Landridge n'a pas de secrets pour vous, capitaine. Ragots et autres commérages juteux doivent circuler à la vitesse de l'éclair dans une petite ville comme Chipping Norton. C'est pareil ici, je vous rassure. Mais l'histoire d'un gentleman établi qui épouse une actrice de Drury Lane a dû faire pas mal de bruit dans cette bourgade un peu endormie, non ?

— Je dois vous avouer que je n'avais jamais entendu parler des Landridge de Chipping Norton.

— Nous vivons dans un petit village, un peu à l'écart. Loin de tout, en fait…

Pour tenter de sauver la situation, Minerva avait pris la parole, et Hugh l'en aima encore plus. Mais la catastrophe était en vue et, à ce stade, il aurait fallu un miracle pour l'éviter.

— Quel village ? Mon père est le seul médecin à la ronde, alors autant vous dire qu'il les connaît tous. Quand j'étais petit, je l'accompagnais dans ses tournées. Heythrop ? Swerford ? Non… Laissez-moi deviner… Adlestrop ? Churchill ? Enston ?

Et voilà que tout à coup « Devinez quel village ? » était le dernier jeu à la mode…

— Oh… ! Je me sens mal… J'ai la tête qui tourne.

Diana avait glissé du sofa pour s'affaler sur le tapis, et agitait une main devant son visage comme l'aurait fait Lucretia.

— Payne ! Les sels, vite ! s'écria Jeremiah en se levant d'un bond pour aller s'agenouiller près d'elle.

Ce répit galvanisa Hugh.

— Ouvrez les fenêtres ! Il lui faut de l'air frais !

Se jeter par la fenêtre le tentait cruellement, mais il s'abstint.

31

— Mais enfin, que se passe-t-il ici ?

Lord Bellingham se tenait sur le seuil du grand salon.

— Diana s'est évanouie, dit Minerva.

La prestation de sa sœur était pitoyable, et de toute évidence, Jeremiah se doutait de quelque chose. Il regardait Hugh, lui aussi agenouillé près de Diana, d'un air circonspect.

— A-t-elle besoin que je desserre son corset ? proposa le nouveau venu. Je suis un expert en la matière.

— Giles ! Quel plaisir de vous voir ! s'exclama Olivia en le serrant dans ses bras, avec un sourire trop éclatant et beaucoup trop d'enthousiasme. Mais si un corset a besoin d'être défait, ce n'est certainement pas par vous. Permettez-moi de vous présenter.

Le spectacle fut irréel. Hugh et Jeremiah soulevèrent Diana pour l'allonger sur le sofa tandis que Lucretia se remettait à ronfler et qu'Olivia allait de l'un à l'autre dans la pièce pour présenter Giles à ses invités.

— Mme Edgerton… Capitaine Peters… Mme Sarah Peters… la demi-sœur de Hugh, précisa-t-elle après un regard en direction de son fils.

— Quoi ? Je m'absente quelques semaines et quand je reviens, il a une sœur ?

— Cela fait trente et un ans qu'il en a une, mon cher, dit-elle en tapotant la main de lord Bellingham. Je pensais qu'il vous en avait parlé. Hélas, il préfère les secrets… et les *mensonges*, à l'occasion.

Le regard bleu d'Olivia se tourna vers Minerva, qui comprit qu'elle aussi commençait à avoir des soupçons.

— S'agit-il de sablés, sur cette assiette ? s'enquit Giles. Je meurs de faim, figurez-vous…

Miraculeusement, à partir de là, la crise fut évitée. Olivia et Jeremiah animèrent la conversation, la faisant habilement bifurquer de Chipping Norton vers des chemins plus sûrs, tandis que Hugh prenait son temps pour agiter un éventail en dentelle devant le visage de Diana. Minerva servit le thé sans un mot, puis s'assit. Quelques instants plus tard, Giles prit place à côté d'elle, visiblement toujours persuadé qu'ils allaient s'enfuir tous les deux.

— Vous êtes ravissante aujourd'hui, mademoiselle Minerva, dit-il en lui faisant le baisemain, qu'il agrémenta d'un clin d'œil. Vous m'avez manqué.

Elle tenta de retirer sa main.

— Merci.

— Comment allez-vous ?

Elle ne pouvait tout de même pas s'isoler avec lui pour le mettre au courant.

— Bien. J'ai été très occupée.

— Et je vous ai manqué ?

Minerva leva les yeux au ciel, tentant de faire passer le message.

— Cessez de flirter avec ma future belle-fille, espèce de fripouille ! Ne voyez-vous donc pas que vos avances la laissent froide ?

— Vous ne pouvez pas m'en vouloir de tenter ma chance, Olivia. J'ai encore l'espoir que ma chère Minerva revienne à la raison et s'enfuie avec moi.

Il plongea son regard dans celui de la jeune femme, jouant jusqu'au bout le Casanova qu'on lui avait demandé d'être.

— Imaginez une seule seconde comme la vie serait plus belle avec *moi*.

— La robe de mariée est commandée et les bans ont été publiés, Giles. Deux fois.

Lord Bellingham se tourna vers Hugh, qui les fixait d'un air sombre, ou plutôt fixait la main de Minerva toujours entre celles de son ami.

— Alors, Dieu merci, je suis revenu juste à temps. Tout le monde sait que rien n'est officiel avant la troisième publication. Vous ai-je dit, belle Minerva, qu'un jour je serai duc ? demanda Giles en embrassant une nouvelle fois sa main.

— Vous ai-je dit qu'un jour, j'ai joué Cléopâtre au théâtre de Drury Lane ?

Lucretia s'était réveillée.

— Nooon. C'est vrai ? Et les critiques étaient dithyrambiques, je parie !

Avec un sarcasme et une agressivité qui ne lui ressemblaient pas, Hugh s'était levé et avait quitté Diana pour venir se glisser entre Minerva et Giles.

— Bienvenu, mon ami. Content de te revoir. J'ai tellement de choses *intéressantes* à te raconter…

Sarah et sa famille, que l'atmosphère étrange ne paraissait pas choquer, restèrent encore une bonne demi-heure, au bout de laquelle tout le monde y compris Olivia et Giles – et Lucretia, qui s'était rendormie – ne trouva plus rien à leur dire de poli. L'on se salua enfin, avec des sourires et des gestes un peu raides.

La porte d'entrée à peine refermée, Jeremiah abandonna son expression enjouée et mit les poings sur les hanches.

— Peut-on enfin savoir ce qui se passe, nom d'une pipe ?

— J'allais poser la même question, dit Olivia. Mais retournons plutôt au salon. Inutile de faire une scène devant les domestiques, ajouta-t-elle avec un regard noir vers Payne qui faisait de son mieux pour se fondre dans le lambris de chêne qui tapissait l'entrée. Nous aurons besoin de thé, je pense.

— Et de sablés, de beaucoup de sablés ! lança Giles. Je ne vais jamais au spectacle le ventre vide, ajouta-t-il à l'intention de Hugh.

— Pendant que vous y êtes, apportez du brandy aussi ! grommela Jeremiah, qui ne cherchait plus à cacher sa fureur. Et Dieu m'en est témoin : si je vois la carafe approcher de Mme Landridge, des têtes tomberont !

À la queue leu leu, ils gagnèrent le salon. D'un calme olympien, Olivia prit place et, avec la distinction de la lady qu'elle était, fit signe à ses compagnons de l'imiter, comme s'il s'agissait d'un après-midi mondain comme un autre, et pas de la fin des haricots.

— Eh bien... pour une situation embarrassante, c'était une situation embarrassante, fit-elle en scrutant les visages des uns et des autres. J'aimerais savoir ce que vous avez à dire, tous.

Ses yeux se posèrent sur son fils.

— L'expérience me souffle de commencer par toi, Hugh, dans la mesure où cette débâcle ridicule semble porter ta signature.

Minerva l'entendit soupirer et glissa sa main dans la sienne, pour le soutenir.

— Par où commencer… Il faut d'abord que vous sachiez…

Dans le couloir, des bruits de voix étouffés l'interrompirent un instant.

— ... qu'il y a deux ans, au bord du désespoir, j'ai…

— Ouvrez, c'est un ordre !

On aurait dit que quelqu'un tambourinait à la porte d'entrée.

— Il s'agit d'une visite officielle !

Cette fois, tout le monde tourna la tête en entendant la voix inconnue dans le couloir.

— Les Standish ne sont pas à la maison, monsieur, prétendit Payne. Si vous pouviez repasser plus tard…

— J'exige de voir Mlle Minerva ! Cet homme est son père !

Dans un grognement, Hugh baissa la tête, la prit entre ses mains.

— Il nous reste toujours cette plage ensoleillée quelque part en Italie…, chuchota-t-il à la jeune femme.

Alfred Merriwell, menotté, était encadré par deux hommes au physique imposant. Le policier qui les précédait faisait tourner son chapeau entre ses mains.

— Nous l'avons arrêté à Winchester, monsieur. Complètement ivre. L'aubergiste qui nous a appelés s'est plaint qu'il lui avait fourgué de la fausse monnaie. Et sur lui, nous avons trouvé ceci.

Il posa deux liasses de billets de banque sur la table.

— La plupart sont vrais, il faut le reconnaître…

C'étaient ceux que lui avait donnés Hugh.

— ... mais ceux-là sont des faux évidents. Or M. Smith affirme que c'est vous qui les lui avez donnés, et que vous répondrez de lui, rapport à ce que vous êtes fiancé avec sa fille...

Ayant sans doute entendu le raffut, Vee daigna enfin se montrer. En découvrant la scène qui l'attendait, elle blêmit mais – et ce fut tout à son honneur – ne dit rien. Néanmoins, les regards attendris qu'elle lança en direction de son vaurien de père faisaient peine à voir.

Indécis, Hugh se tourna vers Minerva, qui lui serra le bras pour le rassurer.

— C'est vrai, monsieur, dit-elle. Hugh lui a donné cet argent pour qu'il fasse quelques achats... euh... en prévision du mariage.

— Étiez-vous conscient d'être en possession de fausse monnaie, monsieur ?

— Absolument pas ! Mon avoué m'a donné ces billets lors de notre dernière entrevue, et il les avait retirés à ma banque à Londres, comme toujours.

Être aristocrate avait ses avantages. C'était injuste, mais la loi n'était pas la même pour les riches et pour les pauvres. Alfred Merriwell devait prouver son innocence mais la police, si elle le pensait coupable, devait prouver la culpabilité de Hugh.

— Quelqu'un, à la banque, n'aura pas remarqué qu'il s'agissait de faux, conclut-il.

— Alors ce quelqu'un, qui que ce soit, serait bien avisé d'investir dans une paire de lunettes, monsieur. Car il s'agit là de billets très mal contrefaits.

Mais le policier avait son explication : cela lui suffisait. Il sourit et, d'un geste, fit signe à ses hommes.

— Libérez-le. Et merci de m'avoir reçu, monsieur.

Il se pencha vers la table, prit la plus petite liasse.

— J'ai bien peur de devoir emporter ceux-ci. Tous les faux billets doivent être détruits, c'est la loi.

— Et c'est tout à fait compréhensible.

— Votre banque acceptera peut-être de vous dédommager ?

D'un geste, Hugh lui fit comprendre qu'il s'en moquait.

— Ce n'est pas grave.

Suivit un sermon interminable sur la manière de repérer les faux billets, au cas où Hugh serait une nouvelle fois victime de faussaires, puis les policiers refusèrent le rafraîchissement qu'on leur proposait – Dieu merci ! – et prirent congé.

Tandis que Payne les raccompagnait, le silence se fit dans le salon. Tendu, lourd. Et finalement brisé par Vee.

— Papa ! s'écria-t-elle en courant se jeter dans les bras de son père. Tu m'as tellement manqué !

Diana, elle, ne pouvait masquer son mépris.

Le majordome reparut, fusilla Hugh du regard et gagna la console sur laquelle était posée la carafe de brandy. Il l'attrapa par le goulot, en arracha le bouchon et but une longue lampée.

Olivia, toujours aussi royale, vida sa tasse de thé et s'adressa à Payne comme si de rien n'était.

— Quand vous aurez terminé, pouvez-vous demander à la cuisinière de préparer le veau gras ? Il me semble que c'est le plat traditionnellement servi lorsqu'un miracle se produit et qu'un père mort de froid dans les Cairngorms dégèle subitement. Minerva, ma chérie, je pense que vous devriez réveiller votre mère, ajouta-t-elle avec un sourire factice. Elle sera à coup sûr *ravie* de cette résurrection.

Du coin de l'œil, Hugh vit le père de Minerva tendre discrètement la main vers les billets restants.

Cette fois, c'en était trop. Il s'approcha de la table et les attrapa d'un geste leste.

— Cet argent est le mien. Vous n'aurez pas un sou. Faites ce que vous voudrez, je m'en fiche.

La fripouille eut le culot de sourire.

— Ne nous énervons pas, monsieur.

— Ne pas m'énerver ?

Hugh l'attrapa par les revers de son manteau et le souleva.

— Ne pas m'énerver ? Grâce à la générosité de vos filles et à la haute estime dans laquelle je les tiens, j'ai gardé pour moi l'épais dossier que je possède sur vos activités illégales, et n'ai communiqué votre vrai nom à personne, monsieur *Merriwell*. Mais soyez bien sûr d'une chose : à l'avenir, si vous osez approcher à moins de cent kilomètres de l'une d'elles, je ressors le tout et je demande à la police d'oublier toute clémence à votre égard ! La note sera salée, faites-moi confiance. Maintenant, sortez de chez moi avant que je vous mette dehors !

Il le posa à terre et le poussa en direction de la porte.

À son tour, Jeremiah s'était approché d'un air menaçant. Le père de Minerva n'insista pas et fila, impatient de sauver sa peau, se fichant bien du chaos qu'il laissait derrière lui. Il ne s'arrêta qu'une fois certain d'être hors d'atteinte, sur le seuil du salon.

— Vous le regretterez, Fareham ! Vous entendez ? Vous le regretterez !

— Papa ! Attends, je viens avec toi !

La plus jeune des Merriwell s'était précipitée et s'accrochait à la manche de son père. Il se dégagea brutalement.

— Une autre fois peut-être, Vénus.

— Mais je veux qu'on soit ensemble… qu'on forme une famille à nouveau !

Son père disparut dans le hall, sans manifester la moindre émotion. Les yeux brillants de larmes, Vee se retourna.

— Mais dites-lui que nous voulons redevenir une famille ! *Dites-lui !*

Ce fut Minerva qui, la première, rejoignit sa sœur, suivie de près par Diana.

— Vee, ma chérie, nous n'avons jamais formé une famille avec lui. Il n'y a toujours eu que nous trois…

La porte d'entrée se referma dans un claquement, et les deux aînées entraînèrent Vee dans une pièce plus tranquille, où elle put laisser libre cours à son chagrin.

32

Hugh s'aperçut que sa mère s'était levée au moment où sa gifle manqua lui retourner la tête.

— *Merriwell ?*

Il baissa les yeux.

— Les Landridge n'existent pas. Ni ici ni à Chipping Norton.

— Et s'il n'y a toujours eu qu'elles trois, peux-tu me dire ce que c'est que *ça* ?

D'un doigt tremblant, elle désignait Lucretia, qui dormait toujours et ne s'était aperçue de rien.

— C'est une actrice que j'ai embauchée pour jouer leur mère.

— Hou, je suis tellement content d'être revenu à temps pour voir ça ! s'exclama Giles en enfournant un sablé. Je te l'avais pourtant bien dit, Hugh : cette comédie était destinée à échouer dès le départ. C'est tellement bon d'avoir raison, ajouta-t-il en donnant un petit coup de coude à Jeremiah. Il n'y a rien de meilleur que le bon vieux « Je te l'avais bien dit », vous ne trouvez pas ?

— Et Minerva ? questionna Olivia.

— Quand j'ai rencontré une femme qui, par pur hasard, s'appelait ainsi, je lui ai offert quarante livres pour jouer le rôle de ma fiancée pendant quelques jours. Elle était censée s'enfuir avec Giles dès le deuxième soir, et les fiançailles auraient été rompues, mais celui-ci a dû s'absenter subitement et nous avons été contraints de poursuivre cette comédie jusqu'à son retour.

— Tout était pure invention ?

Hugh hocha tristement la tête.

— Mais, fit sa mère, je vous ai surpris en train de vous embrasser !

— Cela faisait partie du plan, Olivia, commenta Jeremiah d'un ton fatigué. Le plan franchement tordu qui devait permettre à Hugh de rester célibataire et heureux de l'être.

— Ce baiser n'avait rien de feint, Jeremiah. Je l'ai bien vu !

— Parce qu'il ne l'était pas.

Hugh ignora les yeux ronds comme des soucoupes de tous ceux qui l'entouraient.

— Malgré moi, et vraiment sans le faire exprès, je suis tombé amoureux de Minerva.

Il vit sa mère pousser un soupir de soulagement.

— Il y aura donc bien un mariage…

— Non, il n'y en aura pas. Mais j'aimerais parler de tout cela en privé. Maman ?

Cette conversation, il l'évitait depuis seize ans. Aujourd'hui, il ne voulait plus la remettre à plus tard.

Ils allèrent dans la salle à manger, s'installèrent l'un en face de l'autre autour de la grande table. Olivia était de marbre. Hugh se sentait rongé par la culpabilité, et pourtant soulagé de pouvoir enfin lui dire la vérité.

— Je suppose que c'est à moi que tu vas reprocher tout cela ? commença-t-elle. Ton attitude n'a été qu'un acte de rébellion stupide, parce que j'essayais en toute discrétion de te trouver une femme ?

— Maman, la discrétion, franchement ce n'est pas ton fort. Mais non, je ne t'en veux pas, parce que je suis sûr qu'au fond tu voulais bien faire. Tout est ma faute, vraiment. C'était idiot de ma part de te jouer la comédie de la sorte. La chose n'aurait jamais dû traîner ainsi en longueur, et devenir si compliquée. Seulement j'étais tellement attaché à ma liberté, et...

Il secoua la tête, poussa un long soupir.

— Ma seule excuse, c'est de ne pas avoir voulu te blesser en te disant la vérité. En essayant de te préserver, j'ai fini par te blesser tout de même. Pourtant, après ce que mon père t'a infligé, je m'étais juré de ne jamais te faire souffrir. C'est ironique, non ?

— Pour l'amour de Dieu, exprime-toi clairement, Hugh ! Je n'en peux plus de tes histoires sans queue ni tête. Si tu aimes Minerva, comme tu l'affirmes, je ne vois pas en quoi tu ne peux pas l'épouser !

— Minerva comprend mes craintes, et a accepté d'attendre que je sois certain de ne pas refaire les mêmes erreurs que mon père.

— Alors là, tu m'as perdue...

— Les aventures ? Les maîtresses ? Les enfants illégitimes ? J'ai vu comme cela t'a anéantie lorsque tu l'as appris, à sa mort. Et j'imagine ensuite combien tu as dû souffrir en silence.

— Hugh n'était pas un coureur de jupons.

— Pourtant, il n'y a pas une heure, le fruit de l'une de ses aventures buvait le thé dans notre salon ! J'étais au courant pour les maîtresses de grand-père, bien sûr, parce que papa m'en avait parlé – sans jamais préciser qu'il était fait du même bois. Le bois dont je suis moi-même fait aujourd'hui. *Comme deux gouttes d'eau...* C'est bien ce que l'on a toujours dit de moi et papa, non ? Eh bien, l'idée que je puisse faire subir la même chose à une femme et à des enfants me fait horreur.

— C'est donc ça ? Rien que ça ?

— Je n'ai jamais compris pourquoi tu étais si déterminée à ce que je me marie par amour, alors que tu avais épousé un homme qui y attachait si peu d'importance. Et je ne comprends pas plus pourquoi tu tolères le fruit de ses infidélités.

— Tu penses que tu es destiné à suivre le même chemin qu'eux ?

Elle se laissa aller contre le dossier de sa chaise en secouant la tête.

— Oh, Hugh... Tout ce gâchis qu'on aurait pu éviter... Quand j'ai essayé de t'en parler, il y a des années, j'ai cru que tu avais compris.

Elle tendit le bras et prit la main de son fils pardessus l'acajou ciré de la table.

— Mais tu étais encore très jeune à cette époque, et peut-être suis-je coupable de n'en avoir retenu que des passages, trop contente de t'avoir entendu m'assurer que tu comprenais et que cela ne te posait pas de problème. Ton père n'était pas un coureur de jupons. Il était l'opposé d'un coureur de jupons. Il était tombé amoureux de Charlotte très jeune, et l'aimait encore profondément au moment de pousser son dernier soupir. Elle est restée l'amour de sa vie et, en dehors de quelques semaines au début de notre mariage, il lui est resté fidèle.

— Cette fois, c'est moi qui ne te suis plus.

— Elle était fille de fermier. Ils avaient grandi dans le même village, joué ensemble enfants. Avec le temps, leur amitié est devenue de l'amour, et ils ont voulu se marier. Mais le père de Hugh s'est opposé à cette union. Un futur comte ne pouvait pas épouser une femme de rang inférieur. Pour faire court, il est allé voir le père de Charlotte et l'a menacé de lui retirer ses terres et de le ruiner, si Charlotte ne mettait pas un terme à cette aventure et ne promettait pas de ne plus jamais revoir Hugh. Puis il a arrangé un mariage avec moi. Mon père était duc, donc j'étais un meilleur parti. Les choses se passaient comme cela, à l'époque... Moi j'étais jeune, j'avais à peine dix-sept ans, et j'étais bien trop couvée pour me rebeller et m'opposer à cette union, alors j'ai épousé un inconnu pas beaucoup plus âgé que moi. Le cœur brisé, obéissant à son devoir, Hugh a fait ce que l'on attendait de lui, toutes ses tentatives pour reconquérir Charlotte ayant échoué.

— Elle ne voulait plus de lui.

— Sa famille risquait d'être jetée à la rue. On te l'a souvent raconté : ton grand-père était un homme rancunier, il n'aurait pas hésité un instant. Mais elle n'a pas parlé de cela à Hugh. Elle lui a simplement dit qu'elle ne l'aimait pas assez. Ils ont dû être tellement malheureux, chacun de leur côté... La veille de notre mariage, ton père a voulu lui faire ses adieux, et peut-être essayer de la faire changer d'avis. C'est cette nuit-là que Sarah a été conçue. Soyons justes : si ton père avait su la vérité, jamais il ne m'aurait épousée. Ils étaient trop jeunes tous les deux pour vraiment comprendre les conséquences de leurs actes.

Les yeux de sa mère brillaient de larmes. Des larmes de compassion plutôt que de colère.

— Quand ton père m'a épousée, il était sincère, et a réellement essayé d'être un bon mari. La même semaine, il a appris que nous allions être parents et que Charlotte attendait un enfant. Alors il m'a tout raconté. J'étais hors de moi, je ne supportais plus l'inconnu que j'avais épousé. Nous avons été tous les deux très malheureux, pendant très longtemps, jusqu'à ce que je me rende compte que ce n'était pas sa faute. Et pas la mienne non plus. C'était comme ça, voilà tout.

— Parce que certaines choses ne s'expliquent pas.

Pouvait-il comprendre cela à quinze ans ? Non, bien sûr. Il était bien trop occupé à en vouloir au monde entier.

— Hugh étant quelqu'un de bien, il n'a pas pu leur tourner le dos. Et, pour tout te dire, je n'aurais pas pu l'aimer et le respecter autant s'il l'avait fait.

— Tu l'aimais ?

— Comme un ami, mon chéri. Nous étions unis pour l'éternité, et l'éternité c'est long quand on est malheureux. Être amis nous a permis de l'être le moins possible. Mais notre mariage n'avait de mariage que le nom. Hugh est resté fidèle, tout en subvenant aux besoins de Charlotte et Sarah en cachette de son père. Nous avons tenu ainsi pendant deux ans, en sauvant les apparences, jusqu'à la mort de ton grand-père. Ensuite, j'ai autorisé Hugh à reprendre sa relation avec elle, il m'a présenté Jeremiah… et nous avons enfin pu être heureux chacun de notre côté avec la personne que nous aimions. Pour Hugh, cela n'a malheureusement pas duré très longtemps.

— C'est triste.

Il éprouvait soudain beaucoup d'émotion en pensant à son père, et c'était presque aussi douloureux qu'au moment de son décès.

— Avant de mourir, il m'a demandé de lui promettre que tu ferais un mariage d'amour, et je pense que j'ai pris cette promesse un peu trop au pied de la lettre. Cette manie que j'ai de me mêler de tout avait toujours désespéré ton père. Lui t'aurait laissé partir seul à la recherche de l'amour de ta vie.

Ironiquement, c'est ce que tu as fini par faire, ou presque. Si je ne m'en étais pas mêlée, tu ne m'aurais jamais menti. Et tu n'aurais pas rencontré Minerva. Ton père aurait approuvé ton choix, tu sais.

Pendant seize ans, il avait cru le pire à propos d'un homme qui ne le méritait pas. Son père s'en était-il aperçu à la fin de sa vie ?

Devant son air préoccupé, sa mère secoua la tête et se leva pour le rejoindre. Elle le prit dans ses bras, l'étreignit comme une mère étreint son fils, lui caressant les cheveux.

— Tu as été un bon fils, Hugh. Le meilleur des fils. Tout comme ton père était le meilleur des pères – pour toi, et pour Sarah. Mais j'ai toujours pensé qu'un lien particulier vous unissait. Tu lui ressembles tant. À tout point de vue, en dehors de ton côté espiègle et de cet exceptionnel sens de l'humour dont je me plais à penser qu'ils viennent de moi. Grâce à cette ressemblance, il a vu l'amour que tu avais pour lui, et je l'ai vu aussi. Comment aurais-je pu me douter que lui ressembler te plongerait dans un tel désespoir ?

— Voilà qui explique pourquoi j'ai fini par me lasser de mon existence de célibataire.

— Et pourquoi tu cherchais à tout prix à faire du mieux possible. Pour finir, tu as fait le pire.

La main qui venait de lui caresser les cheveux lui tira alors une oreille.

— Tu as un certain nombre de choses à te faire pardonner, jeune homme !

— Je sais.

— Par moi, par Jeremiah, par cette adorable jeune femme qui, miraculeusement, est prête à t'attendre malgré toutes tes bêtises…

Quel idiot il faisait… Elle n'avait plus besoin d'attendre !

L'hérédité Standish n'était pas si redoutable. Elle transmettait des valeurs – la loyauté, l'honnêteté – et une aptitude à l'amour fidèle et durable.

Quelle merveilleuse révélation !

— Par le révérend Cranham et toute la congrégation de St. Mary, par Mme Devy…

Hugh se leva d'un bond, renversant sa chaise.

— Mais où vas-tu ? Je n'ai pas terminé, la liste est longue !

Il n'écoutait déjà plus. Il quitta la salle à manger, courut jusqu'au grand salon. Et pila net. Jeremiah fulminait toujours. Lucretia ronflait toujours. Vee était assise sur le canapé, les yeux rouges, l'air malheureuse. Diana était à côté d'elle et le fixa aussitôt d'un regard méfiant. Giles mangeait les derniers sablés, se demandant quels nouveaux rebondissements la farce épique imaginée par Hugh allait leur proposer. Payne s'affairait çà et là, tout en faisant de son mieux pour se fondre dans le décor.

Quant à Minerva…

Elle courut à sa rencontre, visiblement inquiète. Merveilleuse, généreuse, passionnée, maladroite, spontanée et parfaite, Minerva se faisait du souci pour lui. Parce qu'elle l'aimait.

— Tout va bien ?

— Tout va mieux que ça. Tout va…

Il ne trouvait pas les mots. Le sol se dérobait sous ses pieds, sa tête tournait… Il était libre !

— Tout est absolument, définitivement, fantastiquement, merveilleusement… *parfait* !

Il lui prit la main et posa un genou à terre.

— Épouse-moi, Minerva. Pas l'an prochain, ni le mois prochain, ni même la semaine prochaine.

Épouse-moi tout de suite, parce que je ne veux pas attendre un jour de plus pour vivre à tes côtés.

— Mais tu m'as dit que tu préférais attendre...

— Raison de plus pour faire le contraire ! Regarde le chaos que j'ai provoqué. Quel idiot j'ai été ! Je suis un danger pour moi-même et pour ceux qui m'entourent. Il ne faut pas me laisser prendre seul les décisions importantes.

— Ah ça, c'est bien vrai ! s'exclama Olivia en entrant derrière lui, tout sourire. « Épouse-moi aujourd'hui » alors que les bans n'ont pas été publiés, et que Mme Devy n'a pas terminé la robe de mariée de Minerva ? C'est hors de question ! Un mariage à Noël, c'est beaucoup mieux, je le dis depuis le début. Et puis, j'ai déjà réservé les musiciens et envoyé les invitations. J'avoue que refaire le plan de table me chiffonne un peu, mais dans la mesure où votre famille imaginaire ne viendra pas des Cairngorms...

Comme Lucretia se remettait à ronfler, elle leva les yeux au ciel.

— Au moins échapperons-nous à Mozart. Quelle musique souhaiterez-vous, Minerva ma chérie ?

— Peu importe... Comme vous le savez, je n'ai pas l'oreille musicale...

— Est-ce un oui, alors ?

— Et voilà ! Une fois de plus, les événements me donnent raison ! déclara Giles d'un air suffisant. Je l'avais pourtant prévenu. Tomber amoureux de sa fausse fiancée serait une catastrophe. Et le voilà qui plonge tête la première dans le piège, comme s'il était possédé ! C'est le fiasco absolu ! Si je n'étais pas aussi content de voir ma prophétie se réaliser, je serais accablé de chagrin pour lui.

— Il est amoureux, mon cher Giles, répliqua Olivia. Vous devriez essayer. D'ailleurs... Diana est terriblement jolie, et je vous ai vu l'observer quand vous pensez que personne ne vous regarde…

— Jamais je ne voudrais de lui, même si c'était le dernier homme sur terre ! s'offusqua l'intéressée.

— Cette harpie ? Plus loin je m'en tiendrai, mieux je me porterai !

— Est-ce que l'on pourrait enfin avoir le silence, pour entendre la réponse de la demoiselle ? rugit Jeremiah.

Un silence bienvenu se fit dans le salon.

— À moins que vous ne préfériez vous enfuir, Minerva, et quitter cette maison de fous ? ajouta-t-il. Auquel cas, je me charge de vous faire seller un cheval.

— Elle ne sait pas monter…

Sous le regard furibond de Jeremiah, Vee se redressa, menton en avant, petit air buté.

— Puisque tout le monde y va de sa vérité, je me disais qu'il valait mieux le préciser…

Devant le ridicule de la situation, Hugh sentit le fou rire monter lentement, et vit que Minerva retenait déjà le sien. Ils venaient tous deux de drôles de familles, décidément. Le mélange promettait de ne jamais engendrer la mélancolie. Leurs enfants seraient à coup sûr… intéressants.

— Alors, que choisis-tu, mon amour ? s'enquit-il. Un mariage, puis une existence imprévisible en compagnie de ces déments échappés d'un asile, ou la fuite, pour trouver le calme délicieux d'une plage d'Italie ?

— Je me suis faite à l'imprévu et au chaos, ces dernières semaines… Et la robe de Mme Devy devrait être très belle…

— Je vais avoir besoin que tu dises les mots, Minerva. Certaines conventions sont incontournables…